AF567589

Christian v. Ditfurth, geboren 1953, ist Historiker und lebt als freier Autor in Berlin und in der Bretagne. Neben Sachbüchern und Thrillern hat er Kriminalromane um den Historiker Josef Maria Stachelmann veröffentlicht. Seit 2014 ermittelt Eugen de Bodt höchst erfolgreich. *Tod in Kreuzberg* ist nach *Das Dornröschen-Projekt* der zweite Teil der *Dornröschen*-Reihe, der dritte und abschließende Band der Krimiserie ist *Ein Mörder kehrt heim.*

Die *Dornröschen*-Reihe in der Presse:

»Sehr spannend und mit einem Personal, das es so in der Kriminliteratur noch nie gegeben hat.« *hr2* »Doppelkopf«

»Kauzige Typen, komische Sprüche, ein kreuzgefährliches Komplott und temporeiche Spannung mit einer Spur sentimentaler Hauptstadt-Nostalgie.« *MDR*

»Die drei WG-Altlinken tapsen manchmal naiv, sympathisch und irgendwie fast niedlich durch die Story. Lesenswert!« *rbb* Inforadio Kultur

»Gutes Lese-Kino mit einem gesellschaftlich relevanten Thema als Aufhänger und hohem Unterhaltungsfaktor.« *krimi-couch.de*

Außerdem von Christian v. Ditfurth lieferbar:

Das Dornröschen-Projekt
Ein Mörder kehrt heim
Böse Schatten
Heldenfabrik
Zwei Sekunden
Giftflut
Schattenmänner
Ultimatum
Terrorland
Endzeit

Besuchen Sie uns auf www.penguin-verlag.de und Facebook.

CHRISTIAN V. DITFURTH

PENGUIN VERLAG

Informationen über dieses Buch: www.cditfurth.de
Dieses Buch ist ein Roman und kein Tatsachenbericht. Das Beschriebene hat sich so nicht ereignet. Trotz der vom Autor in künstlerischer Freiheit gewählten fiktiven Handlungsabläufe mögen im Einzelfall Anklänge an Verhaltensweisen lebender oder verstorbener Personen oder an öffentlich bekannte Unternehmen nicht immer vermeidbar gewesen sein; dies ist aber von der grundgesetzlich geschützten Freiheit der Kunst umfassend geschützt.

Penguin Random House Verlagsgruppe FSC® N001967

1. Auflage 2021

Umschlaggestaltung: www.buerosued.de
Motiv: © LOOK-foto / H. & D. Zielske
Redaktion: Claudia Alt
Satz: Uhl + Massopust, Aalen
Druck und Bindung: GGP Media GmbH, Pößneck
Printed in Germany
ISBN 978-3-328-10819-1
www.penguin-verlag.de

Dieses Buch ist auch als E-Book erhältlich.

»Wahre Worte sind nicht angenehm,
angenehme Worte sind nicht wahr.«

Laozi

Die Kapitelüberschriften sind Songtitel von *Gene*.

Prolog

Post-Rudi hatte Rosi an der Ecke Hasenheide/Fichtestraße abgesetzt. Sie waren einen trinken gewesen im *Clash*, und jetzt wollte Rudi heim, weil er morgen früh rausmusste und Rosi sowieso nicht mitkommen würde. Das hatte ihm ein paar Minuten die Laune verhagelt, aber er nahm natürlich trotzdem das Papppäckchen mit, das Rosi ihm gegeben hatte, mit der Bitte, es verschlossen für sie aufzubewahren. Den Kneipenbesuch war sie ihm schuldig gewesen, schließlich hatte er Konny seine Uniform geliehen und sie nicht mehr zurückbekommen, nachdem die Katastrophe geschehen war. Es war gut ein Jahr vergangen seitdem, aber noch immer wachte Rosi mit diesen schrecklichen Bildern auf. Der Golf mit laufendem Motor, die beiden Typen darin, wie die Räder quietschten, als sie auf Konny in der Postleruniform losrasten und ihn totfuhren. Es war Mord gewesen, aber die Bullen hatten ihr nicht geglaubt, hatten sie als Hysterikerin abgetan. Ja, sie war ausgerastet, aber wie soll man einen klaren Gedanken fassen, wenn vor den eigenen Augen ein Freund ermordet wird? Rosi sah Konnys Leiche immer wieder übers Auto fliegen, wie eine Puppe, ohne Kontrolle über die Glieder. Und in ihr bohrte die Frage, ob sie schuldig geworden sei. Ob sie es hätte verhindern können.

Sie ging die Fichtestraße hoch, rechts das *Cochon de Bourgeois*, ein französisches Restaurant für Leute mit Brieftasche. Hinter sich hörte sie Schritte.

Hätte sie Konny warnen können? Dieser Gedanke plagte sie. Hätte sie nicht ahnen müssen, dass die Typen im Golf Konny ermorden wollten, sie hatten schließlich mit laufendem Motor gewartet? Immer wieder sagte sie sich, dass es erst nach dem Mord klar geworden war, ihr jedenfalls. Es konnte so viele Gründe geben, warum zwei Typen parkten und den Motor nicht ausschalteten. Aber das tröstete sie nicht. Konny war tot.

Rosi hörte es trappeln in ihrem Rücken. Dann ein Schlurfen.

Auf der anderen Seite sah sie die graue Betonmasse des Gasometers mit seinen zubetonierten Fenstern, die aussahen wie große Schießscharten. Oben aufgesetzt auf den Koloss, der im Krieg als Hochbunker gedient hatte, ein Kasten aus Stahl und Glas. Licht brannte. Links, nach einer Lücke, ein mehrstöckiges weißes Haus, auch viel Glas, modern, teuer, Eigentumswohnungen. Es wurde viel gebaut, die Reichen eroberten den Graefekiez. Wer die steigenden Mieten nicht bezahlte, musste gehen, nach Neukölln, Moabit, in den Wedding oder noch weiter an den Rand Berlins. Bis auch dort die Immobilienhaie auftauchten.

Sie erreichte die Kreuzung zur Urbanstraße, die den Kiez sechsspurig teilte. Die Fußgängerampel war rot, Rosi schaute nach beiden Seiten, auch hinter sich, aber da ging nur ein Pärchen Hand in Hand zur Körtestraße. Sie gackerte hell, es hallte. Rosi querte die Urbanstraße, nachdem ein Taxi vorbeigeschlichen war. Sie blickte dem Auto nach und glaubte einen Augenblick, Matti sitze hinterm Steuer. Ihn hatte sie schon eine Weile nicht mehr gesehen. Vielleicht will ich's nicht, er erinnert mich an Konny, dachte sie. Er, Twiggy und Dornröschen, die Okerstraßen-WG, die hatten angezettelt, was so schrecklich endete. Doch mit Dornröschen hatte sie gestern telefoniert und sich gewundert, dass es einfach so ging, ohne dass sie weinen musste. Sie hatte sich überwunden, weil es wichtig war und ihr niemand besser helfen konnte als Dornröschen. Bei dieser Sache.

Die Grimmstraße schloss sich an die Kreuzung in nördlicher Richtung an. Die Fahrbahnen waren geteilt durch Grün und einen Spielplatz.

Ein gutes Stück vor ihr spazierte ein Mann mit schwarzen Haaren und einer Lederjacke. Er hatte einen federnden Schritt. Er sah bestimmt nicht schlecht aus. Vom Kanal her wehte ihr ein lauer Wind ins Gesicht.

Hinter ihr trappelte es leise. Sie drehte sich um und sah nichts.

Vielleicht einen Schatten, der hinter einer Hausecke verschwand. Einbildung, sagte sie sich. Einbildung. Du spinnst. Da ist niemand. Und wenn doch? Na und? Sie spürte den Schweiß auf der Stirn, unter den Armen. Sie fröstelte.

Ein Klicken, nicht weit von ihr. Sie zuckte zusammen und lief schneller. Sie hatte es nicht mehr weit. Nur bis zum Ende der Grimmstraße. Ein paar Häuser noch, vor dem *Casolare*. Sie sah schon das Trafohäuschen, übersät mit Graffiti, gegenüber dem italienischen Restaurant. Dessen Fenster waren dunkel.

Der Mann vor ihr ging langsamer. Auf der Höhe des Schuppens blieb er stehen. Rosi sah es aufglimmen. Das Licht des Feuerzeugs zeigte ein kantiges Gesicht, lange Koteletten. Rosi fror. Sie hielt an, der Mann blickte beiläufig in ihre Richtung. Sie starrte ihn an und wusste in diesem Augenblick, dass er auf sie wartete. Warum? Warum auf mich? Sie ging weiter, stoppte. Schritte hinter ihr. Es waren zwei, mindestens zwei. Sie drehte sich um und erkannte die beiden Männer. Der eine gedrungen, kräftig, in Jeans und Pullover, Bürstenschnitt. Der andere groß und schlaksig, im Anzug, ein leichter, dunkler Stoff. Er trug weiße Sportschuhe und halb lange schwarze Haare. Sie wandte sich ab und rannte auf den Mann am Schuppen zu. Er musste ihr helfen. Sie sah ihn lächeln und wusste schlagartig, dass die drei Männer zusammengehörten. Treibjagd, dachte sie. Und: Komisch, was man denkt, bevor es geschieht. Als sie an dem Mann vorbeirennen wollte, schoss seine Hand zu ihrem Oberarm und umklammerte ihn mit ungeheurer Kraft. Sein Gesicht zeigte Gleichgültigkeit. Dann hatten die beiden anderen aufgeschlossen. Rosi spürte den Schlag nicht, der ihren Schädel zertrümmerte.

1: Mayday

Es war dieser Freitag, an dem Dornröschen beim Mau-Mau verlor. Das war so wahrscheinlich gewesen wie das Ende des Nahostkonflikts oder die deutsche Fußballmeisterschaft für Energie Cottbus. Aber es geschah, und Matti hätte nicht gestaunt, wenn Gullydeckel sich in fliegende Untertassen verwandelt hätten oder Pils vom Himmel geregnet wäre. Noch verblüffender war nur, dass Dornröschen die historische Niederlage locker wegsteckte, ihren Tee austrank, einen Gutenachtgruß murmelte, in ihrem Zimmer verschwand und zu telefonieren begann, und dies mit einer Stimme, die Mattis Siegesfreude wegblies wie der Sturm ein Staubkorn. Sie klang weich und wach, sie lachte, gurrte, gluckste. Nur ein Tauber wäre nicht darauf gekommen, dass am anderen Ende ein Mann war. Aber sie sprach zu leise, sodass er und Twiggy ihre Worte nicht verstanden.

Der süßliche Duft des Joints lag in der Luft.

Twiggy streichelte mechanisch Robbis Kopf, und Matti spürte, wie die Verzweiflung anklopfte. Sie saßen eine Weile wie erstarrt, dann maunzte Robbi, streckte sich, bearbeitete Twiggys wabblige Oberschenkel im Milchtritt, sprang auf den Fußboden und untersuchte seine Fressschale.

Matti holte zwei Bierflaschen aus dem Kühlschrank, öffnete sie, stellte eine vor Twiggy ab und setzte sich wieder.

»Dornröschen war im Kopf nicht dabei«, murmelte der. »Ganz woanders.« Er zeigte zur Tür ihres Zimmers.

»Hm.« Matti trank einen Schluck und stellte die Flasche auf den Tisch.

Robbi schmatzte. Es knackte, als er ein Trockenfutterstückchen durchbiss.

Matti spürte die Angst und versuchte sie zu verstehen. Er hatte doch auch Liebesbeziehungen mit anderen Frauen gehabt, zuletzt mit Lily, die Erinnerung schmerzte. Er hatte sie seitdem nicht mehr gesehen. Seine Gedanken folgten ihr kurz, dann schob er ihr Bild weg. Wenn Dornröschen sich mit einem Mann einließ, was dann? Würde sie ausziehen? Würde die Okerstraßen-WG sich auflösen? Ohne Dornröschen wären er und Twiggy allein, einsam zu zweit. Sie hielt alles zusammen, am Ende bestimmte immer sie. Sie hatte einen legendären Ruf in der Szene, galt als Masterbrain. Matti spürte Gefühle in sich, wie schon manchmal zuvor, Gefühle, die unbestimmt waren, die ihn Wärme und Rührung empfinden ließen. Nicht immer, aber es gab Augenblicke. Wenn Dornröschen sie verließ, was würde aus ihnen werden?

Twiggy trank und brummte etwas.

»Wer ist das?«, fragte Matti. Seine Augen zeigten zu Dornröschens Zimmer. Sie lachte gerade ein bisschen zu aufgeregt.

Twiggy zuckte mit den Achseln. Er sah traurig aus, seine klugen schwarzen Augen schimmerten.

»Seit wann?«, fragte Matti.

Twiggy hob eine Hand und ließ sie wieder auf den Tisch sinken.

»Verfluchte Scheiße«, stöhnte Matti. Sie hatten sich gerade wieder zusammengelebt nach dem Abenteuer, bei dem Norbi und Konny ermordet worden waren. Sie hatten lange kaum darüber gesprochen. Doch Monate später, als sie nach einer Mau-Mau-Partie alle drei angetrunken waren und einen zweiten Joint intus hatten, da hatte Dornröschen erklärt, sie müssten jetzt mal reden. So gehe es nicht weiter, das Schweigegelübde gelte schließlich nur für Robbi. Sie diskutierten bis zum Morgen und noch weiter. Bis jeder gesagt hatte, was geschehen war, wie es zu beurteilen sei und wie sie damit umgehen sollten. Matti gelang es, seinen Schuldkomplex zu polstern, schließlich hatte er die Katastrophe ausgelöst, als er die verfluchte DVD geklaut hatte, deren Inhalt mittlerweile einigen Herren den Job gekostet hatte. Ein kleiner Trost nur. Aber immerhin. Doch jetzt drohte Schlimmeres. Wenn Dornröschen sich verliebt hatte, was würde passieren? Würde ein Typ auftauchen und sich einfach an den Küchentisch setzen? Das konnte Matti sich nicht vorstellen. Er schaute sich um in der Küche, sah die Espressomaschine, die Twiggy besorgt hatte. Sah den Gettoblaster, in dem leise *Something in the Water* von Gene lief, einer Band, die ihnen Platten-Rosi empfohlen hatte. Sah Dornröschens Teekanne, den Küchenplan an der Wand und den alten Bosch-Kühlschrank. Aber er hätte sich nicht umschauen müssen, um sicher zu sein, dass hier niemand mehr hineinpasste, egal wie groß die Küche war. Hier lebten Dornröschen, Twiggy, Robbi und Matti, und hier hatte kein anderer etwas zu suchen.

»Und wenn sie auszieht?« Twiggys Frage stand in der Luft. Matti schnaufte einmal, während Dornröschen gluckste. Sie tranken, wechselten einen Blick und starrten vor sich hin.

Unvorstellbar, dachte Matti. Nur war in der jüngsten Zeit so viel geschehen, das unvorstellbar gewesen war. Wenn sie auszog, was würde aus ihnen? Einen Moment überlegte er, ob er in Dornröschens Zimmer gehen, ihr das Telefon aus der Hand nehmen und sie fragen sollte. Sie hatte kein Recht abzuhauen. Sie gehörten zusammen, und wenn sie es noch nicht kapiert hatte, dann wurde es Zeit, es ihr zu erklären.

Natürlich ging er nicht.

Sie tranken schweigend die Flaschen leer, sogar Robbi maunzte nicht, als hätte er begriffen, wie ernst die Lage war. Er streckte sich und schlich in den Flur, wo er sich vor Twiggys Tür setzte. Normalerweise hätte er gejault und an der Tür gekratzt oder wäre beleidigt zu Matti gestelzt, aber er saß still da und leckte seine Vorderpfote, als wäre es ihm peinlich, nicht den Rabauken oder die Diva zu geben.

Durch den Flur hörte man Dornröschens Gemurmel.

»Wenn sie einen hat, vermiesen wir es dem«, sagte Twiggy leise. »Was bildet dieses Arschloch sich eigentlich ein?«

Matti nickte bedächtig. »Das ist eine Idee.« Und er malte sich aus, wie sie den Kerl vorführten in einem Streit über die Revolution, den Niedergang des Kapitalismus oder die Unvermeidlichkeit imperialistischer Kriege. Während er es sich ausdachte, kamen ihm diese Begriffe vor wie Schlagworte, inhaltsleer, ausgeleiert. Altes Zeug, das mancher vor sich hertrug, um sich besser zu fühlen. Aber irgendwie musste Dornröschen erkennen, dass sie ins Klo gegriffen hatte. Wollen wir doch mal sehen. Was kann so ein Typ ihr schon bieten in so einer Stinozweierbeziehung? Sie wird bald kapieren, was sie an uns hat und was an dieser Lusche. Aber dann fiel ihm ein, dass Dornröschen sich nie in einen Loser verlieben würde. Es mochte sein, dass sie morgen früh mit Glatze herumlief oder dass sie vom Fahrrad stieg und einem Idioten, der ihr nachgepfiffen hatte, ins Cabrio spuckte, aber sie würde sich nicht in den Falschen verlieben.

Nein, sie mussten es anders machen. Vielleicht sollten sie ihn Tag und Nacht überwachen, bis herauskam, dass er mal was mit einer Sozentusse gehabt hatte, einer Sozialfaschistin, wie Dornröschen sie nennen würde, wenn sie zu viel Gras geraucht hatte.

»Hm«, brummte Twiggy.

Das Gemurmel aus Dornröschens Zimmer kam Matti vor wie Psychokrieg. Wie lange redete sie schon?

Plötzlich war Stille. Dornröschens Tür klackte. »Gute Nacht, Jungs!« Weg war sie.

»Puh«, blies Twiggy.

Matti trank seine Flasche leer und holte zwei neue aus dem Kühlschrank, öffnete sie und stellte eine vor Twiggy.

Sie saßen bis morgens um drei und schwiegen, ausgenommen drei »Tja« von Matti und zwei »Hm« von Twiggy und schließlich »Gute Nacht!«. Der Sechserpack, den Matti gerade gekauft hatte, war leer, und die angebrochene Flasche Aldi-Rotwein auch.

Dornröschen riss die Vorhänge auf. Matti blinzelte. Sie trug ihren Bademantel, die Haare lagen wirr, und in ihren Augen las Matti Angst.

»Was ist?«

»Komm! Steh auf!« Sie winkte ihn hoch. Dann verließ sie das Zimmer, und Matti hörte, wie sie mit Twiggy das Gleiche veranstaltete. »Los!«

Matti zog eine Trainingsjacke an und tappte in die Küche. Auf dem Tisch eine Zeitung und ein Becher. Robbi saß auf einem Stuhl und jaulte. Matti holte das Thunfischfutter aus dem Kühlschrank und füllte das Schälchen. Dornröschen kam mit Twiggy im Schlepptau. Sie tippte auf die *Berliner Zeitung*, deren Lokalteil aufgeschlagen auf dem Küchentisch lag. Ein Foto und eine Überschrift: »Mord im Graefekiez«. Das Bild zeigte Rosi.

Matti und Twiggy starrten regungslos auf das Foto.

»Vorgestern«, sagte Dornröschen. »Ihre Leiche wurde auf der Admiralbrücke gefunden.«

Matti überkam ein saublödes Gefühl. »Jetzt machen sie uns fertig«, sagte er.

Dornröschen setzte sich und rührte in ihrem Teebecher. »Nein. Das ist eine andere Geschichte. Und ich glaube, ich weiß, was für eine es ist.«

Die beiden Männer setzten sich an den Tisch und blickten sie an.

»Rosi hatte was herausgefunden …«

»Woher weißt du das?«, drängelte Twiggy.

Dornröschen rührte weiter in ihrem Becher und dachte nach. »Also, ich habe vor Kurzem mit ihr telefoniert, am Tag ihres Todes … Ich bin vielleicht eine der Letzten, mit der sie gesprochen hat … Da werden die Bullen ja bald hier aufschlagen … Die checken bestimmt die Anruferliste auf Rosis Handy.« Sie gähnte noch einmal.

Mattis Hand knallte auf den Tisch. »Was ist los?«

Dornröschen gab sich unbeeindruckt. »Rosi hat was herausgefunden«, wiederholte sie. Ihre großen grünen Augen blickten erst Matti an, dann Twiggy.

Robbi kratzte an Twiggys Oberschenkel, und der nahm den schwarz-weißen Kater auf den Schoß, wo er sich gleich hinfläzte, um seine Streicheleinheiten zu empfangen.

»Und was?«, fragte Matti.

»Sie hat in der *Stadtteilzeitung* angerufen. Am Telefon wollte sie nicht viel sagen.«

»Aber sie hat was gesagt?« Matti ärgerte sich über Dornröschens Zögern. Gedanken irrten durch sein Hirn: dass er irgendwie schuld sein könnte, weil es eine Racheaktion war für die Geschichte von vor einem Jahr, dass Dornröschen vielleicht auszog, dass alles zusammenbrach, was seine Welt ausmachte. Er wusste, dass nichts bliebe, wie es war, aber nicht jetzt, jetzt durfte sich nichts ändern. Die WG musste bleiben, wie sie war, Dornröschen musste bleiben, was sie war, er brauchte die Sicherheit, den Zufluchtsort, weil er sich so mies fühlte seitdem und weil er doch auch mit Lily nicht fertig war, ihm immer noch Nächte einfielen, in denen sie zusammen gewesen waren. Er wachte oft auf mit ihrem Gesicht vor Augen, mit ihrem Lächeln, sah, wie sie nackt aus dem Bett stieg und langsam zur Küche ging, als wünschte sie, dass er sie beobachtete. Er sah sie im Tagtraum, wie sie ihm in der Küche gegenübersaß und den Fuß des einen Beins unter den Oberschenkel des anderen steckte. Und wie sie ihn angrinste.

Dornröschen rührte in ihrem Becher und dachte nach. Dann sagte sie endlich: »Es geht um eine Immobiliengeschichte. Graefekiez, die Verdrängung der alten Mieter durch neue, reichere Mieter. Gentrifizierung eben«, murmelte sie vor sich hin. »Allein wegen dieses schrägen Begriffs ist mal einer in U-Haft gewandert, dieser Soziologe …«

»Ja, das wissen wir doch alles. Was hat Rosi gesagt?« Matti kochte, aber er traute sich nicht, seine Wut rauszulassen, weil sie vielleicht auf dem Absprung war. Wenn sie darüber nachdachte, ob sie ausziehen sollte, genügte womöglich ein falsches Wort von ihm, und sie war weg.

»Nun mal los«, brummte Twiggy.

»Also«, sagte Dornröschen gähnend, »Rosi war da einer Immosauerei auf der Spur. Es geht um den Deal eines ausländischen Konzerns mit einem Bezirksstadtrat und einem Typen aus dem Senat oder so ähnlich. Da soll Knete geflossen sein, aber sie hat nicht gesagt, für was und von wem.«

»Und warum erzählt sie dir das?«, fragte Matti.

»Weil wir die Geschichte bringen sollten in der *Stadtteilzeitung*.«

»In der *Stadtteilzeitung*?« Twiggy ließ den Mund ein paar Sekunden offen, schloss ihn und sagte: »Also wenn die einen Typen vom Senat geschmiert haben, ist das eine Nummer größer.«

Dornröschen blähte die Backen und pustete über den Tisch. »Wahrscheinlich hat sie geglaubt, dass die alle unter einer Decke stecken.«

Matti winkte. »So blöd war sie nicht.« Seltsam, in der Vergangenheitsform über sie zu sprechen.

»Oder sie war sich ihrer Sache nicht sicher«, sagte Twiggy.

»Aha, und was sagt uns das?«, fragte Dornröschen.

Twiggy verzog sein Gesicht. »Dass die bei einer … großen Zeitung ihre Behauptungen genau geprüft hätten.«

»Du wolltest sagen, bei einer richtigen Zeitung«, schnappte Dornröschen.

Es ist gerade so, als würden wir über ein Minenfeld laufen, dachte Matti.

»Und dass wir jeden Scheiß drucken«, fügte Dornröschen hinzu.

»Nun regt euch ab«, sagte Matti, und im Stillen sagte er es auch zu sich.

Robbi streckte sich, eine Pfote krallte in die Tischkante, dann versank sie wieder.

Schweigen.

Endlich Twiggy: »Und wenn es doch ein Racheakt ist, wenn der Hintermann noch einen Hintermann hatte und der alle umbringen lässt, die mit der Sache zu tun hatten?«

Matti fröstelte. War es auszuschließen, dass sie einen von dieser Mafia nicht enttarnt hatten und dass der nun die Rechnung beglich? Sie hatten ihm ein Riesengeschäft versaut, ein paar Milliarden Gründe, sich zu ärgern.

»Jetzt zähl doch mal eins und eins zusammen«, sagte Dornröschen betont geduldig. »Rosi hat eine Sauerei rausgekriegt, ruft mich an und wird ermordet.«

»Und woher weiß der, der sie umgebracht hat, dass Rosi dich angerufen hat?«, fragte Twiggy. »Und wenn er es weiß, bringt er dich dann auch um? Könnte doch sein, der glaubt, du weißt das, was Rosi herausgefunden hat.«

Wieder Schweigen.

»Wenn wir wüssten, was Rosi ausgeheckt hat, wüssten wir mehr«, sagte Matti. »Dann hätten wir wenigstens eine Ahnung davon, wem sie auf die Pelle gerückt ist.«

Dornröschen nickte.

»Und wie finden wir es raus?«, fragte Twiggy.

»Indem wir ihre Bude durchsuchen. Da wird sie das Zeug ja haben«, erwiderte Dornröschen.

»Es sei denn, sie hat es versteckt.« Matti kratzte sich am Ohr. »Das wissen wir aber erst, wenn wir ihre Wohnung auf den Kopf gestellt haben.«

»Da sind bestimmt die Bullen gewesen und haben die Tür versiegelt«, sagte Twiggy. »Also nicht schon wieder die Polizeitour. Ich habe noch vom letzten Mal die Schnauze voll.«

»Warum? Hat doch geklappt«, widersprach Matti. »Und wenn Werner uns die Polizeimarke leiht …«

»Dann weiß es ein paar Wochen später die halbe Stadt«, sagte Dornröschen. Beim letzten Mal hatte Werner das Großmaul sich seinen Beinamen wieder verdient. Inzwischen wusste jeder, dass die Okerstraßen-WG einen von Werners genialen Plänen verwirklicht hatte und dass dabei die Hundemarke, die er einem Bullen bei einer heroischen Maikeilerei am Kotti abgenommen hatte, eine entscheidende Rolle spielte. Leider konnte Werner nicht die ganze Geschichte erzählen. »Underground«, sagte er dann, wenn er im *Clash*, vorzugsweise vor jungen Genossinnen, von seinen Heldentaten raunte. »Ganz geheim, eine Aktion, die den Staat im Mark getroffen hat.«

Es klingelte an der Tür. Und gleich wieder und wieder.

»Die Bullen«, sagte Matti gelassen. Er ging zur Wohnungstür und öffnete sie. Davor stand in einem abgetragenen braunen Anzug Hauptkommissar Schmelzer, fett, rote Flecken im Gesicht, die Halbglatze mehr betont als getarnt durch eine daraufgeklebte extralange Strähne seines grauen Haars. In seiner Begleitung ein bürstenkopfiger Jungbulle in Zivil in Jeans und schwarzem Lederblouson. Sie kannten sich lange, Schmelzer und die Okerstraßen-WG. Am Anfang hatte Feindschaft gestanden, mittlerweile verzichtete er aber darauf, die WG mit Durchsuchungen zur Gestapozeit zu belästigen, worin sich womöglich Dankbarkeit zeigte für ein unverhofftes Zusammenwirken. Aber das war eine andere Geschichte.

»Wir müssen mit Frau Damaschke sprechen«, sagte Schmelzer.

Matti überraschte sich selbst, als er die Tür weit öffnete und zur Seite trat. Schmelzer hob die Augenbrauen und trat ein, der Jungbulle folgte ihm, ein wenig schüchtern, wie es sich gehörte, wenn man in eine Keimzelle des Terrors vordrang.

Die Zeitung war vom Küchentisch verschwunden, Twiggy und Dornröschen taten gelangweilt, als Schmelzer auftauchte.

Aber dann fragte Twiggy scharf: »Wie kommen die hier herein?«

»Lass mal«, sagte Dornröschen ruhig. »Wir machen einen Deal.« Ein Blick zu Schmelzer. »Sie dürfen mich hier befragen, aber meine Genossen bleiben da. Klar?«

Schmelzer wechselte einen kurzen Blick mit dem Jungbullen. Der hatte zwei Millionen Fragezeichen im Gesicht.

»Gut«, sagte Schmelzer. »Frau Damaschke, Sie haben gehört …«

Dornröschen wischte die Frage weg mit einer knappen Handbewegung.

»Sie waren die letzte Person, mit der Frau Weinert telefoniert hat, bevor sie ermordet wurde.«

Dornröschen erwiderte nichts.

Schmelzer räusperte sich. »Um was ging es in dem Gespräch?«

Dornröschen gähnte. »Um so einiges.«

Schmelzer warf ihr einen erstaunten Blick zu.

»Na, um das, was zwei Freundinnen zu bereden haben. Shopping, Männer …«

»Wollen Sie mich auf den Arm nehmen?«

Dornröschen ließ ihre Augen Schmelzers Figur abtasten. »Das würde ich nicht schaffen.«

»Ihrer … Freundin wurde der Schädel eingeschlagen. Und

Sie spielen Versteck mit der Polizei.« Schmelzer setzte eine enttäuschte Miene auf.

Matti, Twiggy und Dornröschen wechselten Blicke. Wohl fühlte sich Matti nicht. Sie wollten doch, dass der Mörder gefasst wurde, keine Frage. Aber sie trauten den Bullen nicht, und dies seit der DVD-Geschichte noch weniger als zuvor.

»Wir denken darüber nach, ob mir was einfällt«, sagte Dornröschen.

Schmelzer schnaubte.

»Ich stehe unter Schock«, sagte Dornröschen. »Teilamnesie, das verstehen Sie doch, oder?«

Schmelzer schüttelte den Kopf. Dem Jungbullen traten die Augen aus den Höhlen, er ging einen Schritt auf Dornröschen zu und bremste abrupt.

»Und aus diesem Zustand kann mich nur eines befreien: die liebevolle Zuwendung meiner Genossen.«

Matti erhob sich unter den misstrauischen Blicken des Jungbullen, stellte sich hinter Dornröschen und begann ihr sanft die Schultern zu massieren. Robbi streckte sich maunzend, lief über die Tischplatte zu Dornröschen und setzte sich auf ihren Schoß. Sie kniff ihn zart am Ohr, was ihn schnurren ließ wie einen Trabimotor mit Fehlzündungen. Der Jungbulle beobachtete die Szenerie mit aufgerissenen Augen, rote Flecken weiteten sich in seinem Gesicht. Schmelzer schüttelte den Kopf. »Sie haben meine Nummer. Wenn Ihnen was einfällt, rufen Sie mich an. Sie wissen, dass die Behinderung einer polizeilichen Ermittlung strafbar ist …«

»Ich schicke Ihnen ein Attest, in dem mir …«, sagte Dornröschen, ohne ihr Gesicht von Robbi abzuwenden.

Schmelzer winkte ab. »Ist schon klar.« Mit den Augen zeigte er dem Jungbullen, dass sie gehen würden. Aber der stand wie erstarrt und glotzte Dornröschen an.

»Kommen Sie«, sagte Schmelzer, in seiner Stimme mischten sich Mitleid und Ungeduld. Wenn er nicht gerade im Phlegma ertrank, brauchte ein Polizist Jahrzehnte, um solche Typen auszuhalten wie diese WG, und vielen gelang es nie. Manche Kollegen sehnten sich danach, diese Leute mal richtig ranzunehmen, und bei Demos taten sie es auch.

Der Jungbulle räusperte sich, es klang wie das Knurren eines gereizten Rottweilers, und folgte Schmelzer hinaus. Twiggy stellte sich in den Küchentürrahmen und beobachtete den Abmarsch, bis die Wohnungstür zuknallte.

»Und nun?«, fragte Matti.

»Mit wem hast du telefoniert?«, murmelte Twiggy.

Dornröschen war inzwischen in sich versunken.

»Das kannst du nicht machen«, sagte Twiggy.

Dornröschen hob langsam die Augen und starrte Twiggy an. »Was kann ich nicht machen? Außerdem, wir haben zurzeit gerade ein paar andere Probleme.«

»Du kannst dich nicht einfach mit so einem Typen einlassen«, sagte Twiggy.

»Was machen wir jetzt mit den Bullen?«, fragte Matti. »Vielleicht sagst du denen doch, was du weißt. Das wäre ein … taktischer Kompromiss.« Er hätte das Wort am liebsten zurückgeholt und heruntergeschluckt.

Dornröschen guckte Matti an, dann Twiggy. Und dann schrie sie, die noch nie geschrien hatte: »Seid ihr vom wilden Affen gebissen? Hat euch irgendjemand was ins Bier geschüttet?« Ihre Hand knallte auf die Tischplatte, mit einem Fauchen sprang Robbi auf den Boden und fegte geduckt aus der Küche.

»Rosi wurde umgebracht, nachdem sie mit mir gesprochen hat. Und vielleicht wurde sie ermordet, weil sie mit mir geredet hat«, zischte sie. »Und ihr habt keine anderen Sorgen als diesen Scheiß …« Scheiß. Das Wort blieb in der Luft hängen.

Twiggy und Matti wechselten ängstliche Blicke. Und Matti dachte, wenn sie so reagiert, dann denkt sie an Auszug. Dann hat sie es nicht mehr nötig, sich zu beherrschen. Dann hat sie die Nase voll von uns und unserer WG. Wie konnte es so weit kommen? Wenn nicht alles in die Brüche gehen sollte, mussten sie sich zusammenreißen. Er schickte Twiggy einen mahnenden Blick und schüttelte kaum merklich den Kopf.

»Was machen wir mit den Bullen?«, fragte Matti.

Dornröschen fixierte ihn kurz und guckte dann auf die Tischplatte.

Twiggy setzte Teewasser auf und stellte ihre beiden Kannen bereit, auffällig laut. Er holte zwei Flaschen Bier aus dem Kühlschrank und packte sie auf den Tisch. »Hunger?«, fragte er leise in Dornröschens Richtung. Aber sie antwortete nicht. Sie gähnte, und Matti schöpfte Hoffnung.

Der Wasserkocher begann zu zischen. Twiggy füllte Tee in eine Kanne, auf die andere legte er das Sieb. Immer wieder warf er ihr kurze Blicke zu, aber sie starrte weiter auf die Tischplatte. Als sie wieder gähnte, blickten die beiden sie erwartungsvoll an.

»Wir paktieren nicht mit den Bullen«, sagte Dornröschen. »Der Schmelzer mag ein nützlicher Idiot sein, aber das macht ihn nicht zum guten Bullen. Es gibt keine guten Bullen, diese Möglichkeit steckt nicht drin im Begriff des Bullen. Ich dachte, das hättet ihr kapiert.«

Die beiden Männer guckten schuldbewusst. Twiggy ähnelte einem hypertrophen Pudel, Matti versuchte den Dackelblick.

»Habt ihr schon vergessen, dass die Bullen die Morde an Konny und Norbi vertuschen wollten?« Sie tippte sich an die Schläfe und schüttelte den Kopf. »Rosi hat eine Riesensauerei aufgedeckt, und wenn wir das denen« – ihr Finger wies in Richtung Tempelhof, zum Polizeipräsidium – »überlassen, war das am Ende ein Unfall. Oder ein Vergewaltigungsversuch, die Arme hätte sich mal besser nicht wehren sollen. Da wurden Bonzen geschmiert, damit die Immohaie Wowis Berlin verschönern können, und ihr wollt mich zu den Bullen schicken …«

Nichts einfacher als das. Sie brauchten Werners Hundemarke nicht, sondern nur Dornröschens Frechheit, mit der sie sich als Rosis Schwester ausgab, die behauptete zu wissen, dass Rosi bei der Wohnungsnachbarin einen Schlüssel hinterlegt hatte. Die Frechheit wurde vierfach belohnt: Die Nachbarin war da, die Bohnenstange mittleren Alters mit wirren roten Haaren und Sommersprossen war dumm genug, Dornröschens Märchen zu glauben, sie hatte einen Schlüssel, und die Wohnung war nicht versiegelt. »Jetzt finde ich bestimmt meine Halskette wieder. Sie ist nicht wertvoll, aber sie ist von der Großmutter«, säuselte Dornröschen in der passenden Mischung von Trauer und Trost. Matti verkniff sich das Grinsen. Das fiel ihm leicht, er musste nur daran denken, wie Dornröschen telefoniert hatte in der letzten Nacht. Das Grauen hatte ein Bild.

Es war eine winzige Zweizimmerwohnung im dritten Stock, die sie unter den Blicken der Bohnenstange betraten. Das Erste, was Matti auffiel, waren die Wärme und der Geruch von Feuchtigkeit. Wie in der Sauna. Er fasste an den Heizkörper im Flur, er war warm, der Thermostat stand auf der höchsten Stufe. Auch in den anderen Zimmern waren die Heizkörper eingeschaltet. Matti drehte die Thermostaten auf null und öffnete die Fenster. Eine Sommerbrise zog durch die Wohnung, sie wirbelte Blätter vom Schreibtisch. Das war ihr Arbeits-und-Wohnzimmer gewesen. An der Seitenwand stand ein Zweisitzer, Leder, abgesessen, mit glänzenden Stellen. Über der Rückenlehne hing ein Tuch mit Elefantenmotiven. Vor dem Sofa stand ein eckiger Holztisch mit Doppelplatte. Auf der unteren quetschten sich Zeitungen, Papier, Broschüren, die obere war leer. Sie gingen durch die anderen Zimmer. Überall war es ordentlich, als hätte Rosi gerade aufgeräumt.

»Das sieht so aus, als hätte jemand die Bude durchsucht«, sagte Dornröschen, als sie in der Küche standen.

Twiggy blickte sie ungläubig an.

»Es ist zu ordentlich«, sagte Dornröschen.

»Und die aufgedrehten Heizkörper«, sagte Matti, »die Wärme soll die Spuren verfälschen, älter machen.«

Twiggy nickte. »Wasser und Fettsäure verdunsten, aber so schnell nun auch wieder nicht.«

»Vielleicht war Rosi einfach nur kalt am Abend, und sie hat vergessen, die Heizkörper runterzudrehen. Hier ist es ziemlich feucht. Kann doch sein, dass sie so die Bude trockener kriegen …« Matti guckte sich um, als könnte er etwas finden, um die Frage zu klären.

»Und dafür eine Schimmelpilzfarm aufmachen wollte«, widersprach Twiggy.

»Bleibt ruhig, Jungs«, sagte Dornröschen. »Wir halten fest: Es ist zu warm, und die Bude ist zu ordentlich. Wir suchen jetzt Unterlagen über Immohaie im Graefekiez.«

»Zu Befehl«, sagte Matti. Er begann im Wohnzimmer, Dornröschen nahm sich das Schlafzimmer vor und Twiggy die Küche.

Matti setzte sich aufs Sofa und zog die Stapel zwischen den Tischplatten hervor. Zeitschriften, Broschüren, eine mit dem Titel *Wir bleiben hier!*, Papiere. Matti blätterte alles durch, bis er auf eine blaue Aktenmappe stieß. Sie war unbeschriftet. Er schlug sie auf und sah Protokolle einer *AG Gegen Mieterhöhungen.* In der ersten Zeile stand jeweils das Datum, in der zweiten waren die Teilnehmer aufgelistet: Achim, Lisbeth, Willi, Karin, Jens, Rosi, Karla, Klaus, Susanne. Im nächsten Protokoll fehlte Jens, dafür waren Gerd und Udo L. erschienen. Den anderen Udo fand Matti im vierten Protokoll. Udo K. schien aber selten aufzutauchen. Rosi war immer da gewesen. Er überflog die Protokolle, es ging um Mieterhöhungen nach Hausverkäufen. Es tauchte immer wieder ein Name auf: Kolding AG. Matti begriff schnell, dass das ein Immobilienkonzern war, mit Sitz in Rotterdam. Offenbar war die Kolding AG der aktivste Käufer, er wickelte fast zwei Drittel der Transaktionen ab, genauer gesagt, er kaufte, verkaufte aber nie. *Willi: Kolding kauft am liebsten Häuser, die in einem schlechten Zustand sind. Je schlechter das Haus, desto höher der Profit.* Matti legte die Mappe auf den Schoß, den Finger an der Stelle, wo Willis These stand. Eigentlich ganz einfach, dachte er. Verrottetes Haus billig kaufen, renovieren, Eigentumswohnungen oder Luxusmietbuden rein, und schon fließt die Kohle. Jedenfalls in so einem Viertel wie dem Graefekiez. Die Leute bezahlen für den Landwehrkanal, die Kneipen, den riesigen Kinderspielplatz, die Ruhe und die Lage mitten in Berlin. Und dafür zahlen sie an Kolding. Das ist ungefähr so, als hätte man eine Gelddruckmaschine im Keller. Das Schärfste waren die Paul-Lincke-Höfe an der Ecke Reichenberger und Liegnitzer Straße, wo reiche Pinkel ihre Ferraris und Pseudogeländewagen direkt vor dem Wohnzimmer parkten, eine Provokation, *CarLoft* genannt, nur möglich, weil ein Wachunternehmen diese Häufung von Börsenjunkies und Werbefuzzies vor dem Zorn Kreuzbergs schützte.

Matti blätterte weiter. Von Aktionen war die Rede. *Wie kann man Zuzüglern die Hölle heiß machen?*, fragte Karla laut Protokoll. Sie schlug Sprayaktionen vor, Lärmattacken, Schimpfkanonaden. *Man kann so einen geleckten Wichser ruhig mal anpöbeln, wenn Markt am Maybachufer ist.*

Klaus gab offenbar den Strategen, jedenfalls warnte er vor den langfristig negativen Folgen. Man dürfe sich nicht von der Bevölkerung entfernen, und die finde solche Aktionsformen eher abschreckend.

Aber Karla war gar nicht einverstanden. *Wenn man mit radikalen Aktionen Erfolg hat, gewinnt man auch die Mehrheit der Leute.* Außerdem habe sie noch keinen anderen Vorschlag gehört, der irgendwas bringen würde. *Es gibt nur die Möglichkeiten: Aktion oder Resignation.* Rosi stimmte ihr zu: *Wenn wir nichts Richtiges unternehmen, können wir auch gleich kapitulieren.*

In anderen Protokollen entdeckte Matti Hinweise, dass der Streit unentschieden blieb, sich die Bürgerinitiative grob in zwei Fraktionen teilte, in Radikale wie Karla und Rosi und Weicheier wie Klaus. Diese Art von Strategen kannte Matti, die verbargen ihre Feigheit hinter einer endlosen Kette von Worten.

»Und?«, fragte Dornröschen. Sie lehnte am Türrahmen.

»In dieser Ini gab es Leute wie Rosi oder so eine Karla, die standen auf Aktionen. Und diese anderen, du weißt …«

Dornröschen winkte ab.

»Es geht um einen holländischen Immohai, der hier dick eingestiegen ist«, sagte Matti nachdenklich.

Twiggy erschien hinter Dornröschen.

»Rosi kämpft gegen den Immohai, sie hat heiße Infos über den Konzern und Leute vom Senat, also muss Rosi weg«, sagte Twiggy.

»Ich weiß nicht.« Matti schüttelte den Kopf.

»Was weißt du nicht?«, fragte Dornröschen.

»Das ist mir zu einfach.«

»Meistens sind die einfachen Dinge wahr«, erwiderte Dornröschen schnippisch.

»Und meistens hat Dornröschen recht«, sagte Twiggy.

Matti nahm die Protokolle mit, sonst fanden sie nichts. Sie verließen die Wohnung. Vor der Tür wartete die Bohnenstange. Mit einem zuckersüßen Lächeln fragte ihr Froschmaul: »Nun, haben Sie die Kette gefunden?« Ihre Augen streiften hektisch über die drei Freunde. Matti, der als Letzter hinausgekommen war, versteckte die Mappe hinter seinem Rücken.

»Ja«, säuselte Dornröschen und griff in die Tasche.

Der Bohnenstange Augen folgten Dornröschens Hand, aber als die ihre leere Hand aus der Tasche zog, atmete sie einmal durch und wendete sich abrupt ab.

»Ihr Schlüssel«, sagte Twiggy.

Die Bohnenstange schnappte den Schlüssel, als Twiggy ihn hinhielt, und verschwand in ihrer Wohnung.

Sie gingen zur Admiralbrücke. Je näher sie ihr kamen, desto langsamer liefen sie. Die Vögel zwitscherten, am blauen Himmel zeichnete ein Flugzeug, ein silbrig glänzender Punkt nur, Kondensstreifen. Ein weißes Cabrio rollte fast lautlos vorbei, darin ein junges Paar, *ÜBerlin* von R.E.M. verklang mit dem sich entfernenden Auto. Hier konnte kein Mord geschehen sein, dachte Matti. Dann wäre es düster, es gäbe kein Zwitschern und keine Musik.

Das Kopfsteinpflaster der Brücke glänzte im Sonnenlicht. Der Mittelstreifen, abgetrennt durch Steinpoller, ein paar waren beschmiert. Ein rundes Schild, *2,8 t*, schwarze Schrift auf weißem Grund, rot umrandet. Auf beiden Seiten je drei auf alt getrimmte Laternen, die mittleren trugen Doppellampen.

Sie betraten den Mittelstreifen und standen gleich vor der Umrisszeichnung. Überall waren Kronkorken in den Teer getreten, der die Pflastersteine verfugte. Ein paar schwarze Flecken glänzten, Rosis Blut.

2: Speak To Me Someone

Ülcan saß hinter dem fleckigen Monsterschreibtisch in dem Kabuff, das er sein Büro nannte. Die Luft war voller Zigarettenqualm, vor sich hatte Mattis Chef die Sportseiten der *Milliyet*, und offenbar war der türkische Fußball in der Krise oder wenigstens Trabsonspor. Jedenfalls guckte Ülcan trübe aus seinen großen schwarzen Augen auf Matti, der pünktlich zur Tagesschicht erschienen war und das reinste aller Gewissen hatte. In den letzten Monaten hatte er funktioniert wie ein Uhrwerk, hatte tonnenweise Fahrgäste von hier nach dorthin gefahren, hatte sich das Gemecker über die Scheißregierung, Hertha BSC, die Kommunisten oder den Osten angehört, ohne ein einziges Mal deutlich zu werden, hatte es sogar hingenommen, dass ihm einer ins Auto kotzte, empfand sich auf der Straße als Ritter der Höflichkeit und lieferte das Geld rechtzeitig beim Taxibesitzer ab. Aber er hatte natürlich keine Sekunde erwartet, dass der es ihm dankte. Vielleicht sollte er es als Anerkennung betrachten, dass ihn Ülcan nicht mit einer Schimpfkanonade bombardierte, sondern ihm nur einen kurzen traurigen Blick zuwarf und irgendwas brummte, was Matti als Gutenmorgengruß verstand. Matti nahm den Schlüssel vom alten E-Klasse-Benz vom Brett und verließ das Büro. Er schloss die Tür, damit Ülcan seine Selbsträucherung fortsetzen konnte, und stieg ins Auto. 289 765 Kilometer stand auf dem Tacho. In der Ablage vor dem Automatikwahlhebel lag immer noch die gelbe Broschüre mit den Weisheiten des Konfuzius, aber Matti hatte schon ewig nicht mehr hineingeschaut. Vor einem Jahr hatte er täglich darin gelesen, aber es war eine Scheißzeit gewesen, und das Büchlein erinnerte ihn daran. Doch wegwerfen wollte er es auch nicht. Noch nicht. In der Ecke des Hinterhofs rostete immer noch das Kreidlermoped, dessen massenhafte Nutzung vor ein paar Jahrzehnten die demografischen Nöte Deutschlands um einige Promille vergrößert hatte, wobei der Schwund vor allem die Dorfjugend traf, was in Mattis Augen die Sache nicht unbedingt dramatisierte.

Er startete den Diesel und fuhr in Richtung Hermannplatz, als sein PDA piepte. Die Tour von der Lenaustraße 41 zur Oderstraße in Friedrichshain nahm er an, die alte Dame wartete schon vor der Tür. Sie trippelte mit Handtasche und Hut ins Taxi, überm Arm trug sie trotz der Augustwärme einen Mantel.

»Die Oderstraße kennen Sie doch wohl?«, fragte sie skeptisch, als sie auf der Rückbank saß.

»Ja«, sagte Matti trocken.

»Na, nicht jeder Taxifahrer im Westen kennt sich drüben aus«, sagte sie spitz.

»Am Traveplatz«, erwiderte Matti. Eine Tour, die sich nicht lohnte.

Die Dame schwieg.

Der Duft eines Parfüms zog unter Mattis Nase. Warum erinnerte er ihn an Lily? Sie hatte anders gerochen.

Sie fuhren über die Friedel-, Ohlauer und Wiener auf die Skalitzer Straße. Dann über die Oberbaumbrücke und die Gleise der S-Bahn in die Warschauer Straße, um rechts in die Boxhagener Straße hineinzufahren, und schon waren sie am Ziel. Auf dem Traveplatz spielten Kinder, auf Bänken saßen Mütter mit Kinderwagen und beobachteten das Treiben. Die Dame gab ihm sogar Trinkgeld und trippelte schweigend davon.

Der Tag blieb schön, und Matti fuhr viele Leute durch Berlin. Einen steifen Geschäftsmann nach Schönefeld, zwei missgelaunte junge Frauen zum Hauptbahnhof, schottische Touristen zum KaDeWe, ein Franzose zu Fuß fragte bei einem Ampelstopp auf dem Zebrastreifen nach dem Café Kranzler, das er nicht wiedererkannt hatte. Eine drittklassige Filmschauspielerin zeigte sich beleidigt, womöglich weil Matti sie nach fünf Minuten immer noch nicht gefragt hatte, ob sie nicht Darstellerin in der Serie Soundso sei, womit sie ihn dann jedenfalls mit piepsiger Stimme zutextete.

Als er am Nachmittag einen großmäuligen Niederbayern vom Café Einstein in der Kurfürstenstraße zum Tempelhofer Ufer fahren musste, beschloss Matti, dass er genug gearbeitet hatte, und kehrte zurück zur Garage, deren Graffiti-verschmiertes Tor wie fast immer geschlossen war, weil Ülcan nicht aufpasste und seinen Hintern nicht hochbekam. *Fuck you* stand da in krakeliger Sprayschrift. Matti überhörte Ülcans Gemecker, knallte die Bürotür zu, schwang sich auf sein Damenfahrrad und radelte gemächlich los.

Am U-Bahnhof Boddinstraße kaufte er ein Sechserpack Astra Pils. Als er die Treppen in der Okerstraße 34c hochgestiegen war, ahnte er schon vor der Haustür die Vorzeichen der Katastrophe. Irgendetwas war anders. Er schloss die Tür auf und hörte nichts. Kein Geklapper in der Küche, kein Reden, kein Geräusch aus dem Badezimmer, nichts. Und doch wusste er, dass seine Freunde da waren. Dornröschen zieht aus, dachte Matti. Ihm wurde übel. Er blieb stehen und spürte, wie er zu schwitzen begann. Dann ein Rascheln in der Küche. Matti schlich sich fast an. Als er in die Küche kam, saßen Dornröschen und Twiggy am Tisch. Darauf lag aufgeschlagen ein Telefonbuch. Twiggy wendete sein Gesicht wie in Trance Matti zu. Dornröschen starrte irgendwohin.

»Robbi«, sagte Twiggy. »Robbi.«

Schlimme Gedanken schossen durch Mattis Hirn. Der Kater aus dem Fenster gestürzt, erstickt, in der Waschmaschine zu Tode geschleudert, in der Badewanne ertrunken, Nachhall von Twiggys Ermahnungen. Und bloß keine Fenster kippen, die Katzenfalle Nummer eins!

»Er verliert Haare«, sagte Twiggy.

Matti verstand erst nicht. Er blickte auf den Boden und sah schwarz-weiße Fellhaarbüschel. Er stellte den Sechserpack auf den Tisch. »Wo ist er?«

Twiggy deutete zu seinem Zimmer. Und vor Mattis innerem Auge erschien ein Bild: der Kater an Schläuchen im Krankenbett, Katzenschwestern in Weiß um ihn herum.

Matti ging in Twiggys Zimmer. Robbi lag zusammengekringelt auf dem Bett und öffnete ein Auge halb, als er Matti hörte. Das

Auge war tranig und schloss sich gleich wieder. Matti betrachtete den Kater, dann streichelte er ihn und sah ausgedünnte Stellen im Fell. Zurück in der Küche, sagte er: »Wir müssen zu Dr. Schneider.«

»Dr. Schneider ist nicht mehr. Den hat die große schwarze Katze geholt«, erwiderte Twiggy. »Was glaubst du, warum das Branchentelefonbuch hier liegt?« Er deutete darauf.

Matti setzte sich an den Küchentisch. »Habt ihr schon einen gefunden?«

Twiggy schüttelte den Kopf. »Das sind bestimmt alles Giftmischer. Außerdem hat Robbi Angst vor jedem Tierarzt außer Dr. Schneider.« Den Doktortitel würde er in keinem anderen Fall über die Lippen kriegen, aber Dr. Schneider hatte Robbi schon mehrfach das Leben gerettet, jedenfalls wenn man wie Twiggy davon ausging, dass das geringste Unwohlsein lebensbedrohlich sein musste für den armen Kater. Dr. Schneider hatte ein Gespür für Katzen und vor allem für ihre Besitzer gehabt. Er behandelte eher den Katzenhalter als das Tier, wodurch in vielen Fällen auch das Tier wundersam gesundete.

»Na, man kann jetzt nicht sagen, dass Robbi freiwillig zu Schneider ging«, sagte Matti.

»Du hast doch die Protokolle mitgenommen?«, warf Dornröschen ein.

Matti stutzte und sagte: »Ja, klar. Liegen in meinem Zimmer, auf dem Schreibtisch.«

Twiggy blickte von einem zur anderen. »Hey!«

»Mann, Twiggy, Robbi hat die Mauser. Katzen verlieren Haare, wenn es warm wird«, sagte Matti.

»Aber Robbi verliert nicht nur Haare, er ist auch so … apathisch.«

Fast hätte Matti gesagt, dass der Kater immer apathisch sei, außer wenn er was fressen wollte, aber das traute er sich nicht.

»Sabine«, sagte Dornröschen nachdenklich. »Die hat auch eine Katze.«

»Die aus der Redaktion?«, fragte Matti.

Dornröschen nickte und gähnte.

Matti erinnerte sich, er hatte Sabine ein-, zweimal gesehen, eine lebhafte Kleine mit kurzen schwarzen Haaren.

Dornröschen wählte Sabines Nummer auf dem Handy.

»Du hast doch eine Katze. Zu welchem Tierarzt…?«

Sie hörte eine Weile zu und sagte dann: »Alles andere später, wir haben einen Notfall.« Ihr Blick fiel auf Twiggy.

Der Arzt hatte nicht mal einen Doktortitel, dafür lag seine Praxis in der Kienitzer Straße, neben dem Polnischen Schulverein. Twiggy hatte lange auf Robbi eingeredet, um ihn zu überzeugen, in den Katzentransportkorb zu steigen. Aber als der nach einer Viertelstunde die freundliche Einladung immer noch missachtete, setzte Matti ihn kurzerhand in den mobilen Katzenknast. Es ging so schnell, dass weder Robbi noch Twiggy einen Laut des Protests herausbekamen. Matti schloss den Deckel, und da erklang das erste Maunzen des Katers. Es ging allen durch Mark und Bein.

»So, jetzt schnell!« Für Dornröschen kam Widerspruch nicht infrage.

Twiggy nahm vorsichtig den Korb. »Ist gar nicht so schlimm«, sprach er hinein. Robby maulte nur umso lauter.

Im Wartezimmer ängstigten sich sieben Hunde, vier Katzen, ein Meerschweinchen und ein Kanarienvogel. Der Besitzer eines Schäferhunds und die am Hals tätowierte Halterin eines Bullterriers mit einem stählernen Maulkorb unterhielten sich lautstark über die Vorzüge verschiedener Hunderassen, um sich darauf zu einigen, dass neben Bullterriern und Schäferhunden womöglich Hirtenhunde oder Huskies bestehen könnten, dann aber lange nichts komme.

Dornröschen, Twiggy, Matti und Robbis Korb fanden in einer Ecke Platz. Robbi drängte sich in eine Ecke des Knasts und schwieg. Der Korb stand auf Twiggys Schoß, und der flüsterte fortlaufend etwas hinein. Er saß in der Mitte.

Matti beugte sich nach vorn: »Und was machen wir jetzt?«

»Wir gehen gleich ins Sprechzimmer«, sagte Twiggy und redete wieder auf Robbi ein.

»Nein, mit Rosi.«

Dornröschen beugte sich auch nach vorn. »Wir klappern die Leute von der Ini ab, die wissen vielleicht was.«

»Puh«, stöhnte Matti.

»Fällt dir was Besseres ein?«

Nach einer guten Stunde waren sie endlich dran. Herr Kwiatkowski trug einen schwarzen Schnauzer und war mürrisch. Sein Deutsch hatte einen osteuropäischen Einschlag. Er untersuchte Robbi eingehend, und der ließ nach einem Fauchen alles über sich ergehen, als hätte er mit seinem neunten Katzenleben abgeschlossen. Er ertrug sogar die Kanüle, mit der ihm der Arzt Blut abnahm.

Als Robbi wieder im Korb saß, schüttelte Kwiatkowski den Kopf. »Dem Tier fehlt nichts. Kerngesund.«

»Aber er verliert doch Haare«, sagte Twiggy.

Der Arzt schüttelte bedächtig seinen Kopf. »Das Einzige, was ich mir vorstellen kann, aber ...« Er schüttelte wieder den Kopf.

»Ja, was denn?« Twiggy starrte ihn an.

Kwiatkowski hob die Brauen. »Etwas Psychosomatisches«, sagte er. Er klang ungläubig.

»Wie bitte?«, fragte Matti.

»Der Kater zeigt diese Symptome, weil er sich ... unwohl fühlt.« Kwiatkowski blickte zum Korb, zuckte mit den Achseln, setzte an, etwas zu sagen, schloss aber den Mund wieder.

Twiggy schaute in die Runde. Sein Blick blieb an Dornröschen hängen und verfinsterte sich. Er stampfte einmal auf, erschrak und starrte auf Robbis Korb, nahm ihn und marschierte aus dem Sprechzimmer.

Zurück in der WG-Küche, herrschte eisiges Schweigen. Der Kater lag schlapp auf Twiggys Schoß.

Matti räusperte sich.

Twiggy blickte irgendwohin.

Dornröschen rührte in ihrem Tee, der längst kalt geworden war.

Endlich sagte Matti: »So geht das nicht weiter.«

»Nein«, sagte Twiggy. »So geht das nicht weiter.«

Dornröschen rührte.

»Was ist los?«, fragte Matti. »Willst du ausziehen, alles hinschmeißen?«

Dornröschen rührte.

»Jetzt sag's doch!«, maulte Twiggy.

»Ihr seid bescheuert«, sagte Dornröschen, gähnte und ging. Ihre Zimmertür klackte.

Die beiden Männer blickten sich an. Matti fühlte sich hilflos. Es war alles Mist. Dornröschen war in der ungnädigen Phase ihrer schnippischen Periode. Da gab es nichts, das half.

Twiggy knurrte, Robbi warf ihm einen gelangweilten Blick zu.

»Also, lass uns nachdenken«, sagte Matti. »Wenn wir mit diesen Ini-Leuten reden wollen ...«

Twiggy nahm den Kater auf den Arm, stand schwerfällig auf und verließ die Küche.

Matti wurde wütend. Er holte sich eine Flasche Bier aus dem Kühlschrank und trank sie in drei Zügen leer. Er kramte herum, bis er Weinbrandreste fand, die er ebenfalls in sich hineinschüttete. Unter der Spüle entdeckte er eine halb volle Rotweinflasche, er zog den Korken heraus und nahm einen großen Schluck. Und spuckte ihn gleich wieder aus, Essiggeschmack würgte im Hals, und er hätte sich fast übergeben. Matti beugte sich zum Wasserhahn und spülte seinen Mund aus. Dann stellte er sich in den Flur und brüllte: »Habt ihr alle eine Meise? Rosi wurde ermordet, und ihr macht auf beleidigt. Ist euch das egal? Wollt ihr Rosi den Bullen überlassen? Tolle Genossen!«

Er nahm sich eine Flasche Bier und setzte sich wieder an den Küchentisch. Nach dem zweiten Schluck hörte er Schritte. Dornröschen kam klein herein und setzte sich auf ihren Stuhl. Sie seufzte. Ein paar Sekunden später erschien auch Twiggy.

»Also«, sagte Matti. »Je länger wir warten, desto weniger kriegen wir heraus.«

Dornröschen nickte. Twiggy muffte noch.

»Also, die Ini abgrasen«, sagte Dornröschen nachdenklich. Ihre Hand sank auf die Tischplatte und hob sich wieder, um ein paar Millimeter darüber zu verharren. »Warum haben die eigentlich Wortprotokolle geführt?«

Schweigen.

»Also«, sagte Twiggy. »Wir rücken denen auf die Pelle. Und was erfahren wir?«

»Hm«, erwiderte Matti.

»Motive«, sagte Dornröschen. »Und über die Motive finden wir den Mörder und den, der dahintersteckt.«

»Und die erzählen uns brav alles, weil wir so nette Leute sind.« Matti schniefte.

»Lass mich mal machen«, sagte Dornröschen gelassen.

Karin wohnte an der Kreuzung Graefestraße/Böckhstraße über einem Stehcafé in einer Wohnung mit vergilbter Raufasertapete und einem abgetretenen Linoleumboden. Adresse und Telefonnummern standen in den Protokollen, und Dornröschen hatte nicht lang gebraucht, um sich bei ihr einzuladen. Karin war schwer beeindruckt, als Dornröschen auftauchte. »Ich hab viel von dir gehört«, murmelte sie. »Und dich auch ein paarmal gesehen. Und du bist wahrscheinlich Matti«, stotterte sie, während Twiggy das Gesicht verzog. »Und Twiggy …« Sie hielt ein paar Sekunden die Hand vor den schmallippigen Mund, atmete hörbar aus und sagte: »Dann kommt mal rein.«

Rothaarig, dünn und klein trippelte sie vor ihnen her in die Küche. Sie blieb neben der Tür stehen und beobachtete, wie die WG sich an den Tisch setzte. »Wollt ihr was trinken?«, fragte sie.

»Danke.« Dornröschen zeigte auf den freien Stuhl am Kopfende, und Karin setzte sich vorsichtig, als könnte der Stuhl jeden Augenblick zusammenbrechen. Sie starrte Dornröschen an.

»Wir haben dich angerufen, weil du in den Protokollen stehst«, sagte die und zeigte auf die Mappe, die vor Matti lag.

Karin legte den Kopf auf die Seite und hatte große grüne

Augen. Auf der Nase hielten Sommersprossen eine Versammlung ab.

»Es geht um Rosi«, sagte Dornröschen, und Karins Augen wurden größer. Sie zog die Brauen hoch und kratzte sich an der Wange.

»Sie ist tot«, sagte Twiggy vorsichtig.

Karin nickte hektisch.

»Und wir wollen herausfinden, wer sie umgebracht hat.«

»Ja«, sagte Karin.

»Sie wusste etwas über die … Immobiliengeschichten hier«, erklärte Dornröschen.

»Ja.«

»Und wir halten es für möglich, dass sie etwas veröffentlichen wollte, das jemanden so genervt hat, dass er sie umbringen musste.«

»Meint ihr?«

Matti sah seine Finger auf der Tischplatte tanzen und hielt an, als ihn Dornröschens Blick strafte.

»Hat sie dir irgendwas erzählt?«, fragte Dornröschen freundlich.

»Nööö.« Karin zog das Wort in die Länge und ließ es verklingen.

»Du hast dir keine Gedanken gemacht, wer Rosi umgebracht haben könnte?«, warf Matti ein.

Karins Gesicht zuckte. »Na, diese Kolding-Typen«, sagte Karin. Schweigen, dann: »Vielleicht.«

»Habt ihr mit denen mal was zu tun gehabt?«, fragte Twiggy.

»Ja.« Karin nickte. »Die haben mal eine Sitzung von uns besucht, wollten uns … einseifen. Das sind … smarte Typen, ohne Schlips, mit Jeans, Turnschuhen und so. Ist ihnen aber nicht gelungen.«

»Und dann?«, fragte Dornröschen.

Karin zögerte, stand auf und verließ die Küche. Sie kehrte mit einem Blatt Papier zurück und legte es auf den Tisch: *Hört auf oder ihr seid tot.*

Dornröschen zog das Blatt vor sich und betrachtete es. Dann schob sie es zu Matti. Der nahm es in beide Hände und hielt es gegen das Licht des Küchenfensters. Schwarze Laserdruckerschrift auf Kopierpapier. Er reichte es Twiggy, der es kurz anschaute und seine Augen auf Karin richtete. Sie war bleicher geworden.

»Haben das alle bekommen?«, fragte Dornröschen.

Karin nickte hektisch.

»Per Post?«

»Mit der Post.«

»Wann?«

»Vor drei Wochen oder so.«

»Und was habt ihr dagegen getan?«

Sie zuckte mit den Achseln und legte ihren Kopf schief.

»Hm«, sagte Matti. »Zu den Bullen seid ihr nicht gegangen?«

Karin schüttelte den Kopf. »Natürlich nicht.«

»Da wart ihr euch einig?«

»Bananen-Udo, also Udo Kommer, der wollte zu den Bullen, aber wir haben ihn überstimmt.«

»Kennt ihr den?«, fragte Matti.

Twiggy schnäuzte sich, steckte das Taschentuch in die Hosentasche und sagte: »Der ist okay. Hat im Hamburger Großmarkt malocht und ist seit gut zwei Jahren hier. Ihr erkennt ihn wieder, wenn ihr ihn seht.«

»Und warum will der dann zu den Bullen?«, fragte Matti.

»Manchmal fangen die sogar Mörder«, schnappte Twiggy.

»Und was macht er jetzt, wenn er keine Bananenkisten mehr schleppt?«

»Promoviert und jobbt halbtags in 'nem Jounalistenbüro«, sagte Dornröschen. »Ich erinnere mich. Aber zurück zu den Kolding-Leuten. Die waren bei euch, haben versucht euch einzuseifen, sind auf die Schnauze gefallen, und danach habt ihr diesen Liebesbrief bekommen? In dieser Reihenfolge?«

Karin nickte beflissen.

»Und ihr glaubt, der Brief stammt von denen?«

Karin nickte. »Von wem denn sonst?«

»Bananen-Udo glaubt das auch?«, fragte Matti.

»Alle glauben das«, erwiderte Karin. »Wer soll es denn sonst sein?«

»Und warum sind die so sauer auf euch?«

»Mensch, Matti, das ist doch klar.« Karin klang gereizt. »Wir haben Aktionen gegen die gemacht und gegen diese Spießer mit der dicken Kohle …«

»Was für Aktionen?«, fragte Twiggy.

»Gesprayt und so …«

»Und was ist das ›Und so‹?«

Karin wurde noch bleicher.

»Ist gut«, sagte Dornröschen.

Matti fielen Zeitungsberichte ein von brennenden Autos, eingeworfenen Fensterscheiben und krumm getretenen Luxusfahrrädern.

»Haben die Kolding-Fritzen euch auf die militanten Aktionen angesprochen?«, fragte Dornröschen geduldig.

Karin nickte.

»Und ihr habt es abgestritten?«

»Wir haben gelacht«, sagte Karin.

»Habt ihr solche Aktionen gemacht?«, fragte Matti.

Karin grinste verschämt.

»Ist doch okay«, sagte Twiggy im Tonfall eines Oberarztes nach einer kritischen Operation zu den Angehörigen im Krankenhausflur. »Ich würde mir auch was einfallen lassen, um die Pisser zu vergraulen. Nur, hat's was gebracht?«

»Aber wir müssen doch was tun!«, sagte Karin. »Ein Haus nach dem anderen wird gekauft und luxussaniert. Die Mieten steigen, es werden Mietwohnungen versteigert, stell dir das mal vor, das ist doch pervers. Darin leben Leute, oft schon seit Jahrzehnten, und dann werden die mit ihren Wohnungen einfach versteigert. Wer bietet das Meiste?« Ihre Hand schnellte hoch, als wollte sie sich melden. »Da kann man nicht herumsitzen und jammern, da muss man was tun, wenn die so mit Menschen umspringen.«

»Sagen wir es so: Die Kolding-Fritzen glaubten, dass ihr hinter den Aktionen steckt. Deshalb sind sie aufgetaucht, deshalb könnten sie den Drohbrief verfasst haben und deshalb könnten sie Rosi umgebracht haben.« Dornröschen kratzte sich an der Nase. »Was haben die euch gesagt, als sie aufgetaucht sind?«

Karin überlegte. »So genau weiß ich das gar nicht mehr. Nichts Genaues. Von Geld war die Rede, von Zusammenarbeit, dass die Betroffenen einbezogen und irgendwie entschädigt werden sollen …«

»Haben die euch Geld angeboten, damit ihr Ruhe gebt?«, fragte Matti.

Karin schüttelte den Kopf. »Ich weiß nicht, da waren so Sprüche wie: Man kann über alles reden … Ach ja, die laberten, dass sie uns vielleicht als Experten hinzuziehen könnten.«

»Hat jemand in der Ini das gut gefunden?«, fragte Matti.

»Nein!« Das kam prompt. »Wir haben öffentliche Sitzungen in der *Weltküche*, hin und wieder kommen Leute vorbei, wenn es sie gerade erwischt hat mit Mieterhöhungen oder Umwandlungen in Eigentumswohnungen. Und dann kamen eben diese drei Typen, ganz cool, gut gelaunt und fanden uns toller, als wir uns selbst fanden. Sie hätten Verständnis, für alles. Aber irgendwann müsse man vernünftig reden. Wir könnten nicht bis zu unserem Lebensende … der hat wirklich gesagt: bis zu unserem Lebensende …« Karin legte ihre Stirn in Falten. »Na ja.« Sie kratzte sich an der Wange. »Also, wir könnten nicht bis zu unserem Lebensende solche Sachen machen.« Sie klang verächtlich.

»Und woher konnten die so genau wissen, was ihr macht?«, fragte Dornröschen.

»Ach, das weiß fast jeder hier. Wir diskutieren das, wir verteilen Flugblätter … nur die konkrete Planung und die Aktion selbst, also, was wir machen, wann wir es machen und so weiter, das wird im engeren Kreis geklärt.«

»Sicher, dass ihr keinen Spitzel habt?« Matti blickte Karin aufmerksam an.

Sie überlegte, schüttelte bedächtig den Kopf, rieb sich an der Nase und stöhnte leise. »Wer sollte das Schwein sein?«

Matti zuckte mit den Achseln. »Wenn du es nicht weißt oder ahnst?«

Sie stützte ihr Gesicht auf die Hände und dachte nach. »Nein, das glaube ich nicht.«

»Aber die Kolding-Leute wussten einiges über euch.«

»Glaubst du, die haben bei uns einen eingebaut? Ich kenne jeden, der bei uns mitmacht.«

»Und was ist mit Bananen-Udo, der kommt aus Hamburg. Sagt er. Und der wollte zu den Bullen mit dem Brief«, sagte Dornröschen. »Legst du für den auch deine Hand ins Feuer?«

Karin verzog ihr Gesicht.

»Habt ihr euch über den in Hamburg erkundigt?«

»Ich nicht«, sagte Karin. »Ich spitzle doch niemandem nach.«

»Klar«, sagte Matti. »Aber fragen heißt nicht spitzeln.«

»Hat Udo erzählt, was er in Hamburg gemacht hat?«

»Ja, war bei den Antiimps, bis es ihm zu langweilig wurde. Hat er gesagt.«

Dornröschen tauschte Blicke mit Matti und Twiggy und nickte.

Zurück in der Okerstraße, rief Matti Gaby an, die mit Werner dem Großmaul in einer WG in der Adalbertstraße wohnte. Ob sie einen zuverlässigen Genossen bei den Hamburger Antiimps kenne. Gaby fragte nicht groß nach, sondern gab Matti die Nummer von Aliza, die sei in Ordnung. Er solle sich auf sie berufen, Aliza würde dann Gaby fragen und Matti zurückrufen. Eine Viertelstunde nach Mattis Anruf hatte er Aliza auf dem Handy. Sie hatte eine leise Stimme. »Bananen-Udo oder Udo Kommer, sagt dir der Name was?«

Rauschen, dann: »Nein. Wir haben hier einen Udo, aber der wohnt im Schanzenviertel und nicht in Berlin.«

»Vor zwei Jahren etwa soll der nach Berlin gezogen sein.«

Wieder Rauschen. »Keine Ahnung«, sagte Aliza. »Wirklich nicht.«

Nachdem Matti das Gespräch beendet hatte, saßen sie eine Weile schweigend am Küchentisch.

»Was hat der Spitzel mit dem Mord zu tun?«, fragte Dornröschen endlich.

Robbi schlich sich von seinem Krankenlager in Twiggys Zimmer auf dessen Schoß und sah elend aus. Twiggy streichelte ihn sanft über den Kopf, der Kater schnurrte leise und machte sich lang. Twiggy betrachtete eingehend ein Haarbüschel und schüttelte den Kopf.

»Keine Ahnung«, sagte Matti.

»Wenn er überhaupt einer ist«, sagte Twiggy und ließ das Fellbüschel auf den Boden schweben. Er verfolgte es mit den Augen, bis es gelandet war.

»Also, er will mit dem Drohbrief zu den Bullen, er ist erst seit zwei Jahren in Berlin, und er hat über seine Vergangenheit gelogen«, sagte Matti. »Ich finde, das reicht.«

»Du bist Lily-geschädigt«, erwiderte Twiggy. »Das ist halt ein Angeber, wäre nicht der erste.«

Matti blies die Backen auf und entließ die Luft.

»Nun ist es gut«, sagte Dornröschen. »Nicht schon wieder Streit.« Sie nippte an ihrem Tee. Patti Smith röhrte *My Generation*, Dornröschen blickte auf ihr Handy, lächelte und wies den Anruf ab. »Udo taucht selten auf bei den Ini-Sitzungen, behaupten die Protokolle. Das spricht dagegen, dass er spitzelt.«

»Es sei denn, er hat den Schwachsinn mit den Wortprotokollen erfunden«, sagte Matti. »Dann braucht er nur die Aufnahme oder deren Abschrift.«

»Raffiniert«, spöttelte Twiggy.

Matti warf ihm einen giftigen Blick zu.

»Ich weiß, warum Robbi krank ist«, sagte Twiggy. »Ihr seid schuld. Dornröschen vor allem. Das ist doch ein Scheißklima hier, mir fallen auch bald die Haare aus.« Er starrte gegen die Wand.

»Können wir vielleicht beim Thema bleiben«, sagte Dornröschen betont ruhig.

»Seit wann bestimmst du, was das Thema ist?«, fragte Twiggy.

»Wir wollten über Rosi sprechen, du auch«, erwiderte Dornröschen trocken.

Twiggy streichelte Robbi und schwieg.

»Okay«, sagte Matti, »wenn Bananen-Udo ein Spitzel ist, was sagt uns das?«

Dornröschen zuckte mit den Achseln. »Was sollen wir sonst machen, außer nach Auffälligkeiten zu suchen?«

Schweigen.

»Wir knöpfen uns Udo vor«, sagte Matti. »Und dann werden wir sehen.«

Udo Kommer wohnte im dritten Stock eines Mietshauses in der Nostitzstraße mit restaurierter Fassade, weiß getüncht, davor parkende Autos, zwei Fahrräder an einem Ständer angeschlossen. Ein lauer Wind blies die Straße hinunter, wirbelte Staub auf und wehte die Körnchenwolke auf die Fahrbahn.

Sie standen vor der Haustür und fanden das Klingelschild. Bevor Matti drückte, sagte er: »Der wohnt gar nicht im Graefekiez. Wenn irgendeine Hütte gentrifiziert ist, dann die hier.«

»Ah, pünktlich wie die Maurer«, sagte Udo, der sie vor der Wohnungstür erwartete. Das Treppenhaus war neu und edel, dunkel gebeiztes Holz, weiße Kacheln an der Wand, keine Kritzeleien. Matti entdeckte ein zweites Schloss an Udos Wohnungstür und, als sie in der Wohnung waren, einen Stahlbügel von innen. Sie liefen über einen weichen Teppich in ein Wohnzimmer mit Ledersofa und Ledersesseln um einen Glastisch auf Chrombeinen, darauf eine Teekanne und vier Tassen. Im Regal standen eine Bang & Olufsen-Anlage, in der Ecke ein Loewe-Flachbildschirm.

Udo war groß und dünn und trug einen Kinnbart, der sein Gesicht noch verlängerte. Das war knochig, die schwarzen Augen lagen tief in den Höhlen. Er zeigte auf die Sitze und schenkte ungefragt ein. Matti war der Typ auf den ersten Blick unsympathisch. Udo setzte sich auf den freien Sessel und deutete auf Zucker und Milch.

»Schön, dass du gleich Zeit für uns gefunden hast«, sagte Dornröschen, die ihn angerufen hatte.

»Ehrensache.« Udo lachte verdruckst.

»Es geht um den Mord an Rosi …«

»Schlimme Sache, ich habe sie gemocht«, warf Udo ein.

»Sie war eine Freundin von uns.« Dornröschen blickte ihn aufmerksam an.

»Ich weiß, sie hat es erwähnt. Schlimme Sache«, wiederholte er.

»Wir glauben, sie wurde ermordet, weil sie an den Aktionen teilnahm«, sagte Matti. »Und dass vielleicht die Kolding-Leute damit zu tun haben.«

Udo lehnte sich zurück und blickte zur Decke. »Keine Ahnung. Komische Sache.«

»Die hätten ein Motiv«, sagte Twiggy.

Udo nickte. »Klar. Den Drohbrief kennt ihr?« Er wartete, bis Matti nickte. »Den haben wir gekriegt, nachdem die Jungdynamiker uns besucht hatten. Mag Zufall sein. Oder auch nicht.«

»Rosi wollte mir was geben, damit ich es in der *Stadtteilzeitung* veröffentliche«, sagte Dornröschen. »Weißt du was davon?«

Udo überlegte und schüttelte den Kopf.

»Wie gut hast du Rosi gekannt?«, fragte Twiggy. Matti hörte dessen Stimme an, dass er den Typ genauso wenig mochte.

»Nicht so gut. Ich fand sie … nett, zuverlässig, sehr aktiv, immer mit dabei …«

»Du ja nicht so«, sagte Matti.

Udo blickte ihn ein paar Sekunden fragend an. »Ich habe nicht viel Zeit. Aber wenn, dann häng ich mich rein.«

»Von dir stammt die Idee mit den Wortprotokollen«, sagte Dornröschen.

Udo nickte.

»Warum?«

»Um die Debatte zu dokumentieren.«

»Keine Angst, dass das den Bullen in die Hände fällt?«

»Nein, außerdem steht nicht alles drin. Wir nehmen das auf, dann tippt es einer ab. Aber es wird nicht alles abgeschrieben. Du verstehst …« Er blinzelte.

»Das ja, aber nicht, warum das überhaupt aufgenommen wird.«

»Dafür gibt es mehrere Gründe: Erstens halten wir so jeden

auf dem gleichen Stand, zum Beispiel mich, ich bin viel auf Achse. Zweitens können wir das später einem linken Archiv geben. Unsere Diskussionen stehen gewissermaßen stellvertretend für Debatten, wie sie in Antigentrifizierungsinitiativen geführt werden. Drittens, und das gehört dazu, werte ich die Protokolle aus als Teil meiner Doktorarbeit in Soziologie an der FU. Das nennt man Feldforschung und teilnehmende Beobachtung.« Er sah bedeutend aus.

Matti blickte sich um. Alles teuer, alles ziemlich neu. »Und viertens wäre deine Feldforschung für die Bullen ein gefundenes Fressen.«

»Quatsch«, sagte Udo. »Du findest nicht einen einzigen Hinweis auf konkrete Aktionen in den Abschriften.«

»Und die Bänder?«

»Die Aufnahmen werden nach der Abschrift sofort gelöscht. Übrigens gibt es kein Band, sondern einen MP3-Rekorder.« Wieder ein bedeutender Blick.

»Wer garantiert das?«, fragte Twiggy.

»Es sind immer mindestens zwei dran mit dem Abschreiben, und beide vergewissern sich, dass die Aufzeichnung gelöscht ist.«

»Mein Gott, das ist ja wie auf 'ner Behörde«, stöhnte Twiggy.

Udo grinste verklemmt. »Das ist wegen der Doktorarbeit, ihr versteht.«

Matti ließ seinen Blick noch einmal im Raum schweifen. »Du hast im Großmarkt gearbeitet, in Hamburg?«

Udo nickte.

Mattis Augen zeigten auf die Hi-Fi-Anlage und den Fernseher. Udos Augen folgten. Er schüttelte den Kopf.

»Du hast Bananenkisten geschleppt?«, fragte Dornröschen beiläufig.

Udo nickte und schüttelte wieder den Kopf. »Ich habe Fruchtkisten befördert, geschleppt wird so was schon lang nicht mehr.«

»Aha«, sagte Twiggy. »Und davon wird man reich.«

»Natürlich nicht«, erwiderte Udo. »Aber sie haben mich zum Abteilungsleiter in der Logistik gemacht. Und da verdient man einigermaßen. Konnte mir was zurücklegen.«

Matti war überrascht. Eine einfache Erklärung.

»Das lässt sich leicht überprüfen«, sagte Udo. »Ich finde es übrigens echt Scheiße, dass ihr mir nicht traut.« Er stand auf und verließ den Raum. Sie schwiegen. Nach einer Weile hörten sie die Toilettenspülung. »Aber diese Protokollgeschichte ist doch blödsinnig. Für seine Doktorarbeit…«, flüsterte Matti.

»Und dass ich promoviere, könnt ihr auch prüfen. ›Soziale Bewegungen im urbanen Feld‹, so heißt der Arbeitstitel.« Udo setzte sich.

»Klingt echt fetzig«, knurrte Twiggy.

Udo grinste widerwillig. »Ich finde es nicht lustig, als Spitzel verdächtigt zu werden.«

»In Hamburg kennt dich keiner bei den Antiimps«, sagte Dornröschen.

Udo wurde bleich. Sie schwiegen, Matti fühlte die Spannung.

»Okay«, sagte Udo. »Ich hab ein bisschen … angegeben.«

Schon wieder so eine einleuchtende Erklärung, wie aus der Pistole geschossen, dachte Matti. Viel zu einleuchtend.

»Er hat ein bisschen angegeben«, echote Twiggy. »Und was hast du stattdessen gemacht?«

Udo zögerte. »Nichts. Ich hatte echt einen Stressjob. Das ist die Sache. Einen Stressjob. Und keine Zeit für was anderes. Aber wenn ich Zeit gehabt hätte, wäre ich bei den Antiimps…«

»Klar«, sagte Matti. »Aber du musstest Schotter verdienen für dieses« – er blickte sich demonstrativ um – »Zeug hier.«

Udo zuckte mit den Achseln. »Ich habe Geld verdient fürs Studium. Meine Eltern…«

»Schluchz«, sagte Twiggy.

Udo guckte verzweifelt. »Ich bin kein Spitzel.«

»Wenn ich einer wäre, würde ich das auch bestreiten.« Matti schniefte.

Dornröschen behielt Udo im Blick.

Dessen Stirn begann zu glänzen. Er nestelte an seiner Gürtelschnalle herum. »Wie soll ich beweisen, etwas nicht zu sein?«, fragte Udo. »Das ist unmöglich.«

»Und warum machst du mit bei einer Ini im Graefekiez, wo du doch in Einundsechzig wohnst?«, fragte Matti.

»Zufall, ich habe was gesucht, wo ich einsteigen kann … und diese Gentrifizierungsscheiße ist doch überall. Überall werden Leute aus ihren Wohnungen verdrängt, überall ziehen die reichen Ärsche aus Schwaben hin, nur nicht an die Bahngleise und Autobahnen … Und im Brennpunkt ist gerade der Graefekiez, nachdem sie den Prenzelberg abgefrühstückt haben.«

3: Do You Want To Hear It From Me?

Am Abend waren sie im *Las Primas* in der Wrangelstraße verabredet. Matti fand einen Parkplatz direkt vor dem spanischen Restaurant, das er auf einer Tour entdeckt hatte, als der Hunger ihn überfiel. Dort entdeckte er die besten Tapas Kreuzbergs und Elisabeth, die schüchterne spanische Kellnerin mit dem bezaubernden Lächeln. Die beiden anderen warteten schon an einem Tisch am Fenster neben der Tür. Elisabeth stand hinterm Tresen, unterhielt sich mit einer Kollegin, erkannte ihn und lächelte.

Dornröschen hatte eine Teekanne vor sich, Twiggy ein San Miguel. Sie bestellten Tapas. Als Elisabeth in der Küche verschwunden war, sagte Twiggy: »Udo ist ein Spitzel, und zwar der raffinierteste, der mir bisher untergekommen ist. Ausgekochter als Gerd, ihr erinnert euch?, skrupelloser als dieser verkommene Olaf im Bethanien …«

»Ja, ja«, sagte Dornröschen.

Twiggy schnaubte, aber nur leise. Matti hätte fast gegrinst, aber dafür war die Lage zu ernst. Wegen Rosi, Udo und besonders wegen Dornröschen. Und wegen Robbi. Ach, überhaupt. Er starrte zum Tresen, wo Elisabeth Bier zapfte. Es war ein Elend, sein Leben war ein Elend. Alles schien ihm düster. Draußen donnerte es, und durchs Fenster sah er eine schwarze Wand aufziehen, in der es weiß und gelb blitzte. Regentropfen verwandelten sich in eine Sturzflut, das Straßenpflaster glänzte im Widerschein der Laternen und Autoscheinwerfer. Ein infernalischer Knall brach los, und in der Wolkenwand öffnete sich ein Loch, durch das ein Sonnenstrahl schien. Es sah aus wie ein Bild in einem uralten Religionsbuch, das Auge Gottes am Himmel. Aber das half ihnen jetzt auch nicht.

»Stell dir vor, Bananen-Udo ist ein Spitzel«, sagte Dornröschen. »Für wen spitzelt er? Schickt der VS Spitzel in so eine Ini? … Ach du lieber Himmel, als hätten die keine anderen Sorgen.« Sie rührte in ihrem Tee.

»Für die Kolding-Leute?«, sagte Twiggy.

Dornröschen nickte. »Viel wahrscheinlicher als der VS. Aber ich habe noch nie gehört, dass ein Immohai Spitzel beschäftigt.«

»Irgendwann ist es immer das erste Mal«, sagte Matti.

»Klar.« Dornröschen trank einen Schluck.

Die Oliven kamen und Mattis Bier.

Dornröschen nahm einen Holzzahnstocher und hielt ihn in der Luft. »Aber was hat die Spitzelei, wenn es eine ist, mit dem Mord an Rosi zu tun?«

»Rosi hat eine Geschichte über den Immohai und bietet sie dir an. Udo hat den Kolding-Leuten das gesteckt«, sagte Twiggy mit vollem Mund. »Und die Kolding-Leute schicken den Mörder.«

»Genau«, sagte Matti bedächtig. »So passt es.«

Dornröschen nickte und stocherte mit ihrem Zahnstocher im Tondoppelschälchen. Sie spießte eine schwarze Olive auf und betrachtete sie. »Das passt zu gut«, sagte sie.

Matti staunte sie an, schloss den Mund und fragte ungläubig: »Es passt zu gut?«

»Ja.« Sie schob die Olive in den Mund, kaute und legte den Kern in die leere Schüssel. »Das ist eine andere Geschichte.« Und ihre Augen blickten weit in die Ferne. Draußen platterte der Regen aufs Pflaster.

»Aha«, sagte Twiggy. Als die Erde noch rund war, hätte er gesagt: »Du spinnst.« Aber die Erde war eine Scheibe, und Dornröschen wollte vielleicht ausziehen.

Matti fragte sich, ob Dornröschen gerade Kontakt zum Übersinnlichen aufnahm. Die Bullen würden sagen, dass die Kolding-Leute das perfekte Motiv hatten. Rosi hatte was über sie herausgefunden, und Udo hatte es den Ärschen verraten. Die einfachste Geschichte der Welt. So etwas war schon eine Million Mal geschehen und würde noch eine Million Mal geschehen. Warum nicht in diesem Fall? Manchmal begriff er Dornröschen nicht, und es schien ihm, dass er sie in letzter Zeit immer schlechter verstand. Was war da nur? Warum war sie nicht zufrieden, wenn sie ein klares Motiv entdeckten? Meistens waren die einfachen Zusammenhänge richtig. Hatte Dornröschen das nicht immer behauptet?

»Dann nehmen wir Udo halt in die Mangel«, sagte Twiggy. »Er wird uns das schon sagen.«

Matti wurde übel. Er erinnerte sich, wie sie Lily in die Mangel genommen hatten.

Dornröschen nickte, stach in eine grüne Olive und steckte sie in den Mund. Sie tat so, als müsste sie kauen, und ihre Augen suchten nach der letzten Wahrheit, irgendwo.

Um Himmels willen, wo war sie? Woran dachte sie?

»Aber egal, was Udo sagt, ich glaub ihm nicht.« Dornröschen biss auf die Olive. »Man könnte ihm die Nägel rausreißen, der würde immer noch lügen ...«

Matti schüttelte sich. »Hast du sie noch alle?«

Dornröschen war wieder weit weg und hörte ihn nicht.

»Wir rücken den Koldings auf die Pelle«, sagte Twiggy.

»Nein, vorher nehmen wir ein paar andere Ini-Leute in die Mangel.« Matti beobachtete ein Taxi, das gelb durch den Regen fuhr, das Taxischild leuchtete. Die Reifen zischten auf dem Asphalt.

»Genau, wir fragen die anderen«, sagte Dornröschen.

Sie schwiegen, bis die Tapas kamen. Und danach schwiegen sie auch.

Karla war blond, korpulent und energisch. Letzteres verrieten ihre Augen, als die drei schnaufend im vierten Stock standen. Der Hauseingang lag neben der Filiale einer Drogeriemarktkette, deren Besitzer sich Bekanntheit verschafft hatten, weil sie ihr Personal so fantasiereich wie gnadenlos schikanierten. Vom Kottbusser Damm dröhnte der Verkehr ins Haus. Matti erinnerte sich, Karla schon einmal auf einer Veranstaltung gesehen zu haben. Sie hatte sogar etwas gesagt, aber er wusste nicht mehr, wo es gewesen war und was sie gesagt hatte. Aber ihre keifige Stimme hatte er nicht vergessen. Karla musterte die WG, grinste und zeigte mit dem Daumen über die Schulter nach hinten. Kaum hatte Karla die Wohnungstür geschlossen, fragte sie: »Ihr kommt euch nicht ein bisschen albern vor? Also, ein bisschen.«

»Warum?«, fragte Matti.

»Weil ihr Detektiv spielt. Wer Rosi umgebracht hat, müssen die Bullen rauskriegen. Warum macht ihr deren Arbeit?«

»Rosi war unsere Freundin. Und sie hat uns geholfen, wo andere« – ein Blick zu Karla – »vielleicht nicht geholfen hätten. Außerdem interessiert es die Bullen einen Scheiß, wer Rosi ermordet hat«, sagte Dornröschen monoton.

Matti bewunderte Dornröschens Gleichmut.

Sie setzten sich um den Küchentisch. Darauf eine blau-weiße Wachstuchtischdecke, an der Wand ein auf alt getrimmter Küchenschrank mit Glastüren oben, Spüle, Bomann-Herd, billiger geht's nicht, an der Wand neben der Tür ein Plakat von Queens of the Stone Age. Auf dem Küchentisch entdeckte Matti ein iPhone, blinkend, und dachte, dass Udo angerufen habe, um die Aussagen aufeinander abzustimmen. Blödsinn, du fängst schon an zu spinnen.

Twiggy räusperte sich. »Was hältst du von Bananen-Udo?«

»Ach, der«, sagte Karla.

»Was heißt das?«

»Der betrachtet uns ein bisschen als Versuchskarnickel.« Sie grinste. »Bananen-Udo promoviert«, sagte sie und lachte ungläubig. »Wir sind sein Projekt.« Sie gackerte.

»Und ihr habt keine Angst, dass die Protokolle an der falschen Stelle landen?«

»Nein, außerdem sind die ein bisschen gesäubert.«

Matti lag die Frage auf der Zunge, ob alle in der Ini so naiv seien. »Und woher wisst ihr, dass er wirklich an seiner Doktorarbeit sitzt?«

»Er hat uns die Unterlagen gezeigt. Einmal war sein Doktorvater bei uns.« Es klang nach, wie sehr sie sich geschmeichelt fühlte. »Das ist der Professor Kampenhausen, den kenne ich zufällig ein bisschen vom Studium. Also, die Sache ist in Ordnung.«

»Weil ein Prof kein Spitzel sein kann?«, fragte Dornröschen.

Karla blickte sie ungläubig an, als hätte Dornröschen erklärt, Jesus sei doch nicht über diesen See gelaufen.

»Du promovierst auch?«, fragte Matti.

Karla nickte zögernd. »Ich will's versuchen.«

Schweigen.

»Du glaubst also nicht, dass Udo ein Spitzel ist?«, fragte Twiggy.

»Unsinn, kein bisschen.«

»Hat Rosi mal gesagt, dass sie bedroht wird oder so?«, fragte Matti.

Karla schüttelte den Kopf. »Wir wurden alle ...«

»Du meinst den Drohbrief?«

Karla nickte. »Den haben wir alle gekriegt.«

»Und der stammt von Rosis Mörder«, sagte Twiggy.

Karla nickte.

»Oder auch nicht«, sagte Dornröschen.

Die anderen schauten sie fragend an.

»Es waren diese Kolding-Typen«, sagte Karla. »Die sind plötzlich aufgetaucht, haben rumgeschleimt, und als es nichts brachte, haben sie erst gedroht, und als das auch nichts brachte, haben sie Rosi umgebracht. Ist doch klar.«

»Die Kolding-Leute sollen einen vom Senat und einen vom Bezirk geschmiert haben«, sagte Twiggy.

»Glaub ich sofort, denen traue ich alles zu«, keifte Karla.

Matti warf Dornröschen einen Blick zu, aber die lebte gerade in ihrer Parallelwelt. Ihr Blick schien ihm glasig, als hätte sie gesoffen, aber sie hatte kein Promille Alk intus.

»Stell dir vor, Rosi hatte was rausgefunden über die Bestechung, wollte es veröffentlichen, Udo hat es den Kolding-Leuten gesteckt, und die haben Rosi umgebracht«, sagte Matti.

Karla staunte ihn an. Als sie ihren Mund geschlossen hatte, schüttelte sie den Kopf. »Das glaube ich nicht, kein bisschen. Udo ist kein Verräter ...« Sie schwieg.

»Udo hat euch erzählt, er sei bei den Hamburger Antiimps gewesen, war er aber nicht.«

Karla schaute ihn ungläubig an. »Ja«, sagte sie, und dann sagte sie nichts mehr.

»Das heißt gar nichts.« Dornröschen besuchte die Erde. Und flog wieder weg in ihrem virtuellen Raumschiff.

»Vielleicht könntest du uns aufklären über deine tiefschürfenden Erkenntnisse. Uns Normalsterbliche dürstet es nach der Wahrheit«, sagte Matti. Er riss sich zusammen, aber die Säuernis rumorte heftig in ihm. Irgendwann würde sie sich durchfressen durch den Gleichmutpanzer, den er sich verordnet hatte, damit die WG vielleicht doch nicht platzte.

»Dann hat er halt … gelogen. Ein bisschen«, sagte Karla.

»Ein bisschen viel«, sagte Twiggy. »Der lebt nicht schlecht, nicht mal im Kiez, in so einer Feine-Pinkel-Wohnung, längst gentrifiziert die Ecke, und mittendrin Bananen-Udo, garniert von einer Luxusstereoanlage mit einer Luxusglotze als Sahnehäubchen. Hat er mit Bananenschubsen verdient. Ich werde auch Bananenschubser, düse mit dem Gabelstapler durch die Hallen und ende als Onkel Dagobert. Kann mir mal jemand erzählen, warum ein Profiteur der Gentrifizierung einer Ini beitritt, welche die Gentrifizierung bekämpft? Oder darf man solche einfachen Fragen nicht mehr stellen?« Ein Blick zu Dornröschen, fast ängstlich.

»Tja«, sagte Matti und guckte zu Dornröschen.

Karla hörte zu und sagte kein bisschen. Um das Schweigen zu brechen, fragte sie dann doch: »Was zu trinken?« Sie erhob sich halb vom Stuhl, verharrte und sank wieder hinab.

Dornröschen kratzte sich an der Backe und gähnte.

Immerhin eine normale Lebensäußerung, dachte Matti. Sie gähnt noch.

»Wir treffen uns nachher im *Las Primas*«, sagte Dornröschen plötzlich, stand auf und ging.

Matti und Twiggy glotzten ihr nach, Karla saß wie erstarrt auf ihrem Stuhl.

Nach einer Weile bildete sich Matti ein, die Fassung wiedergewonnen zu haben. »Warum warst du dagegen, mit dem Drohbrief zu den Bullen zu gehen? Udo war dafür, oder?«

Karla nickte. »Vielleicht hatte er recht, jetzt, wo Rosi tot ist.«

»Du hast den Brief nicht ernst genommen?«

»Kein bisschen«, sagte Karla. »Wenn ich jede Drohung ernst nehmen würde, dann hätte ich was zu tun. Ihr wisst doch, was die guten Bürger einem so an den Kopf werfen. Beim Hitler wär das nicht möglich. Ihr gehört doch vergast. Haut ab, wenn's euch nicht passt. Rückentwickeln und abtreiben sollte man dich. Dir fehlt doch nur einer, der dich mal richtig durchfickt...«

»Klar«, sagte Matti. »Und früher wollten sie uns in den Osten schicken oder an die Wand stellen.«

»Warum schließt du aus, dass Udo spitzelt?«, fragte Twiggy.

Karla zog die Brauen hoch und ließ ihren Mund ein umgedrehtes U formen. »Tja.«

»Und?«, drängte Matti.

»Das sagt mir mein ... Gefühl.«

»Ach, du lieber Himmel!«, entfuhr es Matti.

Karla schrak zusammen.

»Da wurde jemand ermordet, eine Genossin, und du redest hier nur Quark«, schnauzte Matti. »Ein bisschen hier, ein bisschen da. Hast du noch alle beisammen?«

Karla bekam nasse Augen. »Ich wollte...«

»Es ist mir scheißegal, was du wolltest. Du sollst uns sagen, was du weißt. Und deine Scheißgefühle kannst du in die Tonne hauen, kapiert?«

Mit tränigen Augen starrte sie ihn an. »Udo ist ein feiner Kerl, damit du es weißt, du Holzklotz.«

Twiggy schlug die Hände an die Stirn. »Was bin ich blöd. Unsere Karla ist verliebt in das Arschloch. Man glaubt es nicht. Dein Gefühl...« Er fing an zu lachen. »Warst du mal bei Bananen-Udo zu Hause? Hattest du schon die Ehre?«

Karla heulte auf und schüttelte den Kopf.

»Du solltest dir die Bude ganz schnell anschauen. Dann weißt du, wie einer wohnt, der da lebt, wo sie die Leute verjagt haben, die sich so eine Absteige nicht leisten können. So bescheuert kann man doch gar nicht sein!« Er starrte sie an, als wäre sie ein Alien.

Karla schüttelte den Kopf und hörte nicht mehr auf. Sie presste die Hände gegen die Ohren, aber das half auch nicht. Matti und Twiggy wechselten einen ratlosen Blick und warteten, bis Karla aufhörte oder ihr Kopf über den Teppich rollte.

»Was kann ich tun?«, fragte Karla plötzlich. Matti erschrak, er hatte gerade an Dornröschen gedacht und ihren rätselhaften Abgang. »Kann ich helfen? Wenigstens ein bisschen?«

Twiggys Augen rollten, und Matti verstand, dass der Freund beim nächsten Bisschen Karla die Kehle durchbeißen würde, wenigstens ein bisschen.

»Mag Udo dich?«, fragte Matti.

»Weiß nicht. Vielleicht ein bisschen«, stammelte Karla und überlebte erstaunlicherweise.

»Vielleicht könntest du das herausfinden, und zwar schnell.«

Karla blickte Matti misstrauisch an.

»Und dann seine Bude durchsuchen«, sagte Matti.

Karla erbleichte.

»Sag bloß, du findest das schlimm.«

»Ja, ein bisschen«, sagte Karla.

Sie stiegen die Treppen hinunter und standen einen Augenblick neben dem Eingang des Drogeriemarkts. »Findest du das richtig?«, fragte Twiggy.

»Nein«, sagte Matti. »Fällt dir was Besseres ein?«

Twiggy marschierte los, Matti folgte ihm und holte ihn ein. »Das ist alles Mist«, knurrte Twiggy. »Jedenfalls ein bisschen.« Sie schwiegen bis zur Böckhstraße.

Im Graefekiez stauten sich die Touris unter Sonne und blauem Himmel. Kein Windhauch kühlte die Hitze. Rucksäcke, Kameras, Cargohosen, bedruckte T-Shirts, Pärchen, Englisch, Französisch, Spanisch, Japanisch, Koreanisch, Italienisch, Portugiesisch, das *Casalore* überfüllt. Auf der Admiralbrücke, wo die Umrisszeichnung von Rosis Leiche noch sichtbar war, saßen junge Leute auf den Pollern wie Vögel auf Pfählen und waren fröhlich. Am Steingeländer lehnten welche, die sangen und Gitarre spielten. Eine langgliedrige Frau lag darauf und sonnte sich schwarzhaarig, schön, fernab der Welt, als gäbe es nichts außer Liegen, Sitzen, Musizieren, Trinken, Lachen. Irgendwer, dachte Matti, irgendwer muss das Bier gebraut haben, das hier fast jeder in einer Flasche mit sich herumtrug, als hätte eine geheime Macht es befohlen. Irgendwer muss die T-Shirts und Taschen genäht haben, die Hosen und Turnschuhe von AdidasPumaNike, die Baseballkappen mit den blödsinnigen Aufdrucken. Arbeitssklaven, die sich halb und manchmal ganz tot schufteten in stickigen, dreckigen, kalten, heißen Fabrikhallen in Indien, China und Indonesien. Im Hades hetzten sich die Malocher zu Tode für das Tingeltangel in der Oberwelt, veredelt durch die Gütesiegel und Markenzeichen für die Absatzmärkte in Europa, Japan und den USA, wo schöne Menschen arglos zeigten, was die Elenden mit Blut, Schweiß und Tränen geschleppt, gepresst, verschraubt und gelötet hatten. Menschen, die Matti in ihrer Buntheit doch alle gleich schienen, wenn man ihr Gewimmel nur aus ein paar Metern Entfernung betrachtete.

Sie tranken einen Kaffee an der Straße, Matti mühte sich, den Trubel zu übersehen, der zum Maybachufer strömte, vorbei am Urban-Krankenhaus und dem verrotteten Ausflugsschiff. Und mittendrin Rosis Leiche.

»Sollen wir jetzt alle abklappern?«, fragte Twiggy.

»Puh!«

»Dornröschen wird genau das verlangen«, sagte Twiggy.

»Was die will, weiß ich schon lange nicht mehr.«

Sie schwiegen. Spatzen stritten sich um Krümel, ein Muskelpaket mit strohgelbem Kurzhaarschnitt auf einem Rennrad begann in einem Müllbehälter zu wühlen, der an einem Laternenmast befestigt war. Matti sah ihm zu und überlegte, warum das Bild nicht passte. Das war ungefähr so, als würde ein Mann im Frack hausieren gehen. Eine Gruppe von Musikern näherte sich, Akkordeon, Geige, Gitarre, Tamburin, und spielte spanische Gassenhauer. Sie waren unerträglich laut, als wollten sie sich fürs Aufhören bezahlen lassen. Tatsächlich ging bald ein Mädchen mit einer Mütze herum, tippte Twiggy auf den Oberarm, bis der wegguckte. Dann tat es traurig und zog weiter.

»So komisch war sie noch nie«, sagte Twiggy.

Sie bestellten zwei weitere Kaffee bei einer kleinen Frau mit kurzen grün glänzenden Haaren.

Im *Las Primas* war es heiß. Dornröschen erwartete die beiden schon, was aber nicht bedeutete, dass die Begrüßung herzlich ausfiel. Sie war im Kopf immer noch woanders, und weder Matti noch Twiggy traute sich, sie zu fragen, wo sie sei. Ein falsches Wort, Dornröschen würde aufstehen und gehen.

»Spitzel ja, einen Haufen sonstiger Schweinereien ja, aber dass ein international arbeitender Immokonzern Leute umbringen lässt, das glaube ich nicht. Die würden sich selbst ins Knie schießen«, sagte Dornröschen, nachdem Matti zusammengefasst hatte, was sie wussten oder sich zumindest einbildeten zu wissen.

»Und deswegen ist es dir gleichgültig, was wir herausgefunden haben? Weil du das nicht glauben willst?« Matti starrte sie an, aber Dornröschen reagierte nicht darauf.

Elisabeth lächelte und nahm die Bestellungen entgegen, das Gleiche wie beim letzten Mal. Zwei San Miguel hatte sie mitgebracht.

»Wir kommen so nicht weiter«, sagte Matti.

»Ein wahres Wort«, flüsterte Dornröschen und gähnte. »Ein wahres Wort.« Dann verfiel sie wieder in Schweigen.

Ein Impuls drängte Matti, aufzustehen und das Lokal zu verlassen. Draußen wartete die Nachtschicht, und er empfand die Aussicht, alle Besoffenen Berlins aufzusammeln, erheblich heiterer, als am Tisch sitzen zu bleiben.

Matti trank, Twiggy trank, und Dornröschen blickte durch alles hindurch.

»Redest du noch mit uns?«, fragte Twiggy vorsichtig. Aber Dornröschen hörte es nicht.

»Ein besseres Motiv haben wir aber nicht«, sagte Matti. »Rosi hatte was über Kolding, und Kolding hatte was gegen Rosi. Und wenn das, was sie hatte, dem Konzern die Existenz hätte kosten können? Kolding schmiert einen Baufritzen vom Senat, und der Ober-Kolding hängt mit drin?«

»Wir müssen die Ini-Leute weiter abklappern«, sagte Dornröschen. »Wenn wir einen Hinweis finden, dann nur dort.« Sie blickte erst Matti an, dann Twiggy. »Oder glaubt ihr, wir könnten bei den Koldings reinmarschieren und erklären, dass sie eine Mörderbande sind?« Sie schaute beide an. »Habt ihr eine bessere Idee?«

Klaus wohnte in der Müllenhoffstraße, zweiter Stock, neben dem Geburtshaus Kreuzberg. Die Straße war ruhig, grün, die Fassaden sauber und die Autos typisch für die neue Mittelschicht, unauffällig, hochwertig, praktisch. Das Wohnzimmerfenster stand offen, und von draußen drang mit einer warmen Brise gedämpftes Kindergeschrei und Reifengeklapper auf dem Kopfsteinpflaster herein, als ein Diesel die Straße hinunterrollte.

Twiggy und Matti saßen auf einem schwarzen Ledersofa, Klaus hatte es sich auf einem Stuhl bequem gemacht, dem man ansah, dass ein Designer lebenslang darüber gesonnen hatte, wie zu verhindern sei, dass auch nur die winzigste Pofalte gequetscht werden könnte. Ein breites Lächeln machte sein Gesicht noch breiter, und die kleinen Augen lächelten auch. An der Wand hing ein Foto der Jerusalemer Altstadt, auf der Kommode darunter stand ein siebenarmiger Leuchter.

»Rosi, ja, ja«, sagte Klaus und war sehr traurig. Matti schien es, dass Klaus' Gesicht wie auf einen Klick umschalten konnte auf eine neue Miene. Von der Freundlichkeit in ihrer puren Gestalt auf eine Trauer, die trauriger nicht sein konnte. Matti fürchtete sich, Klaus begeistert zu erleben. Aber die Gefahr war eher gering.

»Ihr übernehmt euch nicht vielleicht?«, fragte Klaus.

Dornröschen blickte ihn an, antwortete aber nicht. Matti sah gleich, dass sie Klaus nicht mochte. Der kratzte sich an seinem Kinnbart. Matti mochte ihn auch nicht. Klaus war ihm zu jovial, ein wenig von oben herab, was er hinter einer aufdringlichen Burschikosität verbarg. Manchmal weiß man nach einer Sekunde, mit wem man es zu tun hat.

»Ihr untersucht tatsächlich den Mord an Rosi?«, lächelte Klaus.

»Rosi war eine Freundin und Genossin«, sagte Matti.

»Aber die Polizei ist zuständig für Mord«, widersprach Klaus und lächelte.

»Wir trauen den Bullen nicht«, warf Twiggy ein.

Klaus hob die Brauen und lächelte. »Stimmt schon, es hat immer wieder Rechtsverletzungen gegeben bei der Polizei.« Jetzt guckte er äußerst betrübt. »Aber das ist doch nicht die Regel.« Das Lächeln wurde angeknipst.

Twiggy bohrte in der Nase. Klaus verfolgte es, ließ seine Miene wechseln zwischen Verdruss und Verständnis, entschied sich aber fürs Ignorieren.

»Was hältst du von Bananen-Udo?«, fragte Matti.

»Hm«, sagte Klaus und ließ sein Gesicht nachdenklich sein. »Ist ganz okay, ein bisschen … draufgängerisch vielleicht … Ich bin ja so von der … gemütlichen Sorte.«

Twiggy beäugte den Popel und schnalzte ihn in den Raum. Klaus verfolgte den Exkrementknödel auf seiner ballistischen Bahn und speicherte offenbar die Landezone. Er nickte sanft und lächelte wieder.

»Rosi wurde ermordet, weil sie was über die Koldings herausgefunden hatte«, sagte Matti und warf Dornröschen einen Blick zu.

»Du meinst, Kolding hat Rosi umbringen lassen?«, fragte Klaus, und der Ton in seiner Stimme sagte: Das ist wieder so eine Verschwörungstheorie, typisch für ultralinke Spinner, die es immer noch nicht gecheckt haben.

»Kann doch sein«, sagte Twiggy.

Dornröschen starrte durch die Wand nach draußen.

An der Wand hing ein Stich vom alten Neukölln.

»Ich denke, dass Udo ein Spitzel ist und Rosi an die Koldings verpfiffen hat«, sagte Twiggy.

Dornröschen warf ihm einen kurzen Blick zu und fuhr fort, die Wand zu durchbohren.

Klaus schüttelte den Kopf. »Glaub ich nicht.«

»Und die Sache mit dem Protokoll?«, fragte Matti.

Klaus grinste und schaltete auf jovial um. »Ach, der nimmt das alles so wichtig. Wenn es wirklich ernst wird, läuft sowieso kein Band oder wie das heißt mit. Und die Aufnahmen werden vernichtet, die Protokolle sind … bearbeitet. Er schreibt seine Diss über uns, das hat doch was.«

»Was denn?«, fragte Matti.

»Na, Udo hat gute Pressekontakte …«

»Sagt er?«

»Und wenn man in den Zeitungen oder im Fernsehen ist, kann man was durchsetzen.« Klaus guckte wichtig.

»Ach, du lieber Schreck«, entfuhr es Twiggy.

»Wir leben in einer Mediengesellschaft. Wenn man ein Interesse durchsetzen will, muss man in die Medien. Man hat keine Wahl«, hängte Klaus bedauernd an.

Fast hätte Matti Weinen gespielt, aber er beherrschte sich. »Bei diesem Auftritt von den Kolding-Leuten warst du dabei?«

Klaus nickte, und das sah so aus, als könnte nichts Wichtiges in seiner Abwesenheit geschehen. »Smarte Typen«, sagte er. »Hören zu, sind kompromissbereit, wenn auch noch nicht so weit, wie es sein müsste, aber das kriegen wir hin. Der Mord an Rosi …«

»Ist doch hilfreich, oder?«, fragte Matti.

Klaus' Augen flatterten ein paar Sekunden, dann schüttelte er energisch den Kopf. »Ich bin Realist. Der Mord an Rosi drängt die Kolding-Leute ganz schön in die Enge. Ihr versteht, was ich meine?«

»Natürlich«, sagte Matti und versuchte nicht zu platzen vor Verständnis. »Du glaubst, der Mord hat denen geschadet.«

»Was denn sonst? Das ist doch klar, wenn einer … Aktivistin was passiert, ist deren Gegner schuld. So denken die Leute. Auch in der Konzernzentrale.«

»Und wer war es?«, fragte Twiggy mühsam beherrscht.

»Das wird die Polizei herausfinden. In Deutschland werden fast alle Morde aufgeklärt, warum nicht dieser?«

»Ich kenne da wenigstens zwei in letzter Zeit, die haben nicht die Bullen aufgeklärt, ganz im Gegenteil«, sagte Dornröschen. Ihre Stimme war kalt wie Eis.

»Hast du keine Idee, wer Rosi umgebracht hat?«, fragte Twiggy.

Klaus schaltete auf Grübelmiene um, die Falten furchten tief an der Nasenwurzel. Er schüttelte den Kopf. »Vielleicht eine Privatgeschichte? Verschmähter Liebhaber? Vielleicht ein Irrtum, eine Art Unfall? Einer ist durchgedreht? Einer wollte was von ihr, sie hat ihn abgewiesen? Es gibt so viele Möglichkeiten, warum versteift ihr euch auf die Kolding-Leute. Ich sag doch, so blöd können die gar nicht sein. Und die sind nicht blöd. Ihr hättet die Jungs mal erleben sollen. Echt.«

Matti fühlte sich, als würde eine Serie kleiner Krämpfe durch seinen Körper wandern. »Das heißt, du hast nicht mal nachgedacht, wer es getan haben könnte?«

»Doch, aber es gibt so viele Möglichkeiten. Und ich hab nicht die Absicht, mein Weltbild zum Leitbild einer Tätersuche zu machen. Davon abgesehen, dass es nicht meine Aufgabe ...« Er winkte ab.

Matti beherrschte sich. »Was hast du denn von Rosi gehalten?«

Klaus lächelte verständnisvoll und sah nachdenklich aus. »Tierisch engagiert, aber ... sagen wir mal überschäumend. Lag vielleicht am Alter. Mangel an Erfahrung fördert Radikalität. Ein bisschen naiv. Musste gebremst werden. Aber sie hätte sich bestimmt ... entwickelt. Sehr intelligent, wirklich. Und als Typ ... durchaus attraktiv, wenn man darauf steht. Wenn ihr kapiert, was ich meine. Also, je mehr ich darüber rätsele, desto wahrscheinlicher scheint mir eine Beziehungstat. Dafür spricht auch die Uhrzeit. Die Bullen werden bestimmt ihr Umfeld abklappern ... Hatte sie einen Freund?«

Gute Frage, dachte Matti. Er würde Post-Rudi fragen müssen, der hatte doch einen guten Draht zu Rosi gehabt, früher jedenfalls. Und überhaupt, mussten sie nicht klären, was Rosi in den letzten Stunden vor ihrem Tod getan hatte? Wen hatte sie getroffen, mit wem hatte sie telefoniert? Matti hasste es, aber Klaus hatte recht. Sie waren als Kriminalisten nicht mal Kreisklasse. Aber das würde er gegenüber Klaus nie eingestehen. Dieser Fatzke.

»Und wer hat den Drohbrief geschrieben?«, fragte Twiggy.

»Woher soll ich das wissen? Ihr glaubt natürlich, die Kolding-Leute.« Klaus lächelte so verständnisvoll, dass Matti ihm am liebsten eine runtergehauen hätte. »Aber Profis tun so was nicht. Und das sind Profis.« Er lächelte, wie man jemanden anlächelt, der einen trotz aller Mühe sowieso nicht versteht.

»Hatte Rosi Feinde?«, fragte Matti.

Dornröschen starrte und starrte.

»Nicht dass ich wüsste.« Er lachte kurz auf. »Also, ich war keiner.« Er lächelte wieder so verständnisvoll, dass es Matti in der Hand juckte. »In der Gruppe jedenfalls nicht.«

»Wie haben sich Bananen-Udo und Rosi verstanden?«, fragte Twiggy.

»War okay.« Er blickte Dornröschen an. »Du sagst ja gar nichts. Ich hab mich auf dieses Detektivspiel nur eingelassen, weil es hieß, dass du das willst. Die beiden anderen« – er lehnte sich zurück –, »die hätte ich nicht reingelassen.« Ein freches Grinsen.

Der Typ hatte Oberwasser, das ärgerte Matti, und ihm kam der Gedanke, dass sie zwar den richtigen Typen in die Mangel nehmen wollten, ihn aber nicht zu fassen bekamen.

Dornröschen gähnte.

»Noch mal zu Udo«, sagte Matti. »Könnte doch sein, der hat den Kolding-Leuten gesteckt, dass Rosi was rausgefunden hat.«

»Könnte sein, könnte nicht sein. Ihr stochert im Nebel.« Er lächelte verständnisvoll.

»Wir stochern im Nebel«, sagte Dornröschen, und alle erschraken. »Das ist immer so, wenn man was herausfinden will. Am Anfang stochert man, bis man was entdeckt, und dann folgt man der Spur. Das ist eine wissenschaftliche Methode, das Stochern.« Sie blickte Klaus an, als sähe sie ihn zum ersten Mal. »Oder sag ich was Falsches?« Ihre Stimme klang ruhig, aber es war ein bedrohlicher Ton in ihr.

Klaus kratzte sich etwas zu lang am Kinn. Seine Augen wanderten im Raum umher.

Sie fixierte ihn. »Weißt du immer schon im Voraus alles? Musst du nicht suchen, wenn du was finden willst?«

Klaus wurde blass. »Nein, nein, natürlich …«

»Warum hilfst du uns nicht bei unserer Suche?«, fragte sie fast tonlos. »Wenn du die Bullen so magst, dann kannst du doch auch uns helfen, was spricht dagegen? Warum führst du hier so eine Angebernummer auf? Warum bist du überhaupt in dieser Ini, hast du doch gar nicht nötig, diese Leute sind doch Naivlinge wie Rosi? Lass uns über dich sprechen. Wo kommst du her?«

Klaus schaute sie erstaunt an. »Aus Bielefeld. Da wurde ich geboren.«

»Weiter«, sagte Dornröschen.

»Schule in Bielefeld, Uni in Bielefeld, Theologe, aber kein Pfarrer geworden, dann in der Landeskirche …«

»Weiter.«

»Dann nach Berlin, Verwaltung der Landeskirche …«

»Weiter.«

»Nichts weiter.«

»Doch: Eintritt in die Anti-Aufwertungs-Ini.«

»Ja, aber das weißt du doch.«

»Warum?«

»Weil die Leute vertrieben werden.«

»Ganz altruistisch, da bist du wie Bananen-Udo. Der ist auch Vater Teresus.«

»Ich setz mich nun mal …«

»Bist du schwul?«

»Äh, nein.«

»Hast du 'ne Freundin?«

»Nein.«

»Bist du noch in anderen Inis oder so was?«

Er blickte sie verblüfft an.

»Bist du's?«

»In der Schillerkiez-Ini«, sagte Klaus resignierend.

»Noch was?«

Er schüttelte den Kopf.

»Und warum bist in Inis, obwohl du gar kein Betroffener bist?«

»Aus Solidarität«, sagte Klaus ernst.

Dornröschen fing an zu lachen. Während die anderen sich verwundert anglotzten, lachte sie immer lauter. Tränen traten in ihre Augen. Sie hörte schlagartig auf. »Hei, ist das komisch.« Die anderen guckten sie erwartungsvoll an, Klaus eher ängstlich, aber sie sagte nichts.

»Warum bist du auch noch in der Schillerkiez-Ini?«, fragte Twiggy, dem das Erstaunen anzuhören war.

Klaus war es eng geworden in seinem Körper. »Ich finde diese … ein furchtbares Wort … Gentrifizierung eben säuisch ungerecht. Die ganze Stadt wird umgewälzt, ein Kiez nach dem anderen, mit dem Prenzelberg hat es angefangen, dann Kreuzberg. Überall machen sich diese Leute breit, von denen früher viele selbst revoltiert haben, und wer nicht zahlen kann für die modernisierten, renovierten, aufgewerteten, wie es so schön heißt, also teureren Wohnungen, der kann gehen. Ich finde das unethisch.«

»Du bist also Gerechtigkeitsfanatiker«, sagte Matti trocken.

Klaus guckte ihn schräg an und nickte vorsichtig. »Kann man so sagen.«

»Warst du vorher in Inis?«, fragte Twiggy.

Klaus schüttelte seinen Kopf noch vorsichtiger.

»Wenn du so für die Gerechtigkeit bist, warum bist du dann nicht Mitglied in weiteren Gruppen, Dritte Welt, Anti-Atomkraft, Anti-Militarisierung, Antifa und so weiter und so fort?«

Klaus zögerte ein paar Sekunden. »Man kann ja nicht alles …«

»Red keinen Quatsch«, donnerte Twiggy.

Klaus zuckte zusammen, aber als er sich erholt hatte, erhob er sich, stellte sich auf und erklärte: »Raus. In meiner Wohnung schreit mich keiner an! Raus!« Er zeigte mit dem Finger zur Wohnungstür.

Twiggy schaute zu Matti und Dornröschen.

Dornröschen gähnte, grinste kurz, ließ das Grinsen verschwinden, als wäre es nie da gewesen und sagte leise, sodass die anderen zuhören mussten: »Du warst scharf auf Rosi und hast sie nicht gekriegt. Das hat dich wütend gemacht, stimmt's?«

Klaus blickte auf sie herab, den Zeigefinger auf die Wohnungstür gerichtet, und schluckte.

»Und du gehst in die Schillerkiez-Ini nur, um mehr Fakten und Argumente aufzulesen, mit denen du Rosi beeindrucken konntest.«

Klaus schluckte.

»Wann hast du Rosi zum ersten Mal gesehen?«, fragte Dornröschen.

Klaus schluckte.

»Wann hast du Rosi zum ersten Mal gesehen?«, schnauzte Twiggy.

»Äh, auf dem Zickenplatz?«

»Wann?«

»Vor … zwei Jahren. Vielleicht.«

»Bei welcher Gelegenheit?«

»Sie hat Flugblätter verteilt, wir sind ins Gespräch gekommen …«

»Und dann bist du zur Gruppe gestoßen, um Rosi anzubaggern«, sagte Matti.

Klaus schluckte.

»Aber Rosi wollte nicht«, sagte Twiggy.

Klaus ließ den Arm sinken, der Finger zeigte auf Mattis Schuhe. Er zuckte mit den Achseln, zertrat eine unsichtbare Fliege und setzte sich mit einem Seufzen.

»Vielleicht warst du es ja?«, sagte Matti. »Du hast sie bedrängt, sie wollte nicht, du wurdest zornig, sie hat dich beschimpft, du fühltest dich provoziert, du wolltest sie gar nicht töten, nur ihr eine reinhauen, die Hand ist ausgerutscht, wie das so passiert …«

»Du bist irre«, sagte Klaus erschöpft.

»Warst du scharf auf sie?«, fragte Twiggy.

»Ich hab sie gemocht.«

»Wolltest du mit ihr ins Bett?«

Klaus antwortete nicht.

»Wolltest du mit ihr ins Bett?« Twiggy wurde wieder laut.

»Na und?«

»Man nennt das eine Beziehungstat«, sagte Matti. »Weil du doch die Bullen so verehrst.«

»Ich habe ihr nichts getan.«

»Vielleicht hast du ja für die Koldings gespitzelt, weil du dich an ihr rächen wolltest?«

»Irre, echt irre«, sagte Klaus.

»Wir halten fest: Du warst scharf auf Rosi, Rosi wollte dich nicht, das hat dich sauer gemacht, und dann hast du ihr eine verpasst. Entweder als Spitzel oder als Mörder. Das Leben ist doch vielfältig«, sagte Matti und grinste breit.

»Ich habe gar nichts gemacht«, sagte Klaus. »Ich habe nicht gespitzelt, und ich habe Rosi nicht angefasst.«

»Und was haben wir nun?«, fragte Twiggy. Er kraulte Robbi hinterm Ohr, dann prüfte er Haar für Haar dessen Fell, verzog die Miene und beäugte das Haarknäuel zwischen seinen Fingern.

Ja, was hatten sie?, fragte sich Matti.

Dornröschen kaute auf Luft, Twiggy starrte die Bierflasche an, und Matti merkte nebenbei, dass die Spüle überhäuft war mit schmutzigem Geschirr. Es klappte nichts mehr.

»Und wenn wir auf dem Holzweg sind?«, fragte Matti.

Schweigen. Robbi kringelte sich auf Twiggys Schoß und sagte auch nichts. Twiggy trank seine Flasche leer, deutete auf Matti, dann auf Robbi und schließlich auf den Kühlschrank. Wie ein Roboter setzte sich Matti in Bewegung und holte Bier aus dem Kühlschrank, auch eine Flasche für sich. Dornröschen begann in ihrem Tee zu rühren.

»Welche Spur gibt es noch?«, fragte Twiggy, und als keiner antwortete, sagte er bockig: »Na also.« Er trank einen kräftigen Schluck. »Wenn wir keine andere Spur haben, müssen wir der weiter folgen, die wir haben. Logisch?«

Matti nickte trübsinnig.

»Das ist alles Quatsch«, sagte Dornröschen. »Dieser Klaus hat recht«, und Matti sah ihr an, wie ungern sie ihm recht gab. »Kolding ist ein internationaler Konzern. Solche Typen bringen vielleicht Leute in Nigeria um, aber nicht in Berlin. Die Vorstellung, dass der große Boss befiehlt, die kleine Rosi muss dran glauben, weil sie in meiner *Stadtteilzeitung* mit gerade fünftausend Auflage was rausposaunen will … nee«, sagte sie, »so blöd kann man gar nicht sein.«

»Und wenn ein … Abteilungsleiter oder die, die Rosi hochgehen lassen wollte …?«, fragte Twiggy.

»Was ist eigentlich mit dem Senatstyp?«, fragte Matti. »Den haben wir uns noch gar nicht angeguckt.«

»Welcher Senatstyp?«, fragte Twiggy.

»Rosi hat doch herausgefunden, dass einer aus dem Senat und einer vom Bezirk Fhain-Kreuzberg in eine Bestechung verwickelt ist. Wenn einer von denen weiß, dass Rosi ihn auffliegen lassen wollte … Ein besseres Mordmotiv gibt es nicht.«

Dornröschen nickte.

Gott sei Dank, dachte Matti. Vielleicht landet sie gerade wieder auf der Erde.

»Was heißt, wir müssen rauskriegen, wen Rosi auffliegen lassen wollte«, sagte Matti. »Und wer den bestochen hat.«

»Nichts einfacher als das«, stöhnte Dornröschen.

»Wann wollte sie den Artikel denn abliefern?«, fragte Matti.

»Bald, sie wollte nur noch etwas klären. Was, weiß ich nicht.« Dornröschen gähnte, hielt schlagartig inne und blickte zu Matti. »Wir haben ihren PC nicht durchsucht«, sagte sie.

»Ich habe da keinen gesehen«, erwiderte Matti.

»So ein Mist«, stöhnte Twiggy.

Dornröschen grinste und fing an zu lachen. »Was sind wir nur für blinde Hühner! Das ist ja schon wieder lustig.«

»Wenn da kein PC war, dann haben den die Bullen mitgenommen«, sagte Matti.

»Wenn du einen heißen Artikel geschrieben hättest, dann würdest du doch eine Kopie an einem sicheren Ort hinterlegen. Oder?«, fragte Twiggy. »Und wo würde Rosi die hinterlegen?«

»Bei Post-Rudi«, sagte Dornröschen. »Wo denn sonst?«

4: Sleep Well Tonight

Post-Rudi erschien sofort nach dem Anruf. Er legte das Päckchen auf den Küchentisch. Sein Gesicht war eingefallen und aschfahl. Die Augen waren gerötet, und er hatte eine Fahne, was ihn aber nicht daran gehindert hatte, im Auto zu kommen. Er würde seinen Toyota Starlet nie im Stich lassen, schon gar nicht im Suff.

»Gut, dass du gleich gekommen bist«, sagte Dornröschen und zeigte auf den freien Stuhl. Sogar Robbi schickte ihm einen anerkennenden Blick.

Matti griff das Päckchen und öffnete es vorsichtig. Rudi verfolgte jede seiner Handbewegungen. Matti wickelte die Plastikfolie ab und legte einen USB-Stick auf den Tisch.

»Hätten wir gleich drauf kommen können«, sagte er. Und dachte an Bananen-Udo, den schmierigen Klaus und an Karla, die in Udo verknallt war.

»Bin ich mir nicht so sicher«, erwiderte Twiggy.

Dornröschen nickte, nahm den Stick, betrachtete ihn von allen Seiten und gab ihn Twiggy. Der setzte Robbi auf den Boden, entschuldigte sich mit einem Blick, was dessen Maunzen auch nicht verhinderte, verschwand und kam nach zwei Minuten mit Dornröschens Notebook wieder. Er stellte den Computer auf den Tisch. Es war ein Textdokument, knappe fünf Seiten lang. Matti stellte sich hinter Dornröschen und las. Ein holpriger Text, das erkannte er sofort. Darin ging es um Immobilienhandel in Berlin und die Rolle der Kolding AG in Kreuzberg. Twiggy stellte sich neben Matti und las leise mit. Rudi blieb auf seinem Platz, zögerte, erhob sich endlich, holte sich ein Bier aus dem Kühlschrank und setzte sich wieder.

»Aha, der Baustadtrat Dr. Jürgen Spiel spielt da mit und außerdem Otto Rademacher«, sagte Twiggy.

»Ein windiger Geselle«, sagte Matti. »Ich hab den mal gefahren, zusammen mit einer Blondine, mit der er nicht verheiratet war und deren Beruf nicht schwer zu erraten gewesen wäre.«

»Und das sagst du jetzt erst«, schimpfte Twiggy.

»Taxikunden verpfeif ich nicht, jedenfalls nicht wegen so was.«

»Haltet die Klappe«, sagte Dornröschen. »Schau an, schau an. Rosi schreibt, die Kolding-Fritzen hätten den Bezirksbaustadtrat und den stellvertretenden Leiter der Obersten Bauaufsicht beim Senat geschmiert. Volles Rohr an allen Fronten.«

Matti und Twiggy blickten sich fragend an.

»Was macht diese Oberste Bauaufsicht?«, fragte Twiggy und zwinkerte Matti zu.

»Die strickt die Berliner Bauordnung und die Vorschriften, die Herren Spiel & Co. sind zuständig für deren Überwachung.«

»Das heißt, wenn du die beiden Behörden schmieren kannst, drücken die entweder ein Auge zu oder backen dir gleich deine Privatvorschrift«, sagte Matti.

»Berlin, bauen, schmieren, eine gute alte Tradition«, sagte Rudi und setzte die Flasche an.

»Gut, und wie wurde geschmiert?«, fragte Twiggy.

»Also, der Baustadtfritze war mit dem Typen der Obersten Bauaufsicht zusammen mit zwei Kolding-Leuten in der *Tanzmarie*...«

»Die kenn ich«, warf Matti ein. »Ist in Wilmersdorf, mit angeschlossenem Edelpuff.«

Dornröschen blickte ihn erst strafend an, dann grinste sie. »Passt doch. Ein ehemaliger Kommilitone von Rosi, dessen Namen sie nicht erwähnt, in Klammern steht A. P.... Rudi, kennst du einen A. P.?«

Rudi schüttelte den Kopf.

»Das ist noch kaum ausformuliert«, sagte Dornröschen, »ist so eine Mischung aus Artikel und Notizen. Also, der Kommilitone hat einen Barjob gemacht, weil der Barkeeper krank wurde, und da hat er die Typen gesehen, hat mit dem Handy Fotos gemacht... Rudi, weiß du was von Fotos?«

Rudi schüttelte den Kopf, ohne aufzublicken.

»Und bezahlt hat einer von den Kolding-Leuten.«

»Woher weiß A.P., dass das einer von denen war?«, fragte Twiggy.

»Keine Ahnung«, sagte Dornröschen.

»Firmenkreditkarte, tippe ich«, sagte Matti. »Waren sie auch im Puff?«

»Sie waren«, sagte Dornröschen, »und A.P. hat die Rechnung fotografiert. Schlaues Kerlchen, der hat gerochen, dass was ist. Oder dass für ihn was zu holen ist.«

»Okay, Puffbesuch, ein schönes Skandälchen, kann denen den Job kosten. Aber ist auch Geld geflossen?«, fragte Twiggy. »O je, die hat auch handschriftliche Notizen eingescannt. Der Text wird immer chaotischer. Ich kann das ohnehin von hier aus kaum lesen, kipp doch mal ...«

»Nix da«, sagte Dornröschen. »A.P. hat außerdem gesehen, dass ein Umschlag über den Tisch ging.«

»Hat er die Kohle gesehen?«, fragte Matti.

»Davon steht hier nichts, ist doch eindeutig, oder?«, schnappte Dornröschen.

»Quatsch«, sagte Matti. »In einem Umschlag kann alles Mögliche stecken. Wir müssen A.P. finden. Der hat die Fotos, und vielleicht weiß er mehr. Außerdem ist er in Lebensgefahr, wenn Rosi ermordet wurde, um die Enthüllung zu verhindern.«

»Ich blick bald nicht mehr durch«, sagte Twiggy und setzte sich auf seinen Stuhl.

»Also«, sagte Matti, »das ist doch einfach ...«

»Du musst mir das nicht erklären, blöd bin ich nicht.«

Dornröschen gähnte herzhaft. »Wenn Rosi keinen Unsinn zusammengesponnen hat, haben die Kolding-Leute und die noblen Herren der Baubehörde eine Leiche im Keller. Und wenn sie gewusst haben, dass Rosi die Leiche gefunden hat, dann haben die ein handfestes Motiv.«

»Und sie werden es gewusst haben, weil Rosi sie bestimmt gefragt hat, ob es stimme, dass ...« Matti setzte sich auch. »Und sie hat dir nichts erzählt?«, fragte er Rudi.

Rudi schüttelte müde den Kopf.

»Vielleicht wollte sie dich nicht in Gefahr bringen«, sagte Twiggy, aber das heiterte Rudi auch nicht auf.

»Wir müssen als Erstes A.P. finden«, sagte Matti.

Die Nachtschicht hatte Vorteile. Weniger Verkehr. Fahrgäste, die getrunken hatten, zahlten mehr Trinkgeld. Es waren weniger Taxis unterwegs. Und Ülcan schlief oder betete zu Allah oder glotzte Trabsonspor gegen Beşiktaş. Wahrscheinlich konnte er alles gleichzeitig. Jedenfalls würde Ülcan nicht nörgeln, wenn Matti den Wagen abstellte. Ülcan auf nüchternen Magen wäre zu viel.

Zur *Tanzmarie* in der Winterfeldtstraße hatte Matti schon Dutzende von geilen Böcken gefahren, allerdings weigerte er sich, das übliche Spiel mitzuspielen, nämlich Provision zu kassieren und dafür den Puff zu empfehlen. Er öffnete die Tür des Lokals und stand vor einem Typen, der ungefähr doppelt so groß war wie er, doppelt so schwer, doppelt so breit und mindestens doppelt so stark. Außerdem war der doppelt so schwarz angezogen. Der Typ musterte ihn wortlos von oben bis unten.

»Ich muss mit deinem Chef sprechen«, sagte Matti.

Der Typ guckte ihn ausdruckslos an, griff in seine Jacketttasche, zog ein Handy hervor, das in seiner Pranke lächerlich winzig aussah, und telefonierte. Er flüsterte fast, Matti verstand nur: »Typ ... Chef ...« Der Gorilla steckte das Telefon zurück in die Tasche, trat eineinhalb Zentimeter zur Seite und wies mit seinem Daumen nach hinten. Matti öffnete eine weitere Tür und sah nur noch Rot. Rote Sessel und Tische, rote Tapeten, rotes Licht, ein roter Bartresen, dahinter eine Blondine, deren Dekolleté bis zum Knie reichte. Es waren erst wenige Gäste da, bei den meisten saßen leicht bekleidete Damen. Matti stellte sich an den Tresen und empfing einen abschätzenden Blick. Das Lächeln verschwand aus dem Gesicht der Dame. Während Matti doch einen Blick ins Dekolleté wagte, tippte jemand auf seine Schulter. Matti drehte sich um und sah in das Grinsen eines Mannes, den als unscheinbar zu beschreiben noch übertrieben gewesen wäre. Er sah aus wie ein Finanzbeamter aus dem Bilderbuch der

Klischees. Mausgrau. Spärliche graue Haare, grauer Anzug, weißes Hemd und eine Gesichtsfarbe, die von einem Leben in einer Höhle zeugte. Eine rote Fliege betonte die Farblosigkeit nur.

»Sie wollten mich sprechen, ich bin hier der Geschäftsführer«, sagte der Mann mit tonloser Stimme.

»Bei Ihnen hat ein Student gearbeitet« – Mattis Augen zeigten kurz zur Bar –, »leider weiß ich seinen Namen nicht, nur dessen Initialen, die lauten A. P.«

Der Geschäftsführer blickte Matti misstrauisch an. »Es gehört nicht zu unserer Praxis, persönliche Daten unserer Mitarbeiter herauszugeben, schon gar nicht an Leute, die ich nicht kenne.«

»Ich bin Taxifahrer, ich habe diesen Herrn hergebracht, und er hat etwas in meinem Taxi liegen gelassen.«

»Dann geben Sie mir das, und ich leite es weiter.«

»Das darf ich nicht. Das ist kein Misstrauen, sondern eine Weisung meines Chefs. Ich darf das nur dem besagten Herrn persönlich überreichen. Sie verstehen das gewiss.«

»Und was hat der Herr vergessen?« Ein misstrauischer Blick.

»Eine Karstadt-Tüte, darin ein Paket, unbeschriftet.«

»Aha«, sagte der Geschäftsführer. »Kann ich das sehen?«

»Natürlich, aber Sie müssen mit zum Taxi kommen.«

Der Geschäftsführer ging zwei Schritte in Richtung Ausgang, durch den gerade eine Gruppe von fünf Männern in feinem Zwirn eintrat. Einer von denen lachte scheppernd, woraufhin die anderen einfielen. Der Geschäftsführer schenkte den Männern keinen Blick, blieb stehen und wandte sich an Matti. »Arnulf Petersen …« Er schnipste mit dem Finger, aus dem Dunkel eines Separees erschien ein schwarz gekleideter Mann, drahtig, glatt, gefährlich. Der Mann stellte sich neben den Geschäftsführer, der flüsterte ihm etwas ins Ohr. Die Frau am Tresen bot ihren Ausschnitt einem aus der Männergruppe an, einem Glatzkopf mit schwitziger Schweinchenvisage. Der Mann wollte ins Dekolleté fassen, was die Barfrau mit einem neckischen Schlag auf die Hand und einem Lachen abwies. Der Mann bestellte was. Die Barfrau servierte dem Glatzkopf ein Glas Champagner, als der gefährliche Typ zurückkam. Er hatte einen Zettel in der Hand. Er gab ihn seinem Chef, der ihn nach einem kurzen Blick darauf an Matti weiterreichte. *Arnulf Petersen, Dolziger Str. 28c* stand darauf.

»Wie heißt du?«, fragte der Geschäftsführer.

Matti nannte seinen Namen.

»Hast du einen Ausweis dabei?« Er öffnete die Hand.

Matti gab ihm seinen Personalausweis. Der Geschäftsführer reichte ihn seinem Helfer und flüsterte ihm wieder etwas ins Ohr. Der Kerl zog mit dem Ausweis ab und kehrte nach einer halben Minute zurück. Währenddessen öffnete sich ein roter Vorhang, und auf der roten Bühne rekelte sich eine üppige Schwarzhaarige im roten Bustier und mit schwarzen Strapsen. Die Männer am Tresen drehten sich auf ihren Barhockern und gafften zur Bühne.

»Wenn du Scheiß baust, kriegst du Ärger«, sagte der Geschäftsführer. Er gab Matti seinen Ausweis zurück.

Matti wurde heiß. »Ist klar«, sagte er und ging zum Ausgang. Drei Männer kamen ihm entgegen und glotzten zur Bühne. Einer pfiff anerkennend, ein zweiter sagte etwas auf Russisch, der dritte trug an jeder Hand drei Ringe. Matti drängte sich an ihnen vorbei, sie beachteten ihn nicht. Der Rausschmeißerriese bearbeitete einen Betrunkenen, der sich vollgekotzt hatte. Er packte den Mann am Oberarm und trat ihm ins Gesäß, dann schubste er ihn auf die Straße. Der Säufer stürzte, schrie auf, berappelte sich, stand auf und zog ab, während er laut fluchte.

Matti stieg in sein Taxi und fuhr weg. Er guckte ein paarmal in den Spiegel, bis er sich lächerlich fand.

Es trieb ihn zurück nach Kreuzberg. Er war erleichtert, als in der Oranienstraße eine Frau am Straßenrand winkte. Eine Amerikanerin wollte zum *Hüttenpalast* gefahren werden, wieder so eine Misttour. Sie sah in ihren Designerklamotten nicht aus nach Billigabsteige. Die Frau stank nach Rauch und Bier. Sie setzte sich auf den Beifahrerplatz und öffnete das Fenster. »Berlin is crazy«, sagte sie. »Really crazy.« Sie roch nach Parfüm, aber nicht aufdringlich. Matti musste höllisch aufpassen, die Oranienstraße war übervölkert mit Touristen, die Straße eine einzige Freiluftkneipe, Autos parkten in der zweiten Reihe, Fahrradrambos preschten durch das Chaos, und Fußgänger torkelten am liebsten vor Mattis Kühlerhaube. »It's amazing«, jubelte die Frau. Matti warf ihr einen Seitenblick zu, sie hatte ein hübsches Profil, sah man vom spitzen Kinn ab. Sie erwiderte den Blick und lächelte. Matti schaute nach vorn, fluchte innerlich über einen Opel, dessen Fahrer mit dröhnender Musik Wendeübungen veranstaltete und sich durch Fußgänger und Radfahrer so wenig beeindrucken ließ wie durch andere Autos. Auf der Adalbertstraße atmete Matti auf, er fuhr schnell zum Kotti und dort auf den Kottbusser Damm, um vor dem Hermannplatz in die Weserstraße abzubiegen und dann wieder links in die Hobrechtstraße. Als er vor dem Hotel hielt, zückte sie ein Portemonnaie und reichte ihm einen Zwanzigeuroschein, während sie ihm in die Augen blickte. Als er rausgeben wollte, nahm sie seine Hand und legte sie auf ihren Oberschenkel. Matti schüttelte den Kopf, gab ihr Cent-genau zurück, stieg aus, öffnete die Beifahrertür und zeigte auf den *Hüttenpalast*. Sie blickte ihn fragend an, hob die Schultern, ließ sie fallen und ging zum Hotel. Matti setzte sich hinters Steuer, fuhr zum Reuterplatz, fand eine Parklücke und drehte sich eine Zigarette. Was für ein bescheuerter Tag. Immerhin aber hatte er die Adresse von Arnulf Petersen, auch wenn ihn der Gedanke beunruhigte, von wem er sie hatte. Er lehnte sich ans Auto und rauchte. Am Himmel glitzerten Sterne, die Luft umfächelte ihn mild, in den Fenstern brannte Licht. Ein Renault klapperte übers Kopfsteinpflaster.

Ein Mann tapste auf ihn zu, er reichte Matti gerade bis ans Kinn. Er trug eine Kunstlederjacke, braun, fleckig, an den Rändern aufgestoßen, und eine Cordhose, die auf dem Boden scheuerte. Dicht vor Matti blieb er stehen. Eine Pfefferminzwolke erreichte Matti, als der Mann fragte: »Was kostet eine Tour nach Pankow, Dusekestraße?«

»Wie viel darf es denn kosten?« Matti trat den Zigarettenstummel aus.

Der Mann kramte in seiner Hosentasche und hatte zehn Euro in der Hand, dazu einige Centmünzen.

»Ist okay«, sagte Matti und nahm das Geld. »Bitte sehr!« Er öffnete die hintere Tür der Beifahrerseite, und der Mann stieg ein. Matti fuhr los, froh, nicht allein zu sein, keinen Besoffenen im Auto zu haben und keinen, vor dem er sich fürchten musste. Er fuhr über die Oberbaumbrücke auf die Warschauer, Petersburger und die Danziger Straße zur Schönhauser Allee. Es war wenig los. Er überholte einen fast leeren BVG-Bus, eine Frau hatte ihr Gesicht an die Scheibe gepresst und guckte traurig hinaus. Matti glaubte, Tränen in ihren Augen zu erkennen. Der Bus bog rechts ab in die Prenzlauer Allee.

»Ich war Ingenieur«, sagte der Mann mit heller Stimme.

Matti erschrak, er hatte seinen Fahrgast fast vergessen. »Ach ja.«

»In einem Robotronwerk in Berlin, dem RVB, Mohrenstraße.«

»Hm«, sagte Matti.

»Und von einem Tag auf den anderen haben sie mich rausgeschmissen und den Laden dichtgemacht.«

»Seitdem sind Sie arbeitslos?«

»Ja. Hartz IV. Aber ich war ein guter Ingenieur. Jetzt bin ich zu alt, den Anschluss habe ich längst verpasst.«

»Das geht schnell in Ihrem Beruf, fürchte ich.«

Ein Motorrad dröhnte vorbei in affenartiger Geschwindigkeit.

»Ja, die werfen die Menschen weg. Ich kann die jungen Leute verstehen, die die Schnauze vollhaben. Es wird ja wieder über Revolution geredet.«

»Die Welt geht in die Brüche«, sagte Matti, »jedenfalls unsere.«

»Da passieren Dinge, die man vor wenigen Jahren für unmöglich gehalten hätte. Ich sage nur Bankenkrise, Staatspleite und die Lachnummer mit der Atomkraft. Dass die Schwarzgelben aus der Atomkraft aussteigen, weil in Japan ein Erdbeben war. Lächerlich. Ein Vorwand, Rosstäuscherei. Manchmal denke ich, besser falsche Überzeugungen als gar keine. Dieses Pack« – er zeigte in Richtung Reichstag – »hat nur noch eine Überzeugung: an der Macht bleiben. So war es bei uns auch am Ende. Macht als Selbstzweck.«

»Aber wer soll die Revolution machen?«, fragte Matti.

»Die Betrogenen, die Unzufriedenen«, sagte der Mann.

»Aber wenn die Betrogenen und Unzufriedenen die Macht stürzen, was für eine Macht errichten sie?«

Der kleine Mann überlegte. »Diese Fragen sind Ihnen nicht unbekannt«, sagte er.

»Nein, aber ich glaube, dass die Revolution abgesagt wurde, und jetzt bleibt nur der Zerfall. Die Barbarei.«

»Ah, Sie haben Marx gelesen.«

Sie schwiegen. Auf der Gegenfahrbahn rollte eine Kolonne von Polizeibussen und -autos in Richtung Stadtmitte.

In der Dusekestraße standen vierstöckige Mietshäuser, dazwischen ein paar Gewerbebetriebe. Manche Fassaden stammten noch aus DDR-Zeiten, ein Haus war eingerüstet. Davor hielt Matti auf einen Fingerzeig seines Fahrgasts. Er ließ den Finger nicht sinken, sondern sagte: »Sie sind noch jung, Sie können was tun. Wir haben es vermurkst …« Er ließ den Finger und die Schultern hängen, stieg aus, winkte kurz und ging die Straße hoch.

Wo will er hin?, fragte sich Matti. Er hatte ein blödes Gefühl. Aber doch bestimmt wegen des Zettels in seiner Tasche und der Drohung des Puffchefs.

Es gab Ecken in Berlin, die die WG-Freunde nie freiwillig betreten würden. Dazu zählten neben der Oranienstraße die Falckenstein- zwischen der Wrangel- und der Schlesischen Straße. Die Bergmannstraße war auf dem besten Weg, in die Liste der verbotenen Zonen aufgenommen zu werden. Als sie auf der Oberbaumbrücke die Spree gequert hatten, steuerte Matti das Taxi parallel zur Simon-Dach-Straße, der übelsten Touristenabfüllstation Friedrichshains. Die Dolziger Straße lag im Samariterviertel. Sie mussten die Frankfurter Allee nur ein kleines Stück stadtauswärts fahren. Kurz vor dem Naziparadies Lichtenberg bog Matti in die Samariterstraße ein, um nach ein paar Querstraßen schließlich rechts abzubiegen. Das Mietshaus lag neben einem Alteisenhändler, auf dessen Hof ein Schrottcontainer stand.

Arnulf Petersen öffnete die Wohnungstür und prallte zurück.

»Wir sind Freunde von Rosi«, sagte Dornröschen sanft. »Ich bin Dornröschen.«

Petersens Miene hellte sich auf. Er musterte Matti und Twiggy. »Aha. Und was wollt ihr?« Seine Stimme dröhnte.

»Ich habe versucht, dich telefonisch zu erreichen, aber ich habe deine Nummer nicht gefunden. Habe nur die Adresse, die hat mir der Boss von der *Tanzmarie* gegeben.«

»Hast du dem 'ne Knarre an den Kopf gehalten?« Petersen lachte. Er hatte ein ehrliches Lachen in einem viereckigen Gesicht.

Matti lachte mit. »So ähnlich« – er winkte ab –, »nee, du hast was in meinem Taxi vergessen.«

»Oh, ich bin schon so reich, dass ich mir ein Taxi leisten kann. Wusste ich gar nicht. Das kostet dich eine Freifahrt.« Er winkte sie hinein und führte sie in die Küche, deren Mobiliar vom Sperrmüll stammte. Aber es lag kein Stäubchen darauf, und der Linoleumboden glänzte vor Sauberkeit. Petersen holte eine Flasche Sprudel aus dem Steinzeitkühlschrank und stellte sie auf den Tisch. Aus dem Küchenschrank neben der Tür nahm er Gläser. An der Wand hing ein Plakat, das grob gerastert vermummte Gestalten zeigte, einer hatte einen Molli in der Hand.

»Du hast Rosi Infos gegeben über die Kolding-Leute, den Baustadtrat und den Fritzen von der Bauaufsicht«, sagte Matti.

In Petersens Gesicht spiegelten sich Angst und Wut. »Ihr meint, sie ist deswegen umgebracht worden?«

»Keine Ahnung«, sagte Dornröschen.

»Wenigstens ehrlich«, erwiderte Petersen. Er überlegte und sagte: »Wenn ich gewusst …«

»Wie kamst du auf Rosi?«

»Ganz einfach. Wir waren an der Uni zusammen im Fachschaftsrat. Sie ist … war echt 'ne gute Genossin.«

Eine Weile sagte niemand was.

»Ich fühle mich irgendwie mitschuldig«, sagte Petersen.

»Klar, aber das stimmt nicht, und du weißt es. Niemand käme auf die Idee, dass man ermordet wird wegen so etwas.« Twiggy trank sein Glas leer und schenkte sich nach.

»Trotzdem…« Petersen blickte hinaus. Im Haus gegenüber lehnte sich ein Mann aus dem Fenster und rauchte.

»Was hast du Rosi gegeben?«

»Die Bilder von den Typen. Ich habe den Baustadtrat erkannt, den hatte ich mal auf einer Veranstaltung gesehen.«

»Und die Kolding-Leute hast du identifiziert, weil die mit einer Firmenkreditkarte bezahlt haben?«

»Genau. Die waren zu viert, dazu kamen vier Frauen vom Laden, mit denen sie schließlich in den Puff gegangen sind. Für die Sause hat Kolding bezahlt. Ich habe im Internet recherchiert, das war eine Kleinigkeit. Kolding ist heftig zugange auf dem Berliner Immobilienmarkt, und sie bezahlen diesen beiden Herren von der Stadt den Puffbesuch. Alles klar, oder?«

»War das nicht immer so in Berlin? Wo gebaut wird, stinkt es«, sagte Matti.

»Und wie kamst du auf Rosi?«

»Die habe ich vor ein paar Wochen an der Humboldt getroffen. Da hat sie mir erzählt, dass sie was zur Gentrifizierung macht. Daran habe ich mich erinnert, als ich diese Typen gesehen habe.«

»Ganz schön clever«, sagte Dornröschen.

»Geht so. Ich habe die Fotos gemacht und dabei so getan, als würde ich mit dem Handy spielen. Dann habe ich Rosi angerufen und ihr gesagt, was ich gesehen habe. Sie war tierisch aufgeregt, es würde genau passen zu ihrer Geschichte, hat sie gesagt. Sie ist gleich hergekommen, hat die Fotos abgeholt und mitgeschrieben, was ich ihr erzählt habe.«

»Hast du die Bilddateien noch?«, fragte Matti.

»Puh«, sagte Petersen. »Ich wollte sie löschen, als das mit Rosi passierte. Aber dann habe ich mir gesagt, dass mir das sowieso keiner glauben würde. Außerdem kann ich die Sauerei ja schlecht aus meinem Gedächtnis löschen. Dann habe ich ein paar Kopien gemacht, um was in der Hand zu haben. Man weiß ja nicht.«

Er ging zum Bücherregal, zog den zweiten Band des »Kapital« heraus, klappte das Buch auf und entnahm ihm eine CD. Er legte sie auf den Tisch und setzte sich wieder. »Ich habe auch zwei

Freunden die Dateien gegeben, das ist mein bester Schutz.« Er klang ängstlich. Matti ahnte, dass Petersen sich jede Nacht ausmalte, dass sie auch ihm ans Leben wollten, weil er zu viel wusste. Inzwischen wusste aber auch die Okerstraßen-WG einiges, was manchen Herren gar nicht gefallen konnte. Wenn die Rosi umgebracht hatten … Matti versuchte den Gedanken zu verdrängen.

»Willst du zu uns ziehen?«, fragte Dornröschen.

Matti und Twiggy wechselten erstaunte Blicke.

Petersen schüttelte den Kopf. »Ich lauf nicht weg.« In der Stimme war ein Zittern.

Verdammter Mist, dachte Matti.

»Die Sache wird immer undurchschaubarer, je mehr wir wissen«, sagte Dornröschen. »Am Ende sind es doch die Typen, die wir wegen der DVD auffliegen ließen, und wir rennen vor den Falschen weg.«

»Wir rennen doch gar nicht«, sagte Twiggy.

Matti fiel ein, dass Dornröschen schon immer ziemlich genau wusste, was kommen würde, und ihm wurde noch mulmiger.

Petersen blickte unruhig von einem zum anderen. In seinen Augen standen Fragezeichen, aber er sagte nichts.

Twiggy nahm die CD in die Hand. »Hast du einen PC?«

Petersen verschwand und kehrte mit einem Apple-Notebook zurück. Er legte die CD ein, sobald der Rechner aus dem Schlaf erwacht war. Die Bilder waren technisch nicht gut, aber es war alles zu erkennen. Im Hintergrund turnte eine barbusige Frau auf der Bühne herum, davor saßen vier Männer, zwei mit halb nackten Frauen auf dem Schoß, ein Dritter fummelte am BH seiner Begleiterin. Der Vierte kehrte seiner Bardame die Seite zu und glotzte zur Bühne. Auf dem Tisch stand ein Weinkühler, aus dem der Hals einer Champagnerflasche ragte. Weitere Fotos dokumentierten, dass die Stimmung stieg, eine Brünette servierte eine neue Flasche. Auf der Bühne erschien ein Mann, der Matti an Tarzan erinnerte, und zog der Tänzerin den Slip aus. Der dritte Mann hatte es inzwischen geschafft, den BH zu öffnen, und seine Begleiterin bedeckte die Brüste mit den Händen, während sie lachte. Im letzten Bild sah man, wie die vier Männer und die Frauen in einer Tür verschwanden. »Da geht's zu den Zimmern«, sagte Petersen.

»Wie hoch war die Rechnung?«, fragte Matti.

»Viertausenddreihundertdreiundzwanzig Euro.«

»Hat sich ja gelohnt«, sagte Twiggy.

Matti hatte gerade den Taxihof verlassen und fuhr mit dem Daimler noch in der Manitiusstraße, als er auf *Radio 1* hörte, in Pankow sei ein Mann erhängt aufgefunden worden. Es sei ein Abschiedsbrief gefunden worden, die Polizei gehe von Selbstmord aus. Das war der Ingenieur, Matti wusste es sofort. Es traf ihn in der Magengrube. Er fuhr an den Straßenrand und hielt an. Er drehte sich eine Zigarette und rauchte, während er das Taxi im Kriechgang umkreiste. Er hätte es wissen müssen. Er hätte genauer zuhören müssen, die Verzweiflung hatte mehr im Ton gelegen als in dem, was der Mann sagte. Er hätte erkennen müssen, dass der Ingenieur am Ende war. Aber warum hatte er sich nach Pankow fahren lassen? Warum dieser Umstand? Vielleicht hatte er dort glückliche Zeiten erlebt und gehofft, die Erinnerung würde ihm helfen? Vielleicht wollte er sich verabschieden von einem Ort, wo er einen Menschen getroffen, geliebt, gehasst hatte. Wohin gehen Menschen, bevor sie sich umbringen? An was denken sie?

Er konnte jetzt nicht weiterfahren und kehrte zurück. Ülcan hockte in seiner Räucherkammer und glotzte ihn an.

»Bin krank«, sagte Matti. Er fasste sich an den Bauch.

Merkwürdigerweise sagte Ülcan nichts, sondern sog nur lange an seiner Zigarette und wandte sich dann dem großen Heft zu, in dem er das aufschrieb, was er seine Buchhaltung nannte und was ihn wahrscheinlich irgendwann auf die Anklagebank bringen würde. Die letzte Betriebsprüfung hatte in einem Fiasko geendet, Ülcan bedrohte den eingeschüchterten Finanzbeamten mit Aschenbecher und Brieföffner, brüllte ihn an, dass es noch auf der Straße zu hören war, beschimpfte ihn als Rassisten, Türkenfeind, Ungläubigen, Nazi, Sarrazin-Gläubigen, Parasiten – und grinste breit, als er den Feind vertrieben hatte, schenkte sich einen Kaffee ein, steckte sich eine Zigarette in den Mund und lehnte sich gemütlich zurück.

Als Matti in die Okerstraße kam, unterhielt sich Twiggy in der Küche mit Robbi. Robbi saß auf Twiggys Schoß und lauschte. Er nickte, schüttelte den Kopf und maunzte. Allerdings weigerte er sich immer noch, sein Schweigegelübde zu brechen. Doch als Zuhörer war der Kater großartig.

Matti nahm ein Bier aus dem Kühlschrank und stellte auch eine geöffnete Flasche vor Twiggy ab.

»Was ist los?«, fragte der, nachdem er Matti angeblickt hatte.

Matti winkte ab. »Ein Ingenieur …«

Twiggy blickte ihn erstaunt an und wandte sich wieder Robbi zu. »Sollen wir dem Baustadtrat auf die Pelle rücken. Ihm die Fotos zeigen und schauen, wie er reagiert?«

Robbi guckte nachdenklich.

»Oder soll Dornröschen das in der *Stadtteilzeitung* veröffentlichen?«

Robbi war sich nicht schlüssig.

Dornröschen stand im Türrahmen. »Wenn wir das raushauen, gibt's zwar Radau, aber wir kommen nicht weiter. Die Typen treten zurück und tauchen ab. Und wir haben nichts mehr in der Hand gegen sie. Ich bin für Erpressen.« Sie blickte zu Matti. »Was ist?«

Matti erzählte vom Ingenieur. Dornröschen stellte sich hinter ihn und strich ihm übers Haar. »Ist keine leichte Zeit«, sagte sie eher zu sich selbst.

Matti überlegte, was sie meinte. Irgendwas bedrückte Dornröschen, aber er wollte sie jetzt nicht fragen. Es war sowieso alles Mist. »Wie machen wir's?«

»Wir schreiben den beiden Jungs von der Stadt einen netten Brief und legen ein paar Fotos bei«, sagte Dornröschen.

Twiggy, Matti und Robbi überlegten. »Wenn die einem dann die Killer …«

»Tja, habt ihr einen besseren Vorschlag?«, fragte Dornröschen schnippisch. »Und was ich noch fragen wollte …« Sie zog ein durchsichtiges Plastiktütchen aus der Tasche, darin weißgraues

Pulver. »Lag im Flur, unter der Kommode. Was ist das?«, fragte sie streng.

Twiggy sprang auf, Robbi jaulte los und floh, während Twiggy den Beutel an sich riss. »Das gehört mir!«, schnauzte er.

»Koks ist das hoffentlich nicht?«, sagte Dornröschen.

»Quatsch.« Er steckte das Päckchen ein und setzte sich wieder, mit glänzender Stirn.

Die Reaktion auf den Brief folgte am übernächsten Morgen. Das Telefon klingelte, Matti nahm ab.

»Dr. Spiel.«

»Ja?«

»Wir müssen reden. Heute noch.«

»Klar«, sagte Matti. »Wenn Sie auch am Samstag arbeiten wollen.«

Der Typ räusperte sich. »Kennen Sie den Stichkanal in Lichterfelde?«

»Ja.«

»Am Ende ist ein Baugrundstück …«

»Dort werden wir uns nicht treffen«, sagte Matti. Er hatte mal einen Mann dorthin gefahren, eine finstere Ecke.

»Dort erkennt man mich nicht gleich«, sagte Spiel.

»Wir treffen uns im *Las Primas* in der Wrangelstraße und nirgendwo anders. Und Sie bringen Ihren Freund Rademacher mit.«

»Sie kapieren nicht …«

»*Sie* kapieren nicht. Entweder *Las Primas* oder gar nicht. Dann können Sie und der Herr Rademacher sich in der Presse bewundern.«

Der Mann schnaufte. Dann war es ein paar Sekunden still. »Gut, heute Abend, zwanzig Uhr.«

Sie saßen beim Frühstück, Robbi schmatzte sein Schälchen mit Thunfischkatzenfutter leer. Draußen zog grummelnd ein Gewitter auf, die Sonne war für alle Zeiten verschwunden, als wollte sie die Freunde warnen.

»Was würdest du tun, wenn du an der Stelle von Spiel und Rademacher wärst?«, fragte Twiggy.

»Weiß nicht«, erwiderte Matti. »Wenn ich Rosi umgebracht hätte, käme es auf einen weiteren Mord nicht an. Allerdings würde der die Gefahr vergrößern, dass ich erwischt werde. Außerdem müsste sicher sein, dass ich alle Bilder einkassieren kann. Und wie soll man sicher sein, wenn überall Kopien liegen können?«

Dornröschen gähnte, schloss aber den Mund nicht gleich, sondern steckte sich gemächlich einen Löffel Müsli hinein. »Ich würde uns nicht ermorden«, sagte sie kauend. »Das Risiko, erwischt zu werden, ist zu hoch, die Aussicht, sämtliche Fotos aus dem Verkehr zu ziehen, zu gering.«

»Aber es geht um deren Hals«, sagte Twiggy.

»Der Abgang ist das eine, zwanzig Jahre im Bau sind was anderes. Das werden die Herren sich schon ausgemalt haben.« Dornröschen kaute munter weiter, als wäre alles klar.

Matti erinnerte sich an die Bande, mit der sie es vor einiger Zeit zu tun gehabt hatten. Die hätte keine Skrupel gehabt.

Matti trat um sechs Uhr seine Schicht an. Ülcan warf ihm nur einen Blick zu. Ihm gegenüber saß Aldi-Klaus und zählte Geld. Offenbar schuldete er Ülcan was. Niemals würde Ülcan Matti Geld leihen, vielleicht stimmte es ja doch, dass der Taxiboss Aldi-Klaus als Schwiegersohn auserwählt hatte, obwohl der ein Ungläubiger war und sich nicht mal für Fußball interessierte. Aber Ülcans Wege waren tief und unergründlich.

Der erste Fahrgast stieg am Görlitzer Bahnhof zu, ein Geschäftsmann mit schwarzem Aktenkoffer und hochrotem Gesicht. Er setzte sich auf die Rückbank, und sofort spürte Matti die Unruhe des Mannes, als wäre sie ansteckend. »Tegel, beeilen Sie sich.«

Matti fuhr auf der Skalitzer Straße, wo die Geschwindigkeit auf dreißig Stundenkilometer begrenzt war.

»Geht's nicht schneller?«

»Ich darf nicht«, sagte Matti.

»Ich zahl auch das Strafmandat.«

»Und die Punkte behalte ich«, sagte Matti und mühte sich, ruhig zu bleiben. »Wann geht Ihr Flieger?«

»Das geht Sie nichts an.«

Matti verkniff sich eine Antwort. Er blieb vor einer hellgelben Ampel stehen, hinter ihm hupte es. Und er fuhr gemächlich los, als die Ampel auf Grün geschaltet hatte. Dann blieb er lange hinter einem Lastwagen hängen, der über die Straße schlich. Am Mehringdamm bremste er schon bei Dunkelgrün, auf dem Tempelhofer Damm ließ er einen uralten Mazda vor, der in einer Seitenstraße gewartet hatte, und auf der Stadtautobahn schlich er auf der rechten Spur.

Er grinste in sich hinein, als er merkte, dass der Typ nicht mehr wusste, was er mit seinen Fingern anstellen sollte.

»Mein Gott, nun überholen Sie doch!«

Matti war geradezu vernarrt in das Heck des Busses, der englische Touristen durch Berlin karrte, vom Holomem zum Olympiastadion, von der Mauer zum Reichstag, Hohenschönhausen als Zugabe.

Matti überholte nicht, auch nicht, als der Busfahrer verlangsamte und die mittlere Spur frei war.

»Ich habe gesagt, Sie sollen sich beeilen.«

»Ich weiß«, antwortete Matti ruhig und blieb hinter dem Bus.

Matti spürte, wie der Mann hinter ihm kochte. Es lenkte ihn etwas ab von dem Treffen am Abend, aber verdrängen konnte er es nicht. Was hatten Spiel und Rademacher vor? Wie wollten sie verhindern, dass sie ihre Posten und ihre Macht verloren? Welches Risiko würden sie eingehen?

Pünktlich um acht Uhr erschienen zwei Anzugmänner im *Las Primas*. Sie standen da und sahen sich um, bis ihre Augen an Mattis Zeigefinger hängen blieben, der sie an den Tisch winkte. Der größere war hager, hatte eine Halbglatze und trug eine rahmenlose Brille, der kleinere hatte ein Mondgesicht und einen Bürstenschnitt. Sie setzten sich nebeneinander an den Tisch in der Ecke,

Matti und Dornröschen gegenüber, Twiggy sah die beiden im Profil. Am Fenster saß ein Pärchen, das sich mit sich beschäftigte.

»So sehen also Puffgänger aus«, sagte Dornröschen leise. »Wollte ich schon immer mal wissen. Macht das Spaß, so gegen Bezahlung?«

Matti war verblüfft, dass Dornröschen gleich richtig loslegte. Er betrachtete die Typen, und einen Augenblick kamen sie ihm vor wie maskiert, steif, unecht.

»Ich bin Dr. Spiel«, sagte der Kleinere. Auch er sprach gedämpft.

»Rademacher«, flüsterte der andere.

Elisabeth kam und wartete auf die Bestellung. Aber die beiden sagten nichts.

»Die beiden Herren trinken das Teuerste, was du hast, Elisabeth. Champagner vielleicht, das würde doch passen?«

Twiggy grinste, die beiden Verwaltungsfritzen schauten sich kurz an, dann nickte Spiel.

Elisabeth lächelte und verschwand hinterm Tresen.

Matti hoffte, dass sie Billigsekt in eine Champagnerflasche umfüllte.

»Nun wollen wir doch mal ernsthaft miteinander reden«, sagte Spiel, der offensichtlich den Wortführer markierte. »Sie wollen uns erpressen, wie viel verlangen Sie für die Fotos?«

»Ganz einfach«, sagte Dornröschen, »wir wollen wissen, wie viel Geld Sie bei Kolding abkassiert und was Sie dafür versprochen haben.«

»Sie wollen kein Geld?«

»Nein«, sagte Dornröschen. »Wenn Sie uns die ganze Geschichte erzählen, haben Sie vielleicht das Glück, dass wir die Sache vorerst für uns behalten.«

»Vorerst?« Rademacher guckte fragend.

»Solange Sie brav sind …«, sagte Twiggy.

Matti spürte ein Grummeln im Magen. Das lief zu glatt.

»Wir erzählen Ihnen die Geschichte, wenn wir die Beweise bekommen. Fotos und was Sie sonst noch so haben«, sagte Spiel.

»Ein Kennzeichen der heutigen Zeit ist, dass Wissen nicht verschwindet. Früher hat man ein Original und zwei Kopien verbrannt. Oder Filmnegative. Heute kopieren sich Informationen fast von allein. Wenn ich Ihnen einen Speicherchip gebe, würde ich an Ihrer Stelle davon ausgehen, dass ich eine Kopie versteckt habe. Aber das wissen Sie doch«, sagte Dornröschen lässig. »Eine Erpressung funktioniert heutzutage anders.«

Spiel und Rademacher blickten sich an. Spiel hob die Augenbrauen, Rademacher ließ seine Hände ein paar Zentimeter über der Tischplatte schweben und legte sie wieder darauf.

Hier ist etwas oberfaul, dachte Matti. An deren Stelle wäre ich nicht einfach gekommen. Ich hätte gewusst, dass auch die Erpresser etwas wollten. Ich hätte Druck gemacht. Aber wie? Matti überlegte, wie er Druck gemacht hätte, und die einzige Idee, die ihm kam, gefiel ihm nicht.

»Und wie?«, fragte Spiel.

»Sie müssen sich darauf verlassen, dass wir ehrlich sind.« Dornröschen grinste und gähnte genüsslich.

Die beiden Männer blickten sich an.

Aber die gucken nicht ratlos, dachte Matti. Die besprechen sich per Blick. Die haben was im Sack. Aber was könnte das sein? Matti blickte sich um, aber da war natürlich nichts.

»Ehrliche Erpresser?«, fragte Spiel.

»Ehrliche Betrüger? Warum sollen wir korrupten Figuren wie Ihnen glauben?«, fragte Dornröschen zurück.

Was machte Dornröschen so selbstsicher? Matti beobachtete sie und überlegte, ob sie bei der Sache war, jedenfalls in dem Sinn, dass sie sich restlos auf dieses Gespräch konzentrierte. Vielleicht hatte sie es schon abgehakt und war im Kopf mit etwas anderem befasst. Mit ihrem Auszug? Mit ihrem Verehrer? Dieses Gespräch gefiel ihm nicht.

»Wir suchen den Mörder von Rosi Weinert.«

»Von wem?«, fragte Rademacher.

Dornröschen blickte die beiden Männer an. »Sie wollen nicht wissen, dass die Leiche von Rosi Weinert auf der Admiralbrücke gefunden wurde?«

Spiel und Rademacher wechselten wieder Blicke. Matti beobachtete die Mienen und entdeckte nur Ratlosigkeit.

»Das ist die Frau, die Ihre korrupten Geschäfte aufdecken wollte«, sagte Dornröschen. »Sie wollen doch nicht behaupten, dass niemand bei Ihnen angefragt hat wegen dieser Sache?«

Wieder Blickwechsel.

Rademacher wirkte verunsichert. »Doch, doch«, sagte er endlich. »Da hat eine Frau angerufen. Aber sie hat ihren Namen nicht genannt. Und ihre Telefonnummer war … unterdrückt. Das wird sie gewesen sein. Sie behauptete ziemlich wildes Zeug. Dass Kolding uns bestochen hat, damit wir denen den Weg freiräumen, wir sollen absichtlich übersehen haben, dass Bauvorschriften verletzt wurden. Wir sollen sogar versucht haben, die Vorschriften zu ändern, damit Kolding es leichter hat.« Er schüttelte den Kopf. »Aber das stimmt nicht. Wir haben nicht weggeguckt, und wir haben nichts geändert.« Seine Blicke suchten Bestätigung bei Spiel, und der nickte.

»Aber Sie haben sich den Puff bezahlen lassen«, sagte Dornröschen.

Spiel nickte. »Na und?«

»Sie meinen, es kommt gut an in der Öffentlichkeit, dass leitende Beamte sich von einer Firma, die sie beaufsichtigen sollen, die Nutten bezahlen lassen.« Matti wusste immer noch nicht, was gespielt wurde.

»Das kommt nicht gut an«, sagte Rademacher.

»Es kostet Sie den Job«, sagte Twiggy.

»Vielleicht.« Spiel lächelte. »Ich gebe zu, es wäre unangenehm.«

»Was haben wir mit dieser Frau zu tun?«, fragte Rademacher. »Das Einzige, was ich weiß, ist, dass sie mich angerufen hat … und Herrn Dr. Spiel auch. Das ist wirklich alles.«

»Sie hatten nicht die Vorstellung zu verhindern, dass diese Frau Ihnen alles nimmt, was Ihnen wichtig ist?«, fragte Matti.

»Wichtig, guter Mann, sind mir meine Frau und meine Kinder«, sagte Rademacher. »Ich bin sicher, Dr. Spiel geht es genauso.«

Der nickte.

Elisabeth brachte eine Flasche Champagner und fünf Gläser. Sie öffnete die Flasche mit einem Plopp und goss ein. Lächelnd zog sie ab, die leere Flasche in der Hand.

»Eigentlich mag ich das Zeug nicht«, sagte Twiggy und schüttete es in einem Zug hinunter.

Rademacher roch am Glas, dann trank er einen Schluck und nickte leicht. Spiel beachtete das Glas nicht.

»Die Puffgeschichte dürfte nicht förderlich sein fürs Eheglück«, sagte Matti, während Dornröschen grübelte. Er sah ihr an, dass etwas nicht stimmte. Doch das fühlte er auch, ohne aber zu wissen, um was es ging.

»Wir leben im 21. Jahrhundert«, sagte Spiel. »Gut, es ist unangenehm, aber nicht wirklich schlimm.«

Rademacher nickte. »Also wenn Sie vielleicht doch Geld nehmen wollen, darüber ließe sich reden. Allerdings müssten wir sicher sein, dass nichts mehr nachkommt. Und reich sind wir auch nicht. Aber für Sie« – ein abschätzender Blick – »dürfte es ein respektables Sümmchen sein. Wollen Sie sich das nicht überlegen?« Er war jovial.

»Sie hatten Schiss, dass Sie auffliegen, dass Sie Ihre Posten verlieren und Ihre Pensionen und überhaupt Ihr schönes Leben mit Dienstwagen, Jahresurlaub, Eigenheim und dicker Kohle. Und deswegen haben Sie Rosi umgebracht. Vermutlich haben Sie es nicht selbst gemacht, dazu wären Sie sich zu fein. Sie haben es machen lassen. Für die Bullen wäre das ein geiles Motiv, reicht für U-Haft«, schnauzte Twiggy.

Die beiden am Fenster glotzten zur Fünferrunde.

»Sie wollen uns verarschen, aber das klappt nicht«, sagte Twiggy etwas leiser.

Elisabeth stand hinterm Tresen und beobachtete die Gruppe.

»Wir haben diese Frau nicht umgebracht und auch nicht umbringen lassen. Wir sind doch keine Killer, was glauben Sie denn? Gucken Sie zu viel Fernsehen?« Rademacher lachte gepresst. »Ich sag's noch mal, die hat mich angerufen und dummes Zeug geredet. Gut, mit der *Tanzmarie*, da hatte sie recht, aber der Rest war Blödsinn.«

»Sie meinen, die Kolding-Leute schieben Ihnen die Kohle aus lauter Vergnügen in den Arsch?«, fragte Matti.

»Mein Gott, das ist Landschaftspflege. Die wollen, dass wir gut gelaunt sind. Alle Bauunternehmen Berlins wollen, dass wir gut gelaunt sind.« Ein freches Lächeln stand in seinem Gesicht.

»Wie oft haben Sie sich schon von den Koldings einladen lassen?«, fragte Dornröschen.

»Es war das erste Mal«, sagte Spiel.

Twiggy lachte, und Matti stimmte ein.

Elisabeth grinste.

Spiel lächelte. »Natürlich glauben Sie uns nicht. Wäre ich an Ihrer Stelle, würde ich mir auch nicht glauben.«

Und Matti dachte: Die nehmen uns auf den Arm. Das ist ein Spielchen. Nomen est omen. Wir Idioten hatten wirklich gedacht, wir kriegen die weich. Lächerlich die Vorstellung, man erpresst die ein bisschen, und schon packen sie aus.

»Was wollte denn diese Frau von Ihnen, und was haben Sie ihr gesagt?«, fragte Dornröschen.

»Sie wollte, dass wir uns alles überlegen, und dann wollte sie noch einmal anrufen. Das hat sie aber nicht getan.«

Schweigen.

In Mattis Kopf hetzten sich Gedankenfetzen. Da ist was oberfaul. Wenn die lügen … Wir können nichts beweisen … wir haben ein Motiv, sonst nichts. »Was haben Sie denn besprochen mit den Koldings in der *Tanzmarie*?«

Spiel grinste. »Na, was bespricht man wohl in so einer Location?«, sagte er gönnerhaft. »Da laufen ein paar heiße Frauen herum, aber wir sprechen übers Bauen.« Er lachte, und auch Rademacher zeigte ein Lächeln. »Na, überlegen Sie mal.«

»Glauben Sie, Sie finden einen Staatsanwalt, der Ihnen diesen Quatsch glaubt?« Dornröschen fixierte Spiel, dann Rademacher.

»Er hätte keine Wahl. Es gibt keine Beweise.«

»Wir haben einen Zeugen, der gesehen hat, dass Sie einen Umschlag angenommen haben«, sagte Matti.

»Sie haben einen Zeugen!« Spiel grinste.

»Ich hoffe, der Zeuge weiß auch, was in dem Umschlag war«, sagte Rademacher.

»Ja, was wohl?«, sagte Twiggy.

»Opernkarten«, sagte Spiel und lächelte freundlich.

»Was heißt, die Koldings bezahlen Ihnen nicht nur den Puff, sondern auch Opernkarten«, sagte Matti.

»Sie sind ein kluger Kopf«, sagte Spiel mit einem so freundlichen Lächeln, dass es in Mattis Faust zuckte.

»Gut«, sagte Dornröschen, »dann werde ich das veröffentlichen.«

»Nun beruhigen Sie sich doch«, sagte Spiel, und Rademacher lächelte. »Ich kann Ihnen versichern, dass nichts Unrechtes geschehen ist.«

»Ich gebe Ihnen mein Ehrenwort, ich wiederhole, mein Ehrenwort«, ätzte Twiggy.

»Glauben Sie mir, wir haben Ihrer Freundin nichts getan. Wir kennen sie nicht einmal. Sie hat ihren Namen nicht genannt, geschweige denn eine Telefonnummer oder Anschrift. Wie sollten wir jemanden … umbringen, den wir gar nicht kennen.« Er lächelte schon wieder, und Matti hätte am liebsten in das Lächeln hineingeschlagen.

»Sie sind korrupte Drecksäcke«, sagte er. »Das steht fest.«

Die beiden Herren schauten traurig aus der Wäsche.

»Gut, wenn Sie meinen, dass an unserem Verhalten etwas auszusetzen ist, dann will ich nicht rechten«, sagte Rademacher. »Ich gebe zu, es ist zwar nicht strafbar, was wir getan haben, aber zur Ehre gereicht es uns auch nicht. Aber ich sehe so etwas pragmatisch.«

»Auch wenn Sie nicht dahinterstecken sollten«, sagte Dornröschen und blickte skeptisch, »die Koldings haben auf jeden Fall was mit dem Mord zu tun. Ich hätte eine Idee, wie Sie die Veröffentlichung Ihres kleinen Abenteuers verhindern könnten.« Sie lächelte.

Spiel guckte sehr interessiert, er starrte Dornröschen an.

Matti überlegte, was Dornröschen meinen konnte. Doch dann fiel es ihm ein. Ein guter Plan, sie schien bei der Sache zu sein, entwickelte Ideen. Vielleicht ging es noch mal gut mit der WG.

Twiggy kratzte sich am Kopf, Schuppen segelten zum Boden.

»Ich bin ganz Ohr.« Rademacher lächelte. »Endlich kommen wir zu den richtigen Fragen.«

»Sie rücken den Koldings richtig auf die Pelle, horchen sie aus, lassen sich bezahlen und in Puffs einladen, wenn Ihnen das so viel Freude bereitet« – ihr Gesicht zeigte Widerwillen –, »und wenn Sie rauskriegen, ob die Koldings die Mörder beauftragt haben oder welche von denen selbst gemordet haben oder wie immer die in der Sache drinstecken, denn drinstecken tun sie, dann vergessen wir die Eskapade in der *Tanzmarie*. Was halten Sie davon?«

Die beiden Herren strahlten um die Wette.

»Ein interessanter Vorschlag«, sagte Spiel.

»Wirklich«, ergänzte Rademacher.

Matti glaubte den Typen kein Wort. Die führten was im Schilde, die hatten einen Plan, und sie waren sich sicher, dass der Plan aufging, sonst würden sie nicht dieses Theater aufführen.

»Also machen Sie mit«, sagte Dornröschen.

Spiel blickte Rademacher an, der nickte, und Spiel nickte auch.

»Natürlich, das ist vernünftig«, sagte Spiel. »Wir helfen Ihnen gern, einen Mord aufzuklären. Allerdings glaube ich nicht, dass Kolding etwas damit zu tun hat. Das ist eine seriöse …«

»Pufffinanzierungsanstalt«, sagte Twiggy trocken. »Womöglich gehen unsere Auffassungen über das, was seriös ist, ein wenig auseinander.«

»Ist ja gut«, erwiderte Rademacher. »Wir haben doch schon gesagt, dass das nicht in Ordnung war. Seriös heißt, dass die Koldings das Gesetz achten. Übrigens halten sie die Bauvorschriften hundertprozentig ein, es gibt in Berlin kaum ein Immobilienunternehmen, das so wenig Ärger macht wie die.«

»Und Sie bauen schon mal vor, nicht wahr?«, sagte Dornröschen. »Die Koldings sind so lieb, die tun keiner Fliege was. Wir haben uns trotzdem angestrengt, aber nichts herausgefunden. Das werden Sie uns weismachen, oder?«

»Die stecken doch alle unter einer Decke«, sagte Twiggy. »Und Sie verarschen uns nach Strich und Faden.«

»Probieren Sie es aus, Sie werden sehen, wir bringen Ihnen alle

Informationen, an die wir herankommen. Und wenn Mitarbeiter von Kolding in den Mord verwickelt sind, sagen wir Ihnen auch das«, erklärte Rademacher.

Spiel nickte heftig. »Obwohl wir keine Straftat begangen haben, so wäre es uns doch unangenehm, wenn Sie … diese Sache an die Öffentlichkeit brächten. Also, vertrauen Sie uns. Wir haben etwas zu verlieren.«

Twiggy lächelte, und dann donnerte er los. Er lachte und lachte, ihm kamen die Tränen, er öffnete den Mund, bekam aber kein Wort heraus, er musste husten und lachte weiter. Alle staunten ihn an. Als er sich beruhigt hatte, sagte er nur: »Vertrauen? Das ist der beste Witz des Jahres. Solchen Gestalten vertrauen? Köstliche Idee.«

Dornröschen und Matti wechselten einen Blick. In ihrem stand: Sollen wir uns drauf einlassen? Seiner antwortete: Wir haben keine Wahl. Fällt dir was Besseres ein?

»Gut«, sagte Dornröschen. »Wenn wir den Verdacht haben, dass Sie uns betrügen, gibt's eine Puffgeschichte.«

Matti war mulmig zumute, aber er nickte. Twiggy starrte auf die Tischplatte. Elisabeth stand immer noch hinterm Tresen und hatte die Gruppe im Auge. Das Pärchen am Fenster knutschte. Die Tür öffnete sich, zwei Frauen traten ein, beide in Jeans und T-Shirts, beide blond, die eine mit langen Haaren, die andere mit kurzen. Sie setzten sich an den Ecktisch am anderen Fenster, möglichst weit entfernt von der WG und dem Pärchen. Elisabeth ging zum Tisch und legte zwei Speisekarten darauf.

Spiel flüsterte Rademacher ins Ohr, und als der nickte, sagte er: »Zum Zeichen unseres guten Willens wollen wir Ihnen ein paar Papiere geben.«

»Um was geht es?«

»Um Geschäftspraktiken von Kolding.«

Matti, Twiggy und Dornröschen blickten sich fragend an, dann sagte Dornröschen: »Gut.« Sie streckte die Hand aus.

»Nein, das haben wir natürlich nicht hier«, sagte Spiel. Seine Miene bedauerte es heftig.

Rademacher schüttelte traurig seinen Kopf.

»Ich habe meinen Wagen dabei, es sind nur ein paar Minuten.« Spiel winkte Elisabeth, die gleich kam und den WG-Genossen besorgte Blicke zuwarf. Spiel zahlte und gab reichlich Trinkgeld, aber das hellte Elisabeths Miene nicht auf.

Sie verließen das *Las Primas*, Spiel vorneweg. Sie gingen schweigend die Wrangelstraße hoch. Ein Motorrad mit lächerlich langem Lenker und walzenartigem Hinterreifen dröhnte vorbei. Darauf ein Fettsack mit Stahlkette um den Hals und einem Militärhelm auf dem Kopf. Der Bart reichte bis zum Bauchnabel. Sie folgten Spiel in die Cuvrystraße, wo der einen dunkelblauen S-Klasse-Daimler ansteuerte. Mit einem leisen Klacken entriegelten die Türen, Spiel setzte sich hinters Steuer, Rademacher auf den Beifahrersitz, und die WG drängte sich auf der Rückbank, Twiggy in der Mitte.

»Wo geht's hin?«, fragte Matti.

»Sigridstraße«, antwortete Spiel. »Dort habe ich ein Büro.«

»Wo in der Sigridstraße?«, fragte Twiggy.

»Das überlassen Sie mal mir«, sagte Spiel. »Sie kriegen diese Papiere, und damit hat es sich. Nachher machen Sie bei mir noch eine Hausdurchsuchung.« Er lachte gequetscht, und Rademacher lachte mit.

Bald waren sie am Volkspark Prenzlauer Berg, links lagen Einfamilienhäuser, die meisten eher schlicht, was in DDR-Zeiten aber nach Luxus und Privilegien ausgesehen hatte. Spiel steuerte den Daimler ein Stück in den Park hinein, auf einen geteerten Platz. Er fuhr unter Bäume und bremste. In diesem Augenblick traten fünf Männer aus dem Schatten. Gangster, dachte Matti, diese Typen kannte er vom Taxifahren. Spiel und Rademacher stiegen aus, Spiel sprach kurz mit dem Kleinsten der Männer, in einem maßgeschneiderten schwarzen Anzug und einem Goldkettchen am Handgelenk. Er hatte eine Glatze und buschige Augenbrauen. Nachdem Rademacher und Spiel aufreizend lässig weggeschlendert waren, öffnete der Goldkettchentyp die hintere Tür. Die WG-Genossen saßen erstarrt auf der Bank. Der Typ packte Dornröschen am Oberarm und riss sie aus dem Auto. Twiggy sprang hinterher und fiel den Mann an. Währenddessen schnellte Matti aus dem Auto und stürzte sich auch auf den Mann. Doch binnen Sekunden griffen die Schlägertypen ein und umklammerten Twiggy und Matti von hinten. Der Goldkettenmann hielt Dornröschen am Oberarm fest, während die anderen mit der Arbeit begannen. Zuerst Twiggy. Ein riesiger Mann mit Monsterjeans und einem verschwitzten T-Shirt mit der Aufschrift *Metallica* stellte sich vor ihn, schätzte ihn kurz ab und schlug ihm die Faust in den Magen. Twiggy stöhnte auf. Gleichzeitig nahm sich ein Drahtiger Matti vor, der erste Hieb landete im Gesicht. Matti brüllte. Dornröschen kreischte und zerrte, aber der Goldkettenmann lachte nur und drückte fester. Sie schrie vor Schmerz. Die beiden Schläger arbeiteten, ohne ein Wort zu verlieren. Ihre Gesichter zeigten keine Regung, keine Wut, keinen Hass, keine Freude, nur allmählich die Anstrengung, die es auch trainierte Schläger kostete, einen Menschen so zu verprügeln, dass er nur noch ein Haufen Schmerz war.

Plötzlich waren die Schläger verschwunden, nur der Goldkettenmann hatte Dornröschen noch im Griff. »Hör genau zu, du Fotze. Wenn du oder einer dieser Superhelden irgendetwas tut, das meine Freunde« – sein Kinn zeigte zur Sigridstraße – »ärgert, dann kommen wir wieder und bringen euch um, nachdem wir euch vorher durch die Mühle gedreht haben. Ihr wisst noch gar nicht, was Schmerz ist. Das bringen wir euch bei, aber ihr werdet nichts mehr von dieser Erkenntnis haben. Dich hebe ich mir für den Schluss auf. Ich freue mich schon darauf.« Er ließ sie los und schlug ihr ins Gesicht. Ihr Kopf flog zur Seite. Dornröschen taumelte, fing sich, kämpfte gegen den Schwindel an, fiel auf die Knie, stand auf, fiel und kroch zu Matti. Dessen Gesicht war rot und schwarz. Aus der Nase rann Blut. Sie kroch zu Twiggy, dessen Gesicht nicht besser aussah, ein Auge schwoll zu. Sie fand ihr Handy in der Hosentasche, verfehlte die Tasten, brach ab, verfehlte wieder die Tasten, dann schaffte sie es endlich, den Notruf zu wählen. Sie stotterte, als sie den Ort angab und kurz schilderte, dass es sich um drei Verletzte handelte. »Zusammengeschlagen«, sagte sie.

»Dann schicken wir auch die Polizei.«

Der Notarzt, zwei Rettungswagen sowie eine Bullenkarre erschienen gleichzeitig und mit Sirenengeheul. Jeweils zwei Sanitäter hoben Twiggy und Matti auf Tragen und schoben diese in die Laderäume. Der Notarzt eilte zum Bullenauto und redete auf die beiden Beamten ein, die daraufhin in ihrem Passat sitzen blieben. Zuletzt beäugte der Notarzt, ein kleinwüchsiger Dickwanst, Dornröschen und verordnete ihr den sofortigen Transport ins Urban-Krankenhaus, die eigentlich zuständige Notaufnahme sei überfüllt wegen einer Massenschlägerei in der M 10. »Sie haben mindestens einen Schock.«

»Aber nur, wenn ich mit meinen Freunden in einem Dreierzimmer untergebracht werde.«

»Bei uns gibt es keine Sonderwünsche …«

»Sie wollen sagen, weil ich nicht privat versichert bin, können Sie so mit mir umspringen? Ich trete auf der Stelle in einen Hungerstreik und bleibe hier sitzen.«

Die beiden Rettungswagen fuhren ab. Die Bullen stellten sich vor Dornröschen. »Wann können Sie Ihre Aussage machen?«

»Wenn ich wieder gesund bin. Lassen Sie mich in Ruhe.«

Der Notarzt hielt ein Handy ans Ohr und begann zu reden, während er Dornröschen den Rücken zukehrte und ein paar Schritte Abstand einlegte. Dornröschen hörte nur ein paar Wortfetzen. »Schwierige Patientin … psychisch angeschlagen … räumen Sie vielleicht ein Zimmer frei … für den Heilungsprozess …«

Er trennte das Gespräch, sah Dornröschen neugierig an und nickte.

Sie fuhr auf dem Beifahrersitz ins Urban-Krankenhaus in der Dieffenbachstraße. Der Notarzt schickte sie zur Rettungsstelle. Dort musste sie vor einem Glaskasten warten, darin eine Frau unbestimmbaren Alters, die mit einer Weißbekittelten hinter dem Tresen verhandelte. Rechts standen Bänke, drei Männer warteten, einer blätterte in der *Bunten.* Dornröschens Kopf dröhnte, Oberarm und Schulter schmerzten. Sie hörte nur, dass die beiden im Glaskasten miteinander sprachen, aber verstand nicht, was. Es dauerte und dauerte. Die Schmerzen wurden stärker. Schließlich zog die Frau ein Portemonnaie aus ihrer Handtasche, entnahm einen Geldschein und schob ihn über den Tresen. Dabei redete sie auf die Krankenschwester ein. Dornröschen begriff, dass sie länger Schmerzen erlitt, weil die beiden Frauen im Glaskasten über die Praxisgebühr stritten. Als ihr schwindelig wurde und sie gerade an die Tür klopfen wollte, drehte die Frau sich um und öffnete mit Grabgesicht die Tür. Sie schlüpfte an Dornröschen vorbei, der Geruch von Schweiß wehte.

»Ich bin gleich fertig«, sagte die Krankenschwester, als Dornröschen am Tresen stand. Die Schwester füllte so umständlich wie seelenruhig ein Formular aus.

»Ja?«

Dornröschen reichte ihre Versicherungskarte über den Tresen und legte zehn Euro auf den Tisch.

»Um was geht es?«

»Der Notarzt hat mich hergeschickt.«

»Ach, Sie sind das.« Sie musterte Dornröschen, als wäre sie ein exotisches Tier.

Sie tippte etwas in die Tastatur ihres Computers. »So, da ist der Wartesaal.«

»Mir ist schwindelig«, sagte Dornröschen.

»Setzen Sie sich dort hin, Sie werden abgeholt.«

Dornröschen ging zu den Bänken und setzte sich. Die Schmerzen waren übel. Dornröschen hätte nie gedacht, dass jemand so kräftige Hände haben konnte. Sie versuchte die Schulter zu bewegen, aber es tat höllisch weh.

»Frau Damaschke!« Eine Stimme irgendwoher.

Dornröschen erhob sich und trat in den Gang. Weit hinten eine Krankenschwester, die ihr den Rücken zukehrte und wegging.

»Meinen Sie mich?«

Die Frau winkte über der Schulter, ohne sich umzudrehen. Dornröschen folgte ihr in einen Raum, in dem mehrere Liegen standen, dazu elektronische Geräte, Spritzen, Verbandszeug, Ampullen. Zwei Männer lagen auf Pritschen, dem einen nahm eine Pflegerin Blut ab.

»Dahin«, sagte die Frau und deutete auf eine Pritsche.

Dornröschen legte sich vorsichtig hin. Sie verzog das Gesicht.

Die Krankenschwester schob einen Sichtschutz neben Dornröschens Pritsche.

»Wir müssen Ihnen Blut abnehmen!«, sagte sie im Befehlston. »Das ist hier Routine.«

»Ich wusste gar nicht, dass Sie vollständige Sätze sprechen können«, sagte Dornröschen. »Guten Tag übrigens. So viel Zeit ist immer.«

Die Schwester, klein, schlank, schwarzhaarig, starrte sie an, drehte sich weg und kam mit einer Kanüle zurück. Sie desinfizierte Haut am Handgelenk, legte einen Riemen um den Oberarm und zog ihn fest. Dann stach sie mit der Kanüle in die Haut. Sie schaute auf die Stelle und schüttelte den Kopf. »Da ist nichts.« Sie zog die Kanüle heraus und legte sie auf einen kleinen Tisch. Sie desinfizierte nun eine Stelle in der Armbeuge, tastete nach der Vene und pikte mit der Kanüle hinein. »Das ist provisorisch. Die legen Ihnen nachher eine am Handgelenk«, sagte sie.

»Danke fürs Perforieren«, erwiderte Dornröschen und erntete einen verständnislosen Blick.

Die Schwester zog Blut in Spritzen, stellte die Röhrchen in einen Ständer auf einem Wandtisch und verschwand.

Ein Krankenpfleger schob eine Trage in den Raum. Darauf ein alter Mann, der vor sich hin jammerte. Er sagte etwas auf Türkisch, der Krankenpfleger zuckte mit den Schultern.

Dornröschen schloss die Augen, der Schmerz pochte überall, aber besonders die Schulter schien geschwollen und durchsetzt mit Rasierklingen. Sie bewegte sich vorsichtig, um eine Position zu finden, die erträglich war, aber die Schulter ließ sich nicht beruhigen. Als sie die Augen öffnete, blickte sie ins Gesicht eines jungen Mannes mit schwarzen Haaren und Kinnbart.

»Ich bringe Sie jetzt aufs Zimmer«, sagte der Mann und schob die Pritsche aus dem Raum. Die Krankenschwester saß neben dem stöhnenden Türken, die Kanüle in der Hand.

Der Mann steuerte die Trage durch ein Labyrinth von Gängen.

Als Dornröschen fürchtete, die Kurverei ende nie, rollte der Mann sie auf einen Flur hinter einer Glastür und bremste vor einem Tresen. Dahinter saßen an Schreibtischen ein Pfleger und eine Schwester. Der Schieber trat an den Tresen und gab dem Pfleger ein Papier. Der blickte drauf und grinste. »Die Neun«, sagte er. Der Schieber rollte wieder los mit Dornröschen, um nach ein paar Metern anzuhalten, eine Tür zu öffnen und Dornröschen hineinzuschieben.

Twiggy lag am Fenster, sein Gesicht zeigte alle Farben und noch ein paar mehr. Matti kauerte in seinem Bett an der Wand und starrte sie an, die Augen geschwollen, Platzwunden an Stirn und Kinn und bunter gescheckt als ein Papagei. Das Bett in der Mitte war frei.

»Können Sie allein aufstehen?«, fragte der Schieber.

Mit zusammengebissenen Zähnen rollte sich Dornröschen von der Trage, der Schieber fasste sie am Arm, was Dornröschen durch ein knappes Bellen abwies. Der Mann guckte verwirrt, dann rollte er seine Trage hinaus.

Dornröschen quälte sich ins Bett, und als sie lag, sagte sie leise: »Hallo, Jungs.«

Matti stöhnte. »So eine Scheiße.«

Twiggy guckte nur. Er sah richtig übel aus.

»Was ist mit dir?«, fragte Dornröschen.

Twiggy versuchte zu grinsen, aber es schmerzte. »Die wollten doch nur spielen«, seufzte er.

»Wie gut, dass die es nicht ernst meinten«, sagte Matti. »Da haben wir ja richtig Glück gehabt.«

Sie lagen zwei Stunden, und nichts geschah. Zweimal klingelte Dornröschens Handy, aber sie ging nicht ran. Die Tür wurde aufgestoßen, es erschien eine lange, dürre Krankenschwester, blickte sich um, zog eine Grimasse und stellte sich neben Twiggys Bett. »Sie müssen operiert werden, es gibt da Absplitterungen. Keine große Sache. Aber wir können Sie jetzt reinschieben in den OP-Plan. Können Sie das anziehen?« Sie hielt ein hinten offenes Nachthemd in der Hand.

»Wie soll er das anziehen?«, sagte Dornröschen. »Sehen Sie nicht, wie der Mann aussieht?«

Die Schwester sagte »Pö« und verschwand. Dreißig Sekunden später erschien ein Pfleger und gab Twiggy Formulare. »Die müssen Sie lesen und ausfüllen!«

»Können Sie mir mal verraten, wie mein Freund das lesen und ausfüllen soll? Der kann doch gar nicht gucken«, sagte Dornröschen.

»Ist Vorschrift«, sagte der Pfleger. »Ich hab die nicht erlassen.«

»Mann, haben Sie keine Augen im Kopf?«, schnauzte Dornröschen.

»Ist ja gut«, sagte der Pfleger. »Ich leg's mal dahin.« Er verschwand wieder.

Den nächsten Auftritt hatte ein Mann, der sich als Oberarzt vorstellte. Er beugte sich über Twiggys Gesicht, lächelte, tätschelte ihm die Schulter und sagte: »Das kriegen wir wieder hin. Tut jetzt weh, ist aber eine Kleinigkeit.« Er tätschelte noch einmal und trat ab.

Nun erschien eine Schwester. »Wir müssen gleich runter in den OP mit Ihnen. Haben Sie das gelesen und unterschrieben?« Sie nahm die Papiere, blickte darauf und schaute Twiggy enttäuscht an.

»Wie soll der das lesen und unterschreiben?«, fragte Dornröschen scharf.

Die Schwester blickte verunsichert zu Twiggy, dann zu Dornröschen und verschwand.

Es trat ein Pfleger ein. »Sie müssen dringend in den OP …«

»Jetzt hören Sie auf!«, schrie Dornröschen. »Was ist das denn für ein Affenstall. Alle zwei Sekunden stürzt hier einer rein und redet Blech. Schieben Sie meinen Freund in den OP. Die Dreckspapiere unterschreibe ich Ihnen, und zwar jetzt! Geben Sie sie her!«

»Das geht nicht«, sagte der Mann, »die sind für die Versicherung.«

»Aber Sie sehen doch, dass der weder lesen noch schreiben kann! Sind Sie blind?«

Der Pfleger warf Dornröschen einen verzweifelten Blick zu.

»Sie würden ihn verrecken lassen, wenn er diese elenden Papiere nicht unterschreibt«, stöhnte Matti. Er stützte sich auf die Ellbogen und hob seinen Oberkörper ein paar Zentimeter an. Er wäre am liebsten aufgestanden und hätte das Krankenzimmer zerlegt und die Glotze, die an der Wand hing, zum Fenster hinausgeworfen. »Hören Sie endlich auf mit diesem Unsinn. Operieren Sie, die Unterschriften kriegen Sie dann, wenn mein Freund wieder lesen kann. Oder wollen Sie, dass der blind unterschreibt? Wenn hier einer reinkommt mit Augenverletzungen, führen Sie ihm die Hand bei der Unterschrift, oder was?« Matti sank zurück auf die Matratze.

Der Pfleger schüttelte den Kopf und sagte nichts. Er zögerte, endlich verließ er den Raum.

»Ich dachte, es sei eilig mit der Operation!«, rief Matti ihm nach.

»Eilig haben die es nur mit der Abrechnung«, sagte Dornröschen.

Twiggy schnaufte.

Ein Assistenzarzt erschien, wie sein Namenschild verriet. »Sind Sie immer noch nicht fertig?«

»Mit was?«, fragte Dornröschen.

Der Arzt verschwand und hinterließ nur das Leuchten seiner roten Haare.

Der Schieber öffnete die Tür und trat an Twiggys Bett. »Wir müssen jetzt aber los. Die im OP drängen schon.« Er schob den Wagen zur Tür.

Zwei Weißkittel und eine Frau in hellblauem Krankenhausanzug traten ein und stellten sich vor das Rollbett.

»Halt«, sagte die Frau. »Noch nicht.«

Der Schieber bremste abrupt. Twiggy stöhnte leise.

»Ich bin von der Dokumentation«, sagte die Frau. Sie trug einen Stapel Papier in der Hand und einen Kugelschreiber. »Wenn Sie hier« – sie deutete auf das Papier – »keine Angaben machen …«

Ein Kissen kam geflogen und traf die Frau im Gesicht. Begleitet wurde der Treffer von einem Schrei, in dem sich Schmerz und

Wut mischten. »Halten Sie endlich die Schnauze!«, brüllte Matti. »Schieben Sie meinen Freund in den OP, und zwar jetzt, wenn Sie verhindern wollen, dass ich aufstehe und Sie erwürge!« Ein Aufstöhnen, und Matti legte sich wieder hin.

Schweigen.

Die hellblaue Frau zog ein beleidigtes Gesicht und verschwand.

Der Schieber startete erneut. Die Tür sprang auf, und ein weißhaariger Mann mit wehendem Kittel trat ein, bremste abrupt, schaute sich um, starrte auf einen Zettel in seiner Hand, blickte sich wieder um, bis seine Augen bei Matti hängen blieben. »Sie sind Herr Dehmel?« Er wippte auf den Fußballen.

Matti deutete zu Twiggy.

Der Kittel trat an dessen Bett. »Warum sind Sie noch nicht im OP?«

Ein Schrei, grell, laut, markerschütternd. Alle erschraken, außer Dornröschen, die ihn ausstieß, nachdem sie sich gesetzt hatte. Der Kittel glotzte sie an mit offenem Mund.

Der Schrei brach so unvermittelt ab, wie er erklungen war. »Sie sorgen dafür, dass mein Freund jetzt operiert wird«, sagte Dornröschen leise und gefährlich. »Und wenn hier noch einmal jemand auftaucht mit irgendeinem Formular in der Flosse, und wenn noch ein einziges Mal jemand meinen Freund etwas fragt, zerleg ich diesen Scheißladen hier.«

»Warum haben die uns verprügelt?«, fragte Matti, nachdem Twiggy hinausgeschoben worden war.

»Blöde Frage«, sagte Dornröschen leise. »Wir sind auf der richtigen Spur. Spiel und Rademacher hetzen uns Schläger auf den Hals. Sie haben auch Rosi die Typen geschickt. Nur, Rosi haben sie umgebracht. Vielleicht war es ein Versehen?«

»Glaub ich nicht. Die wissen, was sie tun. Das war die letzte Warnung. Wenn wir nicht aufhören, bringen sie uns auch um. Wie Rosi. Die haben sie nicht gewarnt.«

»Was du so alles weißt.«

Sie schwiegen. Mattis Augen folgten der wirren Flugbahn einer

Motte, bis die schließlich an der Wand gegenüber landete, neben der Glotze. Matti spürte die Schmerzen stark, wenn er sich bewegte. Er war schläfrig, das Schmerzmittel im Tropf wirkte. In seinem Kopf gewann die Gleichgültigkeit die Oberhand über Wut und Rachedurst.

»Wir können das nicht auf uns sitzen lassen«, sagte Dornröschen.

»Du glaubst nicht, was wir schon so alles auf uns sitzen gelassen haben …«

»Was meinst du damit?« Dornröschen war hellwach.

Matti hatte unendlich viel Lust zu schlafen. Es war doch alles egal. »Deine Scheißtelefonate«, murmelte er.

»Was?«

»Scheißtelefonate.«

Sie antwortete nicht, und Matti war es sowieso egal.

Und als zwei Bullen kamen, um sie zu vernehmen, hatten sie fast alles schon vergessen.

5: This Is Not My Crime

Twiggy hielt die Karten in der bandagierten Hand, Robbi saß auf seinem Schoß und überlegte, ob mit diesem Blatt ein Blumentopf zu gewinnen sei. Dornröschens Gesicht war fast abgeschwollen, das linke Auge schillerte blauschwarz, und über dem rechten klebte ein Pflaster. Matti glaubte immer noch, er kennte alle seine Knochen beim Vornamen, aber nie wäre er auf die Idee gekommen, sich vor der Mau-Mau-Schlacht zu drücken. Und die tobte härter als je zuvor.

Am Ende hatten Twiggy und Dornröschen jeweils noch zwei Karten und Matti die Hand voll. Und dann legte Dornröschen mit vollendeter Eleganz und einem leisen Grinsen eine Pik-Sieben auf den Tisch, und Twiggy knurrte wie ein Säbelzahntiger. Matti konnte trotz seiner Kartenfülle nicht ablegen, symptomatisch für diesen Abend, wogegen Dornröschen als Letztes ein As servierte, das sie mit einer knappen Handbewegung auf die anderen Karten legte, um zum Triumph die Demütigung zu fügen. Es war niederschmetternd.

Robbi schüttelte den Kopf, und eine Haarwolke trat ihre Flugbahn durch die Küche an. Natürlich hatte der Kater jeden taktischen Fehler Twiggys erkannt, war aber durch sein Schweigegelübde daran gehindert, seinem Lieblingsknecht Tipps zu geben, die den mit Leichtigkeit hätten siegen lassen. Gewiss überlegte der Kater hin und wieder, ob er nicht selbst ins Geschehen eingreifen sollte, aber vermutlich war ihm das Spiel zu öde. Einen Skat hätte er mitgespielt, keine Frage. Oder vielleicht Bridge.

Twiggy nuckelte an der Bierflasche, und Matti betrachtete entnervt den Kartenstapel, den er nicht abgelegt hatte. So übel hatte es ihn schon lang nicht mehr getroffen. Fast hätte er sich gewünscht, dass Dornröschens Handy klingelte, um ihr Dauergrinsen nicht mehr ertragen zu müssen, ein Dauergrinsen, das sie so unbedarft verbarg, dass es umso schlimmer bohrte.

Matti goss sich Rotwein ein. Dornröschen begann sich einen neuen Tee zu kochen.

Twiggy schüttelte verzweifelt den Kopf. »Ich hatte sie so gut wie im Sack«, stöhnte er. »Zwei schlappe Karten. Sie spielt falsch, das habe ich immer gewusst.«

Dornröschen kicherte.

»Eines Tages erwische ich dich.« Er hob die Hand.

Dornröschen kicherte.

»Und nun?«, fragte Matti.

»Tja«, sagte Dornröschen.

»Die bringen uns um«, sagte Twiggy.

»Das haben die anderen Jungs auch geglaubt. Und wer hat sie auflaufen lassen? Wir.« Dornröschen gähnte, um diese Tatsache zu betonen.

Ja, wir haben sie gekriegt. Vielleicht nicht alle, vielleicht nicht einmal die Wichtigsten, dachte Matti. Wir konnten ihnen nicht einmal das Geschäft vermasseln, das läuft wie eh und je, nur dass andere an den Schalthebeln sitzen. Sie wollten uns beseitigen, und wir haben sie beseitigt. Aber wir haben Konny verloren und Norbert und jetzt Rosi. Es kam ihm vor wie ein Krieg. »Also, Spiel und Rademacher sind gewiss korrupte Schweine. Aber auch Mörder?«

»Ja, ja«, sagte Dornröschen nachdenklich. »Bleibt die Variante, dass die Typen Rosi eine Abreibung verpassen wollten und sie aus Versehen umbrachten.«

»Ich habe doch schon gesagt, dass die niemanden aus Versehen umbringen.« Matti war sich sicher. »Die Typen, die uns verprügelt haben, kommen bestimmt aus dem Zuhältermilieu, in der *Tanzmarie* lungern solche Gestalten in Massen herum, jede Wette. Die sind nicht so blöd, einfach jemanden zu ermorden, weil sie wissen, was dann kommt.«

Robbi maunzte und sprang empört auf den Fußboden. Twiggy stand auf und gab der Katze Thunfischfutter.

»Aber das Motiv ist sonnenklar«, moserte Twiggy, nachdem er die Dose in den Kühlschrank zurückgestellt hatte. »Die Koldings und die Spiels und die Rademachers sind eine Bande, und die haben was zu verlieren. Ihre Jobs, ihr Geld, ihre Autos, den Tennisclub, die Geliebte ...«

»Klar«, sagte Dornröschen. »Wir müssen mit den Kolding-Leuten reden. Hätten wir längst tun sollen.«

»Wir sollten mit den Schlägern reden«, sagte Matti.

»Du spinnst!« Twiggy tippte sich an die Stirn.

Dornröschen blickte Matti erstaunt an, dann zeigten ihre Augen, dass sie verstand, was Matti vorhatte. »Wenn wir denen verklickern, dass sie wegen Mord drankommen können, dann verraten die uns vielleicht was.«

»Junge Frau, wir haben diese Rosi umbringen müssen. Tut uns echt leid. Sagen Sie es bitte nicht weiter!«, warf Twiggy lachend ein.

»Wer hat die Typen geschickt: die Koldings, Spiel und Rademacher oder alle zusammen?«, fragte Matti. »Wenn wir rauskriegen, wer uns Schläger auf den Hals schickt, dann haben wir was in der Hand.«

»Ja, klar, nur wie willst du das rauskriegen?«, fragte Twiggy. »Du brauchst eine Zeugenaussage, eine eidesstattliche Erklärung am besten.« Seine Stimme wurde tief: »Ich, der Zuhälter Egon Müller, versichere an Eides statt, dass ich zusammen mit meinen Kumpels im Auftrag der Kolding GmbH & Co KG AG Leute verhaue ...«

»Ist ja gut«, sagte Matti.

»Wir besuchen die Koldings«, sagte Dornröschen. Ihr Handy klingelte, Matti konnte *My Generation* nicht mehr hören, jedenfalls nicht mehr die Coverversion von Patti Smith. Dornröschen warf einen Blick auf die Anzeige und drückte das Gespräch weg.

»Ohne Anmeldung«, sagte Matti.

Twiggy schüttelte den Kopf. »Das ist doch Quatsch. Die lassen uns gleich von den Bullen abräumen. Wir müssen die woanders erwischen. Außerdem, wollten wir nicht die Ini-Leute durchkneten? Da fehlen noch ein paar.«

»Das ist jetzt nicht so wichtig …«, sagte Matti.

»Es sei denn, einer von denen …«, unterbrach Dornröschen.

»Eben«, sagte Twiggy.

Robbi kratzte an seinem Hosenbein, und Twiggy spielte Katzenaufzug.

»Es ist zum Kotzen«, sagte Dornröschen nach einer Weile. »Aber wir sind nicht die Bullen, wir können uns auch nicht zerreißen, wir müssen uns auf etwas konzentrieren.«

»Na gut«, sagte Twiggy. »Morgen, nach dem Frühstück, ich muss noch mal los.«

»In deinem Zustand?«, fragte Dornröschen.

Twiggy quälte sich vom Stuhl hoch, in einer Hand Robbi, den er auf den Boden setzte.

»Montag früh ist okay«, sagte Matti.

»Guten Morgen, die Leiner Event GmbH, Frau Jansen-Hilferding am Apparat, ich würde gern mit Ihrem Betriebsrat sprechen … Haben Sie nicht … Wer ist bei Ihnen denn für innerbetriebliche Abläufe zuständig? … Was das ist? … Haben Sie noch nie eine Betriebsfeier gehabt? … Ach, das ist ja traurig … Und wenn es so etwas zu organisieren gäbe, wer wäre da der richtige Ansprechpartner? … Und sonstige Freizeitaktivitäten … Betriebsklima, Sie wissen ja … die angeblich so unwichtigen Kleinigkeiten … aber die machen die Musik, Sie verstehen … Wenn wir gerade bei Musik sind … Wir hätten da einiges im Angebot … Darf ich Ihnen unsere Referenzen schicken?« Dornröschen schwieg und hörte zu. Dann verabschiedete sie sich wortreich.

»Die spielen Squash, jeden Dienstagabend«, sagte Dornröschen.

»Morgen also«, sagte Matti. Ihm war mulmig zumute.

Das Fitnessstudio mit Squashhalle lag in einem Gewerbegebiet nahe dem S-Bahnhof Ostkreuz oder was die Renovierungsarbeiten von ihm übrig gelassen hatten. Überall Betonklötze, dazwischen ein Bau mit beigefarbener Fassade und einem über die gesamte Gebäudehöhe angeklebten Halbturm. Auf dem Turm ein weißes Schild mit der Aufschrift *Squash 2000*. Vor dem Haus parkten Autos. Matti drückte die Glastür auf, Twiggy und Dornröschen folgten. Sie hatten sich in Schale geworfen, sportlich lässig, Dornröschen hatte sogar ein Kostüm angezogen, das zwar alt, aber wenig getragen war und ihr stand, wie Matti gleich festgestellt hatte.

Hinterm Tresen saß eine gefärbte Blondine mit knallengem rotem Top, dessen Stoff so dünn war, dass er auch als transparent hätte durchgehen können.

Als die Frau endlich gelangweilt ihren Blick hob, sagte Dornröschen höflich, aber bestimmt: »Hier halten sich gerade Mitarbeiter der Firma Kolding auf. Wo sind sie?«

In den Augen der Blondine standen Fragen: Bullen? Geheimdienst? Privatschnüffler? Finanzamt?

»Nun, wo?«, fragte Matti im Befehlston.

Die Blondine blickte auf ihr Telefon, auf Matti, wieder aufs Telefon. Als sie zum Hörer griff, bellte Twiggy: »Wollen Sie eine Ermittlung behindern? Ich untersage Ihnen, jemanden anzurufen. Nicht mal sich selbst. Haben Sie mich verstanden?«

Matti zitterte innerlich und verfluchte sich, dass sie nicht die Hundemarke von Werner dem Großmaul mitgenommen hatten. Aber die Blonde wurde dem ihrer Gattung gewidmeten Vorurteil gerecht, erbleichte, guckte gar nicht mehr so gelangweilt, ihre Hände zitterten leicht. Sie legte beide auf den Tisch, als wollte sie sichergehen, dass sie nicht aus Versehen in die Nähe des Telefonhörers kamen. Die Fingernägel waren pink lackiert. Ihr Kinn zeigte zum Gang. »Court zwo«, flüsterte sie.

Matti ging vorneweg, er trat unwillkürlich fester auf. Ein Typ kam ihnen entgegen, Preislage geleckter Affe, und wich ihnen aus. Twiggy marschierte schräg versetzt neben Matti, Dornröschen schlenderte ihnen hinterher, wie eine Chefin, die wusste, dass ihre Jungs die Dreckarbeit erledigen würden.

Plop, plop, plop, Pause. Plop …

In Court eins hetzten sich zwei drahtige Männer, die beide nicht zum ersten Mal spielten. Sie spielten technisch, überlegt, es sah aus, als brauchten sie keine Kraft. In Court zwei prügelten zwei Typen auf den Ball ein, immer wieder wurde das Spiel unterbrochen. Sie schnauften wie Pferde. Die drei von der WG stellten sich an die Glasscheibe und schauten zu. Matti blickte auf die Uhr und klopfte gegen das Glas. Als die beiden weiterspielten, schlug er mit der Faust dagegen, dann riss er die Tür auf, und ein Ball sauste an seinem Kopf vorbei. Dem folgten die Blicke der beiden verschwitzten Männer, die schließlich an Matti hängen blieben. Bevor einer was sagen konnte, erklärte Matti im Befehlston: »Jetzt ist Pause. Sie dürfen uns was zu trinken spendieren, und zwar sofort.«

Die beiden Typen guckten sich verdattert an. Der eine öffnete den Mund in seinem Geiergesicht, der andere wischte sich den Schweiß von der Halbglatze. Er fragte, während der Geier den Mund nicht zukriegte: »Was wollen Sie?« Und energisch: »Wer sind Sie?«

»Es geht um Mord«, antwortete Matti trocken. »Los, los!«

Die beiden guckten sich an, ratlos.

»Wo sind Ihre Kollegen?«

»An der Bar«, stammelte der Geier.

»Wer sind Sie überhaupt?«, fragte die Halbglatze, der Ton wurde forsch.

»Wir ermitteln in einem Mordfall. Mehr müssen Sie nicht wissen«, sagte Matti.

Twiggy stellte sich vor den Mann und blickte auf ihn herab. Er war ungefähr doppelt so groß und viermal so breit wie die Halbglatze, und deren gerade keimender Mut verpuffte.

»Es handelt sich um eine Zeugenvernehmung«, sagte Dornröschen.

Matti dachte, sie überzieht, das glauben die nicht. Aber sie glaubten es, zuerst die Halbglatze, dann, nach einem Blick zu Twiggy, auch der Geier. Jetzt wäre es ihnen am liebsten, wir wären nur Bullen.

»Zur Bar!«, befahl Matti. »Sie gehen voran. Und wenn Sie ein falsches Wort zur falschen Zeit sagen …«

Die beiden Männer marschierten los, ihre T-Shirts waren durchnässt.

In einer Ecke der Bar saßen drei Männer und zwei Frauen, jung, dynamisch, elegant. Sie bemerkten die Prozession erst, als sie am Tisch stand.

»Was ist los?«, fragte einer, der etwas älter war. Er klang wie der Chef.

»Polizei«, sagte der Geier.

»Sie schweigen!«, donnerte Matti.

»Wenn Sie etwas von uns wollen, lassen Sie sich einen Termin von meiner Sekretärin geben«, sagte der Chef.

»Mit Durchsuchung oder ohne Durchsuchung, wenn wir schon beim Wunschkonzert sind?«, schnauzte Twiggy. Er rückte dem Chef auf die Pelle.

Der hatte plötzlich ein Handy in der Hand. Twiggys Hand schoss nach vorn, packte den Arm und schüttelte ihn, bis das Telefon zu Boden fiel. Die Kolding-Leute starrten ihn erschrocken an.

Was nun?, dachte Matti.

Zwei Tische weiter saßen zwei Männer, sie glotzten.

»Lassen Sie uns doch friedlich bleiben«, sagte ein Mann mit einer Föhnfrisur, der neben dem Chef saß. »Wer schickt Sie?« Er bemühte sich um eine ruhige Stimme.

»Das wissen Sie doch«, sagte Dornröschen.

Matti bildete sich ein, den Typen auf den Fotos aus der *Tanzmarie* gesehen zu haben.

Der Chef berappelte sich und wurde nachdenklich. »Ich mach Ihnen einen Vorschlag. Herr Runde und ich unterhalten uns mit Ihnen, die anderen haben nichts damit zu tun.«

»Einverstanden«, sagte Dornröschen. »Wir fahren spazieren, und wenn einer von diesen Damen und Herren einen Mucks macht, haben Sie ein Problem«, sagte sie zum Chef. »Sie verstehen?«

Der nickte beflissen und erhob sich. »Kommen Sie, Herr Runde.« Er wandte sich an die anderen. »Wir klären das auf, kein Grund zur Sorge. Einen schönen Abend noch.«

Runde war groß und muskulös, als würde er fünfundzwanzig Stunden am Tag in der Muckibude schwitzen. Doch Twiggy war größer und vor allem breiter, und niemand konnte finsterer blicken. Dornröschen ging vorneweg, dann folgten Runde und der Chef, Twiggy und Matti sicherten hinten ab. Als sie draußen waren, sagte Dornröschen zum Chef: »Wir nehmen Ihren Wagen.«

Der Chef zuckte mit den Achseln, fingerte den Schlüssel aus der Hosentasche und drückte auf einen Knopf. Es piepte, die Blinker eines S-Klasse-Mercedes leuchteten auf. Der Chef reichte Runde den Schlüssel, und der setzte sich hinters Steuer. Dornröschen wählte den Beifahrersitz, und der Chef musste mit dem Mittelplatz des Rücksitzes vorliebnehmen.

»Kennen Sie die Admiralbrücke?«, fragte Dornröschen.

Runde nickte.

»Dann mal los«, sagte sie.

Am Planufer, gegenüber vom *Casolare*, fanden sie einen Parkplatz mit Blick auf die Brücke. Es war schwül, Jugendliche hockten herum und tranken, eine Brise trug Liedfetzen und Gitarrenklänge zum Daimler.

Dornröschen deutete zur Brücke. »Die Umrisse kann man noch sehen.«

»Wer sind Sie?«, fragte der Chef.

»Freunde von Rosi, deren Leiche dort gefunden wurde.«

»Und warum sind wir hier?«, fragte der Chef.

»Weil wir glauben, dass Sie etwas mit dem Mord zu tun haben.«

Schweigen. Runde hüstelte.

»Sie sind verrückt«, sagte der Chef betont ruhig. »Wir sind ein Immobilienunternehmen, wir morden nicht.«

»Rosi hat in der Bürgerinitiative gegen die Gentrifizierung im Graefekiez mitgearbeitet.« Dornröschen blieb äußerlich ebenso ruhig.

»Ja, und?«

»Sie hat militante Aktionen organisiert.«

»Glatter Rechtsbruch«, sagte der Chef, »aber deswegen bringen wir niemanden um.«

»Und sie hat herausgefunden, dass Sie Leute vom Senat und dem Bezirk schmieren.«

»Ja, tun wir das?« Er überlegte einen Augenblick. »Herr Runde, tun wir das?«

»Kennen Sie die Herren Rademacher und Spiel? Ja, ich meine Sie, Herr Runde«, sagte Dornröschen. Der glotzte blöd und schüttelte den Kopf.

»Wir können beweisen, dass besagte Herren mit Mitarbeitern von Kolding im Puff waren, und Kolding hat die Sause bezahlt. Wie nennen Sie das?«, fragte Matti.

Der Chef legte seine Stirn in Falten. »Herr Runde, um was geht es da?«

»Ein Geschäftsessen, mehr nicht.«

»Waren Sie dabei?«, fragte der Chef.

Runde nickte.

Der Chef wandte sich an Dornröschen. »Sie meinen wirklich ein Bordell?«

»Die *Tanzmarie*«, sagte Matti trocken.

»Was ist diese … *Tanzmarie*?«

»Vögeln gegen Geld, vorher ist Antörnen fällig, leicht bis gar nicht bekleidete Damen, Champagner und alles, was sonst noch teuer ist«, sagte Twiggy.

»Es gibt einen Zeugen«, sagte Matti, »sogar Fotos.«

Runde drehte seinen Hals gefährlich weit, bis er Matti anstierte. Aber er guckte nur wütend, ohne etwas zu sagen.

»Herr Runde, was fällt Ihnen dazu ein?«

Herr Runde sagte erst mal gar nichts. Dann holte er Luft und sagte immer noch nichts.

»Dann halten wir fest, Herr Runde, dass Sie und weitere Mitarbeiter unserer Firma in einem Bordell gewesen sind, und dies mit Vertretern der Bezirksversammlung und des Senats. Richtig?«

Gitarre und Bob Dylans krächzender Gesang wehten übers Planufer.

How does it feel
To be on your own
With no direction home
Like a complete unknown
Like a rolling stone?

Eine Harley wummerte vorbei. Draußen liefen zwei Mädchen, Hand in Hand, die eine trug eine weiße Schleife im Haar. Ihre Schatten verschmolzen miteinander.

»Landschaftspflege«, sagte Runde. »Das ist in Berlin so üblich.«

Der Chef fuhr sich durch die Haare. »Was üblich ist bei Kolding, bestimmt der Vorstand, und in Berlin bin ich das. Ist Ihnen das entgangen?«

Runde sackte ein paar Zentimeter in sich zusammen.

»Hauen Sie ab!« sagte der Chef, leise und gefährlich. »Sie gehen jetzt ins Büro und schreiben einen Bericht, detailliert und ausführlich. Wenn Sie etwas auslassen, mache ich Sie fertig, dann werde ich dafür sorgen, dass Sie in unserer Branche nicht mal mehr Pförtner werden können. Sie können froh sein, wenn ich Sie nur entlasse und nicht auch noch auf Schadenersatz verklage.«

Runde wurde noch kleiner.

»Ja, gehen Sie«, sagte Dornröschen.

Runde stieg aus und schlich davon. Auf der Admiralbrücke warf er einen wütenden Blick zurück zum Auto, stampfte einmal auf, was ein paar angetrunkene Jugendliche lachen ließ.

»Und wenn der gegen Ihren Willen nicht nur Leute schmiert, sondern auch welche umbringen lässt?«, fragte Matti.

Der Chef hob die Augenbrauen. »Das halte ich für unmöglich. Aber gut, dass ein leitender Mitarbeiter im Namen unserer Firma Leute vom Senat besticht, hätte ich bis vor ein paar Minuten auch für unmöglich gehalten. Doch Mord ist ein anderes Kaliber.«

»Und wenn die Schlägertruppe Rosi aus Versehen umgebracht hat?«, fragte Twiggy. »Uns haben die auch ganz schön rangenommen.«

Der Chef schaute Matti an und Twiggy und Dornröschen. Ihre

Gesichter waren noch verdellt, und Twiggys Auge trug einen Trauerrand.

Der Chef guckte mitleidig, dann zuckte er mit den Achseln. »Ich habe keine Ahnung.« Er schaute traurig und sagte: »Sie müssen es mir nicht glauben, aber nicht einmal dieser Runde würde eine … Schlägertruppe anheuern. Ich halte schon Bestechung für dumm, aber es ist eine gewaltfreie Strategie. Wie Sie wissen, haben auch sehr auf Anstand bedachte Großkonzerne wie Siemens zu diesem Mittel gegriffen. Manchmal bringt uns die Politik in große Schwierigkeiten, und wir brauchen Hilfe. Dann reden wir mit dem Bausenator oder einem Minister in Baden-Württemberg oder Sachsen. Wir laden schon mal einen zum Essen ein, wir schicken Karten für ein Länderspiel, ein Geschenk für den Sohnemann oder das Töchterchen. Gewiss, streng genommen ist das auch Korruption. Mich plagt das schon lang.«

»Bevor Sie jetzt anfangen zu weinen: Wie fühlt man sich denn, wenn man Hunderte von Leuten aus ihrem Kiez vertreibt? Macht das Spaß? Ist das ein Sport, und die Immohaie haben ein Jahrestreffen, auf dem sie damit angeben, wie viele Mieter sie nach Marzahn oder Moabit verjagt haben?«

»Wollen wir das nicht im Büro besprechen? Da kann ich Ihnen auch ein paar Unterlagen zeigen.«

Die drei blickten sich an, Dornröschen nickte.

Stahl, Glas, schwarz lackiertes Holz, schwarzes Leder, an der Wand des riesigen Büros ein Kandinsky, wie Matti erkannte, und ein ihm unbekanntes abstraktes Gemälde, ein Original natürlich. Der Schreibtisch stand mitten im Raum. Dazu ein Konferenztisch, an dem sieben Stühle standen. Auf den an der Schmalseite setzte sich gleich Dornröschen. Wie auf einen Geheimbefehl öffnete sich die Tür, und eine schicke junge Frau rollte einen Teewagen in den Raum. Darauf in Silberkannen Kaffee und Tee, belegte Brote, Matti sah Lachs, Schinken und Kaviar, eine Champagnerflasche im Kühler, Mineralwasser verschiedener Sorten, Zucker, Sahne, Servietten. Sie lächelte freundlich und verschwand lautlos, nur die Tür klickte.

Der Chef setzte sich zwischen Twiggy und Dornröschen. Er räusperte sich. »Es gibt eine starke Nachfrage nach aufgewertetem Wohnraum. Und wir sind eine Firma, die diese Nachfrage befriedigt. Es ist der Markt. Und die Politik, allen voran der Regierende Bürgermeister, unterstützt diese Entwicklung, weil sie der Stadt mehr Steuern bringt.«

»Und was wird aus den Mietern?«, fragte Matti.

»Die Politik bestimmt den Rahmen, in dem wir uns bewegen. Wenn die Politik die Aufwertung nicht will, dann muss sie die verhindern. Und auf die Menschen mit höheren Einkommen verzichten. Höhere Gehälter bedeuten mehr Steuern, es handelt sich um produktive, kreative Menschen. Nicht umsonst zieht es sie oft dorthin, wo vorher die Alternativszene lebte. Künstler sind die Vorreiter der… Gentrifizierung, ich mag dieses Wort nicht, es klingt hässlich, aber sie werten Kreuzberg, Neukölln, den Wedding auf, sie machen die Kieze erst interessant. Dann kommen die Kneipen, diese einzigartige Mischung der Küchen aus aller Herren Länder, das gibt es nur in Berlin. Ihnen folgen die Musiker, Plattenläden, kleine Studios vielleicht, dann kommen die Werbeleute und Kleinunternehmer, und schließlich ist eine Gegend so vielfältig, reich an Angeboten, ein buntes Volk, darunter die Touristen, die das toll finden, sodass sich Leute mit höherem Einkommen fragen, ob es dort nicht anregender und aufregender ist als in den Reihenhaussiedlungen am Stadtrand…«

»Sie haben die Frage nicht beantwortet«, sagte Dornröschen kalt.

»Doch, doch.« Der Chef nickte. »Wir kaufen Häuser von Menschen, die Häuser verkaufen wollen…«

»Weil Sie denen einen Batzen Geld auf den Tisch legen«, sagte Twiggy.

»Wie wollen Sie sonst ein Haus kaufen?«, fragte der Chef. Er blickte Twiggy verwundert an. »Ich kann doch keinen zwingen, mir etwas zu verkaufen. Wer es tut, will doch ein… gutes Geschäft machen.«

»Und Sie verdienen sich eine goldene Nase, indem Sie billigen Wohnraum in teuren verwandeln«, sagte Twiggy.

»Wir sanieren und renovieren. Manche Häuser sind Bruchbuden, die man eigentlich abreißen müsste. Sie glauben gar nicht, wie viele Hausbesitzer ihre Immobilien vernachlässigen. Manchen fehlt schlicht das Geld, weil die Mieten so niedrig sind.«

»Mir kommen die Tränen«, sagte Dornröschen. »Und bei all den guten Taten schließen Sie aus, dass ein böser Bube unter Ihren Mitarbeitern Mordaufträge erteilt.«

»Ich schließe nie etwas aus«, sagte der Chef traurig, und er klang so, als täte er nichts lieber, als die Welt vor allem Bösen zu retten. »Aber so dumm kann keiner sein.«

»Haben Sie gewusst, dass Enthüllungen über Ihr wunderbares Unternehmen veröffentlicht werden sollten?«, fragte Matti.

Der Chef deutete auf den Teewagen. »Aber bitte bedienen Sie sich doch.«

Als Twiggy seinen Blick zu den Leckereien wendete, hüstelte Dornröschen knapp, und Twiggy schaute den Chef an, böser noch als zuvor.

»Sie haben meine Frage nicht beantwortet«, sagte Matti.

»Ja, ich habe davon gewusst.«

»Aha«, trompetete Twiggy.

»Nicht, was Sie denken«, sagte der Chef. »Wenn wir jeden, der uns angreift, umbringen wollten …«

»Ich glaube Ihnen kein Wort.« Twiggys Blick wanderte zum Teewagen und zuckte zurück.

Der Chef stöhnte leise über die Begriffsstutzigkeit seiner Gesprächspartner, zumal er sich doch so viel Mühe gab.

»In Berlin ist es normal, dass Bauunternehmen öffentlich angegriffen werden. Manchmal zu recht, manchmal nicht. Glauben Sie, es interessiert jemanden, ob die Presse etwas Schlimmes über Kolding schreibt? Wir sind als *Immohaie* sowieso die bösen Buben, da kommt es auf eine miese Geschichte mehr nicht an. Wenn man ohnehin der Bösewicht ist, dann empört sich keiner, wenn geschrieben wird, dass wir wieder böse waren.« Er stöhnte leise. »Dabei tun wir so viel Gutes.«

»Und der Herr Runde?«, fragte Matti.

»Der tut nichts ohne Anweisung.«

Dornröschen grinste. »Dann war er auf Befehl im Puff?«

»Nein, nein. Ich habe ihm ja gekündigt, er hat seine Kompetenzen überschritten. Das kann ich nicht dulden.«

»Und Sie glauben, Herr Runde hätte es Ihnen gemeldet, wenn er eine Killertruppe losgeschickt hätte?« Matti grinste auch.

»Nein ... gut, ich kann nicht ausschließen, dass Herr Runde schon einmal ... aber Mord?« Der Chef winkte schlaff ab. »Nein, er ist kein großes Licht, aber als Mitarbeiter, der klare Anweisungen erhält, war er gut. Und ich sage noch einmal: Über Zeitungsartikel regt sich hier keiner auf. Auch nicht über Artikel, in denen was von Bestechung und Bordellen steht. Das fällt den Politikern auf die Füße, nicht uns. Da schüttelt man ein bisschen den Kopf, versetzt einen Mitarbeiter, und die Sache ist ausgestanden. Wie gesagt: Wir sind die Bösen. Was man ist, kann man nicht werden.« Der Chef schüttelte den Kopf, bedächtig, kaum wahrnehmbar. »Wissen Sie, wir werden manchmal bedroht. Unsere Mitarbeiter, ich, die Firma. Sie glauben nicht, wie viele Morddrohungen wir schon erhalten haben. Zuletzt, diese Türkenbande ...«

»Was war da?«, fragte Twiggy.

»Na, die hatte ein Geschäft an der Ecke Urbanstraße/Graefestraße. Und eines Tages haben sie das Geschäft aufgegeben. In der Zeitung hat der Chef erklärt, Schuld sei Kolding, weil wir die Gewerbemieten erhöhten. Dass Läden und Kneipen schließen müssten und nur noch Touristenlöcher – ich weiß gar nicht, wo er dieses Wort herhat, ein Türke – überleben könnten. Und Restaurants für die Reichen.«

»Der wird sich aufgeregt haben, zu Recht, wie ich finde«, sagte Dornröschen. »Aber dann hat er sich wieder abgeregt.«

»So, Sie sprechen vom heißblütigen Südländer«, sagte der Chef. Seine Stimme hatte einen ironischen Unterton.

Eine rosa Wolke überzog Dornröschens Gesicht und verschwand. »Nein, ich rege mich auch auf und wieder ab«, sagte sie. »Inzwischen wird er sich abgefunden haben, sofern man sich damit abfinden kann, vertrieben zu werden.«

»Wir vertreiben niemanden«, sagte der Chef. »Wir halten uns an die Gesetze …«

»Des Kapitalismus«, warf Twiggy ein.

»Ja, an was denn sonst? An die Gesetze des Rechts und an die Gesetze der Ökonomie. Täten wir es nicht, gingen wir unter.« Der Chef schüttelte den Kopf.

»Und wenn diese Gesetze es Ihnen erlauben, die Mieten hochzutreiben, dann tun Sie es«, sagte Matti.

Der Chef schüttelte wieder den Kopf. »Gucken Sie sich diese Häuser, die wir kaufen, doch mal an. Verrottete Treppenhäuser, alles vollgeschmiert, die Badezimmer verschimmelt, die Küchen verdreckt, verklebt, seit Jahrzehnten nicht renoviert, die Mieter beachten ihre Renovierungspflicht ja grundsätzlich nicht, die Hausbesitzer überfordert, ewig auf der Jagd nach Mietrückständen, keine Reserven für größere Reparaturen …«

»Mir kommen die Tränen«, sagte Matti. »Und dann erscheint Kolding als Erretter aus dem Elend. Mit dem kleinen Nachteil, dass die Mieter aus den schimmeligen Badezimmern und verklebten Küchen in Dreckslöcher am Stadtrand ziehen müssen, in die Massensilos von Marzahn oder die Betonbunker in Neukölln.«

Der Chef stöhnte leise. »Ja, sollen wir das alles renovieren und unsere Investitionen nicht zurückholen? Das ist doch weltfremd.«

»Selbst wenn es weltfremd wäre, die Welt ist menschenfremd, das ist noch übler. Dann muss man die Gesetze Ihrer Wirtschaft eben ändern. Wenn die dazu führen, dass Leute verdrängt werden, können sie nicht richtig sein.«

»Aha«, sagte der Chef. In seinem Gesicht konnte man lesen, dass er lieber mit Zeugen Jehovas über die Existenz Gottes diskutiert hätte als mit diesen drei Naivlingen über die Gesetze der Wirtschaft.

»Es würde doch genügen, die Heizungen zu renovieren und vielleicht die Fenster, um den Schimmel zu vertreiben, nicht die Mieter«, sagte Matti. »Aber dabei würden Sie nichts verdienen. Sie machen Kohle, wenn Sie die Wohnungen aufwerten, wie es so harmlos heißt, und dann an Reiche vermieten oder verkaufen.«

»Wir leben in einem Wirtschaftssystem, in dem das so funktioniert, und alle profitieren davon …«

»Außer den Mietern, die aus ihren Wohnungen fliegen«, sagte Twiggy.

Dornröschen beobachtete den Chef, die ganze Zeit schon.

Matti fragte sich, was der wusste vom Mord und den Mördern. Ob er selbst die Finger drin hatte. Eigentlich war der Typ die Idealbesetzung: intelligent, freundlich, abgebrüht, aber mit dem Talent, diese Seite zu verbergen. Er konnte Gefühle zeigen, die er womöglich nur aus dem Kino kannte, und souverän war er auch, geradezu beeindruckend. Den würden sie so nicht weich kochen.

»Wir drehen uns im Kreis«, sagte der Chef. »Ich werde Sie nicht überzeugen und Sie mich nicht. Ich respektiere Ihre Meinung, ich hoffe, Sie respektieren auch meine.«

»Das tun wir nicht«, sagte Dornröschen.

Der Chef blickte sie traurig an. »Das muss ich hinnehmen.«

Matti fragte sich, was sie eigentlich noch erreichen konnten. Warum diskutierten sie mit dem Mann? Er würde es nie zugeben, wenn er was mit dem Mord zu tun hatte. Und Matti war längst überzeugt, dass Mord nicht zu den Mitteln zählte, die der Chef verwendete.

»Wenn Herr Runde der Mörder oder Auftraggeber sein sollte, allein dürfte er es nicht getan haben. Wer ist sein … Kumpel in der Firma?«, fragte Dornröschen.

Der Chef stöhnte wieder. Aber er spielte mit offenen Karten, hatte nichts zu verbergen. »Herr Runde geht vielleicht in … Bordelle, aber er ist kein Mörder. Und für Auftragsmord wäre er viel zu ängstlich. Das ist ein Mensch, der ohne Weisungen nicht leben kann. Wenn man ihm eine gibt, funktioniert er.« Der Chef zuckte mit den Achseln und guckte traurig. »Man braucht solche Leute, das wissen Sie doch. Auch bei Ihnen, in Ihrer … Szene gibt es welche, die den Ton angeben, und welche, die folgen. Herr Runde ist einer, der folgt. Und der soll einen Mord organisieren?« Angesichts dieser Vorstellung musste der Chef ein bisschen lachen.

Auch in unserer Szene geben manche den Ton an und andere

folgen, das stimmt, dachte Matti. Dornröschen gehörte zu denen, deren Meinung zählte. Und seine zählte auch. Wogegen andere den Mund nicht aufkriegten.

»Schauen Sie sich doch die Revolutionen an. Überall entstanden Diktaturen, oft massenmörderische Systeme, Sowjetunion, China, Kambodscha …«

»Was wird denn das?«, fragte Dornröschen.

»Wollen Sie nicht mit mir diskutieren?«, fragte der Chef. Er klang beleidigt. »Sie halten mich für Ihren Feind. Überzeugen Sie mich, widerlegen Sie mich.«

»Wir suchen einen Mörder«, sagte Dornröschen. »Und bei allem Respekt, aber einen Kapitalisten davon zu überzeugen, dass der Kapitalismus Mist ist, das traue ich mir nicht zu. Ich erklär doch auch einem Fisch nicht, dass es an Land gemütlicher sei. Sie haben Ideen!« Sie schüttelte den Kopf.

Matti dachte: Das ist der cleverste Kerl, der uns untergekommen ist, eine Art sanfter Aggressor. Der ist einfach zu schlau, um einen Mord anzuordnen wegen eines Artikels, der im Weltblatt *Stadtteilzeitung* veröffentlicht werden soll.

»Also, der Kumpel«, sagte Dornröschen.

Der Chef schnaubte leise, dann erhob er sich, ging zum Schreibtisch, drückte einen Knopf auf dem Telefon. »Wenn Sie Herrn Hiller zu mir bitten könnten«, sagte er übertrieben freundlich.

Wahrscheinlich überschüttet er seine Leute zu Ostern mit Schokoeiern. Matti grauste es, im Vergleich zum Chef war ein Wackelpudding fest wie Eiche.

Sie schwiegen, bis es kurz klopfte und die Tür sich öffnete. Ein mittelgroßer Mann mit ausdruckslosem Gesicht und dünnem Kinnbart blickte durch dicke Brillengläser zum Chef. Der winkte ihn hinein. »Setzen Sie sich doch ruhig auf meinen Schreibtischstuhl«, sagte der Chef.

Hiller kratzte sich am Bärtchen, zögerte, dann setzte er sich hinter den Schreibtisch.

»Sie wissen, dass ich Herrn Runde fristlos kündigen musste?«

Hiller nickte vorsichtig. »Ja.«

»Keine Sorge. Ich nehme nicht an, dass Sie auch in diesem Etablissement waren, zusammen mit den Herren der Stadtverwaltung.«

Hiller schüttelte den Kopf. »Auf keinen Fall.«

Der Chef lächelte und winkte ab. »Natürlich nicht.« Er legte seinen Kopf auf die Seite und blickte Hiller an. »Also, ich weiß nicht, wie ich es Ihnen sagen soll« – Hiller erbleichte, die Stirn begann zu glänzen, er kratzte sich hektisch an der Backe –, »aber diese … Herrschaften hier behaupten tatsächlich, dass in unserer Firma ein Mord organisiert worden sei.«

Hiller erstarrte, sein Blick flatterte.

»Wissen Sie etwas von einem Mord?«

»Mord? Wer wurde ermordet?«

»Na, diese Frau, ihre Leiche lag auf der Admiralbrücke.«

»Ach so, die.«

»Ja und?« Der Chef fragte freundlich, aber es schwang Strenge mit.

»Was soll ich dazu sagen, Chef? Ich weiß nichts. Ich habe nur gehört, dass die Frau etwas über uns schreiben wollte. Mehr weiß ich nicht.«

»Von wem haben Sie das gehört?«, fragte Matti.

Hiller warf dem Chef einen fragenden Blick zu. Der nickte.

»Von Herrn Runde.«

»Und von wem weiß der das?«, setzte Matti nach.

»Keine Ahnung«, sagte Hiller. »Der wusste auch nur, dass diese Frau ermordet worden ist. Und dann hat er von einem Polizisten etwas aufgeschnappt.«

»Polizisten?«

»Ja, die waren hier wegen des Mords. Und haben uns vernommen«, sagte der Chef.

Die WG-Genossen wechselten ratlose Blicke. Die Bullen waren also schon hier gewesen, dachte Matti. Die müssen was gefunden haben. Vor uns. Vielleicht haben wir deswegen in der Wohnung nichts mehr entdeckt. Aber die Protokolle sind ihnen durch die Lappen gegangen. Er grinste in sich hinein.

»Wie hat Herr Runde das gesagt? War er betrübt? Aufgeregt?«, fragte Matti.

»Nein, er hat gesagt« – Hiller zögerte –, »eine Querulantin weniger.«

»War er froh?«

»Nein. Eher gleichgültig.«

»Es war ihm egal?«

»Vielleicht nicht… aber…«

»Hassen Sie Leute, die Ihre Firma kritisieren?«, fragte Twiggy.

»Dann müsste ich ja viele hassen.«

»Und Herr Runde?«

»Dem sind die egal. Die Hunde kläffen, die Karawane zieht weiter. Das hat er immer gesagt.«

Der Chef nickte. »Da hat er recht, immerhin.«

Es klopfte, die Tür öffnete sich, und Rosi trat ein.

Matti blickte Twiggy an, der war aschfahl. Dornröschen erstarrte und begann den Kopf zu schütteln. Das kann nicht sein, dachte Matti. Rosi stand in der Tür und lächelte.

Der Chef lächelte zurück. Es war ein vertrautes Lächeln. Matti starrte Rosi an und erkannte, dass es eine andere Frau war. Aber die Ähnlichkeit war unglaublich. Doch sie war etwas kleiner und schmaler im Gesicht. Der Nasenrücken war schärfer, Becken und Brust waren ausladender als bei Rosi. Aber diese Frau hätte als Zwillingsschwester durchgehen können. Allmählich beruhigte sich Mattis Pulsschlag.

»Stör ich?«, fragte die Frau.

»Frau Quasten, Sie stören doch nie«, sagte der Chef mit weicher Stimme.

Frau Quasten legte eine Mappe auf den Schreibtisch. »Ich geh dann mal wieder«, sagte sie. Ihr Hintern wackelte, als sie das Zimmer verließ.

»Wer ist das?«, fragte Matti.

Der Chef blickte ihn an. »Frau Quasten, eine Mitarbeiterin.«

»Für was ist sie zuständig?«

Der Chef schüttelte den Kopf. »Ich weiß nicht, was das mit unserem Gespräch zu tun haben soll.«

»Vielleicht eine Menge«, sagte Dornröschen. Sie konnte ihre Aufregung nicht ganz verbergen.

»Was macht diese Frau Quasten bei Ihnen? Das wird doch kein Geheimnis sein?«, fragte Matti.

»Und wenn, dann interessiert es uns besonders«, sagte Twiggy. »Dann fragen wir die Dame selbst. Wir könnten sie zu Hause besuchen …«

»Wir könnten uns überlegen, ob Sie was mit der haben«, sagte Dornröschen.

»Sind Sie verheiratet?«, fragte Matti.

Der Chef blickte sie ruckartig in der Reihenfolge an, wie sie sprachen. Als die drei ihn erwartungsvoll anschauten, räusperte er sich. »Sie ist in der Abwicklung tätig, tüchtig, sehr tüchtig.«

»Was heißt Abwicklung?«, fragte Matti.

»Sie hat mit den Hausverkäufern und auch mit den Mietern zu tun. Sie ist deren Anlaufstelle, berät sie.«

Dornröschen lachte trocken. »Wenn Mieter sich beschweren, dann ist Frau Quasten die Ansprechpartnerin?«

Der Chef nickte.

»Wir möchten Frau Quasten sprechen«, sagte Dornröschen.

Der Chef schüttelte den Kopf

»Sind Sie verheiratet?«, fragte Twiggy.

Der Chef seufzte und ging zum Schreibtisch. Er warf Dornröschen einen Blick zu und griff zum Telefonhörer. »Bitten Sie Frau Quasten zu mir.«

»Darf ich …?«, fragte Hiller leise.

Der Chef guckte in die Runde und nickte.

Frau Quasten blieb in der Tür stehen.

»Kommen Sie«, sagte der Chef. »Diese … Herrschaften möchten gern mit Ihnen sprechen.«

Frau Quasten rümpfte ihre Nase einen Augenblick und kam widerwillig näher. »Ja, und …«

»Nehmen Sie doch Platz«, sagte der Chef. »Unsere Besucher haben ein Anliegen.«

Sie setzte sich zögernd.

»Es sind nur ein paar Fragen«, sagte der Chef, während Frau Quasten sich umblickte.

»Sie arbeiten schon lange für Kolding?«, fragte Matti, um die Anspannung zu lockern.

Frau Quasten nickte. »Ja. Gut sieben Jahre.«

»Was ist Ihre Aufgabe?«

»Ich arbeite in der Rechtsabteilung.«

»Und das heißt?«

»Verkäufe, Käufe, Verträge.«

»Geht's genauer?«

»Ich führe die Verhandlungen, wenn es nichts ... Besonderes« – ein Blick zum Chef, dann schaute sie wieder Matti an – »ist.«

»Das heißt, Sie kaufen Häuser, und dann?«

»Und dann?«

»Was geschieht dann?«

»Dann informiere ich die Mieter.«

»Wie habe ich mir das vorzustellen?«

»Ich erkläre den Mietern, dass sie einen neuen Vermieter haben.«

»Sie schreiben denen.«

Sie nickte.

»Und dann?«

»Was dann?«

»Dann erklären Sie den Mietern, dass renoviert und saniert wird?«

»Natürlich«, sagte Frau Quasten.

»Und dass die Mieten steigen?«

»Natürlich. Wenn die Wohnungen aufgewertet werden, kosten sie mehr Miete. Aber das ist im Interesse der Mieter. Wenn Sie wüssten ...«

Matti winkte ab. »Ihr Chef hat mir schon von Ihrer aufopferungsvollen Tätigkeit berichtet. Ohne Sie würde Berlin verfallen.«

Frau Quasten nickte.

»Dabei macht man sich beliebt«, sagte Matti.

Sie blickte ihn erst verwirrt an, dann sagte sie: »Nicht jeder versteht, dass wir etwas Gutes tun.«

»Verkannte Samariter«, warf Twiggy ein.

Dornröschen grinste.

Frau Quasten blickte Hilfe suchend zum Chef, dann auf den Tisch.

»Sie machen sich Feinde, unverständige Mieter«, sagte Matti sarkastisch.

Sie blickte ihn fragend an. »Ja, es gibt schon Leute, die …«

»Erzählen Sie mal«, sagte Twiggy. »Was tun diese Leute, wenn Sie ihnen erklären, dass saniert wird und die Miete steigt?«

»Also, die meisten sind froh, dass endlich was passiert. Die Wohnungen sind oft …« Sie blickte sich um. »Aber es gibt welche, die …«

»Können Sie sich vorstellen, dass manche Mieter nicht begeistert sind, weil sie keine höhere Miete bezahlen können?«, fragte Dornröschen scharf.

»Das gibt es … bedauerlich … Aber wir tun nichts Unrechtes.«

»Hat Sie mal jemand bedroht?«, fragte Matti.

Wieder ein Hilfe suchender Blick zum Chef. »Ja, beschimpft wird man schon mal.«

»Ich meinte bedroht. Dass man Ihnen Gewalt angedroht hat.«

»Ja, das ist passiert.«

»Und wer war das?«, fragte Dornröschen ungeduldig.

»Göktan«, sagte sie leise.

»Was hat er getan?«

»Er hat gesagt, er bringt mich um.«

»Warum?«

»Er hatte einen Gemüseladen an der Ecke Urbanstraße/Graefestraße …«

»Und dann haben Sie ihm die Miete erhöht, und er konnte sie nicht bezahlen«, sagte Matti.

»Er hätte bestimmt gekonnt.«

»Um wie viel haben Sie ihm die Miete erhöht?«, fragte Twiggy.

»Das müsste ich nachschlagen.«

»Das glaube ich nicht«, sagte Dornröschen. »Das vergisst man nicht, weil der sie doch bedroht hat.«

»Etwa dreißig Prozent. Deswegen bringt man doch keinen um.«

»Wenn es Göktan die Existenz kostete, dürfte seine Laune nicht gestiegen sein.«

»Dafür haben wir ihm …«

»Er hat Sie bedroht?«, unterbrach Twiggy.

»Ja.«

»Hat er etwas getan?«

»Er hat mir die Reifen zerstochen.«

»Da sind Sie sicher?«

Sie schüttelte den Kopf, dann nickte sie. »Er war es bestimmt.«

»Aha«, sagte Matti. »Aber Sie haben es nicht gesehen.«

Sie schüttelte den Kopf. »Er ist mit dem Messer auf mich losgegangen. Sein Sohn hat ihn aufgehalten, sonst wäre ich jetzt tot.«

»Wann?«

»Vor … acht Wochen. Da hat er mich auf der Grimmstraße abgepasst und ein Klappmesser aus der Tasche geholt. Die Klinge ist … aufgesprungen. Gerannt ist er. Mit dem Messer in der Hand. Auf mich zu.« In ihrer Stimme zitterte die Angst nach.

»Aber der Sohn …«

»Der ist ihm nachgelaufen und hat ihn aufgehalten. Mit Gewalt.« Es schüttelte sie. »Und dann hat er mich angeschrien …«

»Der Sohn?«

»Eigentlich beide. Aber der Sohn hat auch Göktan angeschnauzt. Auf Türkisch.«

»Na so was«, sagte Twiggy.

Frau Quasten guckte verunsichert.

»Ist denn noch mal was passiert?«, fragte Matti.

Sie schüttelte den Kopf.

»Haben Sie den Herrn Göktan danach noch mal getroffen?«, fragte Dornröschen.

Frau Quasten nickte.

»Wie oft denn?«

»Zweimal, das erste Mal auf dem Markt, er hatte da einen Stand.«

»Aber das haben Sie überlebt?«, fragte Twiggy.

Wieder dieser verwirrte Blick.

»Wie hat er auf Sie reagiert, als er Sie gesehen hat?«, fragte Dornröschen.

»Ich weiß nicht«, stammelte Frau Quasten. »Er hat mich nicht beachtet.« Sie zögerte. »Aber ich hatte Angst. Ich bin erst mal nicht mehr auf den Markt gegangen, bis er weg war.«

»Er hat auch seinen Marktstand aufgegeben?«, fragte Twiggy.

»Ja.«

»Dann haben Sie ihn ein zweites Mal getroffen?«

»Im Volkspark an der Hasenheide. Da bin ich spazieren gegangen mit einer Freundin, und dann stand er plötzlich auf der Wiese.«

»Was hat er da gemacht?«, fragte Matti.

»Gegrillt.«

6: Save Me, I'm Yours

Im *Clash* dröhnte der Punk. Im Garten war es stiller. Die meisten Plätze waren besetzt. Eine Arbeitsgruppe von Studenten hatte Tische zusammengestellt. Aktenordner, Hefte und Papiere lagen herum. Ein kleine Blonde kaute an ihrem Bleistift, ein Typ starrte auf den Monitor seines Apple-Computers, was Twiggy würgen ließ. Er hasste diese Teile und hielt die Firma, die sie baute, für eine als Computerhersteller getarnte Sekte, deren Jünger sich nicht entblödeten, weltweit die Läden zu belagern, wenn wieder einmal ein Produkt angekündigt wurde, das so überflüssig war wie Liebesfilme oder alkfreies Bier. Sie hatten draußen den letzten freien Tisch in der Ecke am Ausgang zum Mehringhof gefunden. Biergläser standen auf dem Tisch, Dornröschen hatte ein kleines Bier bestellt.

»Unglaublich, diese Ähnlichkeit«, sagte Twiggy.

Ein Hund kläffte. Von Mehringdamm und Gneisenaustraße her rauschte es. Ein Hubschrauber dröhnte am Himmel. Matti konnte die Aufschrift einer Versicherungsgesellschaft lesen.

»Die sieht aus wie Rosi, und vielleicht hat sie recht?«, fragte Matti.

»Du willst sagen, dieser Göktan war's?« Twiggy grunzte laut. Eine junge Frau am Nebentisch blickte ihn missbilligend an. »Klar, der Türke, wer sonst? Und diese Schweine sind fein raus.« Er schniefte, fing sich den zweiten bösen Blick ein und trank.

»Na, sauer wird der schon sein«, sagte Matti. »Dass die ihm den Laden weggenommen haben, das macht ihn wütend. Würde jeden wütend machen. Und natürlich hat er daran gedacht, diese Kolding-Ärsche umzubringen. Würde mir auch so gehen. Vielleicht hat er Rosi umgebracht, weil er sie für die Quasten hielt. Das würde mir so wenig passen wie dir, aber es hilft nichts.«

»Die Koldings waren es«, brummte Twiggy.

»Wir müssen mit Göktan reden«, sagte Dornröschen. »Es hat keinen Sinn, etwas zu glauben. Außerdem wäre Göktan nicht der erste Türke, der jemanden umbringt. Die Frau sah aus wie Rosi. Und vielleicht hat Göktan sich im Kiez herumgetrieben, gefrustet, geladen, und da lief ihm die Tussi über den Weg, die ihm den Laden weggenommen hat. Den Laden, den er sich abgespart hat mithilfe seiner Verwandten, denen er stolz erzählt, dass er es zu was gebracht hat, auch wenn dieser Rassenforscher meint, dass Gemüseläden nichts zur Berliner Wirtschaft beitrügen.«

»Ich will auch nicht, dass er es war«, sagte Matti leise. »Aber das hilft uns nichts. Dieser Chef bringt keine Leute um, dafür ist er viel zu schlau. Wie er den Runde abserviert hatte, Weltklasse.« Er fluchte, als er sah, dass seine Packung Schwarzer Krauser so gut wie leer war. Aus den letzten Krümeln drehte er sich eine dünne Zigarette und zündete sie an. »Göktan hat ein Motiv, er hasst diese Quasten, sie hat ihn vernichtet, und er ist schon einmal mit dem Messer auf sie losgegangen.«

»Wenn das überhaupt stimmt«, sagte Twiggy.

»Jede Wette«, erwiderte Matti. Ein Zug, und die halbe Zigarette war Asche.

Schweigen. Aus der Kneipe röhrte es, dann ein Stampfen. Motörhead, Lemmy am Bass. In der Arbeitsgruppe wurde gelacht. Der Typ mit der Sektendevotionalie lachte am lautesten. Natürlich. Der Hubschrauber war hoffentlich abgestürzt. Ein Scheißtag.

»Nachts kann man Rosi von dieser Tante nicht unterscheiden«, sagte Dornröschen. »Wenn es Göktan nicht gewesen sein sollte, wer hat sie noch verwechselt? Überlegt mal, die Quasten ist die Plattmacherin, die schickt denen Anwälte auf den Hals und auch die Bullen. Die hat überall Feinde. Alle Mieter, die Kolding verdrängt hat, hatten mit der Quasten zu tun. Die hat ihnen böse Briefe geschickt, Mieterhöhungen, Kündigungen, Mahnungen, Räumungsklagen und so weiter. Für die Opfer ist die Quasten ein Monster.«

»Die arme Rosi«, sagte Matti. »Nur weil sie dem Monster ähnelte.«

»Nicht das erste Mal, dass jemand aus Versehen umgenietet wurde«, sagte Twiggy. »Aber in diesem Fall ist es zum Kotzen.«

Matti grinste.

Twiggys Blick blieb an dem Apple-Jünger hängen. In dem Fall wäre es keine Verwechslung, dachte Matti und lachte leise.

Twiggy guckte Matti an und musste doch grinsen.

»Wenn es eine Verwechslung ist, haben wir das Chaos. Die Quasten hat viele Feinde. Es muss gar nicht Göktan sein, sondern etwa ein unauffälliger Mieter, dem der Kragen geplatzt ist«, sagte Dornröschen. Sie überlegte und warf einen Blick zur Arbeitsgruppe, die kollektiv zu kreischen begonnen hatte, am lautesten natürlich der Sektenfritze. »Aber wir fangen bei Göktan an, der ist schließlich mit dem Messer auf die Quasten los.«

»Das glaubst du der?«, fragte Twiggy. »Die hat nicht mal die Bullen gerufen.« Das war das Letzte, was sie die Quasten gefragt hatten. Sie wolle mit dem Kerl nichts mehr zu tun haben, war ihre Begründung gewesen. Lau, sehr lau.

»Ja«, sagte Dornröschen. »Aus ihrer Sicht ist sie das anständigste Wesen weit und breit. Aber niemand erkennt an, was für gute Taten sie vollbringt. Außer ihrem Chef vielleicht. Aber der lässt sie die bösen Sachen machen, damit er den Gutmenschen geben kann.«

Dornröschen kramte den Zettel aus der Tasche, auf dem sie Adresse und Telefonnummer von Berkan Göktan vermerkt hatte. »Bellermannstraße, das ist in Gesundbrunnen.«

Ecke Behmstraße/Bellermannstraße. Siebenstöckige Betonbauten. »Westplatte«, sagte Twiggy. Fast jeder Balkon trug eine Satellitenschüssel, viele einen Sonnenschirm. Gegenüber, getrennt durch die vierspurige Straße, lud das Gesundbrunnen-Center zum kostenlosen Parken ein, ein paar Meter weiter ratterte die S-Bahn unter der Brücke durch. »Gemütlich«, fügte er trocken hinzu. Das war eine Gegend, vor der Reiseführer warnten. Sie suchten die Klingelschilder ab, bis sie endlich *Göktan* fanden. Matti drückte sie. Nichts geschah. Er drückte noch einmal.

»Ja?«, rief es laut. Eine Frauenstimme.

Sie guckten sich um.

»Oben«, sagte Twiggy.

Eine Frau mit Kopftuch guckte aus dem Fenster.

»Wir müssen mit Herrn Göktan sprechen!«, rief Twiggy.

»Was wollen Sie von ihm? Er ist nicht hier.«

»Es geht um seinen Laden in der Urbanstraße«, rief Matti.

Die Frau zögerte, dann verschwand sie im Fenster. Matti ging zur Tür und wartete auf den Summer. Aber der ertönte nicht.

Die Ampel schaltete auf Grün, und der Stau löste sich lärmend auf. Der Diesel eines Lastwagens dröhnte. Die Ansage der S-Bahn wehte über die Straße. Stahlräder quietschten auf Gleisen. Ein milder Wind wärmte mehr, als dass er kühlte.

Der Kopf der Frau erschien wieder im Fenster. »Und?«

»Wir finden, dass Herr Göktan den Laden zu Unrecht aufgeben musste!«, rief Matti.

Der Kopf verschwand. Matti stellte sich an die Haustür.

Der Kopf erschien wieder. »Wer sind Sie?«

Wer waren sie?

»Das möchten wir Ihnen gern in der Wohnung sagen!«, rief Matti.

Der Kopf verschwand.

Dann tauchte ein anderer Kopf auf. Schnurrbart, kurze Haare, kräftige Nase. »Was wollen Sie?«

»Wir haben mit Frau Quasten von Kolding gesprochen. Wir finden, dass sie eine Gangsterin ist!«, rief Matti. Gangsterin, wie kam er auf dieses Wort?

»Sie ist schlimmer!«, rief der Mann. In jedem Wort steckte mehr Wut, als Matti jemals gehabt hatte.

»Sie haben recht!« Twiggys mächtiges Organ hallte vom Beton wider.

Der Kopf verschwand, und der Summer ging. Matti hechtete zur Haustür und öffnete sie.

Sie stiegen die Treppen hoch. Es stank nach Urin und allem Möglichen, das eklig war. Die Wände waren verschmiert mit Graffiti, eines zeigte einen tropfenden Riesenpenis an einem Riesenhoden. Kleine Brüste und Ärsche. Im vierten Stock war eine Wand voller Wasserflecken, im fünften stand eine Wohnungstür offen und der Mann mit dem Bart davor.

Matti schnaufte. »Sie sind Herr Göktan?«

Der Mann nickte, und Matti stellte sich und seine Freunde vor. Göktan musterte sie kurz, dann nickte er, als würde er ein inneres Zwiegespräch abschließen und streckte die Hand aus. Nach der Begrüßung führte er die Freunde ins Wohnzimmer. Plüsch, Samt, Versilbertes, Vergoldetes, Kringel, wo Kringel sein konnten. An der Wand entdeckte Matti das Istanbulbild aus dem Kalender, das auch in Ülcans Büro hing. Fransen am Sofa, auf das Göktan zeigte. In der Küche klapperte es. Göktan setzte sich auf einen der beiden Sessel, die WG-Freunde quetschten sich aufs Sofa, Twiggy in der Mitte.

»Warum kommen Sie?«, fragte Göktan.

Matti überlegte kurz. »Eine Freundin von uns wurde ermordet. Wir glauben, dass es die Kolding-Leute waren, weil sie etwas über die Firma enthüllen wollte.«

»Enthüllen, was heißt das?«

»Sie hatte etwas herausgefunden, etwas Illegales.«

Göktan nickte. »Das wundert mich nicht.«

»Trauen Sie denen einen Mord zu?«, fragte Twiggy, während Matti überlegte, wie er die Kurve kriegen sollte.

»Alles traue ich denen zu! Alles!« Seine Wangen röteten sich, und die Augen blitzten.

Matti fragte: »Frau Quasten …«

»Das ist die Schlimmste, sie ist eine … Verbrecherin. Sie genießt es, andere Menschen zu quälen.«

Die Frau mit dem Kopftuch erschien, in der Hand ein Tablett mit Teegläsern. Sie verteilte sie und stellte auch eine Zuckerdose auf den Tisch.

»Sie ist ein böser Mensch«, sagte sie traurig. »Wir sind schon fast zwanzig Jahre hier, aber so einen bösen Menschen haben wir nie getroffen in Deutschland.« Sie wischte sich eine Träne aus dem Auge.

»Sie haben einen Sohn?«, fragte Dornröschen.

»Ja. Warum?«

»Die Quasten hat es uns erzählt.«

Er lehnte sich zurück und beugte sich wieder nach vorn. »Ach so, ich verstehe. Ihnen geht es um Ihre Freundin? Das ist diese Frau von der Admiralbrücke, ich habe es gelesen.«

»Ja«, sagte Dornröschen. »Die Quasten hat behauptet, dass Sie sie umbringen wollten und nur Ihr Sohn es verhindert hätte.«

Er überlegte.

»Sie seien mit einem Stilett auf sie losgegangen, sagt sie«, ergänzte Twiggy.

»Ich würde nicht trauern, wenn jemand sie tötet«, sagte er. Seine Frau nickte, sie hatte sich hinter seinen Sessel gestellt. »Sie hat uns alles genommen. Die Miete stieg um mehr als dreißig Prozent, das kann ich nicht bezahlen. Und sie haben nichts repariert. Der Wasserabfluss war dauernd kaputt, und die Elektroinstallation …«

»Wir haben das ertragen, aber dann kam dieser Brief. Renovierung, Sanierung, Sie kennen das. Und danach …« Die Frau verstummte.

»Wo ist Ihr Sohn?«

»Mit Freunden unterwegs«, sagte Göktan. Und Matti überkam ein merkwürdiges Gefühl.

»Er hat Sie daran gehindert …«, setzte Dornröschen an.

Göktan griff in die Jacketttasche und hatte ein Messer in der Hand. Holzgriff, die Klinge eingeklappt. Er öffnete es, es war eine breite, vorn nach innen gekrümmte Schneide, die Spitze stumpf. »Das ist das Stilett«, sagte Göktan spöttisch. »Damit können Sie einen Apfel zerschneiden …« Er winkte ab und legte das Messer auf den Tisch.

»Sagen Sie, Ihr Sohn ist jetzt nicht unterwegs, um die Kolding-Leute zu … ärgern?«, fragte Matti.

Göktan hob die Augenbrauen.

»Was ist passiert mit der Quasten?«, fragte Dornröschen.

»Ich habe sie auf der Straße getroffen. Ich wollte ihr sagen, was für eine … böse Frau sie ist … na gut, ich habe ein paar schlimme Wörter gesagt.«

»Sie hätten sie am liebsten abgestochen«, sagte Twiggy.

»Ja«, sagte Göktan sachlich. »Das wäre nur gerecht gewesen. Aber ich hätte es nie getan. Warum soll ich wegen so einer … ins Gefängnis gehen?«

Die Frau krampfte ihre Hand auf seiner Schulter.

Nach einer Weile fragte Twiggy: »Weil es jeder gesehen hätte?«

»Genug Zeugen«, sagte Matti.

Göktan nickte. »Ich würde nie jemanden umbringen, und wenn er es noch so verdient hätte.«

»Und wenn Sie außer sich geraten?«, fragte Matti.

»Ich gerate nie so außer mich …«

»Aber Angst machen wollten Sie ihr schon?« Dornröschen blickte ihn skeptisch an.

»Ja.«

»Unsere Freundin ähnelte Frau Quasten wie ein Zwilling«, sagte Matti.

Es knallte draußen. Frau Göktan eilte zum Fenster. »Unfall«, murmelte sie und kehrte zu ihrem Mann zurück.

Göktan überlegte, während die Bahnsteigansage ertönte: »Zurückbleiben bitte!« Ein kaputter Auspuff schepperte.

»Sie glauben, dass ich aus Versehen Ihre Freundin …?«

»Nein. Aber wenn ich Bulle wäre, dann würde ich Sie für einen Verdächtigen halten. Sie haben ein Motiv …«

»Er war in der Nacht hier«, sagte Frau Göktan.

»Welche Nacht?«, fragte Dornröschen schnell.

»Na …«

»Wenn Sie so was den Bullen erzählen, bringen Sie Ihren Mann ins Gefängnis«, sagte sie. »Sie wissen ja nicht einmal, um welche Nacht es geht.«

Frau Göktan starrte in den Raum.

»Ich finde, dass man die Bullen anlügen darf«, sagte Matti. »Aber nur dann, wenn sie es einem nicht beweisen können. Im anderen Fall kehrt es sich gegen einen selbst.« Matti blickte Frau Göktan an, dann ihn.

»Aber wir sind Türken, die glauben uns nicht«, sagte sie.

»Wir sind so… aufbrausend und tragen alle Messer in der Tasche…«

»Wie war es denn nun wirklich?«, fragte Dornröschen.

»Nichts war«, sagte Göktan. Und noch einmal, energisch: »Nichts!«

»Sie sind nicht nachts durch den Graefekiez gelaufen und haben geglaubt, Frau Quasten zu sehen. Frau Quasten, die Sie um Ihre Existenz gebracht hat?«, fragte Matti.

»Ich war seit Wochen nicht mehr dort. Gut, wir waren einmal in der Hasenheide, im Park, aber näher waren wir nicht dran. Ich schwöre es!« Göktan hob seine Hand.

»Was würden Sie denn tun, wenn Sie die Quasten irgendwo treffen würden?«, fragte Dornröschen.

»Ausspucken würde ich vor ihr«, sagte er.

»Und Ihr Sohn, wie alt ist der?«, fragte Matti.

»Wird nächsten Monat zwanzig«, sagte sie.

»Er hat Sie zurückgehalten…«

»Ja, weil er glaubte, ich würde der was tun«, sagte Göktan. Er seufzte. »Aber ich hätte ihr nichts getan. Ich hätte ihr gewünscht, dass sie in der Hölle brät. Aber das ist nicht verboten.«

»Könnte es sein, dass Ihr Sohn geglaubt hat, Sie wollten zustechen?«, fragte Matti.

Göktan zuckte mit den Achseln.

»Wie heißt Ihr Sohn?«, fragte Dornröschen.

»Ali«, sagte sie.

»Hat er einen Job?«, fragte Matti.

Sie schüttelte den Kopf.

»Vielleicht glaubt Ihr Sohn, dass Sie der Frau den Tod wünschen, und hat Sie nur zurückgehalten, weil es Zeugen gab.« Matti blickte Göktan streng an. Dessen Augen flatterten, und dann zeigten sie Angst. Ihre Hand verkrampfte sich weiter, bis er vor Schmerz die Schulter wegzog.

»Ali war's«, sagte Twiggy.

Sie saßen in einer Kaffeebar im Gesundbrunnen-Center. Die

beiden Jungs tranken Espresso, Dornröschen Tee. Dudelmusik nervte, ein Kind schrie, als würde es gefoltert. Türkische Frauen mit Mänteln und Kopftüchern, manche mit Enkeln an der Hand, zogen durch den Flur. Zwei Machotypen mit Dreitagebart und gegeltem Haar latschten vorbei, in einigem Abstand die dazu passenden Frauen, überschärfte Kleidung, Billigklunker.

»Tja«, sagte Dornröschen. »Kann schon sein.« Sie gähnte.

»Ich glaub es auch«, sagte Matti. »Der wollte seinem Alten einen Gefallen tun. Er hat keinen Job, nichts zu tun …«

»Und bügelt sein Selbstwertgefühl auf, indem er einer Frau den Schädel einschlägt«, unterbrach Dornröschen. »Der würde ein Messer nehmen, oder?«

»Du meinst, der Türke als solcher tendiert zum Messer?«, fragte Matti.

Dornröschen überlegte. »Das ist so ein Gefühl. Junge Machos stechen, alte Machos schlagen.«

»Au Backe«, sagte Matti.

Twiggy grinste.

»Einer hat ihr den Schädel eingeschlagen. Das macht der nur, weil er wütend ist, im Affekt.«

»Wusste gar nicht, dass du unter die Leichenfledderer gegangen bist. Wie nennen sich diese Gerichtsärzte?«, fragte Matti. »Sogar wenn deine steile Messerthese stimmt, lässt sich leicht eine Situation denken, in der es mit dem Schlag geht. Quasten und Ali begegnen sich nachts im Graefekiez. Er sagt: ›Du Ätztucke, auf dich hab ich gewartet.‹ Sie sagt: ›Türkenbengel, geh heim zu Mama‹, und schon rastet er aus.«

»Laufen Türkenbengel mit Flaschen rum?«, fragte Dornröschen. »Da hätte er ja die Waffe dabei. Manche splittern nicht mal. Sektflaschen …«

Sie schwiegen. Eine Stimme pries die Gratisparkplätze. »Drei Stunden kostenlos!« Die Prozession in Kopftüchern und Mänteln kam zurück. Die Frauen schnatterten miteinander, alle auf einmal.

»Woher willst du wissen, dass es eine Flasche war?«, fragte Twiggy. Er rührte gedankenversunken in seiner Tasse.

»Ein Hammer, ein Baseballschläger, ein dicker Ast…«, sagte Matti. »Alles, was man tragen oder finden kann.«

»Er war's nicht«, sagte Dornröschen.

»Was bist du stur«, erwiderte Matti genervt. »Du kennst den Kerl doch gar nicht.«

»Intuition.«

»Schluss mit dem Quatsch!«, schnauzte Twiggy. »Es nutzt uns nichts, wild zu spekulieren. Wir brauchen einen Plan.«

»Gut«, sagte Dornröschen. »Dann machen wir einen Plan.«

»Wir verfolgen Ali«, sagte Matti.

»Ach, du lieber Himmel«, rutschte es Dornröschen heraus.

Matti blickte sie finster an.

Dornröschens Handy tönte. Sie nahm das Gespräch an, erhob sich und ging weg. Twiggy und Matti hörten sie noch glucksen. Die beiden blickten sich an, zornig, traurig. Sie stand vor einem Schuhladen, mit dem Rücken zu ihnen. Aber im Spiegelbild des Schaufensters sahen sie, wie sie redete, lachte, Grimassen zog.

Als sie endlich aufgehört hatte und zurückgekehrt war, trug sie ein Lächeln im Gesicht.

»Wer war das, wenn ich fragen darf?« Twiggy blickte sie ernst an.

»Also, wir verfolgen Ali«, sagte Dornröschen. »Dann wollen wir mal.« Und es klang so, als wollte sie sagen: Gut, Jungs, ihr wollt es so, ihr kriegt es. Aber meckert nicht, wenn es in die Hose geht.

Matti mühte sich, seine Wut zu zügeln.

»Wir stellen uns vors Haus und warten, bis der Wonneproppen auftaucht, und traben hinterher. Und was verrät uns das? Dass er seine Kumpel trifft und das Maul aufreißt: He, ich habe da so 'ne Alte kalt gemacht. War echt geil«, sagte Dornröschen.«

Matti knurrte: »Hast du eine bessere Idee? Immerhin denken wir nach und turteln nicht nur rum.«

Sie kicherte. »Wenn ihr so tolle Ideen ausheckt, wenn ich weg bin, sollte ich öfter verschwinden.«

Die Karawane der Türkenfrauen mit Enkeln marschierte heran.

Der kleine Kevin suchte seine Eltern. Elvis sang »Love Me Tender«. Zwei Typen glotzten einer jungen Frau nach und rasselten mit ihren Einkaufswagen zusammen. Elvis sang einfach weiter.

Dornröschen grinste nicht mehr.

»Was sonst?«, fragte Matti.

»Keine Ahnung«, sagte Dornröschen. »Vielleicht war es Göktan. Vielleicht war es Ali. Vielleicht war es der Chef. Vielleicht war es Runde. Vielleicht Spiel und Rademacher. Habe ich einen vergessen?«

»Was soll das?«, fragte Twiggy angefressen.

»Ich wollte nur höflich andeuten, dass wir uns aufführen wie die letzten Idioten.«

»Ganz neue Erkenntnis, Glückwunsch«, brummte Matti.

»Wir fahren nach Hause und schlafen erst mal aus«, sagte Dornröschen. »Morgen gehe ich in die Redaktion, Matti fährt Taxi, und Twiggy verwöhnt den Prinzen.«

Wie kann man Robespierre einen Prinzen nennen?, dachte Matti. Aber darauf kam es nun auch nicht mehr an.

Am Abend saßen Matti und Twiggy im *Bäreneck* in der Hermannstraße. Hinter dem Tresen stand die Wirtin mit schweißglänzendem Gesicht, die Haare hochgesteckt, um die Möglichkeit einer Frisur anzudeuten. Am Tresen saßen zwei Säufer, einer trug eine Baseballkappe mit der Aufschrift *Eisbären Berlin*. Der andere ein fleckiges T-Shirt, auf dem *Ballermann* geschrieben stand. Aus den Lautsprechern dröhnte Schlagerscheiße.

Matti und Twiggy tranken Bier und Doppelkorn.

Nach der ersten schweigenden Runde sagte Twiggy: »Was die treibt, ist eine Sauerei. Unsolidarisch. Hinter unserem Rücken.«

Matti wiegte seinen Kopf. »Eigentlich ist das 'ne tolle Frau.«

Twiggy: »Die verarscht uns nach Strich und Faden.«

Matti: »Hätte ich früher daran gedacht, wäre alles anders gekommen. Ich wär nicht auf Lily hereingefallen und überhaupt.«

Twiggy: »Was sagst du?«

Matti: »Ach Scheiße.«

Die verschwitzte Wirtin stellte die zweite Runde auf den Tisch. Sie stießen mit den Schnapsgläsern an und tranken sie leer. Den Korn verdünnten sie mit Bier. Matti stützte sein Kinn auf die Faust.

»Wär doch Scheiße, der Türke wär's«, sagte Twiggy. Er kratzte sich an der Schläfe, wo eine blassrote Schwellung daran erinnerte, dass sie verprügelt worden waren.

»Klar, aber wenn er es war, dann kriegen wir ihn.«

»Darauf«, sagte Twiggy und hob sein Glas.

Matti stieß an und trank das Bier aus. Twiggy zog gleich.

Matti hob den Finger und winkte zum Tresen. Der Säufer mit der Kappe grinste. Der Ballermann zündete sich eine Zigarette an.

Nachdem die Wirtin die Getränke mit einem skeptischen Gesicht abgestellt hatte, rieb Matti am Bierglas. Ruhe und Klarheit zogen in sein Hirn ein. Er sah die Dinge, wie sie waren. Mit Dornröschen war irgendetwas nicht in Ordnung, ein anderer Typ, was sonst? Wahrscheinlich hatte Göktan oder Ali Rosi umgebracht. Aus Versehen. Was für ein dummer Tod. Bei der Quasten wäre der Schaden begrenzt gewesen. Natürlich war er dagegen, Leute umzubringen, außer in einer Revolution. Aber die war abgesagt worden, und damit entfielen auch die Ausnahmegründe.

»Dieser Chef«, sagte Twiggy, »der hat uns eingeseift. Ein ausgekochter Gauner. Tut freundlich und ist beinhart. Wie der den Runde abserviert hat …«

Matti rief sich den Auftritt des Chefs in Erinnerung. »Ja«, sagte er und spürte, dass er sich anstrengen musste, nicht zu lallen. Er stellte sich vor, wie er seiner Zunge befahl zu funktionieren. »Je länger wir herumbohren, desto mehr Verdächtige haben wir. Vielleicht sollten wir nicht fragen, sondern warten. Dann bleibt einer übrig und …«

»Was machen wir mit dem?«, fragte Twiggy.

»Tja«, sagte Matti.

Am Morgen wachte Matti mit einem schweren Kater auf, und der Brechreiz lauerte. Vorsichtig aß er ein paar Bissen, während Dornröschen schon in der Redaktion war und Twiggy nach einer Restnacht mit Splattervideos pennte, bis Robbi ihn jaulend und kratzend wecken würde. Matti hatte eine Dreiviertelstunde, um den Alkohol, die Übelkeit und seine schlechte Laune zu besiegen. Dann musste er Ülcans Gemecker ertragen. Immerhin hatte er keine Nachtschicht, weil er mit Aldi-Klaus getauscht hatte, was ihn neben guten Worten ein paar Gramm von Dornröschens Balkonplantage gekostet hatte.

Nachdem er sicher war, das Kräfteverhältnis im Kampf mit dem Restalkohol zu seinen Gunsten verändert zu haben, stieg er aufs Rad und fuhr zur Manitiusstraße. Es nieselte warm, und die Tröpfchen verdampften auf dem Asphalt. Ein Typ überholte ihn, er fuhr ein Geckenrad, ohne Schaltung, superdünne Reifen, weißer Leichtbaurahmen. Er riss den Lenker hoch und hüpfte auf den Bürgersteig, um an einem funkelnagelneuen Audi A8 vorbeizubrettern, der den Radweg zuparkte. Matti zog den Schlüsselbund aus der Tasche, verpasste dem Falschparker einen Kratzer über die Flanke, steckte den Schlüssel ein und war zufrieden.

In der Manitiusstraße saß Ülcan in seiner Qualmwolke und meckerte vor sich hin. Er hob nicht einmal das Gesicht, als Matti eintrat, um den Schlüssel zu holen. Aldi-Klaus saß auf der Treppe und rauchte. »Die Bremse zieht schief«, sagte er, als Matti das Büro verließ. »Der Boss weiß Bescheid.« Matti verkniff sich den Kommentar, dass er gewiss erst eine halbe Schulkasse totfahren musste, bevor Ülcan die Bremse reparieren ließ. Er fröstelte und suchte im Kofferraum die alte Lederjacke, die er auf dem Flohmarkt gekauft hatte. Aber sie lag nicht drin. Er fuhr zum Taxistand in der Bevernstraße, am U-Bahnhof Schlesisches Tor. Fünf Wagen warteten vor ihm. Er kramte in der Mittelablage. Unter dem zerfledderten Konfuziusband lag das Büchlein mit Texten von Laotse, das er für einen Euro im Antiquariat in der Wrangelstraße gekauft hatte. »Lass fahren die Klügelei, verwirf die Spitzfindigkeit«, las er. Und: »Wer in sich ruht, macht das Trübe rein.« Offensichtlich ruhe ich nicht in mir, ich blicke nicht mehr durch, dachte Matti. Und genauso offensichtlich will hier niemand Taxi fahren. Er zündete den Diesel und fuhr in die Skalitzer Straße, Richtung Mehringdamm.

Eine Frau winkte vor dem *Que Pasa* an der Kreuzung mit der Manteuffelstraße. Sie war jünger als er, hatte kurz geschnittenes braunes Haar und trug nur Jeans und T-Shirt. Als sie einstieg, roch er ihr Parfüm, dezent, frisch. Als er sie fragte, wohin es gehen sollte, sah er im Rückspiegel ihre Sommersprossen und blickte in große schwarze Augen.

»Ich weiß nicht«, sagte sie. »Wie weit kommt man für zwanzig Euro?« Sie hatte eine klare Stimme, aber sie klang traurig.

Matti lachte.

»Weißt du es nicht?«, fragte sie.

»Wohin du willst.«

»Gut, wenn das so ist.«

»Und wo willst du hin?«

»Nach Paris.«

Matti lachte.

»Siehst du«, sagte sie.

»Überall in Berlin«, sagte er.

Hinter ihm hupte es. Ein Riesenlastwagen mit Anhänger, Matti sah nur einen Teil des Kühlers im Spiegel.

Und ihr Gesicht.

»Du bist ein seltsamer Taxifahrer«, sagte sie.

»Das stimmt.« Er rollte ein Stück vor auf die Skalitzer und fand eine Lücke am Rand.

»Was kann man für zwanzig Euro noch machen?«

»Ins Kino gehen. Spaghetti essen. Aufs Badeschiff.«

»Wie heißt du?«

»Matti.«

»Matthias also.«

»Ja.«

»Warst du immer Taxifahrer?«

Ein Kleinbus schlich vorbei, dahinter wütende Autofahrer. Am Steuer des Busses saß eine Frau im Tschador, neben und hinter ihr wimmelten Kinder.

»Ich hab's Studium abgebrochen.«

Sie sahen sich lange an im Spiegel.

»Das ist schlecht.«

»Weiß nicht«, sagte Matti.

Sie schwiegen, nur ihre Augen unterhielten sich.

»Wohnst du in Berlin?«

»Oppelner«, sagte sie. »Neben der *Kuchenkiste.*«

»Die *Kuchenkiste* ist die beste Konditorei weltweit«, sagte Matti.

»Stimmt.« Sie lächelte.

»Für zwanzig Euro kriegen wir dort ein paar Stücke Himbeerschokotorte.«

Sie überlegte. »Gut.«

Matti fuhr ein Stück Richtung Kotti und wendete unter der Überführung der U 1. Sie standen eine Weile im Stau, dann krochen zwei Autos nebeneinander vor ihnen her. Sie hatte sich in die Mitte der Rückbank gesetzt und nach vorn gebeugt. Er hörte sie atmen.

»Wo wohnst du?«

»Okerstraße«, sagte er. »Neukölln, nahe am Flughafen Tempelhof. Wie heißt du eigentlich?«

»Lara.«

Der Name passte wie angegossen.

»Gefällt er dir?«

»Ja.«

»Matti ist aber auch gut.«

Er fuhr rechts ab in die Wrangelstraße, bremste auf Schrittgeschwindigkeit ab, dann rechts hinein in die Oppelner, eine Allee, deren Bäume das Vormittagslicht brachen. Er fand einen Parkplatz nahe der *Kuchenkiste*, sie stiegen aus. Sie streckte sich, als wären sie Stunden unterwegs gewesen.

Vor der *Kuchenkiste* stand ein großes Spielzeug-Feuerwehrauto. Hinter dem Steuer saß ein Knirps von vielleicht drei Jahren. Zwei Frauen hatten einen Tisch neben dem Eingang belegt. Drinnen warteten hinter dem Tresen ein Mann, keine Vierzig, und eine jüngere Frau. Neben dem Tresen war die Tortenauslage, mehrstöckig hinter Glas.

Lara lächelte die Frau an, die lächelte zurück. »Zwei Stücke

Himbeerschoko und zwei Milchkaffee«, sagte Lara und ging hinaus. Eine Frau mit zerrissener Strumpfhose stolzierte hochhackig vorbei.

Sie setzten sich. Ein Sonnenstrahl fand Laras Gesicht.

»Wo wolltest du hinfahren?«

»Weiß nicht«, sagte Lara.

Warum ist sie aufgetaucht? Er erinnerte sich an Lily, ein ähnlicher Typ, sein Typ. Auch Lily war zufällig aufgetaucht, und dann hatten sie sich gar nicht zufällig wiedergetroffen. Das verfolgte ihn manche Nacht. Aber woher konnte Lara wissen, dass er an der Ecke vorbeifahren würde? Er hatte es am Morgen selbst noch nicht gewusst. Scheißmisstrauen.

»Was machst du so?«

Lara lächelte. »Die Frage war jetzt dran.«

Es war ihm, als hätte sie ihn zurechtgewiesen. »Stimmt.«

»Es interessiert dich wirklich?«

»Ja.«

Ein zweifelnder Blick aus schwarzen Augen.

»Ich bin arbeitslos. Ich habe in einer Kunstgalerie in Mitte gearbeitet, Mädchen für alles: Pressearbeit, Aufpasserin und so weiter. War gut, aber nach drei Jahren hatte der Typ keinen Bock mehr. Hat nur Stücke aus seiner Kunstsammlung ausgestellt, nichts verkauft. Schon seltsam. Stinkt vor Geld, der Kerl. Und ist irre. Aber der Job war wirklich prima.«

»Und jetzt suchst du was Neues.«

»Du bist ein Blitzmerker.«

Die Kuchenkistenfrau kam mit den Torten und dem Kaffee. Sie grinste, als sie es abstellte. Warum grinst sie? Baggert Laura jeden Tag einen Typen an und lässt sich aushalten? Begrab das Misstrauen. Lily verstand es, einem das Leben noch zu versauen, wenn sie längst verschwunden war.

»Du glaubst mir nicht«, sagte Lara.

»Doch. Warum sollte ich nicht?«

»Weil du so guckst. Du traust niemandem.«

»Ich traue meinen Freunden.«

»Und wer sind die?«

Matti erzählte von Dornröschen, Twiggy und Robbi. Lara hörte aufmerksam zu. Die Tortenstücke waren unberührt.

»Solche Freunde hätte ich auch gern.«

Dann redete Matti über seine Angst, dass Dornröschen sie verlassen könnte. Warum erzählte er das einer wildfremden Frau, die er auf der Straße aufgelesen hatte?

Sie fand es offenbar nicht ungewöhnlich. Sie hörte aufmerksam zu, nickte, schüttelte den Kopf, und als er von Robbis geheimnisvoller Krankheit berichtete, seufzte sie leise.

Sie fragte, ob er in Dornröschen verliebt sei.

»Ich weiß nicht«, sagte er. »Und wenn, es würde die WG zerstören. Also ginge es sowieso nicht.«

Sie nickte. »Die Gewichte verschöben sich, das klappt nie.«

»Wo wolltest du hinfahren?«, fragte Matti.

Sie blickte ihn an. »Keine Ahnung«, sagte sie leise. »Ich wollte aus dem Rhythmus raus. Vorstellungsgespräch, Termin bei der Arbeitsagentur. ›Besuchen Sie eine Fortbildungsmaßnahme, Buchhaltung, das wird verlangt‹«, äffte sie nach. »Vorstellungsgespräch, Agentur … Es macht einen müde.«

»Du wolltest was Verrücktes machen?«

»So ähnlich.« Sie hatte ein schönes Lächeln. »Dich hat eine enttäuscht«, sagte sie.

»Ja, aber woher …?«

»Das sehe ich dir an.«

Sie aßen die Tortenstücke. Manchmal wechselten sie kurze Blicke. Einmal lächelte sie ihn an, während sie an irgendetwas dachte und ein paar Sekunden aufhörte zu kauen.

»Es ist die Stimme«, sagte sie. »Ich stehe auf Stimmen. Deine ist gut. Männlich, aber es fehlt der Machoton.«

Matti grinste. »Dir fehlt auch der Machoton.«

Sie lachte.

Als sie aufgegessen hatten, teilten sie die Rechnung. »Einen Spaziergang, oder musst du los?«

»Ich habe einen wichtigen Fahrgast.«

Sie gingen in den Görlitzer Park. Qualmsäulen, der Geruch der Grills. Krähen, überall Krähen. Menschen sonnten sich. Andere saßen da, die Flasche in der Hand. Hunde tollten umher. Eine Gruppe in der Senke, darunter ein bärtiger Mann mit Gitarre, der sich an Townshends *Drowned* besser nicht versucht hätte. Sie blieben am Rand des kleinen Tals stehen und betrachteten das provisorische Bretterhaus, an dem Plakate gegen die Privatisierung von Immobilien protestierten.

»Ist echt 'ne Sauerei«, sagte Lara. »Wie hieß sie?«

Matti stutzte. »Lily.«

»Ach, du lieber Himmel«, sagte Lara.

Sie schlenderten zum nördlichen Ausgang an der Wiener Straße. Ein Pulk von Schwarzafrikanern, lässiges Outfit. Dunkle Augen musterten Matti und Lara.

»Die kontrollieren diesen Teil des Parks«, sagte Lara. »Das sieht gar nicht danach aus, ist aber organisiert. Ein paar Typen lungern rum, stehen in Wahrheit aber Schmiere, einer dealt, die anderen sind das Wachpersonal. Die checken einen, wenn man hier lang läuft. Und ich möchte nicht gecheckt werden, von niemandem.« Sie nahm kurz seine Hand und ließ wieder los. »Am Schwimmbad besetzen die manchmal den Bürgersteig. Ist ein seltsames Gefühl, da durchzulaufen.«

Als sie zum Spreewaldbad kamen, war der Bürgersteig tatsächlich aufgeteilt. An beiden Enden lungerten Typen, die so taten, als langweilten sie sich. Am Zaun zum Kinderzirkus stand eine Gruppe von Schwarzen, die mit einem Weißen redeten. Der gab Geld, erhielt ein Päckchen und eilte davon in Richtung Kanal.

Am Spreewaldplatz tippte Lara ihm an die Schulter. »Kaffee im *Marx*?«

»Du lebst auf Koffeinbasis?«

Sie nickte. »Außerdem hast du keine Wahl, schließlich habe ich dich fürstlich bezahlt.«

»Aber nur als Taxifahrer.«

»Wir leben in einer Dienstleistungsgesellschaft. Nichts geht über den Service am Kunden.«

»Ach, du lieber Himmel.«

Sie hatten Glück, im Café wurde draußen ein Tisch neben dem Eingang frei. Stühle aus Korb und Stahl unter einer blauen Markise.

»Was beschäftigt dich gerade außer dem Arbeitsamt, oder wie das Ding gerade heißt?«

Lara lächelte. »Ich lese, alles Mögliche. Am liebsten historischen Kram. Schlögel über Moskau 1937, hab schließlich Geschichte studiert.«

»Abgeschlossen?«

»Magister.«

Das erinnerte ihn an sein Versagen, an den Abbruch, von dem er sich eingeredet hatte, der sei nur eine Pause. Doch die Pause hatte nicht aufgehört. »Ich habe auch mal studiert …«

»Aber abgebrochen«, sagte sie. »Ist ein Klischee, Taxifahrer ohne Abschluss. Das klassische Karriereende ist Außenminister.«

»Komm mir nicht mit dem«, sagte er. »NATO-Krieger …«

Sie grinste. »Daher weht der Wind.«

Als die Kellnerin erschien, bestellte sie einen Eisbecher und er eine Apfelschorle. »Doch keinen Kaffee?«

»Dein Gerede ist aufregend genug. O Gott, ein Radikalinski.«

»Pech gehabt.«

Sie grinste. »Ich bin tolerant. Außerdem finde ich es lustig, wenn Leute wegen jedem Scheiß Randale machen.«

»Nun ist's aber gut. Ich mach keine Randale. Aber manchmal muss man auf die Straße gehen. Außerdem labere ich nicht herum, sondern nenn die Dinge beim Namen.«

»Klar. Ein Held!«

»Besser, als nur herumzueiern.«

Sie gackerte wie ein Huhn. In ihren Augen blitzten zwei Tränen. »Du musst weiter, Geld verdienen«, sagte sie. »Auch die einzig wahren Revolutionäre müssen mal zu *Kaiser's*.«

»Nö«, sagte er. »Ich muss erst die zwanzig Euro abarbeiten. Auch wenn ich die noch nicht gekriegt habe.«

Sie kramte in ihrer Tasche und hatte einen Schein und Münzen in der Hand. Sie klemmte den Schein unter einen Bierdeckel und schob die Münzen zu Häufchen zusammen. »Sind nur zwölf Euro und zweiundfünfzig Cent. Tja, da hab ich also gelogen. Aber so einen Radikalinski wundert das nicht, der wird pausenlos betrogen: von der Regierung, vom Kapital, vom Imperialismus, von Zionisten und Nazis, Liberalen und Sozis …«

Er winkte ab. »Ist das alles?«

»Ich hab noch was im Sparschwein. Ich nehme immer wenig mit, damit ich nichts ausgebe. Ich kann nicht an Juweliergeschäften vorbeigehen, die Diamanten und Brillanten, du weißt …« Sie griff mit zitternden Händen in die Luft.

Das Eis kam und die Schorle.

»Behalt die Knete«, sagte er.

»Nein, ich bezahle die Fahrt und du das Eis.«

Er nickte.

Sie hatte Lachfalten an den Augenwinkeln und auf der Nasenspitze eine auffällige Sommersprosse. Lara grinste ihn an. »Bin ich Kino oder was?«

»Nein, hübsch.«

Ihr Gesicht rötete sich. Sie nahm den Löffel und schob sich Eis in den Mund.

»Eine Freundin ist ermordet worden«, sagte Matti. »Rosi.«

Sie schaute ihn erschrocken an.

»Im Graefekiez, kurz bevor sie Enthüllungen über die Firma Kolding, diesen Immohai, veröffentlichen konnte.«

»Ach, du lieber Schreck. Ermordet?«

»Jemand hat ihr den Schädel zertrümmert.«

Sie atmete laut aus, lehnte sich zurück und überlegte. »Du meinst, die Immofritzen …«

Er zeigte seine Handflächen.

»Was sagt die Polizei?«

»Nichts, bisher.«

»Aber die kriegen den bestimmt. Die kriegen die meisten Mörder.«

»Ja, aber den nicht.«

Sie blickte ihn fragend an.

»Könnte sein, dass der Staat drinhängt. Sie wollte auch aufdecken, dass Typen vom Senat sich haben bestechen lassen, und zwar von Kolding.«

»Ach, du lieber Himmel. Sicher?« Sie beugte sich nach vorn und schaute ihm in die Augen. »Das klingt nach Verschwörungskacke.«

»Die wurden sogar fotografiert, im Puff. Und einen Zeugen gibt es auch.«

Sie schüttelte den Kopf. »Unfassbar.«

»Und wir müssen das aufklären.«

»Die WG?«

»Die WG. Auf die Bullen verlassen wir uns nicht.«

»Hm. Mörder suchen ist gefährlich.«

»Kann sein.«

»Habt ihr Spuren?«

»Verschiedene. Die Typen vom Senat, die Kolding-Opfer, vielleicht war es auch eine Verwechslung. So 'ne Managerin von Kolding sieht genauso aus wie Rosi. Und es war Nacht.«

»Und sonst?«

»Eine Türkenfamilie, die wurde aus dem Kiez verdrängt, und der Vater ist schon mal auf die Kolding-Tante losgegangen. Sohn arbeitslos und gewiss nicht frei von Rachegedanken.«

»Kann man verstehen«, sagte sie.

Sie aß ihr Eis, und er schaute zu. War die Begegnung wirklich Zufall? Nicht noch einmal hereinfallen, bloß nicht. Aber wie sollte sie es gedeichselt haben? »Warum hast du am *Que Pasa* gestanden?«

Sie blickte ihn erstaunt an. »Ich habe jemanden besucht in der Obentrautstraße, du weißt … ach, du bist ja Taxifahrer … und bin mit der U 1 zum Görlitzer Bahnhof gefahren, und von dort bin ich zur Kreuzung gelaufen. Noch Fragen?«

»Warum bist du dorthin gefahren?«

Wieder dieser Blick. »Weil ich Bock hatte … vielleicht. Erst wollte ich zum Kotti, dann bin ich aber weitergefahren, weil der Kotti abgefuckt ist …«

»Du fährst einfach rum?«

»Ja.«

»Rausgeschmissenes Geld«, sagte Matti.

»Quatsch, die BVG fährt mich umsonst.«

»Und wenn sie dich erwischen?«

Sie deutete auf ihre Taschen. »Nix Kohle, nix zu holen. Außerdem erwischen die mich nicht. Ich habe einen Anti-BVG-Schutzengel.«

Matti lachte.

»Ist echt wahr«, sagte sie.

»Ist ja gut.«

Und wie weiter?, fragte er sich. Er durfte sie nicht gehen lassen. »Soll ich dich ein bisschen herumfahren?«

»Au ja, aber ich habe …«

»Bist eingeladen.«

Sie strahlte ihn an.

»Ich will nicht, dass du weggehst«, sagte er.

»Ich geh nicht.« Es klang wie selbstverständlich.

Und er dachte, das ist zu simpel. Es konnte nicht sein, dass so eine Frau sich einfach auf ihn einließ. Da war ein Haken.

»Du hast einen merkwürdigen Blick, manchmal«, sagte sie.

»Stimmt. Dafür bin ich berüchtigt.« Er lachte gezwungen, sie blickte ihn nur ernst an.

»Ich werde es rauskriegen«, sagte sie.

Sie erhob sich, und er ging ins *Marx*, um zu bezahlen. Als er hinauskam, nahm sie ihn an der Hand. So gingen sie zum Taxi in der Oppelner Straße.

»Du wohnst hier?«

»Sag ich doch, direkt neben der *Kuchenkiste*.«

»Und die Chefin von der sieht dich hier jeden Tag mit einem anderen Mann.«

»Klar.«

Er blickte aufs Haus. »Welcher Stock?«

»Wir fahren Taxi«, sagte sie.

Er lachte. »Wir fahren Taxi. Wohin wünschen Madame kutschiert zu werden?«

»Strandbad Wannsee«, sagte sie.

»Badezeug dabei?«

»Immer.«

Gitschiner Straße, Mehringdamm, Tempelhofer Damm, die Stadtautobahn. Sie saß auf der Rückbank, in der Mitte, nach vorn gebeugt und beobachtete den Verkehr. »Vielleicht können Sie sich ein bisschen beeilen. Außerdem glaube ich nicht, dass Sie den kürzesten Weg fahren. Sie wollen mich wohl betrügen?«

»Niemals, Madame. Sie würden es doch merken.«

»Sie glauben offenbar, Sie seien ein Oberschlauer, was?«

»Das würde ich nie denken. Wissen Sie, ich komme vom Lande, bin eher einfältig.«

Er fuhr auf die Avus.

»Einfältig gewiss, aber bauernschlau. Raffiniert, und wenn es nicht klappt, brutal.«

»Da haben Sie natürlich recht, Madame.«

»Aber ich werde mich wehren.« Sie gackerte. »Mach's Radio an!«

»Sie sind der Fahrgast«, sagte er.

»*Radio 1*«, sagte sie.

Er schaltete das Radio ein. Die Nachrichten: Europa pleite, Sprengstoffanschläge im Irak, Zoff bei den Grünen. Musik. Dann berichtete ein Sprecher, dass der Mordfall auf der Admiralbrücke offenbar aufgeklärt sei. Die Polizei habe den Täter gestellt, der bei einem Schusswechsel schwer verletzt worden sei. Der Tatverdächtige stamme vermutlich aus dem Milieu einer rumänischen Drogenbande.

Matti fühlte ungeheure Erleichterung. Es war vorbei. Sie hatten den Kerl erwischt. Das normale Leben konnte zurückkehren. Und vielleicht würde Dornröschen doch nicht ausziehen, und sie könnten wieder so leben wie all die Jahre, mit Robbi, Mau-Mau, Demos und Veranstaltungen, bei denen es zur Sache ging. Er lachte. Was für ein Tag! Am Morgen stieg Lara ein, dann erwischten sie Rosis Mörder. Einfach so. Er schaltete das Radio ein, und die Meldung kam wie bestellt.

»Was ist?«

»Sie haben den Mörder, wie es aussieht.«

»Spitze«, sagte sie. »Ein Grund mehr, baden zu gehen.«

Als sie am Strandbadweg auf dem Parkplatz vor dem Bad anhielten, zog sie ihn zart am Ohr und stieg aus. Das Eingangsgebäude: unten Klinker, oben beigefarben verputzt.

Ihr Badezeug bestand aus ihrem Slip. Sie zogen sich aus. Als sie seinen Blick bemerkte, grinste sie, und er war froh, dass er Boxershorts trug.

Sie tippte auf eine Rippe. »Rot, geschwollen… ach, da auch.« Lara streichelte seine Schulter. »Bist ein Schläger, dacht ich's mir doch.«

»Im Gegenteil.« Sie wurde blass, als sie hörte, wovon es stammte.

»Und ihr könnt nichts gegen die machen?«

»Wenn wir die fragen, warum sie uns haben verprügeln lassen, die Herren Spiel und Rademacher, das würde nichts bringen. Die haben ja nicht mal ein Geheimnis daraus gemacht…«

Sie schüttelte den Kopf. »Kannst du wenigstens einen von den Schlägern beschreiben?«

Matti überlegte. Er spürte den Schmerz der Schläge, als er sich zurückversetzte. Dieser Goldkettentyp, südeuropäischer Macho, Maßanzug.

»Und wenn ihr Rademacher und Spiel auch verprügelt?«

Matti blickte sie erstaunt an. »Das hilft nicht.« Er überlegte. »Es ist gefährlich genug, dass wir an der Sache dranbleiben. Die haben uns verprügeln lassen, damit wir nicht aufdecken, wie korrupt sie sind.«

»Schlimm genug.«

»Aber deswegen haben die Typen nicht unbedingt was zu tun mit dem Mord.«

Sie stand auf und rannte zum Wasser. Er fand sie umwerfend schön. Sie würden die Nacht miteinander verbringen, das war sonnenklar. Er spürte Wärme und Zärtlichkeit in sich. Es spritzte, als sie mit einem Freudeschrei ins Wasser platschte. Sie tauchte unter und auf, immer wieder. Matti saß da und genoss das Bild. Er nahm seine sonstige Umgebung nicht wahr, nicht die arabische Familie neben sich, die aß und trank. Nicht das verliebte Paar auf der anderen Seite, wo er ihr nicht nur den Rücken einrieb, was sie prusten ließ. Er sah nicht den Heißluftballon der *Welt*, den Twiggy am liebsten vom Himmel geholt hätte, wenn er ihn entdeckte. Und auch nicht die drei muskulösen Männer, die zum Wasser stolzierten, als wären sie auf dem Laufsteg für hirnlose Fleischmassen.

Lara kam aus dem Wasser gerannt, schnitt den Muskeldeppen den Weg ab, was einer von denen mit einem anerkennenden Pfeifen quittierte, stellte sich vor Matti mit ihrem vor Nässe durchsichtigen Slip und sagte: »Du bist ein fauler Sack. Hast du wenigstens eine Decke?«

»Im Auto«, fiel ihm ein. Er sprang auf, um seine Sportlichkeit zu beweisen, den Schlüssel in der Hand.

»Bleib sitzen, alter Mann, deine Kraft brauche ich nachher noch.« Sie lachte laut auf und schnappte sich den Schlüssel. Sie zog ihr T-Shirt über, das gleich halb durchnässt war, und rannte los. Matti blickte ihr nach, bewunderte ihren Po und ihre flinken Beine. Dann überfiel ihn die Angst, sie könnte wegfahren, irgendwohin. Er starrte aufs Wasser, erblickte aber nur Lara.

Matti sah erst den Blitz, dann hörte er den Knall. Er rannte los. Eine schwarze Qualmwolke weitete sich über dem Parkplatz. Sie stieg dort auf, wo er den Daimler geparkt hatte.

7: For The Dead

Matti wusste nicht, wie lange er da gestanden hatte. Er sah, wie Feuerwehr und Krankenwagen mit Alarmsirenen und Blaulicht heranrasten, sah die Polizei, sah den Beamten, der ihn ansprach, aber er begriff nichts. Das war ein böser Traum, eine andere Welt, und wenn er erwachte, würde alles sein, wie es gewesen war. Der Polizist nahm Matti am Arm, aber Matti schüttelte ihn ab. Er starrte immer noch auf den Qualm. Er sah den verrußten Daimler, dessen Fahrertür an einem Scharnier auf den Boden herabhing. Der Kofferraum war geöffnet, und dann drückte eine Brise die Qualmwolke nach oben, und er erblickte einen schwarzen Köper, über dem weiß gekleidete Menschen knieten. Matti schüttelte den Kopf, erst leicht, dann immer heftiger. Er hörte sich »Nein!« schreien, begriff aber nicht, dass er es war, der schrie. Matti wollte zu dem Körper laufen, kam aber nicht von der Stelle. Der Polizist packte kräftiger zu, dann erschien ein Arzt und nahm ihn an der anderen Seite. Sie führten ihn zu einem Krankenwagen und legten ihn auf die Trage, die vor der Heckklappe stand. Der Arzt gab ihm eine Spritze, aber das nahm Matti kaum wahr. Plötzlich setzte das Hirn wieder ein, und er sah den Trubel und hörte die Schreie und Kommandos. Feuerwehrmänner löschten das Taxi mit einem Schaum.

»Ist das Ihr Taxi?«, fragte der Polizist.

Matti nickte.

»Kennen Sie die Frau?«

»Lara«, sagte er.

»Haben Sie den Nachnamen, Adresse, Papiere?«

»Nichts … Oppelner Straße, neben der *Kuchenkiste*.«

»Da wohnt sie?«

»Ja«, sagte Matti.

»Wie lange kennen Sie Lara?«

»Seit vorhin.«

Der Polizist guckte ihn zweifelnd an.

»Sie war ein Fahrgast.«

»Aha«, sagte der Polizist. Er überlegte. »Ich vermute, Ihnen hat jemand eine Bombe ins Taxi gebaut. Wer könnte so etwas tun?«

Matti guckte zum Auto, dann zum Polizisten und staunte über die Leere in seinem Kopf. Er dachte an Lara, wie sie zum Parkplatz gelaufen war, um für ihn zu sterben. »Ich weiß es nicht«, sagte Matti endlich. Gedankenfetzen: Kolding, die Prügelbande, *Tanzmarie*, Rosi ... »Den Mörder von Rosi haben Sie wirklich?«

Der Polizist hob die Brauen. »Rosi?«

Matti antwortete nicht. Er blickte zum schwarzen Körper. Lara. Lara. Lara. Er hatte sie verloren. In diesem Augenblick wusste er es. Sie war für ihn bestimmt gewesen. Wenn eine, dann sie.

Der Polizist winkte einen Zivilisten heran. »Das ist Hauptkommissar Ahrens«, sagte er noch. Er flüsterte Ahrens etwas ins Ohr und verschwand.

Der Qualm hatte sich verzogen bis auf einen Rußfetzen, der auf Kopfhöhe über dem Taxi hing. Leute hatten sich zum Taxi gestellt. Auf dem Rücken ihrer weißen Ganzkörperanzüge stand *Kriminalpolizei*.

Ahrens hatte weiße Stoppelhaare.

»Ihnen gehört also das Taxi?«

Matti nickte und blickte in graue Augen, die ihn unter buschigen schwarzen Brauen durch ein eckiges Stahlgestell musterten. Pickel auf der Nase, Rot auf Weiß.

»Ich weiß noch nicht, was die Kriminaltechnik herausfindet. Aber ich fürchte, da hat Ihnen jemand eine Bombe ins Auto gelegt.«

»Das hat Ihr Kollege schon gesagt«, murmelte Matti. Lara. Lara. Lara.

»Sie kannten das Opfer?«

Matti nickte. Es war nicht auszuhalten. Lara.

»Wie heißt sie?«

»Lara.« Lara. Lara. Lara.

»Und weiter.«

»Das ist egal.« Er richtete sich auf. Ein Weißkittel stürzte dazu und hob die Rückenlehne der Trage an. »Bleiben Sie liegen.«

Matti rutschte von der Liege und fiel hin.

Ein zweiter Weißkittel half dem ersten, Matti zurück auf die Trage zu heben.

Der Bulle sah ungerührt zu.

»Und die Adresse?«

»Oppelner … neben der *Kuchenkiste.*«

»*Kuchenkiste?*«

»Konditorei«, flüsterte Matti.

Ein Hubschrauber landete auf der Zufahrtstraße. Zwei Männer stiegen aus und rannten geduckt zum Tatort. Der eine blieb stehen, glotzte, sah den Bullen neben Matti und eilte auf ihn zu.

»Bundeskriminalamt, Weber.« Ausweis kurz unter die Nase gehalten. »Wir übernehmen.«

Ahrens zuckte mit den Achseln und ging. Der BKA-Bulle packte ihn kurz an der Schulter. »Ganz kurz, wer ist er?« Seine Augen zeigten auf Matti. Ahrens flüsterte etwas.

»Berichten Sie meinem Kollegen, was Sie herausgefunden haben«, befahl der BKA-Bulle Ahrens' Rücken.

Er wandte sich an Matti. »Sind Sie verletzt?«

Matti sah die schmalen Lippen, Zähne wie aus der Werbung und ein schwarzes Kinnbärtchen. »Sind Sie irre?«, fragte er.

Der BKA-Bulle runzelte die sonnenstudiogebräunte Stirn. »Ich stelle hier die Fragen.« Befehlston.

»Wie im Film«, murmelte Matti. Lara. Lara. Lara.

»Wie bitte?«

Matti blickte an dem Mann vorbei und zog sein Handy aus der Tasche. Er drückte auf eine Taste und sagte nur: »Komm, schnell, Wannseebad, bring Dornröschen mit.« Er trennte das Gespräch und steckte das Telefon in die Tasche.

Der BKA-Bulle beobachtete es, und das Braun mischte sich mit Rot.

»Das Taxi gehört Ihnen?«

»Nein.« Lara. Lara. Lara.

»Sie sind der Fahrer?«

»Ja.«

»Haben Sie einen Verdacht, wer Ihnen die Bombe eingebaut haben könnte?«

»Die Polizei, der VS, das BKA, der Senat, Zuhälter, Kolding-Leute, eine Türkengang. Suchen Sie sich was aus.«

Der Bulle glotzte.

»Sehen Sie nicht, dass der Mann unter Schock steht?«, schnauzte ein Weißkittel, der plötzlich neben Matti stand.

Der Bulle fixierte ihn und schnauzte zurück: »Das ist unser wichtigster Zeuge, wenn ich den nicht jetzt vernehme, ist der Täter über alle Berge.« Er blickte Matti an. »Sie verstehen meine Fragen?«

Matti nickte. Ja, die sollen die Schweine fangen. »Ich dachte, der Mord wäre aufgeklärt.«

»Welcher Mord?« Der Bulle glotzte verwirrt.

Er glotzt und glotzt. Matti drängte es, den Kerl stehen zu lassen. »Der Mord an Rosi. Admiralbrücke.«

»Was hat das damit zu tun?« Er zeigte auf das Taxi.

»Das müssen Sie klären.«

Sein Blick traf Laras Körper, der in einen Sarg gelegt wurde. Matti begriff es nicht. Er sah wieder, wie sie ins Wasser sprang. Lara war unbeschwert und schön gewesen.

»Sie haben was mit dem Mordfall auf der Admiralbrücke zu tun?«

»Das Opfer war eine Freundin. Wir haben ein bisschen herumgefragt.«

Der Bulle schüttelte den Kopf. »Damit ich das verstehe, jemand hat Ihnen eine Bombe ins Auto gebaut, weil Sie in dem Mordfall herumgefragt haben?«

»Was denn sonst?« Aber natürlich, es konnte doch sein, dass Spiel und Rademacher ihn umbringen wollten. Oder Runde? Warum haben wir den vergessen? Der hält uns für die Schuldigen, dass er rausgeflogen ist. Oder einer aus der Graefekiez-Ini? Aber das würde der Bulle sowieso nicht kapieren. Matti lehnte sich zurück und sah den Himmel. Kondensstreifen im Blau. Lara war tot. Matti spürte die Tränen, aber er weinte nicht. Lara war tot. Wer wollte ihn umbringen? Warum? Er war doch verprügelt worden, und sie hatten gegen Rademacher und Spiel nichts mehr unternommen. Sie mussten jemandem auf die Füße getreten sein, ohne es zu wissen. Im Nebel stochern war einfacher. Lara war tot. Eine Stimme wiederholte es. Wo konnte er sie abstellen? Lara war tot. Er hätte sterben sollen, das wäre besser gewesen. Sein Leben war ohnehin verpfuscht, aber Lara hatte alles noch vor sich. Und er hätte ihr geholfen, damit sie ihr Leben nicht auch vergeudete.

Wann kommen Twiggy und Dornröschen? Er griff zum Handy, ließ es aber in der Tasche. Sie würden sich beeilen, das war doch klar. Es war weit von Neukölln zum Wannsee. Wer wollte ihn umbringen? Das war keine Warnung, das war Mord. Dann war der Rosi-Fall doch nicht aufgeklärt? Oder die Sache lag ganz anders. »Wer hat Rosi umgebracht?«

»Sie meinen diese Frau Weinert?«

»Ich meine nicht diese Frau Weinert, sondern Rosi, mit Nachnamen Weinert«, fuhr er den Bullen an.

»Das ist ein anderes Thema«, sagte der Bulle genervt.

»Bevor Sie mir nichts sagen, rede ich kein Wort mehr.«

»So ein Mafiatyp, war auf Drogen. Wahrscheinlich ging es um Sex. Sie wollte nicht, und er hat zugeschlagen.«

»Und ihr habt ihn erschossen, ihr Versager.«

Der Bulle wurde richtig sauer. »Er hat auf uns geschossen, wir haben uns gewehrt.«

»Ach, Sie waren dabei. Sie sind doch vom BKA.«

»Der Mörder gehörte zu einer Bande, Rauschgift, Menschenhandel. Wir waren an ihm dran.«

»Sie waren an dem dran, haben aber Rosi nicht geschützt?«

»Wir konnten es nicht. Wir haben den nicht beschattet. Nur Telefon, E-Mail …« Er schwieg.

»Aber Sie sind sicher, dass er Rosi umgebracht hat.«

»Die Ermittlungen laufen noch.«

»Das genügt nicht.«

»Das bleibt unter uns: Wir haben Blutspuren an seiner Kleidung gefunden. Das Blut stammt von Ihrer Freundin.«

Matti überlegte. Ja, dann hatten sie den Mörder. Alles andere war Hokuspokus. Damit war der Fall aber nicht erledigt. »Und das Motiv?«

»Sag ich doch, Sex. Wahrscheinlich.«

»Kolding«, erwiderte Matti gereizt. »Die hat was über Kolding herausgefunden, und Kolding hat ihr einen Killer auf den Hals gehetzt.« Er dachte an den Chef, an die Quasten. »Der Runde könnte es gewesen sein. Der Typ ist korrupt, und Rosi war gefährlich für ihn.« Warum erzählte er das? Lara war tot. Und er spekulierte über den Mord an Rosi.

»Was ist genau vorgefallen, als Sie heute Morgen losgefahren sind? Haben Sie den Kofferraum geöffnet?«

»Ich habe den Kofferraum geöffnet heute früh.«

»Warum?«

Matti schüttelte den Kopf, blöde Frage. »Ich hatte gedacht, ich hätte eine Jacke darin. Aber ich hab mich geirrt.«

»Dann muss die Bombe später eingebaut worden sein. Haben Sie danach noch einmal gehalten, bevor Sie den Wagen hier abstellten?«

»Nein, ich habe Lara … gefunden, und wir sind hierher gefahren.« Er überlegte. »Doch, in der Oppelner Straße.« Wie konnte ich das vergessen? Lara war tot. Die Träger schoben den Sarg in den Laderaum eines Leichenwagens. Ich werde Lara nie wiedersehen. Wer hat die Bombe gelegt? Ich bring den um. Wo sind Dornröschen und Twiggy, verdammt?

»Ist Ihnen was aufgefallen in der Oppelner Straße?«

»Nein, ich habe den Wagen geparkt. Wir sind in die *Kuchenkiste*, haben was gegessen.«

»Konnten Sie den Wagen von der *Kuchenkiste* aus sehen?«

»Wenn ich hingeguckt hätte, den Kühler. Aber ich habe nicht darauf geachtet.« Lara war tot. Sie hatte im Auto gesessen und in der *Kuchenkiste*, und jetzt gab es sie nicht mehr.

»Haben Sie den Kofferraum in der Oppelner Straße geöffnet?«

»Nein«, sagte Matti.

Es klingelte. *Pour Elise*, elektronisch zersägt. Der Bulle hielt sich ein Smartphone ans Ohr, meldete sich, hörte zu und fragte: »Sie sind sicher?« Er beendete das Gespräch und glotzte Matti an. »Es gibt in der Oppelner Straße keine Lara.«

Matti schüttelte den Kopf. Der Kerl nimmt mich auf den Arm. »Sie müssen den Nachnamen suchen. Vielleicht ist Lara eine Art Spitzname.«

»Wir haben links und rechts von dieser *Kuchenkiste* die Häuser abgeklappert und fast jeden Bewohner erreicht, entweder zu Hause oder in der Arbeit. Es gibt zwei Ausnahmen, das sind beides Männer.«

»Und wenn sie bei einem gewohnt hat?«

»Kann sein.«

»Die Kuchenkistenfrau kannte sie«, fiel Matti ein. Die hatte Lara doch angegrinst, und Matti war eifersüchtig geworden, weil er fürchtete, Lara sei regelmäßig mit einem Typen im Café aufgetaucht, um ihn dann in ihre Wohnung einzuladen. Mit ihm hatte sie es nicht getan, warum sollte sie es mit anderen getan haben?

Warum nicht?

»Ich würde Sie gern mitnehmen in die Oppelner Straße.«

Matti überlegte. Er hasste es, Bullen zu helfen. Aber Laras Mörder musste gefunden werden. Der hatte es nicht auf Lara abgesehen, sondern auf ihn. Der Magen verkrampfte sich. Er setzte sich auf und rutschte von der Trage. Der Arzt rief: »Halt! Halt!«, doch Matti ging zur Straße. Beim Gehen rief er Twiggy und Dornröschen an, aber die gingen nicht ans Telefon, also sprach er auf Dornröschens Mailbox.

Sie fuhren in einem Bullenauto, mit Blaulicht. Der Uniformierte hinterm Steuer raste wie ein Besengter. Der BKA-Bulle klammerte sich mit der Hand am Griff über der Tür fest, Matti lehnte sich an die Tür und stützte sich mit den Füßen ab. Er saß gar nicht in dem Auto, er war am Badesee und schaute Lara nach, wie sie ins Wasser rannte, und schaute ihr zu, wie sie herauskam, schlank, schön, fröhlich, mit tropfenden Haaren und Sommersprossen. Ihre Augen glänzten. Der Fahrer fluchte, aber das hörte Matti in einer anderen Welt. Der Typ raste über die Skalitzer Straße, bog in die Wrangelstraße ein, endlich in die Oppelner und blieb vor der *Kuchenkiste* stehen. Der BKA-Bulle sprang aus dem Auto, Matti öffnete die Tür und wankte zum Eingang. Fast wäre er übers Feuerwehrauto gestolpert. Die Frau von der *Kuchenkiste* starrte ihn an, dann den Bullen. Der blickte zu Matti, und als er nickte, sagte er streng: »Sie haben diesen Herrn« – er deutete auf Matti – »zusammen mit einer Frau gesehen. Heute, am frühen Nachmittag.«

Die Kuchenkistenfrau nickte neugierig.

»Kennen Sie seine Begleiterin?«

Die Kuchenkistenfrau nickte.

»Und wie heißt sie? Wo wohnt sie?«

»Woher soll ich das wissen?«

»Aber Sie sagen doch …«

»Lara kam manchmal vorbei, und wir haben ein bisschen gequatscht. Das ist alles. Sie wohnt irgendwo in Einundsechzig, aber wo« – sie biss sich in die Unterlippe – »nee, keine Ahnung.«

»Kam sie allein?«, fragte Matti.

Die Kuchenkistenfrau grinste. »Ja, immer.«

»Hat sie hier jemanden getroffen?«, fragte der BKA-Bulle.

»Nein, ich habe niemanden gesehen.«

»Sie kam allein, traf niemanden und quatschte mit Ihnen. Richtig?«

Die Kuchenkistenfrau nickte.

»Und was hat sie sonst gemacht?«

»Himbeerschokotorte gegessen«, sagte die Kuchenkistenfrau, »und Milchkaffee getrunken.«

»Haben Sie diesen Herrn und diese Lara vorher schon einmal zusammen gesehen?«

Die Kuchenkistenfrau guckte Matti an und schüttelte den Kopf. »Noch nie.«

»Und können Sie sich erklären, warum Lara diesem Herrn eine falsche Anschrift genannt hat?«

»Ist das der Grund deiner Fragen?«

»Beantworten Sie meine Frage.«

»Warum?«, fragte die Kuchenkistenfrau.

»Weil ich die Polizei bin.« Er hielt ihr seinen Dienstausweis vor die Nase.

Die Kuchenkistenfrau schüttelte eher belustigt ihre halb langen schwarzen Haare. »Du siehst gar nicht aus wie ein Bulle. Eher wie ein« – sie legte ihr hübsches Gesicht in Falten – »na, so eine Art Italolover, wie man sie früher an Rivierastränden gesehen hat. Arme Kerle, vom Testosteron in die lächerlichsten Verrenkungen getrieben ...«

»Es geht um Mord!«, schnauzte der BKA-Bulle.

Die Kuchenkistenfrau guckte Matti an. »Wieso, der lebt doch.« Dann verlor sich ihr Grinsen, und sie wurde bleich. »Lara?«

»Sie ist ermordet worden«, sagte Matti. »Aber ich war gemeint.«

»Woher wissen Sie das?«, keifte der BKA-Bulle.

Matti hatte sich wieder im Griff. »Schnauzen Sie hier nicht rum!«, sagte er. Die Kuchenkistenfrau nickte ihm aufmunternd zu.

Der BKA-Bulle stutzte, dann sagte er scheißfreundlich: »Wir wollen doch alle, dass der Mörder bald gefasst ist.«

»Das hindert uns aber nicht daran, den Regeln eines offenen Diskurses zu folgen«, sagte die Kuchenkistenfrau trocken.

Der BKA-Bulle starrte sie an, schüttelte sich innerlich und fragte leise: »Wir müssen herausfinden, wo diese Lara gewohnt hat. Das ist von entscheidender Bedeutung, weil wir dort Spuren finden könnten, die zum Täter führen. Leuchtet Ihnen das ein?«

»Na also, geht doch«, sagte die Kuchenkistenfrau. »Ich glaube, sie wohnte in der Obentrautstraße.«

Matti erinnerte sich, wie Lara sagte, sie habe jemanden in der Obentrautstraße besucht. Da hatte sie ihn also beschwindelt. »Sie werden dort keine Spuren finden, weil ich gemeint war«, sagte Matti.

»Wir müssen allen Spuren folgen. Könnte doch sein, dass ein

eifersüchtiger Typ ihr gefolgt ist und das Auto in die Luft gesprengt hat.«

»Es könnten auch die Marsmännchen gewesen sein«, sagte Matti. »Sie verschwenden Ihre und vor allem meine Zeit. Wenn Sie sich nicht für meine Meinung interessieren, kann ich auch gehen.«

»Sie bleiben«, sagte der BKA-Bulle. »Bitte!«, fügte er gequält hinzu.

»Warum hat sie ihre Adresse verschleiert?«, fragte Matti.

Die Kuchenkistenfrau lächelte: »Frauen tun das manchmal, um sich zu schützen. Es gibt die Typen, die stehen vor der Tür, wenn man glaubt, sie losgeworden zu sein.« Sie zuckte mit den Schultern, wie um sich zu entschuldigen.

Matti spürte, wie die Kränkung sich anschlich.

»Ich habe sie nie mit einem anderen gesehen«, sagte die Kuchenkistenfrau tröstend. Es klang wie: Sie hätte dich schon mitgenommen in ihre Wohnung.

Der BKA-Bulle glotzte, zog ein Handy aus der Tasche und befahl: »Obentrautstraße absuchen nach dieser Lara. Nein, wir haben kein Bild. Nun beeilen Sie sich, das ist ein Mord und kein Taschendiebstahl.«

Endlich waren sie da. Dornröschen nahm Matti in den Arm, und er flüsterte ihr in Kurzfassung ins Ohr, was geschehen war. Twiggy stellte sich vor den BKA-Bullen, musterte ihn streng und inspizierte die Kuchenauslage. »Himbeerschoko hätte ich gern, zwei Stücke.«

»Die wollten Matti umbringen«, sagte Dornröschen zu Twiggy.

»Die Koldings?«

»Vermutlich.«

Der BKA-Bulle glotzte von einem zum anderen.

»Sie haben Lara ermordet«, sagte Matti und blickte Twiggy traurig an.

»Die Schweine, wir klären das, darauf kannst du dich verlassen«, sagte Dornröschen.

Matti war ihr dankbar, dass sie nicht nach Lara fragte. Sie

wusste genug, um Mattis Zustand zu begreifen. Matti hatte eine Frau kennengelernt, und die Frau war umgebracht worden.

»Die meinten mich«, sagte Matti. »Bombe im Taxi.«

Dornröschen nickte.

»Drecksäue«, sagte Twiggy. »Die machen wir kalt.«

Der Bulle stand am Eingang und telefonierte. Die Kuchenkistenfrau brachte die Torte. Es waren zwei Riesenstücke.

»Angeblich haben die den Mörder von Rosi erwischt, aber sie haben ihn abgeknallt.«

»Wie praktisch«, schmatzte Twiggy. »Dann kann der ja nichts mehr verraten.«

»Einzeltäter, was?« Dornröschen schüttelte den Kopf. »Es ist immer der gleiche Quark.«

»Der Täter wollte Sex, hat ihn nicht bekommen. Er war zugedröhnt«, sagte der BKA-Bulle.

»Aber die Bullen haben ihn überwacht«, sagte Matti. »Weil er in einer Bande war. Von wegen Einzeltäter.«

»Was glauben Sie denn?«, maulte der BKA-Bulle. »Wenn einer in einer Bande war, muss er doch nicht alles auf Weisung machen.«

»Sie haben doch keine Ahnung«, sagte Twiggy und widmete sich dem zweiten Tortenstück.

Das Bullenhandy fiepte. »Ja?« Er hörte zu, dann: »Obentrautstraße 33a, okay. Ich komme.«

»Wir fahren mit«, sagte Matti.

»Nichts tun Sie. Bleiben Sie hier, und essen Sie Torte.« Er verließ den Laden und eilte zum Bullenauto.

Matti und Dornröschen setzten sich zu Twiggy, der den Rest vertilgte. Er war bleich geworden.

»Ich begreif es nicht«, sagte Dornröschen. »Wenn der Typ, den die Bullen erschossen haben, Rosis Mörder war, wer hat dir dann die Bombe ins Taxi gebaut?«

»Kolding«, sagte Twiggy. Er kratzte mit der Gabel über den Teller und leckte sie ab.

»Wir kriegen die Kerle«, sagte Dornröschen.

»Runde vielleicht?«, fragte Matti.

»Der Chef?«, fragte Twiggy.

»Aus der Ini war es keiner. Ich glaube nicht, dass einer von denen Bombenexperte ist«, sagte Matti.

»Wer weiß.« Twiggy blickte zum Tresen.

»Aber wir müssen die unwahrscheinlichen Möglichkeiten erst mal ausschließen.«

Die Kuchenkistenfrau stand neben dem Tisch und hörte mit.

Twiggy wurde immer blasser.

»Was ist?«, fragte Dornröschen.

»Die hätten ihn fast umgebracht, und ich fress Torte«, stammelte er.

»Das ist in Ordnung«, sagte Matti. »Ist so was wie eine Übersprungshandlung.«

»Genau«, sagte die Kuchenkistenfrau, »Kompensation, hab ich mal gelesen.«

»Amateurpsychologie«, schimpfte Dornröschen. Sie winkte ab. »Was jetzt?«

»Das besprechen wir unterwegs«, sagte Matti. Er fühlte sich wirr. Rache, Trauer, Verzweiflung, Wut und Regungen, die er nicht bestimmen konnte.

Sie gingen los, über die Schlesische Straße in Richtung Treptow. Rechts tauchte der riesige Komplex auf, in dem der Verfassungsschutz und das BKA saßen. Rot geklinkerte Bauten, Kameras, Stacheldraht, Menschenleere. In den Fenstern Topfpflanzen, der Spitzel als Spießer. Gleich danach die Vattenfallzentrale. »Passt perfekt«, sagte Twiggy. »Schnüffler und Raffzähne auf einem Haufen.«

Sie gingen durch den S-Bahnhof und erreichten den Treptower Park. Dornröschen marschierte vorneweg, bis sie das Spreeufer erreichten, wo Rundfahrtschiffe und Hausboote lagen. Imbissstände, Tische, Stühle, einige waren besetzt. Im Wasser spiegelte sich die Sonne. Draußen fuhr ein Motorboot in Richtung Oberbaumbrücke. In seinen Fenstern spiegelte sich das Ufer.

»Wir nehmen die Knarren und schnappen uns als Ersten den Runde«, sagte Dornröschen.

»Lass uns von vorn anfangen«, erwiderte Matti. Sogar Dornröschen verlor die Richtung, dachte er. »Erstens: Haben die Bullen tatsächlich Rosis Mörder umgenietet?«, fragte Matti. »Ich glaube ja, sonst kämen die Blutspuren nicht an seine Kleidung.«

»Quatsch«, sagte Twiggy. Eine Frau mit Zwillingskinderwagen kam ihnen entgegen. Als sie vorbei war, putzte sich Twiggy die Nase. »Das Blut kann er abgekriegt haben, als er die Leiche fand und sie zum Beispiel berührte, um nachzuschauen, ob sie noch lebte.«

»Das unterstellt, dass ein Gangster Mitgefühl hat, sich um das Leben anderer sorgt«, sagte Dornröschen. »Das mag sein, aber ich glaube es nicht.«

»Glauben, glauben«, stöhnte Twiggy.

»Wir wissen nichts, also müssen wir nach Wahrscheinlichkeit gehen«, sagte Matti.

Dornröschens Handy dudelte *My Generation.* Sie blickte auf die Anzeige und drückte das Gespräch weg. »Du hast recht«, sagte sie.

Matti spürte seine Knie nicht mehr, dann waren sie wie Gummi. Schwindel packte ihn. Er wankte und fiel hin. Gleich war Twiggy da, dann auch Dornröschen, die der Schreck ein paar Augenblicke hatte erstarren lassen. Twiggy zog Matti hoch und stützte ihn, er blickte sich um und steuerte eine Bank an, auf der ein türkisches Pärchen saß, sie trug Kopftuch.

Er guckte erst pikiert, dann begriff er und flüsterte der Frau etwas ins Ohr. Die beiden standen auf, betrachteten Matti neugierig und wandten sich ab. Sie gingen in Richtung S-Bahn.

Matti sah nur Nebel vor den Augen. Dann rannen die Tränen. Dornröschen legte den Arm um ihn. »Wir kriegen die Schweine«, flüsterte sie.

Sie saßen lange da und starrten vor sich hin. Als sich der Nebel langsam lichtete und die Tränen nachließen, sagte Matti: »Vielleicht haben die noch nicht mitgekriegt, dass die Bullen Rosis Mörder erwischt haben. Sonst hätten die mich nicht umbringen wollen. Es kam erst kurz vor dem Anschlag im Radio.«

»Aber Rosis Mörder war tot und konnte dir keine Bombe ins Auto legen. Also war es jemand anders. Nur warum?«, sinnierte Twiggy.

»Um uns einzuschüchtern?«, fragte Dornröschen. »Weil wir auf der richtigen Spur sind? Weil jemand glaubt, wir seien auf der richtigen Spur? Aus Rache? Spiel und Rademacher? Runde? Der Chef? Die Quasten? Göktan? Wer von denen legt Bomben?«

»Der BKA-Bulle sagte, Rosis Mörder habe zu einer Bande gehört. Aus Osteuropa«, sagte Matti.

»Das heißt nichts. Ein Bandenmitglied kann auch morden, ohne dass es einen Auftrag erhält.«

»Gut, was sind die möglichen Motive für den Mord an Rosi? Erstens: Rosis Enthüllungen. Zweitens: Sex. Drittens: Verwechslung mit der Quasten. Viertens: ein blöder Zufall, ein Gewaltausbruch. Am wahrscheinlichsten sind die Enthüllungen, am unwahrscheinlichsten der Gewaltausbruch«, sagte Matti.

Twiggy schniefte. »Was sind die Motive, dir eine Bombe ins Taxi zu legen? Erstens: unsere Versuche, Rosis Mörder zu finden, zweitens: eine Verwechslung mit einem anderen Taxifahrer, drittens: ein eifersüchtiger Lover von Lara, viertens: einer, der Lara aus anderen Gründen umbringen wollte. Vielleicht wusste auch sie etwas, das sie nicht wissen durfte. Am wahrscheinlichsten sind unsere Versuche, Rosis Mörder zu finden.«

Dornröschen nickte. »In beiden Fällen geht es mit größter Wahrscheinlichkeit um den Mord an Rosi. Also kümmern wir uns zuerst darum.«

»Und was ist mit der Verwechslungstheorie? Ich finde die ziemlich gut. Göktan und sein Sohn. Ich finde, der hat merkwürdig reagiert.«

»Matti hat recht«, sagte Twiggy.

»Aber warum sollten die dir eine Bombe ins Taxi legen?«, fragte Dornröschen.

»Weil sie fürchten, dass wir ihnen auf die Schliche kommen.«

Dornröschen gähnte und überlegte. »Und Runde?«

Eine Frau schob einen Rollator vorbei. Auf der Spree paddelten zwei Frauen, ihr Gelächter war noch in Zehlendorf zu hören.

Twiggy schaute der Rollatorfrau nach. »Wir fangen mit Runde

an. Erstens hat der Dreck am Stecken, zweitens kennt er sich bei Kolding aus, drittens hat er das älteste Motiv der Welt: Rache.«

»Und er ist sauer auf den Chef. Das kann uns nutzen«, sagte Dornröschen.

»So machen wir es.« Matti spürte, wie die Kraft zurückkehrte und so etwas, das vielleicht ein Anflug von Zuversicht war. Aber seine Wut hatte sich nicht gelegt, und er würde Laras Mörder bestrafen. Das schwor er sich. Egal, was die anderen davon hielten.

»Hier das Finanzamt Friedrichshain-Kreuzberg. Ein Herr Runde war bis vor Kurzem bei Ihnen beschäftigt. Leider sind Unterlagen bei uns … verschwunden. Das ist uns sehr unangenehm. Können Sie mir vielleicht schnell die Daten nennen, dann kann ich ihn anrufen und die Dinge mit ihm klären. Ja, vielen Dank.« Dornröschen hörte zu, schrieb etwas auf. »Stefan Runde, Stallschreiberstraße 8«, sagte sie.

»Das ist an der Oranienstraße«, nörgelte Matti.

Es war gegen 21 Uhr, als Twiggy den Bulli parkte. Die Straße von Bäumen gesäumt, vier Stockwerke, innen liegende Balkone, vor dem Haus ein schweres Motorrad, links die Einfahrt zum Parkuntergeschoss. Die Makarov drückte im Rücken. Matti klingelte, die beiden anderen beobachteten die Fenster.

»Ja?«, erklang es aus dem Lautsprecher.

»Herr Runde, wir möchten gern mit Ihnen über Kolding sprechen. Wir glauben, der Chef hat Ihnen unrecht getan«, sagte Matti.

»Wer sind Sie?«

»Wir kennen uns aus dem Fitnessstudio.«

»Ach, du lieber Himmel.« Aber dann ertönte der Summer.

Er wohnte im zweiten Stock in einer Zweizimmerwohnung. Der Läufer im kurzen Flur hatte schon Adenauer erlebt, und die Sessel im Wohnzimmer sahen nach Vorkriegszeit aus. Runde hatte sie erst angestarrt und sie dann hineingewunken. »Ich hab gerade nichts Besseres vor«, sagte er bitter und schaltete den Röhrenfernseher aus. »Bitte.«

Sie setzten sich auf die drei Sessel.

Runde holte sich einen Stuhl aus der Küche, deren Tür offenstand und den Blick auf einen Gasherd mit abgeplatzter Emaille erlaubte. »Und?«

»Wir glauben, dass Kolding was mit dem Mord zu tun hat, obwohl uns der Chef sehr überzeugend das Gegenteil erzählt hat«, sagte Matti.

»Ja, einseifen, das kann er.« Runde lachte böse. »Er seift alle ein, dabei ist er der brutalste Hund überhaupt.«

»Und die *Tanzmarie*-Geschichte hat er sich ausgedacht?«, fragte Dornröschen mit sanfter Stimme.

Rundes Gesäß polierte den Stuhl.

Ein Typ wie ein Schrank, aber Schiss ohne Ende, dachte Matti.

»Nein, davon weiß er nichts. Er weiß nie etwas, aber er setzt darauf, dass jemand die Schmutzarbeit macht, damit er sich die Hände in Unschuld waschen kann.«

»Sie haben keinen Auftrag bekommen, Rademacher und Spiel zu schmieren?«, fragte Twiggy.

Runde lachte wie einer, der am Unverstand der anderen verzweifelte. »Sehen Sie, wenn Ihr Chef Ihnen von morgens bis abends was vorjammert, dass diese beiden Herren der Expansion dieser großartigen Immobilienfirma im Weg stünden und nur ein paar Kleinigkeiten störten. Vorschriften ein bisschen ändern, Ausnahmegenehmigung hier, Ausnahmegenehmigung dort, hier ein Auge zukneifen, dort ein Auge zukneifen … Sie verstehen?«

»Sie haben in dem Puff mit der Firmenkreditkarte bezahlt«, sagte Matti.

Das Telefon klingelte. Runde nahm den Hörer ab. »Geht jetzt nicht, ich ruf zurück.« Er legte auf.

»Klar. War ein Geschäftsessen.« Runde lachte bitter.

»Die Position Vögeln stand aber nicht auf der Rechnung«, sagte Dornröschen.

»Natürlich nicht. Ich glaube, da stand so was wie *Raummiete und Service*.«

Dornröschen kicherte lautlos. »Waren Sie zum ersten Mal in diesem Bordell?«

Runde schüttelte den Kopf.

»Und die anderen Besuche haben Sie auch mit der Firmenkarte bezahlt.«

Runde nickte.

»Und niemand hat Sie bei Kolding gefragt, warum Sie solche hohen Bewirtungsrechnungen einreichen?«, fragte Matti.

»Nein.«

»Es galt als normal?«

Runde nickte.

»Und Raummiete und Service waren auch normal.«

»Klar.«

»Aber jeder hat gewusst, was das heißt.«

Runde nickte.

»Woher wissen Sie das?«, fragte Dornröschen. »Haben Sie mit jemandem darüber gesprochen?«

Runde lächelte. »Sie hätten dieses … Grinsen sehen sollen.«

»Wer hat gegrinst?«, fragte Dornröschen.

»Die Sekretärin vom Chef. Und wenn ich in die Buchhaltung ging, da haben die mich auch so seltsam angeguckt. So was spricht sich rum.«

»Die Sekretärin vom Chef?«

»Ja, die hat die Dienstreiseanträge angenommen, und der gab ich auch die Bewirtungsbelege.«

»Haben das alle so gemacht?«, fragte Twiggy.

»Nein, aber ich war der Assi vom Chef …«

»Und hat der Chef diese Belege gesehen?«

»Keine Ahnung, glaube ich aber nicht.«

»Wer prüft solche Belege?«

»Ein Controller aus Rotterdam, von der Zentrale.«

»Und der hat auch keine Rückfragen gestellt?«

»Bei mir nicht.«

»Sie gehen davon aus, dass der Chef und Leute in der Zentrale wissen, welchem Zweck diese Belege dienen?«, fragte Dornröschen.

»Man muss schon saublöd sein, um das nicht zu sehen. Oder man muss es nicht sehen wollen.«

»Gut, kommen wir zu Ihnen«, sagte Dornröschen. Rundes Auge zuckte.

»Sie wissen, wem Sie Ihre Entlassung verdanken?«

»Dem Chef.«

»Uns«, sagte sie.

»Sie haben mich nicht rausgeschmissen.«

»Aber Sie sind sauer auf uns.«

»Irgendwie schon.«

»Sind Sie so blöd, oder tun Sie nur so?«, schnauzte Matti.

Runde guckte verdattert.

»Lass«, sagte Dornröschen. »Wo waren Sie heute?«

»Na, hier.«

»Hat Sie jemand gesehen?«

Runde blickte ungläubig, dann begann er zu lachen. Erst leise, staunend, dann immer lauter.

Matti zog die Makarov aus dem Hosenbund am Rücken und legte sie auf den Tisch, Runde verschluckte sich fast. Er deutete auf die Pistole. »Sind Sie verrückt?« Er schaute sich hektisch um.

»Warum lachen Sie nicht mehr?«, fragte Matti.

Runde glotzte ihn an. Er wurde bleich und begann zu schwitzen.

»Und jetzt unterhalten wir uns richtig. Einverstanden?«

Runde starrte ihn an und nickte.

»Haben Sie mir eine Bombe ins Taxi gebaut?«

Ein wirrer Blick, heftiges Kopfschütteln.

Matti drückte ihm die Pistole gegen das Knie. »Überlegen Sie noch einmal.«

»Nein!«, rief er. »Ich habe Ihnen keine Bombe …« Er verkrampfte sein Gesicht in Erwartung des Schusses.

»Haben Sie noch einen Schlüssel von Kolding?«, fragte Dornröschen.

Runde schüttelte den Kopf. Er guckte auf den Lauf der Pistole an seinem Knie und rutschte mit dem Stuhl ein paar Millimeter zurück.

Matti legte die Makarov vor sich auf den Tisch. Runde sackte zusammen, straffte den Körper und hatte Flecken im Gesicht.

»Da gibt es keine Schlüssel, sondern einen Fingerabdruckscanner und einen Kode. Genauer gesagt, man muss eine Tür aufschließen, da braucht man natürlich einen Schlüssel, aber dann …«

»Ach, du Scheiße!«, stöhnte Twiggy. »Gibt's eine Alarmanlage?«

»Nein«, sagte Runde.

»Na, dann wollen wir mal«, sagte Matti, erhob sich, steckte die Pistole in den Gürtel, zog das T-Shirt darüber und tippte Runde auf die Schulter.

»Das meinen Sie jetzt nicht ernst.«

»Doch, doch«, sagte Matti. »Haben Sie kein Heimweh nach der tollen Firma?«

»Gibt es einen Sicherheitsdienst?«, fragte Twiggy.

Runde nickte und erhob sich zögernd. »Die Streife kommt jede Stunde.« Er stand und guckte Matti unsicher an. »Ich muss noch mal …« Er zeigte in den Flur.

Matti ging vorneweg und stellte sich vor die Wohnungstür.

Runde öffnete die Badezimmertür, ging hinein und schloss ab. Matti und Twiggy schauten sich an. Die Spülung ging, viel zu schnell. Ein Klappen. Twiggy trat die Tür ein, und Matti stürmte ins Bad. Runde saß auf der Fensterbank, die Beine baumelten draußen. Aber er sprang nicht. Matti zog die Pistole und zielte auf Runde. Twiggy schob den Arm mit der Makarov zur Seite und packte Runde am Kragen. Er zog den Mann vom Fenster und ließ ihn auf die Badematte plumpsen.

»Wir haben es aber eilig«, sagte Twiggy. »Los geht's!« Er packte ihn an der Schulter, Runde stöhnte und stand auf.

»Und jetzt den Schlüssel und die Kombination.« Matti drückte Runde den Zeigefinger an die Stirn. »Die hast du da drin, ja?« Er tippte ein paarmal.

Runde nickte und nahm einen Schlüsselbund von einem Haken neben der Tür.

Sie gingen mit Runde in der Mitte zum Bulli und setzten ihn zwischen sich auf die Rückbank. Matti drückte ihm die Makarov in die Rippen, und Runde jammerte leise. Dornröschen setzte sich ans Steuer, würgte den Motor ab, startete neu und fuhr mit stotternder Kupplung an. »Scheiße!«, sagte sie.

Dann gewöhnte sie sich an die Karre und steuerte sie souverän nach Dahlem, in die Iltisstraße. Sie hielten nicht in der Einbahnstraße vor dem roten Gebäude mit dem Dach, das aussah wie der Riesenspoiler eines Rennwagens oder die Ruine einer Halfpipe, sondern parkten um die Ecke.

»Wie heißt das Wachunternehmen?«, fragte Matti.

»Schmitt«, sagte Runde.

»Gut, ihr wartet.« Er reichte Twiggy seine Makarov und stieg aus.

Am Himmel glitzerten Sterne durch den Dunst der Stadt, die Straßenlaternen ließen die Bäume Schatten werfen. Ein Luxusschlitten brummte über das Kopfsteinpflaster vorbei, auf der Rückbank ein verschlungenes Paar. Ihm folgte in großem Abstand ein Uraltvolvo, aus dem offenen Seitenfenster dröhnte Jack Bruce' Bass und Stimme in *N. S. U.*

What's it all about, anyone in doubt,
I don't want to go until I've found it all out.

Passt, dachte Matti. Ein Fenster klapperte. Matti gab den Nachtspaziergänger. Er schlenderte umher, die Trauer, die Wut und die Rachsucht griffen nach ihm. Er hätte am liebsten um sich geschossen oder wenigstens Runde verprügelt. Irgendwie steckte der mit drin, war das Bauernopfer. Oder mehr. Korrupt war er allemal. Warum packte der Scheißkerl nicht aus, nachdem ihn der Chef rausgeschmissen hatte? Und wie der Chef ihn gefeuert hatte! Demütigender ging es nicht. Matti blieb stehen, horchte auf entfernten Verkehrslärm, aber es näherte sich niemand. Er lief in die Gegenrichtung der Einbahnstraße. Von dort musste der Wachdienst kommen. Was suchten sie überhaupt in den Kolding-Büros? Das Geständnis, den Mordplan? Lächerlich. Aber was sollten sie tun? Sie kannten so viele Dreckskerle, denen sie alles zutrauten, aber sie hatten nicht den geringsten Beweis. Warum die Bombe im Taxi? Die Bullen hatten den Mörder doch erwischt. Wem konnten sie noch gefährlich werden? War es der Mörder, deckten die Bullen den wahren Täter? Hatten sie einen erschossen, um einen Mörder vorzuzeigen? Das war monströs, aber den Bullen traute Matti alles zu. Um was konnte es gehen, dass sich dieser Einsatz lohnte? Matti hatte den großen Plan vor Augen, die Mutter aller Verschwörungen, größer als die *Protokolle der Weisen von Zion* oder die Spinnereien um den 11. September. Ein Plan wie die Blaupause eines Konstruktionsbüros mit unendlich komplizierten Verflechtungen, hinter denen sich der Kopf der Konspiration verbarg, der verbrecherische Braintrust, der die Macht von Regierungen und Multis zusammenführte, um die Welt zu beherrschen. Oder wenigstens den Ölpreis zu manipulieren. Oder die Klimakatastrophe wegzudiskutieren. Oder … Er lachte vor sich hin. Er musste nur ein bisschen rumfantasieren, und schon war die Welt im Griff des großen Netzes. Aber wenn es nicht nur bescheuert war, im Kleinen wenigstens? Wenn die Bullen einen falschen Mörder von Rosi präsentierten, weil der wirkliche Mörder nicht überführt werden durfte? Wenn es um die Sicherheit des Staats ging? Aber was sollte die Gentrifizierung von ein paar Straßen mit der Sicherheit des Staats zu tun haben? Alles Unfug, dachte Matti. Er blieb stehen und blendete die Nacht und den Verkehr aus. Er sah und hörte nichts, sondern hatte nur diese Frage vor Augen: Lief Rosis Mörder noch frei herum? Er ging zwei Schritte und blieb wieder stehen. War der Mordanschlag auf ihn vorstellbar ohne die Unterstellung, dass Rosis Mörder nicht gefasst war? Befürchteten diejenigen, die Rosis Mörder beschützten, dass er ihm auf die Schliche kam? Befürchteten sie dann nicht auch, dass er eine Riesenschweinerei aufdeckte, viel wichtiger als ein Mord an einer Gelegenheitsjournalistin, die auf Flohmärkten CDs verkaufte? Warum wollten sie sonst verhindern, dass er einen Mörder entlarvte? Hatten Spiel und Rademacher ihnen so sichtbar die Schläger auf den Hals gehetzt, damit sie aufhörten, Rosis Mörder zu suchen? Waren die Korruptionsgeschichten Beiwerk oder gar Irreführung, damit die Okerstraßen-

WG darauf anbiss? Was aber konnte solchen Aufwand und solches Risiko rechtfertigen? Derjenige, der Lara auf dem Gewissen hatte, war entweder Rosis Mörder oder hatte dieselben Auftraggeber. Sonst wäre der Anschlag unerklärlich. Alle anderen Erklärungsversuche waren Quatsch. Oder doch nicht? Ein eifersüchtiger Liebhaber? Aber er hatte sie am Morgen erst kennengelernt, so schnell baute keiner Bomben. Bombe heißt Planung. Nein, es galt ihm. Und das, weil die WG gesucht hatte. Da sie weitersuchten, waren sie in Gefahr. Aber sie wären inzwischen auch in Gefahr, wenn sie nichts täten. Binnen weniger Stunden die Meldung, Rosis Mörder sei tot, und der Anschlag auf ihn. War es Zufall? Oder war es doch Göktan oder sein Sohn? Und sollten sie nicht Rademacher und Spiel auf die Pelle rücken? Er spürte Lust, sich für die Prügel zu revanchieren. Die dachten bestimmt, die WG wäre nun fürs Leben eingeschüchtert.

Ein Motor, dann hörte er die Reifen auf dem Pflaster rütteln. Ein Golf Kombi, schwarz, auf dem Dach ein gelbes Alarmlicht. *Wachgesellschaft Schmitt* stand auf der Seite. Das Auto fuhr zum Eingang, zwei blau uniformierte Männer stiegen aus und gingen zur Tür. Matti sah sie nicht mehr, Blattwerk verdeckte die Sicht. Aber er verfolgte, wie die Männer zurückgingen zum Auto und wegfuhren. Matti eilte zum Bulli. Er öffnete die Fahrertür, wo Dornröschen ihn gespannt ansah. »Wir haben fünfundfünzig Minuten, höchstens«, sagte Matti.

Sie stiegen aus. Twiggy schulterte seinen Rucksack. Er und Matti nahmen Runde in die Mitte.

»Los!«, schnauzte Twiggy, als Runde zögerte.

»Das ist Einbruch«, sagte er verzweifelt.

»Wie schön, dass du so ein gesetzestreuer Bürger bist«, erwiderte Matti. »Schließ auf!«

Runde blickte sich verzweifelt um und zog das Schlüsselbund aus der Tasche. Es fiel zu Boden. Er bückte sich und nahm es. Dann versuchte er mit zitternder Hand das Schlüsselloch zu treffen. Matti riss Runde die Schlüssel aus der Hand und öffnete die Tür. Drinnen ging das Licht an. Sie erschraken, und Twiggy nahm

Runde kräftig am Oberarm. »Du weißt, was passiert, wenn du uns anscheißt?«

Runde nickte hektisch.

Matti schubste ihn nach vorn. Er hatte schon das Bedienfeld des Fingerabdruckscanners neben einer Tür aus Stahl und Glas gesehen. Er winkte Twiggy, als Sichtschutz gegen die Straße zu dienen, und als Twiggy seinen Körper vor Runde geschoben hatte, drückte Matti dem die Pistole ins Kreuz. »Ich schieße, wenn du einen Fehler machst«, sagte er.

Runde wischte seinen Finger an der Hose trocken. Er tippte einen Zahlenkode ein und zitterte seinen Finger auf die Scheibe des Scanners. Es leuchtete kurz auf, dann knackte es. Runde drückte die Tür auf. Sie gingen hinein.

»Du kümmerst dich um die Rechner«, sagte Dornröschen zu Twiggy.

»Und der?«

»Den nehmen wir mit.«

Sie fuhren im Aufzug in den ersten Stock, schalteten das Licht ein und gingen den langen Gang entlang, an dessen Ende das Büro vom Chef lag. Es war abgeschlossen, ein Spezialschloss. »Verflucht!«, schimpfte Twiggy und holte aus dem Rucksack ein Brecheisen.

»Warte!«, sagte Matti.

»Wo ist Ihr Büro?« Als Runde nicht reagierte, schnauzte Matti: »Ihr Büro?«

Runde zeigte zur Tür neben dem Eingang zum Chefbüro.

»Haben Sie den Schlüssel?«

Runde holte das Schlüsselbund aus der Tasche und öffnete die Tür.

»Na also«, sagte Matti und zeigte auf das Schloss der Verbindungstür zum Chefbüro.

Twiggy grinste, ließ seinen Elektrodietrich rattern, und schon war die Tür offen. Er packte das Gerät zurück in den Rucksack und betrat das Büro. Der PC stand unter dem Tisch.

Twiggy schaltete ihn ein, während Matti und Dornröschen mit Runde ins Sekretärinnenzimmer gingen. In einer Schreibtischkonsole fand Dornröschen Paketklebeband. Sie ließ Runde die Hände auf den Rücken legen und fesselte die Arme. Dann musste er sich setzen, woraufhin sie ihm die Knöchel zusammenband.

Dann begannen sie und Matti die Aktenordner im Chefbüro zu durchwühlen. Twiggy starrte auf den Bildschirm.

»Wir brauchen noch ein Alibi«, sagte Dornröschen.

Matti hielt inne und überlegte. »Claudi hat Geburtstag. Da sind wir jetzt«, flüsterte er und legte den Finger auf den Mund.

Dornröschen grinste. »Klärst du das nachher, bevor der Runde loslegt.«

»Wenn der sich das traut. Dem mach ich noch mal richtig Angst«, flüsterte Matti.

»Scheiße«, sagte Twiggy. »Ich muss die Platte vielleicht mitnehmen oder gleich die ganze Kiste.«

»Und das Teil von der Sekretärin auch«, sagte Matti.

»Weiß ich doch«, knurrte Twiggy.

Dornröschen kicherte, aber die Anspannung konnte sie nicht verbergen. »Ich bin gerade bei der Buchhaltung. Wie es aussieht, sind die Pleite.« Sie steckte den Aktenordner zurück in die Reihe.

»Wie bitte?«, fragte Matti.

»Miese allerorten«, sagte Dornröschen. Sie nahm sich den nächsten Ordner vor, während Twiggy schniefte, als er das Schloss des Chefcomputers knackte. »Diese Büro-PCs sind die Pest«, schimpfte er. »Aber ich krieg's kopiert.«

»Kolding war 2009 auch pleite«, sagte Dornröschen trocken. »Dafür geht es denen aber gut.«

»Wir haben doch den Experten dabei«, sagte Matti.

Dornröschen ging ins Vorzimmer. Matti stellte sich in die Tür, und Twiggy widmete sich dem Sekretärinnencomputer. Zuerst stöpselte er das Netzwerkkabel in seinen Laptop um. Den legte er sich auf den Schoß und starrte auf die Anzeige, während seine Finger über die Tastatur rasten.

»Herr Runde, ich habe mal gelernt, Bilanzen zu lesen, um den Klassenfeind zu entlarven. Wahrscheinlich wissen Sie nicht mal, was ein Klassenfeind ist, also bleiben wir bei den Bilanzen.

Laut der Bücher ist Kolding pleite. Aber Kolding ist nicht pleite, sondern lebt lustig vor sich hin. Jedenfalls reicht es, um Häuser zu kaufen und solche Lichtgestalten wie Sie zu bezahlen. Wie kommt's?«

Runde lag neben dem Schreibtisch. Er stöhnte und versuchte eine bequemere Sitzposition zu finden. Matti zog ihn an die Wand, damit er sich anlehnen konnte.

»Das sind legale Steuerstricks«, sagte Runde. »Die zahlen im Ausland weniger Steuern und können hier Verluste abschreiben. Also macht Kolding Deutschland konzernintern nur Verluste, um die hier erzielten Gewinne nach Rotterdam zu schleusen.« Er sagte das mit dieser Geduld, die man sonst für Minderbemittelte aufbrachte.

»Die kriegen also in Deutschland Geld vom Staat für Verluste, die es gar nicht gibt«, sagte Matti.

»So in etwa.«

»Und warum machen wir das nicht?«, fragte Dornröschen. »Wenn ich nur an die Kosten vom Thunfischfutter denke.«

Twiggy brummte.

Er hatte die Festplatte des Sekretärinnen-PC ausgebaut und kopierte dessen Inhalt auf sein Notebook, wo die Daten des Chefs schon lagen. Es war doch einfach gewesen, und sie mussten die PCs nicht mitnehmen. Es sei denn … Matti überlegte, in seinem Kopf formte sich ein Plan. Er setzte sich zu Twiggy auf den Boden und sagte leise: »Wir klauen die Festplatte vom Chef« – Twiggys fragenden Blick wischte er weg – »und packen sie in Rundes Keller, wenn der so was hat.«

Er trat vor Runde: »Wir müssen dann noch den Keller Ihrer Wohnung inspizieren, da haben Sie bestimmt Unterlagen versteckt.«

Runde glotzte. »Meinetwegen.«

Matti grinste und durchsuchte nun die Regale der Sekretärin. Er fand aber nichts, was ihm half. Briefwechsel mit Mietern, Maklern und anderen Immohaien, mit Banken, dem Senat, aber nichts Interessantes. Jedenfalls nicht auf die Schnelle.

Dornröschen guckte auf die Uhr. »Beeilt euch! Verdammt, warum passt hier keiner auf?«

Twiggy packte seine Werkzeuge und die Platte vom Chef-PC in den Rucksack, dann befreite Matti Rundes Beine und Hände, nahm die Makarov und zeigte zum Ausgang. »Beeilung.« Sie hatten fünf Minuten, höchstens. Als sie schon im Gang waren, fluchte Dornröschen und rannte zurück. »Könnt ihr nicht das Licht ausmachen?« Dann hetzten sie zum Ausgang. Matti stieß Runde immer wieder in den Rücken, weil der nicht schnell genug lief. Als sie am Ausgang standen und gerade das Licht ausgemacht hatten, sahen sie Scheinwerfer, die sich langsam näherten.

»Scheiße«, sagte Twiggy. Er blickte sich hektisch um und sah eine graue Tür in der weißen Wand.

»Was ist da?«, fragte Matti und drückte Runde die Makarov ins Kreuz.

»Das tut weh«, maulte der. »Das ist ein Putzraum …«

Twiggy hatte seinen Elektrodietrich in der Hand und rannte zur Tür, ratterte sie auf und winkte den anderen. Als Ersten drückte Matti Runde hinein, es folgten Twiggy, Dornröschen und er. Sie standen gedrängt, der Atem schien viel zu laut. Als er die Tür von innen geschlossen hatte, meldete sich die Platzangst. Er fühlte, wie die Panik nach ihm griff, aber er stand starr und beschloss, sich einfach nicht zu bewegen. Die Knarre drückte er Runde in den Bauch. »Ich habe einen nervösen Zeigefinger, weil ich Platzangst habe. Es muss nur eine Kleinigkeit passieren, und ich raste aus. Also, halt's Maul.«

Draußen klackte es. Dann eine Stimme. »Da war doch was.«

Eine andere Stimme, heiser: »Quatsch, das bildest du dir ein.«

»Und dieser Lichtschein auf der Straße?«

»Der kam von dem Haus gegenüber«, sagte der Heisere.

Schweigen. Matti stellte sich vor, wie sie dastanden und nicht so recht wussten, was sie tun sollten.

»Die Tür war abgeschlossen«, sagte der Heisere.

»Ja, ja, hast recht.«

Es klackte.

»Ich zähle bis hundert, kein Mucks vorher. Eins, zwei …«, sagte Dornröschen.

Die Luft war stickig und vermengt mit einem scharfen Geruch. Essig oder eine andere Säure. Es kratzte in der Kehle, ihm wurde übel. Dornröschen zählte unerbittlich langsam. »Achtundsechzig, neunundsechzig …«

Ich muss hier raus, dachte Matti. Sofort.

Dornröschen zählte weiter. »Vierundsiebzig, fünfundsiebzig …«

Er schluckte, der Schweiß trat ihm auf die Stirn, er fror am Rücken, die Nässe war überall. Ich halte es nicht mehr aus.

Da sah er Runde grinsen, und jetzt hielt er doch durch. Er spürte, wie die Wut ihm Kraft gab. Er drückte Runde den Lauf noch fester in den Bauch, bis dessen Augen sich weiteten. Er zog die Waffe zurück. Er dachte an Lara, wie sie aus dem Wasser kam, ihr Körper, ihr Lachen. Aber Lara war tot. Er musste den Kerl kriegen, der Lara umgebracht hatte. Es war jetzt seine Aufgabe. Und dann mochte geschehen, was geschehen sollte. Es war ihm egal, so egal.

»Siebenundneunzig, achtundneunzig, neunundneunzig, hundert.« Dornröschen öffnete vorsichtig die Tür und linste hinaus. »Alles klar«, flüsterte sie. Die drei traten in den Vorraum. Der Wachdienst war weg, draußen schummerte Laternenlicht. Twiggy öffnete die Tür, ließ die anderen hinaus und schloss die Tür. Dann eilten sie zum Bulli. Runde musste sich wieder zwischen die beiden Männer setzen, Dornröschen startete und fuhr los. Erst nach ein paar hundert Metern schaltete sie die Scheinwerfer ein. »Puh«, sagte sie. Dann schwiegen alle, bis sie vor dem Haus standen, in dem Runde wohnte.

»Ich such mal 'nen Späti«, sagte Twiggy. Er trat zu Dornröschen und flüsterte in ihr Ohr.

Dornröschen und Matti brachten Runde in den Aufzug. Als die Türen sich schließen wollten, stürzte ein Typ in einer Kapuzenjacke heran und klemmte seinen Laufschuh dazwischen. Matti hätte fast draufgetreten vor Wut. Der Typ hechelte und schwitzte. Er trampelte auf dem Boden, während Matti seine Makarov hinter dem Rücken verbarg. Der Schweißgeruch überstank alles. Hechel, hechel, hechel. Der Typ starrte Dornröschen einen Augenblick an, dann glotzte er wieder nach unten. Er trampelte immer noch herum, als die WG und Runde ausstiegen.

»Tschüss denn!«, sagte der Typ und hechelte weiter.

Nach einer Viertelstunde erschien Twiggy in Rundes Wohnung, wo die anderen im Wohnzimmer saßen. Twiggy hatte die Türen mit seinem Dietrich geöffnet. In der Hand hatte er eine Flasche Billigwodka. Er reichte die Pulle Matti. Dann zog er Handschuhe an, holte aus dem Rucksack die Festplatte, wischte sie mit einem Tuch gründlich ab und gab sie Runde. »Halt mal!«

Runde stutzte und nahm die Platte.

»Kennst du das?«

»Nein, was ist das?«

»Er tut so, als wüsste er nicht, was das ist.« Twiggy grinste. »Guck dir es genau an.«

Runde betrachtete und betatschte die Platte von allen Seiten und schüttelte den Kopf.

»Gib her, was das ist, werden dir andere erklären.«

Runde reichte Twiggy die Festplatte. Der verließ grinsend die Wohnung, nachdem er sich einen Schlüssel mit der Aufschrift *Keller* am Anhänger vom Brett genommen hatte. Matti wusste, was nun geschehen würde. Twiggy würde in Rundes Keller die Originalfestplatte vom Chef-PC verstecken, und dies so gut, dass erst die Bullen sie finden würden. Runde würde blöd aus der Wäsche gucken, wenn die Bullen ihm die Festplatte unter die Nase halten würden. Und dann konnte der denen erzählen, was er wollte.

»Die haben doch bestimmt Fingerabdrücke oder andere Spuren hinterlassen, diese Terroristen von dieser durchgeknallten WG, Herr Kommissar.«

»Wir haben nur Ihre auf der Platte gefunden, Herr Runde.«

Der Kommissar würde Matti oder Dornröschen oder Twiggy oder Robbi fragen, und der Kater würde eisern schweigen, während die anderen erklärten: »Na klar waren wir in der Wohnung von diesem Dünnbrettbohrer. Wir suchen nämlich Rosis Mörder, den Sie noch gar nicht erwischt haben. Und da haben wir dem

Herrn einen Besuch abgestattet. Wir finden, ein Typ, der andere Typen in einem Puff besticht, tja, der ist sich auch für anderes nicht zu schade.« Und der Bulle würde sich an die Stirn tippen und sich verdrücken. Vielleicht würde ihm vorher herausrutschen, dass dieser Herr Runde bei Kolding eingebrochen sei, um sich am Chef zu rächen. Jedenfalls malte sich Matti das so aus.

Er hielt Runde, der auf dem Sofa saß, die Flasche hin und sagte: »Nun trink das aus. Schluck für Schluck, wir haben Zeit. Und wenn du was verschüttest, holen wir Nachschub. Verstanden?«

Runde schüttelte den Kopf.

Matti kratzte sich mit der Knarre hinter dem Ohr.

Runde zuckte mit den Achseln. »Und dann bin ich euch los?«

»Klar«, sagte Matti. »Uns auf jeden Fall.«

Runde blickte ihn skeptisch an. Dann nahm er die Flasche und betrachtete das Etikett. »Für russischen hat's nicht gereicht, echt kein Niveau.« Er setzte die Flasche an, trank etwas, schüttelte sich und rülpste. »Wasser, das muss aber sein.« Er lachte verzweifelt und böse. »Und was soll der Quatsch? Wollt ihr mich umbringen?«

»Das überlebst du«, sagte Matti. »Und wenn nicht, der Verlust wäre überschaubar.« Er dachte an den schwarz gebrannten Körper auf dem Parkplatz und daran, dass Runde irgendwie mit drinsteckte. »Du hast uns nicht alles erzählt, Runde. Hast du Rademacher und Spiel geraten, die Schläger auf uns zu hetzen?«

Runde glotzte ihn an und schüttelte den Kopf.

»Und weißt du etwas von dem Mordanschlag auf mich am Wannsee?«

Er glotzte immer noch.

Twiggy hatte ein Glas Wasser gebracht. Runde trank es aus, und als Twiggy auf den Wodka zeigte, trank er einen Schluck.

»Mehr«, sagte Twiggy.

Matti zielte zwischen Rundes Beine. Er hätte jetzt jemanden töten können. Er erschrak über sich, aber er fand es richtig. Lara. Lara. Lara. Die Schweine hatten sein Glück zerstört. Und Runde gehörte zu ihnen, auch wenn er dumm tat. Runde, der Chef, Spiel, Rademacher, alles ein Pack.

Runde trank.

»Mehr.«

Runde trank. Und als er in Mattis Augen blickte, setzte er die Flasche gleich wieder an.

Dornröschen stellte sich neben Mattis Sessel und legte ihre Hand auf die Pistole. Vorsichtig zog sie die Waffe aus Mattis Hand. Sie blieb neben dem Sessel stehen, die Makarov zeigte auf den Boden. Mit der Linken strich sie über Mattis Kopf. Aber das wischte seine Gedanken nicht weg. Nicht, wie Lara aus dem Wasser auf ihn zurannte, lachend und für alles offen, nicht, wie ihr Körper verbrannt auf dem Boden lag, nicht seine Verzweiflung. Lara hieß Rache. Und wenn er sie nicht rächte, würde er nie wieder glücklich.

»Spiel, Rademacher«, sagte Matti düster zu Runde. »Und du. Ihr habt mir einen Killer auf den Hals gehetzt. Erst die Schläger zur Warnung, dann den Mörder, als wir keine Ruhe gaben. Ist logisch.« Er stierte Runde an. Dessen Gesicht wurde aschfahl. »Ihr habt Rosi umgebracht, ein Fingerschnippen vom formidablen Chef hat genügt, und dann habt ihr gemerkt, dass damit die Enthüllungen über eure dreckigen Geschäfte nicht aus der Welt sind. Dass es diese Okerstraßen-WG gibt, die nicht klein beigibt. Die es nicht hinnimmt, dass die Bullen einen falschen Mörder verkaufen.« Ein scharfer Blick auf Runde. »Du verstehst?«

Jetzt soff Runde schneller, als könnte er mithilfe der Flasche vor Matti fliehen. »Ich habe niemanden umgebracht. Ich habe niemandem einen Auftrag gegeben, jemanden umzubringen. Und ich weiß nichts von einem Auftrag, jemanden umzubringen ... Gut, das mit den Schlägern hat mir der Spiel erzählt, danach. Als ich ihn zufällig getroffen habe in so einem Café in Mitte.«

»Was hat er denn gesagt, der Spiel?«, fragte Twiggy.

»Na, so was wie: Denen haben wir's aber gezeigt. Die halten jetzt die Klappe.«

Runde trank wieder.

»Dein Handy«, sagte Twiggy.

Runde glotzte, dann zuckte er mit den Achseln und warf sein Handy auf den Teppich. »Deine Nummer?«

Runde nannte seine Handynummer, Twiggy schrieb mit. Er ging zum Festnetztelefon und rief die Handynummer an. »Prima«, grinste er, nachdem er auf die Handyanzeige geguckt hatte.

»Nun trink«, sagte Twiggy. Und Runde trank.

»Ich bin echt nicht böse«, lallte er. »Bin ein guter Kerl. Aber der Chef…«

Nachdem er Dreiviertel der Flasche geschluckt hatte, sackte er in sich zusammen. Einmal noch versuchte er sich aufzurappeln, aber er war fertig. Als er zu schnarchen begann, holte Twiggy das Festnetztelefon und wählte die Nummer des Polizeipräsidiums.

Es klackte, und Twiggy lallte: »Ich bin beim Chef eingebrochen und habe ihm die Festplatte geklaut, hahahaha.« Er wischte den Hörer ab und drückte ihn Runde mehrfach in die Hand. Dann legte er ihn neben ihm auf den Boden.

Sie eilten aus dem Haus. Kaum saßen sie im Bulli, Twiggy hinterm Steuer, Dornröschen in der Mitte der vorderen Sitzbank, hörten sie schon die Bullensirene. Twiggy grinste und startete den Boxermotor. Der hustete eine Weile, bis er ansprang, als wollte er mitlachen.

8: A Car That Sped

Je länger Matti nachdachte, desto klarer wurde ihm, dass er und seine Freunde in Lebensgefahr waren. Wer immer den Anschlag begangen hatte, wusste, dass er die Falsche getroffen hatte. Matti, Dornröschen, Twiggy und Robbi schlossen es inzwischen aus, dass Lara gemeint sein konnte. So schnell organisierte niemand einen Bombenanschlag. Natürlich, warf Dornröschen ein, war es nicht undenkbar. Aber wenn man allen Spuren folge, die möglich seien, käme man zu nichts mehr. Nein, der Anschlag galt Matti.

Sie saßen in der Küche, Robbi auf Twiggys Schoß, nachdem er eine Riesenportion Thunfischfutter vertilgt hatte. Sein Fell war dichter geworden, und es schwebten nicht mehr so viele Katzenhaarwolken durch die Wohnung, was Twiggy damit begründete, dass er mehr mit Robbi sprach. In der Tat hörte der Kater stets aufmerksam zu, und Twiggy bestand darauf, dass Robbi auch nickte und den Kopf schüttelte, womit er sein Schweigegelübde nicht brach, auch wenn Matti es grenzwertig fand, war doch der Weg vom Nicken zum Jasagen kurz.

»Wir können gar nicht mehr zurück«, sagte Twiggy.

»Der Killer glaubt, dass wir etwas wissen, das wir nicht wissen dürfen. Der will uns alle umbringen. Nur wird er jetzt erst mal vorsichtig sein«, sagte Matti. »Und jeder weitere Mord kocht die Rosi-Sache wieder auf und erhöht das Risiko. Wer mordet, hinterlässt Spuren.«

»Wenn die Bullen den falschen Mörder erschossen haben, dann glaubt der richtige, dass wir ihn kennen. Er muss uns beseitigen, bevor wir ihn überführen.«

»Aber verdammt, was wissen wir schon?«, fragte Matti. »Und

bevor einer einen Vierfachmord begeht, denkt er erst mal nach. Das Risiko wächst mit jedem Opfer.« Ihm schauderte.

Robbi jaulte, als Twiggy aufhörte, ihn zu kraulen. Gleich machte Twiggy weiter.

»Ich sag euch, der Chef ist die Spinne im Netz«, sagte Dornröschen.

»Aha«, erwiderte Matti.

»Der ist so geschickt, dass er keine Spuren hinterlässt.«

»Wegen Rosis Enthüllungen?«, fragte Twiggy.

»Tja.« Dornröschen gähnte. »Eigentlich sind die zu läppisch für einen Mord und einen Anschlag. Es muss um was anderes gehen.«

Nur Robbis Schnurren war zu hören. Gewiss hatte er das Geheimnis längst entschlüsselt, aber konsequent, wie er war, schwieg er, auch wenn ihn natürlich alles drängte, den Freunden den entscheidenden Tipp zu geben.

»Du hast recht, es geht um was anderes. Dieser Immokram ist vielleicht nur eine Fassade. Lass uns noch mal die Festplatten durchwühlen.«

Sie hatten jedes Bit von allen Seiten unter die Lupe genommen, aber in den Dateien des Chefs und seiner Sekretärin war nichts, das ihnen etwas verriet. Gar nichts. Twiggy winkte ab. »Was willst du da noch finden?«

»Andere Fragestellung, andere Ergebnisse?« Aber Matti wusste selbst, dass es nichts bringen würde.

»Andere Fragestellung, das könnte bedeuten, dass wir …«

Klingeln und Donnern an der Haustür. Robbi sprang von Twiggys Schoß und verschwand in dessen Zimmer.

»Wurde ja Zeit«, sagte Matti und erhob sich gemächlich. An der Tür fragte er laut: »Soll ich die Bullen holen wegen Ruhestörung?«

»Polizei, Schmelzer, machen Sie auf!«

Matti öffnete die Tür, und Hauptkommissar Schmelzer trat ein, begleitet von seinem Jungbullen, auf dessen Stirn Schweißperlen standen.

»Hier riecht es nach Stoff!«, sagte der Jungbulle, als er im Flur stand.

»Ungarisches Gulasch, das gab's vor einer Woche. Nach einer Zeit riecht das so.«

Der Jungbulle wollte antworten, doch ein Blick von Schmelzer ließ ihn den Mund schließen.

»Sie haben Herrn Runde überfallen«, sagte Schmelzer.

»So was Verrücktes hab ich schon lang nicht mehr gehört«, sagte Matti. Dornröschen und Twiggy standen vor der Küchentür und lachten.

»Haben Sie etwas zu sagen zu der Anschuldigung?«

»Nichts«, erklärte Matti. Siedend heiß fiel ihm ein, dass sie die Dateien des Chefs und seiner Sekretärin auf Twiggys PC hatten. Hoffentlich hat der das verschlüsselt, dachte Matti und schielte zu Twiggy. Der grinste vor sich hin.

»Wir überfallen niemanden«, sagte Dornröschen. »Haben Sie denn in der Mordsache Rosi Weinert etwas zu berichten?« Sie stellte sich vor Schmelzer und blickte ihm streng in die Augen.

Schmelzer schüttelte unwillig den Kopf. »Der Fall ist längst gelöst.«

»Sie haben diesen Typen aus Osteuropa abgeknallt«, sagte sie. »Und selbst wenn er es war, hatte er bestimmt Hintermänner.«

»Unsinn«, sagte Schmelzer. »Ich darf Ihnen nichts von den Ermittlungen berichten. Aber eines ist sonnenklar: Es gibt keine Hintermänner. Der Typ hat sie angequatscht und wurde handgreiflich. War Totschlag. Sie und ihre Verschwörungstheorien!« Er räusperte sich. »Also, Sie behaupten, dass Sie Herrn Runde nicht kennen oder was?«

»Übertreiben Sie doch nicht immer so«, sagte Dornröschen betont geduldig. »Natürlich kennen wir Herrn Runde. Der hat zwei Herren vom Senat und vom Bezirk bestochen, geht gern mit solchen Leuten in den Puff und bezahlt mit Firmenkreditkarte, für alle natürlich.«

»Man hat Spuren von Ihnen in Rundes Wohnung gefunden.«

»Interessant, Sie bunkern also unsere Fingerabdrücke, und was sonst noch?« Dornröschen guckte besonders streng.

»Sie sind einschlägig, wen wundert's? Auf wie vielen Demos wurden sie inhaftiert? Hausbesetzung, Widerstand gegen die Staatsgewalt, Beamtenbeleidigung, hab ich was vergessen?«

»Alles Bullenübergriffe«, sagte Matti.

Schmelzer grinste flüchtig, während der Jungbulle knurrte.

»Wir haben den Herrn Runde besucht und ihm ein paar Fragen gestellt. Sonst nichts. Was ist ihm denn passiert?«

Schmelzer schüttelte den Kopf.

»Wir hatten den Eindruck, dass der Runde ziemlich sauer ist auf seinen ehemaligen Chef. Ich würde ihn im Auge behalten. Nachher passiert dem Chef was, und Sie finden wieder einen Mörder aus Rumänien oder so.«

»Sie meinen, Runde hat bei Kolding eingebrochen? Er behauptet, Sie wären dort eingebrochen und hätten ihn gezwungen mitzukommen.«

Gelächter.

»Wir haben Runde entlarvt als korruptes Schwein«, sagte Dornröschen. »Und nun versucht er sich zu rächen. Auf so einen Quatsch fallen Sie herein? Ich dachte, Sie wären ein Superbulle.«

»Man hat Spuren von Ihnen im Kolding-Büro gefunden.«

»Wir waren ja auch dort, auf Einladung vom Chef«, sagte Matti.

»Sie haben nicht die Aktenordner durchwühlt und Festplatten kopiert, eine sogar geklaut?«

Dornröschen lachte. »Wer hat Ihnen denn diesen Blödsinn untergejubelt? Runde? Der wurde gefeuert und rächt sich nun. Wir kämen doch gar nicht in das Kolding-Gebäude. Das wird doch verrammelt und verriegelt sein wie Fort Knox.«

»Wie was?«, fragte der Jungbulle.

»Ihr Kollege sollte an seiner Allgemeinbildung arbeiten«, sagte Matti.

Schmelzer runzelte die Stirn. »Runde gefeuert? Das stimmt nicht.«

Schweigen. Dann sagte Dornröschen: »Wir haben mit eigenen Augen gesehen, wie der Chef Runde rausgeworfen hat. Und Runde hat es bestätigt, als wir ihn gefragt haben.«

»Wie kommen Sie dazu, Leute zu befragen?«, knurrte der Jungbulle. »Das ist Aufgabe der Polizei.«

»Mach dich mal nicht so dick, Wachtmeister«, sagte Matti. Und dachte: Merkwürdig, der Runde arbeitet also wieder oder weiter dort.

Als Schmelzer und sein Kollege gefrustet abgezogen waren und alle vier wieder in der Küche saßen, sagte Matti: »Der Chef hat uns verarscht. Der hat so getan, als würde er Runde feuern. Er hat uns einen Schuldigen vorgeführt, und der Runde hat dafür bestimmt eine Prämie abgesahnt.«

»Und warum macht der Chef das?«, fragte Twiggy.

»Weil er selbst mit drinhängt«, erwiderte Matti. »Der Chef hat die Korruption angezettelt, er hat Rosi töten lassen, er hat mir jemanden mit einer Bombe auf den Hals geschickt.«

Lara. Lara. Lara.

»In die Schmieraktion ist er bestimmt verwickelt«, sagte Dornröschen. »Wir nehmen uns den noch mal vor, diesmal richtig.«

Der Chef war fleißig, jedenfalls blieb er lang im Büro. Dann öffnete sich die Tiefgarage, und der Benz kam herausgerollt. Die Scheinwerfer erfassten zitternd das Laub der Bäume auf der gegenüberliegenden Straßenseite. Twiggy hatte einen Haufen Werkzeug in den Bulli geschleppt, und alle drei hatten die Makarovs dabei. »Jetzt geht es erst richtig los«, hatte Dornröschen gesagt. »Wir lassen uns nicht mehr verarschen.«

Als Twiggy den Motor startete, schoss ein weiterer Benz die Straße hinunter, bis er den Chefwagen erreicht hatte. Drei Typen stiegen aus, alle Marke Muskelmann, alle in dunklen Anzügen, und was sie unterm ausgebeulten Jackett trugen, war sonnenklar. Matti starrte auf die Szene. Der eine Typ beugte sich zum Fenster an der Rückbank, hörte zu, sagte etwas, nickte und winkte seine Kumpane zurück in den Wagen. Twiggy hatte eine große Kamera in der Hand und knipste Serienbilder, wahrscheinlich mit ISO sieben Millionen.

Hin und wieder guckte er auf den Monitor auf der Rückseite und nickte. »Alles drauf, die Typen und das Auto.«

»Der hat sich Leibwächter zugelegt«, sagte Matti.

»Wir folgen in großem Abstand«, sagte Dornröschen.

Twiggy fuhr los. Weit vorn die beiden Daimler, die sich zügig entfernten. Twiggy gab Gas.

»Lieber sich abhängen lassen, als gesehen werden«, sagte er. »Morgen ist auch noch ein Tag.«

»Ob die neben dem Bettchen sitzen, wenn der Chef schnarcht?«, fragte Matti.

»Das wäre Scheiße«, sagte Dornröschen. »Aber irgendwann ist er allein. Wir brauchen nur Geduld.« Und Matti überlegte, was er Ülcan erklären sollte, wenn er wieder zu spät oder gar nicht kam. Beim letzten Mal half eine Erkältung, diesmal wäre eine gepflegte Magen-Darm-Grippe angesagt.

»Seit wann hat der Leibwächter? Und gleich drei?«, fragte Matti.

»Als wäre ein Bandenkrieg ausgebrochen«, sagte Dornröschen. »Mit uns hat das eher nichts zu tun.«

»Oder die Sache ist so wichtig, dass die auf Nummer sicher gehen«, sagte Twiggy.

»Ob die ahnen, was wir vorhaben?«, fragte Matti.

Twiggy schüttelte den Kopf.

»Die Zahl der Leibwächter verrät die Größe der Angst«, dozierte Dornröschen.

»Die große Vorsitzende hat gesprochen«, sagte Matti feierlich, während Twiggy den vierten Gang krachen ließ. »Gruß vom Getriebe«, murmelte er.

Es ging über die Königin-Luise-Straße auf die Clayallee, auf sechs Spuren vorbei an den grauen Fassaden der Verwaltungsgebäude und Wohnhäuser der US-Truppen in Westberlin, die Patina der Besatzungszeit. Dann der Mittelstreifen der Argentinischen Allee, links hielt ein Bus, der 111er zum S-Bahnhof Schöneweide. Dann rechts ab in die Matterhornstraße.

»Es wird fein, wir sind bald da«, sagte Dornröschen. Anspannung lag in ihrer Stimme.

Weit vorn die Rücklichter der Minikolonne.

»Schlachtensee«, knurrte Twiggy, »die Bonzen suchen sich die schönsten Villen aus, und in Kreuzberg und Neukölln vertreiben sie die Mieter.«

Links und rechts Gärten, parkartig, alte Bäume, hohe Zäune, Stahltore, Sichtschutzmauern.

»Die haben ein schlechtes Gewissen, die müssen sich verstecken«, sagte Matti.

Die Daimler bogen rechts ab in den Reifträgerweg. Kopfsteinpflaster, Lichter hinter Bäumen, welche die Häuser abschirmten.

Die Wagen hielten vor einer langen Mauer. Twiggy bremste, fuhr rechts ran und schaltete die Scheinwerfer aus. Vorsichtig öffneten sie die Türen und traten auf den Bürgersteig. Sie drückten sich in eine Hecke. Dornröschen war den Typen am nächsten. »Die steigen aus und sichern den Chef ab. Irre«, flüsterte sie. »Wie im Film. Hände an den Knarren, Sicherung nach allen Seiten.« Sie drückte sich noch tiefer in die Hecke und hatte plötzlich die Makarov in der Hand. Sie hielt die Pistole hinterm Rücken. »Puh«, sagte Dornröschen. »Sie gehen rein.« Nach ein paar Sekunden. »Sind drin.«

Als Matti an Dornröschen vorbeilugte, sah er das Heck des Chefdaimlers in der Garage verschwinden. Der andere Wagen stand am Straßenrand.

Sie gingen zurück zum Bulli. »Das heißt, der Chef hat einen Chauffeur und drei Leibwächter. Vielleicht ist der Fahrer bewaffnet. Eine halbe Armee«, stöhnte Dornröschen.

»Blasen wir's ab?«, fragte Twiggy, nachdem er sich hinters Steuer gequetscht hatte.

»Nein«, sagte Matti. »Der Chef ist der Schlüssel ...«

»Von was?«, fragte Dornröschen

»Ach Scheiße«, sagte Matti.

»Lass uns überlegen, wie wir die Leibwächter loswerden«, sagte Dornröschen. »Schlüssel hin, Schlüssel her.«

»Superidee«, brummte Twiggy. »Echt. Das sind drei Jungs, die nichts anderes tun, als Aufpasser zu spielen. Die können Karate, Judo und was weiß ich, haben ausgewachsene Knarren und können mit den Dingern auch noch umgehen. Die sind zehnmal so stark wie wir« – ein kritischer Blick zu Dornröschen –, »zwanzigmal so gut bewaffnet und dreißigmal so abgebrüht …«

»Und vierzigmal so skrupellos«, ergänzte Matti.

»Aber wir sind hundertmal so schlau wie die. Auf die Birne kommt es an, nicht auf die Eier.« Dornröschen gähnte, und es konnte keinen Zweifel daran geben, dass sie sich von den hundertmal wenigstens achtzig zuschrieb. »Der Chef weiß was, das uns weiterhilft. Oder wollen wir den Mord an Rosi nicht aufklären? Und den an Lara?«

Daran hätte Dornröschen Matti nicht erinnern müssen. Der wäre mit der Makarov auf die Typen losgegangen, wenn er gewusst hätte, dass diese Typen Laras Mörder sind. Vielleicht waren sie es? »Solche Typen können bestimmt auch Bomben bauen«, sagte er.

»Klar«, sagte Dornröschen. »Aber glaubst du, der Chef würde sich mit Mördern umgeben? So dumm ist er nicht.«

»Lass uns ein Stück fahren, nachher sieht uns jemand«, sagte Matti.

Twiggy setzte den Bulli zurück, bis er eine Einfahrt fand, in der er wenden konnte. Er fuhr zurück in die Argentinische Allee und parkte an einer Litfaßsäule, kurz vorm U-Bahnhof Krumme Lanke. »Und jetzt?«

Dornröschen überlegte, dann begann sie einen Plan zu entwickeln. Erste Bruchstücke ergänzten die anderen, und an manchen Punkten kam es auf Twiggy an. Der grinste und nannte das Projekt *Brute Force.*

Am übernächsten Morgen hatte Matti immer noch seine Magen-Darm-Grippe, was Ülcan am Telefon gemeinerweise nicht glauben wollte. Dabei hatte er einen neuen Taxi-Benz am Haken, der zwar auch schon 350 000 Kilometer auf den Achsen hatte, aber fuhr wie ein nagelneuer, wie Ülcan versicherte. Dass sein Fahrer vielleicht unter einem Schock litt, weil man nicht jeden Tag fast in die Luft geflogen wäre und dabei sogar ein Mensch getötet worden war, kam Ülcan nicht in den Sinn. Matti hatte überlebt, alles andere wäre auch ein Anschlag auf Ülcans Geschäftsinteressen gewesen, und die verfolgte der streng im Einklang mit den Geboten des Propheten, wie er verkündete, auch wenn er leider stets vergaß anzumerken, auf was es dem Propheten beim Taxifahren ankam.

Dornröschen ging ohnehin zur *Stadtteilzeitung*, wann es ihr passte, weil der Laden von ihr abhing und alle in der Redaktion darauf bedacht waren, ihr das Arbeitsleben so angenehm wie möglich zu machen. Twiggy hatte immer frei, abgesehen von seinen nächtlichen Touren, über deren Grund die beiden nie mit ihm gesprochen hatten.

Der Plan war einfach und hatte alle Aussichten schiefzugehen. Das unterschied ihn nicht von anderen Plänen. Aber Dornröschen und Twiggy waren wild entschlossen und Matti war außerdem wütend bis ins Mark. Viel dringlicher noch als Rosis Mörder suchte er das Schwein, das ihm die Bombe ins Taxi gelegt hatte. Er würde es finden. Und was dann geschehen würde, hatte er sich ausgemalt, aber noch nicht entschieden, welches die grausamste Variante sei.

Sie hatten Gaby und sogar Werner das Großmaul, die beide in einer WG wohnten, zu Hilfe rufen müssen, aber letzterer besaß einen Führerschein und besorgte sich bei Schlüssel-Rainer einen abgemeldeten Uralt-Golf, an den der Nummernschilder hängte, die er *gefunden* hatte. Außerdem baute Rainer wie gewünscht einen Rennfahrersicherheitsgurt ein. Rainer hatte eine Werkstatt, immer ein Auto übrig und stellte nie eine überflüssige Frage. Im Finden von Kennzeichen, Schlüsseln, Ersatzteilen, sogar von kompletten Autos war er ein Naturtalent.

Werner saß im Golf in der Eitel-Fritz-Straße, Blickrichtung zur Matterhornstraße, und wartete mit eingeschaltetem Handy, dass Gaby ihm das vereinbarte Signal gab. Sie ließ ihren muskelgestählten Luxuskörper spazieren gehen – »wie schön, mal kein Kinderwagen, aber auch nicht sehr einfallsreich«, erklärte sie mit spätbeleidigtem Unterton. Twiggy hatte mit dem Bulli quasi ausgemessen, welchen Punkt der Wagen passieren musste, damit Gaby »Los!« ins Handy rief.

Als sie es tat, gab Werner Gas wie ein Irrer und raste dem zweiten Benz in die Flanke, sodass der schleuderte, sich drehte, gegen einen Baumstumpf knallte, um sich schließlich in einem durch gemauerte Säulen gestützten Stahlgitter zu verkeilen. Währenddessen hatte Werner sich abgeschnallt und war auf ein Fahrrad gesprungen, das nicht zufällig dort angelehnt war, um in atemberaubendem Tempo abzuhauen. Während Gaby pflichtgemäß vor Entsetzen die Hand vor den Mund hielt, um richtig schön zu erschrecken.

Der Chef-Benz bremste kurz, beschleunigte dann aber, bis er vor der Salzachstraße vor einem Bulli halten musste, der quer auf der Fahrbahn stand, die Motorhaube im Heck geöffnet. Das Auto qualmte furchtbar. Der Chef hörte es knallen, dann ein Zischen, und die Reifen waren platt. Dann stand Twiggy vor der Motorhaube, das Gesicht schwarz vermummt, in der Faust die Attrappe einer Handgranate. Er deutete an, sie unter das Auto zu rollen. An den Seiten standen Matti und Dornröschen, die Makarovs im Anschlag, ebenfalls schwarze Kappen mit Augenschlitzen auf dem Kopf. Matti erkannte die Verblüffung, dann die Verzweiflung im Gesicht des Chefs, und winkte ihm, auszusteigen. Der Chef sagte etwas zum Fahrer, den Dornröschen im Auge hatte und dessen Hände auf dem Lenkrad geblieben waren. Matti wusste, Dornröschen würde schießen, wenn der Fahrer eine Waffe zöge. Der Gedanke überfiel ihn, dass sich sein Schicksal in diesen Sekunden entschied. Ein zweites Mal stellte sich die Frage, ob sie abtauchen sollten. Doch diesmal gab es keine Genossen mehr, die einem helfen würden. Nirgendwo würden sie Unterschlupf finden, niemand würde ihre Thesen verbreiten, niemand ihnen Waffen und Munition geben. Und vor allem würde niemand sie begreifen. Der bewaffnete Kampf war gescheitert, hatte sich selbst widerlegt, die Neuauflage wäre nicht einmal eine Karikatur. Aber wenn er keine Wahl hatte, wenn er Lara nicht anders rächen konnte, dann würde er das Letzte tun, was sinnvoll wäre in seinem Leben.

Lara. Lara. Lara

Der Chef mochte Mattis Entschlossenheit richtig gedeutet haben, jedenfalls öffnete er langsam die Tür und stieg aus, die Hände erhoben. Matti tastete ihn ab, fand keine Waffe, aber ein Handy, und nickte. Er schaltete das Handy aus, holte den Akku heraus, und steckte alles ein. Dann schubste er den Chef zum Bulli. Twiggy übernahm ihn, während Matti Handschellen aus seiner Tasche zog und sich auf den Beifahrersitz des Benz setzte. Er nahm dem Chauffeur einen Revolver weg, den der im Schulterhalfter trug, auch das Handy, zerschlug mit dem Griff des Revolvers die Freisprechanlage auf der Mittelkonsole, fesselte die Hände des Fahrers ans Lenkrad, zog den Zündschlüssel und verabschiedete sich mit einem trockenen »Tschüss!«. Als der Fahrer gefesselt war, steckte Dornröschen die Pistole in ihren Gürtel und ging zum Bulli. Matti zerlegte auch das Handy des Chauffeurs und setzte sich neben dem Chef auf die Rückbank. Er legte ihm eine Augenbinde um, was der schweigend über sich ergehen ließ. Er roch nach Angst. Dornröschen saß auf der anderen Seite. Twiggy hinterm Steuer, weil er der beste Fahrer war, den die beiden sich vorstellen konnten. Die ganze Aktion hatte Sekunden gedauert. Hinter dem Chef-Benz tauchte ein Peugeot auf, der anhielt, während der Bulli mit geklauten Nummernschildern gemächlich davonfuhr. Die Gesichtsmasken hatten sie abgesetzt.

Erst auf der Lindenthaler Allee beschleunigte Twiggy. An einer Tankstelle bog er links ein auf die B 1. Nach ein paar hundert Metern verließ er die Potsdamer Chaussee, fuhr in den Hohentwielsteig, dann links in den Hegauer Weg. Ein kleines Gewerbegebiet. Auto Meier war ein Kumpel von Schlüssel-Rainer und hatte dem erzählt, die Halle in der Nummer 35a sei leer, ein Makler suche einen Mieter, der Schlüssel liege unter einer Tonne neben dem Eingang. Matti hatte den Ort gecheckt und den Schlüssel mitgenommen. Sie fuhren aufs Grundstück, links und rechts Reifen, Karosserieteile, Fässer, überall Rost. Matti schloss das Hallentor auf. Er war erleichtert, als er den grauen Opel Rekord Kombi sah, der zwar uralt war, den aber Rainer in Schuss gebracht hatte, was für fünfzigtausend Kilometer plus X bürgte, wie Rainer in der ihm eigenen Bescheidenheit gesagt hatte. »Ich habe euch ein bisschen Musik eingebaut«, hatte er grinsend erklärt.

Sie stellten den Bulli ab, damit Rainer ihn abholen und mit den echten Nummernschildern in der Okerstraße parken konnte. Es staubte im Scheinwerferlicht. Tauben flogen auf und verwirbelten die Schmutzpartikel in der Luft.

»Wenn Sie rumschreien, werden Sie geknebelt«, sagte Twiggy gelassen. Er packte den Chef am Arm und schob ihn auf die Rückbank des Opels. Der Mann war bleich und schwitzte. Seine Augen flatterten. Links von ihm setzte sich Dornröschen, rechts Matti. Twiggy fuhr den Wagen aus der Halle, zurück auf die B 1, auf die Stadtautobahn, erst auf die 100, dann auf die 113, und schließlich, nach Schönefeld, auf die 117. Über ihnen donnerten die Flugzeuge in den blauen Himmel. Das nächste Gewerbegebiet, Waltersdorf. »Beugen Sie sich nach vorn, ganz weit«, sagte Matti und legte eine Decke über den Chef, als der abgetaucht war. Matti lehnte sich mit dem Ellbogen auf den Mann. In der Lilienthalstraße fuhren sie vorbei an einem Haus mit blau-rot-grüner Fassade, dann an einem Billighotel, um am Ende der Straße in eine Toreinfahrt hineinzurollen. *Sanitärbedarf Studer* verkündete eine eckige blaue Schrift auf längst schmutzig grau gewordenem Hintergrund. Ein Klinkerbau mit verdreckten Fenstern und betoniertem Hof. Twiggy fuhr auf die Rückseite des Gebäudes und parkte. Matti sprang hinaus und öffnete quietschend eine Stahltür. Er winkte die anderen herbei. Der Chef streckte sich, hustete als Zeichen der Empörung, spürte den Druck von Dornröschens Makarov im Rücken und wäre fast gestolpert. Matti betrat einen Raum von knapp zwanzig Quadratmetern, quadratisch, dreckig. In der Mitte stand ein Campingtisch mit drei Stühlen, das Sonderangebot eines Baumarkts, das Matti am Vortag erstanden hatte. Twiggy deutete auf einen Stuhl, und der Chef setzte sich. Matti und Dornröschen hockten sich dazu, Twiggy ging hinaus und packte sich auf den Boden neben dem Eingang.

Matti zündete sich eine Selbstgedrehte an.

Dornröschen fixierte den Chef. »So sieht man sich wieder.«

»Was soll der Unsinn? Lassen Sie mich frei, und ich verrate Sie nicht. Das ist eine Entführung. Wissen Sie eigentlich, dass Sie deswegen ins Gefängnis gehen werden?«

»Wissen Sie, wo Sie hingehen werden?«, fragte Matti und spielte mit seiner Makarov.

Der Chef wedelte mit den Händen, als müsste er Kugeln abwehren.

»Sie haben Runde gar nicht entlassen«, sagte Dornröschen.

Der Chef starrte sie an. »Sie sind wahnsinnig!«, schrie er.

»Hier hört Sie niemand außer uns«, sagte Matti.

Der Chef blickte zu Dornröschen, dann zu Matti, dann wieder zu Dornröschen. »Mein Gott, seien Sie doch vernünftig.«

»Wir waren noch nie so vernünftig«, sagte sie. Aber Matti spürte ihre Unsicherheit, die sie wenigstens so quälte wie ihn seine.

»Was wollen Sie?«, fragte der Chef.

»Wie wär's zur Abwechslung mit der Wahrheit. Mehr wollen wir nicht. Sagen Sie, wie die Dinge wirklich sind, dann können Sie gehen. Heute noch.«

Beim Wort »Heute« konnten sie im Gesicht des Chefs lesen, wie er sich vorstellte, wochenlang in diesem Loch eingesperrt zu bleiben.

»Also, Herr Runde ist …«

Der Chef guckte verwirrt. »Ein Mitarbeiter.«

»Also nicht gefeuert?«, fragte Dornröschen.

»Nein. Gut, ich hatte ihn rausgeschmissen, das haben Sie doch miterlebt …« Ein verzweifelter Blick zu Matti.

»Und dann haben Sie ihn wieder eingestellt. Obwohl er ein korruptes Arschloch ist.«

»Ja, was soll ich machen?« Ein Blick zu Matti, einer zu Dornröschen, dann starrte er auf die Tischplatte. »Bis zur Klärung der juristischen Fragen.«

»Das ist doch Blödsinn«, schimpfte Matti. »Was für juristische Fragen?«

»Na, Sie werden doch veröffentlichen, was Sie herausgefunden haben.« Er klang niedergeschlagen. Doch Matti glaubte ihm kein Wort und keine Geste.

»Sähen Sie da nicht besser aus, wenn Sie Runde gefeuert hätten? Als billiges Schuldeingeständnis. Ja, ein Mitarbeiter hat geglaubt, unserer Firma zu nutzen, indem er Politiker bestach und so weiter.«

Der Chef guckte geradezu mitleiderregend.

»Runde hat was in der Hand gegen Sie, stimmt's?«, fragte Dornröschen.

Der Chef guckte so, als wäre er gefragt worden, ob er ein Sodomist sei. »Was sollte das denn sein?«

»Was sollte das denn sein?«, äffte ihn Dornröschen nach. »Reden wir einmal über die Bücher Ihrer großherzigen Firma. Sie sind eigentlich pleite, wenn ich mich nicht verguckt habe. Könnte glatt Konkursverschleppung sein.«

Der Chef lächelte großmütig. »Wir haben immer Schulden. Das ist unser Geschäftsprinzip.«

»Sie zahlen im Ausland weniger Steuern als in Deutschland und können obendrein in Deutschland Verluste abschreiben.«

Der Chef breitete die Arme aus. »Ich habe die Gesetze nicht gemacht. Wenn wir sie nicht nutzten, würden uns unsere Anteilseigner verklagen.«

»Sie Armer«, sagte Matti und erntete einen verständnislosen Blick.

»Was weiß Runde über illegale Transaktionen?«, fragte Dornröschen.

»Es gibt keine illegalen Transaktionen. Das ist doch Unsinn.«

»Was weiß Runde dann, dass Sie ihn wieder eingestellt haben?«

»Sie sind auf dem Holzweg«, sagte der Chef. »Wenn es so wäre, wie Sie behaupten, hätte ich Runde rausgeworfen und eine Riesenabfindung gezahlt oder ihm einen Job in Rotterdam oder einer Kolding-Filiale besorgt. Habe ich aber nicht. Wenn die Sache mit Rademacher und Spiel auffliegt, ist Runde dran.«

»Und Sie auch, weil Sie die Sache nicht angezeigt haben.«

»Beim Landgericht Berlin liegt eine Schutzschrift, in der unsere Haltung geschildert wird.«

»So ein Quatsch«, sagte Matti. »Sie haben Rademacher und Spiel bestechen lassen. Runde ist Ihr Typ für schmutzige Geschäfte, damit Sie den Heiligen spielen können.«

Der Chef schüttelte den Kopf. Matti sah, wie der Chef sich allmählich bequem hinsetzte. Die Angst wich, sein Gesicht hatte wieder Farbe, die Augen waren ruhig geworden. Er ging hinaus zu Twiggy, der sich auf den Boden gehockt hatte, den Rücken an der Wand, und Gras rauchte. Matti holte aus Twiggys Rucksack ein Paar Handschellen, ging zurück in den Raum und fesselte die Hände des Chefs an die Stuhllehne. Er guckte Dornröschen an und zuckte mit dem Kopf in Richtung Tür. Sie folgte ihm hinaus, während der Chef rief: »Lassen Sie mich frei! Ich vergesse die Sache.«

Matti schloss die Tür. Dornröschen stellte sich ans schmutzige Fenster und behielt den Chef im Auge.

»Da ist nichts«, sagte Matti. »Jedenfalls mit der Bestechung. Der Typ hat sich wieder im Griff, und zwar seit wir ihn nach Runde fragen. Vielleicht ist er wirklich so blöd oder so raffiniert, den Deppen wieder einzustellen.«

»Ja«, sagte Dornröschen. »Aber wenn wir nach den Morden fragen, vielleicht kriegen wir ihn dann?«

»Vielleicht hat Runde ihn in der Hand?«, sagte Twiggy, drückte seine Kippe aus und warf sie in einen Plastiksack. »Ihr müsst auch die Kippen aufsammeln nachher, ja?«

Matti nickte. »Wenn Runde der Killer ist oder Killer beauftragt hat, eher Letzteres, und der Mordbefehl vom Chef kam, dann haben die beiden genug Leichen im Keller.«

»Tja«, sagte Dornröschen nachdenklich. »Wenn das Wörtchen wenn nicht wär.«

»Warum wurde der Chef plötzlich bewacht von diesen Typen?«, fragte Matti. »Vor uns? Aber dann gleich drei Schläger?«

»Er hat vor jemandem Angst«, sagte Dornröschen. »So eine Entführung hat er uns nicht zugetraut. Glaub ich jedenfalls. Er hält uns für weltfremde Spinner. Weltverbesserer.« Sie schüttelte den Kopf. »Nein, die Leibwächter hat er aus einem anderen Grund eingestellt.«

»Vielleicht ist das eine Spur«, sagte Matti.

»Wenn wir einen von den Typen fragen könnten, auf was und wen er achten soll, dann wüssten wir mehr«, sagte Twiggy.

»Genau.« Dornröschen kratzte sich am Kopf. »Wir sollten also den Boss von den drei Schlägern fragen.«

»Aber zuerst den Chef«, sagte Matti.

Er schloss die Handschellen auf, aber das änderte nichts an der Empörung des Chefs. Er hatte wirklich Oberwasser. Er traut uns nicht zu, dass wir ihn töten, dachte Matti. Aber wenn du Lara auf dem Gewissen hast …

»Sagen Sie, Ihre Leibwächter, wie können wir die erreichen?«

Der Chef guckte verdattert. »Was …?«

»Wir möchten wissen, wen Sie beauftragt haben, ist das so kompliziert?«, fragte Dornröschen. »Oder wollen Sie uns selbst verraten, weshalb Sie diese drei Gestalten beschäftigen?«

»Seit dem Mord an dieser Weinert werden wir bedroht, besonders ich.«

»Wie sieht das aus?«, fragte Matti.

»Wir kriegen Anrufe und Zettel …«

»Zettel?«

»Drohbriefe.«

»Ach, so Liebesbriefe, wie Sie selbst welche verschickt haben?«

Der Chef zögerte, dann nickte er. »War eine Idee von Runde. Mein Gott, wir hatten es im Guten versucht, sind extra zu der Bürgerinitiative gegangen, haben Angebote gemacht, aber diese Ignoranten haben abgelehnt. Großkotzig«, sagte der Chef empört.

»Schreckliche Leute«, sagte Dornröschen.

»Ja.« Der Chef warf ihr einen zweifelnden Blick zu.

»Und Sie haben auch versucht, Mitglieder von der Bürgerinitiative zu … überzeugen?«

»Runde«, sagte der Chef.

»Mir scheint, der hatte freie Hand, der Runde. Konnte einfach Geld aus der Portokasse nehmen und Leute bestechen. Konnte mit der Firmenkreditkarte eine Puffrunde aushalten. Und bestimmt noch mehr.« Matti lachte trocken.

»Unsere Mitarbeiter dürfen sehr … selbstständig arbeiten.«

»Sie erzählen doch nur Mist«, schnauzte Matti. »Sie haben das alles abgesegnet: die Drohbriefe, die Bestechungsaktion, die Puffrunde. Das gibt es nicht, dass in einer Firma der Assistent vom Chef solche Dinger dreht und der Chef weiß nichts. Hören Sie auf, dumm rumzulügen.« Matti war mit jedem Wort lauter geworden.

Der Chef schwieg.

»Wer schweigt, stimmt zu«, sagte Dornröschen.

Der Chef schwieg weiter.

»Ich stelle also fest: Die Drohbriefe, die Bestechungsaktionen kommen von Ihnen.«

Der Chef schwieg.

»Danke für die Auskunft«, sagte Matti.

»Und wen haben Sie bestochen in der Ini?«, fragte Matti.

»Ini?«

»Bürgerinitiative«, stöhnte Dornröschen.

»Das weiß nur Runde«, sagte der Chef.

Matti verließ den Raum. »Wo hast du das neue Handy mit der Prepaidkarte?«

Twiggy kramte in seinen Taschen und warf Matti ein Billighandy zu.

Matti ging zurück in den Raum und gab dem Chef das Handy. »Runde anrufen«, sagte er.

»Hab die Nummer nicht, ist in meinem Handy.«

»Die Nummer der Zentrale …«

Der Chef nickte und wählte.

Als die Verbindung stand, befahl er, ihn mit Runde zu verbinden.

Matti nahm ihm das Telefon aus der Hand und schaltete den Lautsprecher ein.

»Runde.«

»Der Chef.«

»Gott sei Dank, Sie leben. Die Polizei ist hier. Entführung haben die gesagt … Terroristen.«

Matti tippte mit der Makarov auf den Tisch und nickte.

»Ich wurde entführt, es stimmt.«

Matti stellte sich neben den Chef und drückte ihm die Waffe an den Hals.

»Um mit mir zu reden.«

Dornröschen hatte währenddessen etwas auf einen Zettel gekritzelt. Sie schob den Zettel vor den Chef. Der las, hob die Brauen und sagte: »Ich darf erklären, dass die Konkurrenz mit mir spricht.«

»Wer?«, fragte Runde.

»Das darf ich nicht sagen.«

Eine energische Stimme. »Hier Kriminalrat Deckinger, Berliner Polizei, ich möchte mit den Entführern sprechen.«

Dornröschen schüttelte den Kopf.

»Die wollen das nicht.«

»Ich will doch nur reden.«

»Die wollen das nicht«, wiederholte der Chef.

»Wie viele sind es?«

Matti drückte den Lauf fester an den Hals.

»Kein Kommentar«, sagte der Chef. »Sagen Sie dem Herrn Runde, dass er die Mappe mit dem Kleeblatt …«

Mattis Lauf traf ihn am Hinterkopf. Dornröschen riss dem Chef das Handy aus der Hand. Der schrie erst jetzt auf. Er fasste sich an den Hinterkopf und betrachtete seine blutigen Finger. »Sie …!«, sagte er.

Matti ließ den Hahn der Pistole knacken, Dornröschen legte das Handy vor den Chef.

»Ist Ihnen etwas passiert?«, fragte Runde besorgt.

»Nein«, erwiderte der Chef.

»Nun reden Sie doch mit uns, wir können uns einigen«, sagte der Oberbulle.

»Der Typ soll sich verpissen«, flüsterte Matti.

»Die möchten, dass Sie aus der Leitung gehen. Geben Sie mir Herrn Runde.«

»Runde. Ja, Chef?«

»Wen haben Sie in dieser … Bürgerinitiative … angesprochen.«

»Chef, das wissen Sie doch.«

»Wen?« Ein herrischer Ton.

»Einen Klaus.«

»Wie viel?«

»Fünftausend. Aber das wissen Sie doch alles.«

Der Chef guckte sich um.

»Die Leibwächterfirma«, zischte Dornröschen.

»Wie heißt noch mal diese Firma, die die Leibwächter stellt?«

»General Security.«

»Mit Sitz in Berlin?«

»Natürlich«, sagte Runde. »Das sind die Besten.«

»Was machen Rademacher und Spiel?«, flüsterte Dornröschen.

Der Chef blickte sie fragend an. Dann: »Haben sich die Herren von der Senatsverwaltung gemeldet?«

»Ja.«

»Was wollen sie?«

»Ist irgendwas mit Ihnen, Chef?«

»Beantworten Sie meine Frage.«

»Die fragen, ob wir Unterlagen haben, aus denen die Staatsanwaltschaft Beweise stricken könnte.«

»Haben wir so was?«

»Wir haben die Rechnung von der *Tanzmarie.* Aber die lass ich verschwinden.«

Matti tippte mit dem Lauf der Pistole auf den Tisch. Als der Chef ihn ansah, schüttelte Matti den Kopf.

»Wir heben die Rechnung auf«, sagte der Chef.

»Kopie«, zischte Dornröschen.

»Machen Sie eine Kopie und legen Sie diese in die blaue Mappe auf meinem Schreibtisch.«

»Aber …«

»Tun Sie es.«

»Schildern Sie den Fall«, sagte Dornröschen leise.

»Ich fasse zusammen, Herr Runde. Sie haben die Herren Spiel und Rademacher in dieses … Lokal geführt und die Rechnung bezahlt.«

»Ja«, sagte Runde verunsichert.

Matti drückte ihm wieder den Lauf an den Hals.

»Klartext«, zischte Dornröschen.

»Sie haben diese Herren bestochen und dazu ein Bordell aufgesucht. Stimmt das?«

»Ja… aber Sie haben doch gesagt, dass ich das tun soll.«

»Ja, ja, ist schon gut.«

»Aber die… Polizei schneidet alles mit.«

»Ja«, sagte der Chef erschöpft.

Wieder lag ein Zettel vor seinen Augen. Dornröschen deutete darauf, der Chef las und stöhnte.

»Haben sich die Herren Rademacher und Spiel dazu geäußert, dass sie diesen WG-Typen Schläger auf den Hals gehetzt haben?«

»Nein…«

Dornröschen kritzelte schnell einen neuen Zettel.

»Warum haben Sie da mitgemacht?«

»Aber, Chef!«

Matti drückte.

»Beantworten Sie meine Frage. Die Herren hier spaßen nicht.«

»Sie haben doch…« Er klang verzweifelt. »Sie haben doch…« Schweigen. Dann: »Herrje, Sie haben mir den Auftrag gegeben, gemeinsam mit Herrn Spiel einen Plan zu entwickeln, wie wir diese WG-Typen vom Hals kriegen können. Und ich habe Ihnen berichtet, was wir besprochen haben. Der Herr Rademacher hat auch zugestimmt, nachdem Sie Ihr Okay gegeben hatten. Das wissen Sie doch alles.«

»Herr Runde, ich weiß nicht, ob Sie schon einmal eine Pistole am Kopf gehabt haben.«

Schweigen.

»Diese WG hat sie entführt!«, platzte Runde raus.

Dornröschen schüttelte den Kopf.

»Nein. Ich kenne die Herren nicht.«

Wieder ein Zettel.

»Was wissen Sie über den Mord, Herr Runde?«

»Nichts.« Runde klang verwirrt.

Ein Zettel.

»Sie haben nicht den Auftrag erhalten, dieser… Bürgerinitiative einzuheizen?«

»Doch, schon, wir planen ja noch einiges.« Runde stöhnte.

»Soll ich es sagen?«, fragte der Chef genervt.

»Als Nächstes hätten wir einen Brand gelegt in dem Haus in der Grimmstraße, und die Spuren hätten zu der Bürgerinitiative geführt.«

Ein Zettel.

»Wer hätte das getan?«

»Na, Sie wissen doch …«

»Sagen Sie es.«

»Na, diese Schläger von der *Tanzmarie*, die Zuhältertruppe.«

Pause. Ein Zettel.

»Die Männer, die diese WG verprügelt haben, die sollten das Haus anstecken.«

»Ja, Chef.« Runde klang genervt.

Pause. Zettel.

»Haben diese Männer auch die Frau umgebracht … die von der Admiralbrücke?«

»Nein, Chef.«

Pause.

Zettel.

»Sagen Sie die Wahrheit!« Der Chef schüttelte den Kopf.

Matti kritzelte in einen Block und schob ihn dem Chef zu.

»Und der Bombenanschlag auf das Taxi?«

»Chef, ich habe davon gehört. Aber das war ich nicht. Ich schwöre es.«

Pause. Zettel.

»Ich rufe gleich noch einmal an. Ich verlange, dass die Fahndung wegen mir eingestellt wird.« Er legte auf.

»Alles geben Sie zu, die Morde natürlich nicht. Wäre ein bisschen teuer«, sagte Dornröschen.

»Wir ermorden niemanden.«

»Sie haben doch auch gesagt, dass Sie niemanden bestechen. Haben Sie nicht beim letzten Rendezvous so eine Art Vorlesung in Ethik gehalten?«, fragte Matti.

Eine Hummel brummte vom Fenster zur Wand.

»Soll ich ihm ins Knie schießen?«, fragte Matti.

Der Chef erstarrte und wurde kreideweiß. »Tun Sie das nicht.«

Dornröschen blickte Matti freundlich an und schüttelte knapp den Kopf.

Matti aber hielt die Pistole ans Knie. »Sie werden uns verraten«, sagte er. »Eigentlich müssten wir Sie beseitigen.«

Der Chef guckte Hilfe suchend zu Dornröschen. Die zuckte mit den Achseln und tat nachdenklich.

Der Chef begann zu zittern.

»Schleyer«, sagte Matti.

»Hör auf!«, maulte Dornröschen.

»Aber er soll sagen, dass er die Morde in Auftrag gegeben hat. Er ist der Einzige, der davon profitiert.«

»Sie sind doch verrückt«, stammelte der Chef.

»Sie wollten diese Rosi Steinert, die Ihnen im Pelz saß, nicht loswerden?«

»Doch«, sagte der Chef. »Lassen Sie mich telefonieren. Bitte!«

Dornröschen nickte.

»Herr Runde … Stefan, sagen Sie um Himmels willen, was wir gegen diese Frau Weinert geplant hatten.«

Schweigen. Dann erklang ein Husten aus dem Lautsprecher.

»Zersetzen«, sagte Runde.

»Das klingt ja wie bei der Stasi«, wisperte Dornröschen fast unhörbar. »Was genau?«

»Es gab da einen Plan«, sagte Runde.

Der Chef nickte fast eifrig.

»Vielleicht wären Sie so freundlich, uns diesen genialen Plan zu verraten«, flüsterte Matti, und der Chef sprach es nach.

»Die Polizei«, sagte Runde.

»Das ist doch jetzt egal«, schimpfte der Chef. »Dann bitten Sie die Herren eben hinaus.«

Nach einer Weile: »Die gehen nicht. Entführung.«

»Geben Sie mir den Einsatzleiter.«

»Deckinger.«

»Herr Deckinger, unter Zeugen: Ich bin nicht entführt worden. Ich habe mich vorhin … falsch ausgedrückt. Ich bin hier in einem Gespräch mit … Geschäftspartnern. Diese Leute sind harmlos. Den Unfall meiner Leibwächter bitte ich zu entschuldigen, das wird zivilrechtlich geklärt. Niemand ist zu Schaden gekommen, nur Blechschäden. Verlassen Sie bitte die Firma.«

Deckinger: »Wir sind die Polizei. Wir gehen davon aus, dass ein Verbrechen geschieht. Entführung ist ein schweres Verbrechen, das zwangsläufig eine Gefängnisstrafe nach sich zieht. Ob eine Entführung vorliegt, entscheidet die Polizei und am Ende das Gericht und nicht der Entführte. Ich hoffe, die Herren Entführer haben das gehört. Ich wende mich an Sie: Wenn Sie den Entführten jetzt unversehrt freilassen, kommen Sie noch glimpflich davon. Haben Sie mich verstanden?«

Matti schrieb einen Zettel und gab ihn dem Chef. »Herr Deckinger, halten Sie den Mund!«, sagte der Chef. Er war sauer, er hätte Mattis Zettel nicht gebraucht. »Ich bin freiwillig hier, auch wenn die Einladung zu diesem Treffen etwas … ungewöhnlich war.«

»Ich habe Sie verstanden«, sagte der Bulle.

Dornröschen schüttelte den Kopf. »Die bleiben, ist doch klar. Also, ich warte auf die Zersetzungsgeschichte.«

Der Chef stöhnte leise. »Also, Stefan, ich darf Sie ja Stefan nennen …«

»Ja, Chef …«

»Also, nun erzählen Sie es eben.«

»Wir hatten einen … Stufenplan.«

»Sehr aufschlussreich«, meckerte Matti leise.

»Nun, Stefan …«

»Also, Stufe eins haben wir schon umgesetzt.« Er stockte.

»Stefan, jetzt lassen Sie sich nicht jedes Wort aus der Nase ziehen.«

»Wir haben ihr Geld angeboten.«

Matti kritzelte verärgert etwas auf einen Zettel und schob ihn dem Chef zu.

»Wie viel und wofür?«

»Zehntausend Euro, für Informationen, schriftliche Informationen.«

Wieder ein Zettel.

»Aus dieser Bürgerinitiative?«

»Ja.«

Zettel auf Zettel folgten jetzt.

»Zehntausend sind viel zu viel für Informationen.«

»Das war Absicht. Und Sie hatte gezickt.«

»Aber bei zehntausend nicht mehr.«

»Sie hat sie genommen. Aber nicht direkt von uns.«

»Und dann.«

»Wir hatten sie in der Hand.«

»Was heißt das?«

»Sie sollte diese Bürgerinitiative diskreditieren. Immer radikalere Vorschläge, sogenannte militante Aktionen, Feuer legen, Auto abfackeln, Zugezogene körperlich angreifen …«

»Das ist doch verrückt«, flüsterte Dornröschen, und der Chef wiederholte es. Er war aschfahl im Gesicht.

Die Tür öffnete sich, und Twiggy trat ein. »Es regnet. Außerdem kommt niemand. Wenn bis jetzt keiner aufgetaucht ist …«

Dornröschen nickte.

Regen war gut. Er wusch Spuren weg. Es waren weniger Leute draußen. Tropfen klebten an der Scheibe, manche zogen Spuren durch den Schmutz.

Matti hatte ein Stechen im Magen, es zuckte. Er begann zu begreifen. Da war etwas oberfaul. Er blickte sich um, doch der Raum war unverändert. An der Rückwand ein graues Stahlregal, befleckt, voller Staub. Der Riss an der linken Wand, der sich von links oben nach rechts unten zackte. Die Verfärbungen darunter, mit Formen, in die er ein Gesicht fantasieren konnte. Der Boden dunkelgrauer Beton mit schwarzen Flecken, vielleicht Öl.

Irgendwas war anders. Er schaute zum Fenster hinaus. Draußen endete das Grundstück an einer Wiese, darauf ein paar Bäume. Der Regen war stärker geworden und zeichnete die Umrisse weich. Am Himmel stand ein finsteres Gebirge. Kein Mensch, kein Auto, kein

Flugzeug, als wären sie die einzigen Menschen auf dem Planeten.

Einen Augenblick glaubte er, die Tür würde aufgestoßen und eine Bullenherde würde eindringen, die Maschinenpistolen im Anschlag, geschützt durch Helme und schusssichere Westen.

Aber es war etwas anderes. Er beobachtete den Chef, wie er telefonierte, während ihm nun Dornröschen Zettel zuschob. Twiggy hatte sich an den Tisch gesetzt. Alles war klar, und dennoch, verdammt, da stimmte etwas nicht. Er hörte genau zu.

»Das heißt, wir wollten nicht mehr selbst Feuer legen und es denen in die Schuhe schieben, sie sollten es selbst tun.«

»Ja«, sagte Runde. »Und diese Rosi fand das sowieso gut, wenn diese Radikalinskis mal richtig auf den Putz gehauen haben. Sie hat Geld für etwas bekommen, das sie ohnehin super fand.«

»Und sie wusste, dass das Geld von Kolding kam?«, las der Chef von einem Zettel ab.

»Nein, wir taten so, als wären wir die Konkurrenz. Eine Immobilienfirma, die sich in Holland mit Kolding angelegt und nun einen Feldzug gestartet habe, um den Kolding-Schweinen überall zu schaden, wo sie auftauchten. Sie sollten materiell geschädigt und Koldings Image sollte zerstört werden.«

»Warum der Umstand?«, las der Chef.

»Sonst hätte sie nicht mitgemacht. Von Kolding hätte sie keinen Euro genommen, wir hatten es doch versucht.«

»Und gibt es diese Konkurrenzfirma?«

»Ja«, sagte Runde, »die Vestingsland AG, einer unserer Hauptkonkurrenten.«

»Und dem wollten Sie dann diese Geschichte anhängen. Rosi fliegt auf und gibt zu, das Vestingsland sie gekauft hat, stimmt's?«, flüsterte Matti. Langsam klärte es sich.

»Ja«, sagte der Chef. »Herr Runde ... Stefan, bestätigen Sie das?«

»Ja«, sagte Runde.

»Aber es ist ja noch nicht so viel passiert im Graefekiez«, las der Chef vor. »Nun, Stefan, erzählen Sie schon, mir glauben die doch nicht.« Er klang ungeduldig.

»Na, dieser Artikel …«

»Was?«, zischte Dornröschen.

»Der war gedacht als Auftakt der Kampagne. Frau Weinert hätte, sobald er erschienen war, auf Aktionen gedrängt. Es hätte ziemlich gerumst. Chef, soll ich …«

»Nicht nötig«, sagte der Chef. »Jetzt werden meine Gesprächspartner auch mir glauben.« Er trennte das Gespräch und legte das Handy auf den Tisch. Er war erschöpft, Schweiß glänzte auf seiner Stirn. »Die Polizei muss nicht alles wissen.«

»Kann ich verstehen«, sagte Matti. »Wenn wir nur den Verdacht haben, dass Sie die Unwahrheit sagen, rufen wir wieder an.« Er tippte auf den Griff seiner Makarov.

Twiggy legte ein winziges Aufnahmegerät auf den Tisch. Der Chef warf einen skeptischen Blick auf das Gerät, zuckte mit den Achseln und winkte ab. »Wir hatten auch Sprengstoff besorgt, ich sage es gleich.« Er wollte es hinter sich bringen. »Und wir hätten die Bürgerinitiative dazu gebracht, die Bombe zu zünden, oder wir hätten sie selbst gezündet.«

»Und wenn jemand umgekommen wäre?«, fragte Twiggy.

»Wir hätten das schon so gemacht …«

»Schon so, toll«, sagte Twiggy. »Was hatten Sie denn noch für Spielchen auf Lager?«

»Alles von Graffiti bis zum großen Knall.«

»Brandstiftung, Autos abfackeln, ich weiß.«

»Und dieser Artikel, in dem die Machenschaften von Spiel und Rademacher enthüllt wurden, mit Fotos und sonstigen Belegen?«

»Das wäre eine Verleumdungskampagne gewesen, die Vestingsland gegen uns geführt hätte. Sie hätten Stasileute engagiert, Spezialisten für Zersetzung. Das stimmt zwar nicht, und Stasileute kenne ich gar nicht. Aber die Leute hätten es geglaubt. Vestingsland hätte alles dementiert, aber Frau Weinert hätte erklären müssen, warum sie Geld von denen bekommen hat.«

»Warum müssen?«, fragte Dornröschen. Jetzt war auch sie bleich.

»Weil alles in ihrem Artikel gefälscht wäre.« Jetzt guckte der Chef sogar ein bisschen zufrieden.

»Was?« Dornröschen schlug mit ihrer kleinen Faust auf den Tisch und verzerrte ihr Gesicht vor Schmerz.

»Alles erfunden«, sagte der Chef.

»Aber es gibt doch Belege, das Foto, die Bewirtungsrechnung, einen Zeugen.«

Der Chef lächelte, dann gluckste es in ihm, und er begann zu lachen, immer lauter. Die drei blickten ihn an, als wäre er ein Monster. Und er lachte weiter. Tränen quollen aus seinen Augen, dann schlug er mit Händen auf den Tisch. Klatsch! Klatsch! Klatsch!

Matti zog die Pistole, trat hinter ihn und drückte ihm den Lauf an den Hals. Schlagartig hörte das Lachen auf. Matti steckte die Makarov in den Gürtel.

»Das glauben Sie. Der Zeuge ist gekauft, der Bewirtungsbeleg stammt von einer anderen Gelegenheit, das Foto ist eine Fälschung, wie sich leicht beweisen ließe.«

»Wie bitte?« Matti stützte sich mit den Händen auf den Tisch und blickte dem Chef direkt in die Augen.

»Ist doch ganz einfach. Ihre Freundin … Rosi hatte den Knüller des Jahres aufgedeckt, und sie ging damit zu Ihnen.« Ein Blick auf Dornröschen. »Damit hatten wir gar nicht gerechnet. Stefan … Herr Runde war erst enttäuscht. Er hatte gedacht, der *Spiegel* oder mindestens eine große Berliner Zeitung würde die Sache bringen, aber dann hörte er, dass Frau Weinert die Geschichte in der *Stadtteilzeitung* veröffentlichen wollte. Da hat er geglaubt, der Plan sei fehlgeschlagen. Aber ich habe ihm gesagt, umso besser. Die *Stadtteilzeitung* ist in den Kreisen der Bürgerinitiative vollkommen glaubwürdig, und die Wut könnte Frau Weinert dort ausnutzen. Und desto brutaler das Erwachen bei diesen Leuten …« Er wischte sie vom Tisch, diese Leute. Er lachte über seinen großen Plan, raffinierter als raffiniert, als wäre niemand sonst im Raum.

»Ja, und?«, fragte Matti verdattert. »Wenn die Geschichte in der *Stadtteilzeitung* steht, passiert doch nichts.«

»Unsinn«, sagte der Chef, »da muss man eben einen vom *Spiegel* oder einem anderen Blatt drauf stoßen. Wenn diese … *Stadtteilzeitung* das veröffentlicht, mit allen angeblichen Beweisen, dass Herren von der Senatsverwaltung korrupt sind, ja, dann forschen andere nach. Das ist doch eine tolle Geschichte.«

»Und wenn die rauskriegen, vielleicht durch einen Tipp von einem Ihrer Leute, dass Rosi gekauft ist von der Konkurrenz, dann platzt die Sache, dann geht Rosi hoch und die Ini auch.« Matti schnaubte.

»Natürlich«, sagte der Chef, »dann kommt zufällig heraus, dass diese Ini nicht nur Falschmeldungen verbreitet und eines ihrer Mitglieder korrupt ist, sondern dass diese Typen nichts anderes sind als Terroristen, die es uns vermiesen wollen, dass wir Bäder kacheln und Isolierfenster einbauen und auch sonst eine Menge tun, um Wohnungen zu verbessern.«

»Aus Profitgründen«, sagte Twiggy.

Der Chef lachte wieder. »Tun Sie was umsonst? Diese ganze Gesellschaft lebt davon, dass es einem nutzt, wenn man Nützliches tut. Das ist doch der Trick. Allein aus diesem Grund ist der Kapitalismus jeder denkbaren anderen Wirtschaftsordnung überlegen. Eine andere Ordnung würde nur funktionieren, wenn sie neue Menschen schaffen würde. Wie so was endet, das wissen Sie doch!« Jetzt redete der Chef wie ein Missionar, der gegen seinen Willen ein bisschen ungeduldig wurde mit seinen Schäfchen.

»Und Spiel, Rademacher, haben die Ihren Plan gekannt?«

Der Chef schüttelte grinsend den Kopf. »Nein, der Herr Runde hat einige Begabungen, die er allerdings geschickt zu verbergen versteht…« Er sann diesem Satz nach, er schien ihm zu gefallen. »Dazu zählt das Herstellen von … in meinem Sprachgebrauch, der ich nichts davon verstehe… Fotomontagen. Er ist ein Meister in all diesen Dingen.«

»Aber Spiel und Rademacher…«

»Haben diese Schläger angeführt.« Der Chef grinste. »Na, überlegen Sie doch mal. So, wie Stefan ein Photoshopgenie ist, gibt es eine Mitarbeiterin, die aus der Welt des Theaters stammt…« Auch diesem Satz widmete er ein paar Augenblicke. »Maskenbildnerin ist sie gewesen, eine gute. Heute verdient sie das Dreifache.« Er lachte. »Und Sie hätten Rademacher und Spiel zuvor nie gesehen außer in der Zeitung.«

»Doch, beim Spanier«, warf Dornröschen ein.

Da lachte der Chef. »Das Einzige, was die beiden Herren getan haben, war, mich zu informieren. Schließlich soll ich sie ja bestochen haben. Es war eine Kleinigkeit, sie um den Brief zu bitten, zumal ich ihnen versprach, dass ich die Sache klären würde.«

Matti zweifelte keinen Augenblick, dass der Chef die Wahrheit sagte. Er hatte sie alle aufs Kreuz gelegt. »Die Leibwächter haben sie eingestellt, weil sie das Revanchefoul von diesen Vestingsland-Leuten befürchten.«

Der Chef strahlte geradezu, als wäre er stolz über eine Einsicht seines Lieblingsschülers. »Ganz richtig.« Er lächelte.

»Aber Rosi wurde ermordet«, sagte Twiggy. Er kriegte den Mund nicht zu.

»Und die Taxibombe?«

Der Chef zog die Mundwinkel nach unten. »Davon weiß ich nichts.«

»Sie wollten Rosi und die Ini fertigmachen, aber Sie haben Rosi nicht ermordet?«, fragte Dornröschen.

»Wir sind keine Mörder«, sagte der Chef ganz sachlich.

»Und es war kein Unfall? Sie beauftragen so einen Prügelknaben, für solche Typen haben Sie ja eingestandenermaßen eine Schwäche, also, Sie besorgen sich so einen … Fachmann fürs Grobe, und Sie schließen aus, dass der Sie missverstanden hat. Verpassen Sie der Frau mal 'ne Abreibung, und weil Ihr Rumänisch nicht so gut ist …«

»Das schließe ich aus. Ich habe den Mann, den die Polizei erschossen hat, nicht gekannt. Niemand bei Kolding hat den gekannt.«

»Ja, ja«, sagte Twiggy.

»Lass mal«, sagte Dornröschen.

Der Regen hatte nachgelassen, der Wind blies die Schmutzschlieren an den Scheiben trocken. Der Himmel war aufgerissen, die Sonne schien zwischen schwarzen Wolkenfetzen hindurch. Irgendwoher drang untergründig ein Dröhnen in den Raum. Matti beobachtete schon eine Weile den Chef. Der war sich seiner Sache sicher. Nein, der Chef war ein Lügner, ein Betrüger, ein Charakterschwein, aber ein Mörder war er nicht.

9: Haunted By You

Robbi saß nörgelnd neben seinem vollen Futternapf, Twiggy teilte Karten aus, Matti baute den Joint, und Dornröschen rührte gähnend in ihrem Tee.

»Dass du das falsche Futter erwischt hast«, stöhnte Twiggy, »das grenzt an Tierquälerei.«

»Ist ja gut, das Biest ist echt verwöhnt«, knurrte Matti.

»Robbi ist kein Biest«, sagte Twiggy pikiert.

Matti guckte den Kater an, der ihn gleich anjaulte, als wäre er auf Diät gesetzt worden. Twiggy legte die Karten weg, erhob sich und beugte sich zu Robbi hinunter. »Matti ist ein Ignorant«, sagte er, »aber das ist ja nichts Neues. Du hast es schon schwer, armer Kerl.« Er nahm Robbi auf den Arm, aber der fuhr seine Krallen aus und fauchte.

»Er hat noch nie gefaucht, und das macht er nur, weil dieser Hühnerfleischfraß unfressbar ist. Allein wie das Zeug stinkt.« Er rümpfte die Nase. »Bestimmt verliert er wieder Haare.«

Matti zündete den Joint an. Gleich verbreitete sich ein süßlicher Geruch.

Twiggy setzte sich, Robbi nörgelte weiter. Aus Protest kratzte er an Twiggys Stuhlbein, dann stolzierte er hinaus in den Flur. Noch ein Jauler, dann war er verschwunden.

»Er ist tierisch unglücklich«, sagte Twiggy, nahm den Kartenstapel und teilte die letzten Karten aus. Er übernahm die Zigarette von Matti und ließ sie aufglühen. Dornröschen ließ ihre Karten liegen und blickte ins Unendliche. Twiggy reichte ihr den Joint, aber sie schaute nicht mal hin.

»Wer, verdammt noch einmal, hat Rosi umgebracht?«, fragte sie leise.

»Und wer Lara?«, fragte Matti, der seine Karten sortiert hatte, sie aber nun auf dem Tisch ablegte.

»Ob der Chef uns doch noch die Bullen auf den Hals hetzt?«, fragte Twiggy.

»Nein, wir haben die Aufnahme, und er hat zu viel zugegeben. Dann landet er im Knast. Und selbst wenn die Aufnahme als Beweismittel nichts taugt, reicht es für die Bullen, ganz genau hinzugucken, und dann fliegt der Superchef mitsamt seinem Superladen auf.«

Sie hatten den Chef zur nächsten S-Bahn-Station gefahren, nachdem sie sich auf einen Kuhhandel geeinigt hatten: Der Chef leugnet, entführt worden zu sein, und bearbeitet auch seine Leibwächter in diesem Sinn. Dafür schweigt die WG über alles, was der Chef während seiner Entführung zugegeben hat. Ein übles Geschäft, aber Knast war übler. Doch ging es Matti nicht aus dem Kopf.

Er fuhr wieder seine Schicht. In der letzten Nacht hatte er in der Charlottenburger Leibnizstraße einen angetrunkenen Fahrgast mit heftigem Lallfaktor, aber offenem Geldbeutel abgesetzt. Danach kam er am Savignyplatz an zwei Typen vorbei, die gerade einen Grillanzünder auf dem Vorderreifen eines Porsches ansteckten. Die Männer trugen Kapuzen, aber als Matti vorbeifuhr, blickte ihn der größere an. Es war Werner das Großmaul, kein Zweifel. Aber das würde Matti niemandem erzählen, nicht mal seinen WG-Genossen. Kurz vor Schichtende hatte er bei Laotse gelesen: »Wer handelt, der scheitert. Wer etwas umfängt, der verliert es.«

»Die Bullen werden ohnehin Feuer unterm Chefgesäß machen, die haben ja einiges mitgehört«, sagte Matti.

»Ach, der redet sich raus. Er sei erpresst worden und so weiter. Außerdem, ist das unser Problem?«, sagte Dornröschen.

Ihr Handy tönte. Sie blickte auf die Anzeige, wies den Anruf ab und versank in Nachdenken.

»Vielleicht war es doch der Typ, den die Bullen erschossen haben?«, fragte Twiggy.

»Aber wie kommt so ein Typ dazu, Rosi umzubringen?«, fragte Matti.

»Die einfachste Erklärung ist, dass er was von ihr wollte, sie aber nichts von ihm, und er ist ausgerastet. Gibt's doch.«

Sie schwiegen.

»Los!«, sagte Dornröschen endlich und legte eine Herz Sieben auf den Tisch.

Twiggy sah es, hustete empört und nahm zwei Karten.

Matti servierte Dornröschen eine Herz Acht.

Dornröschen tat so, als ließe es sie ungerührt, dass sie aussetzen musste. Demonstrativ steckte sie die Karten in der Hand um, als hätte sie den todsicheren Plan gefunden.

Twiggy änderte mit einer Pik Acht die Farbe und ließ Matti aussetzen.

Der zeigte auf Dornröschen: »Da sitzt der Feind, du Schnarchnase.«

Dornröschen legte die Karten weg. »Das geht nicht. Wir können nicht aufhören.«

Sie hatten vor drei Tagen verabredet, aus dem Wahnsinn auszusteigen, auch wenn es Matti wehtat und er sich der Mehrheitsmeinung nur beugte, weil er fürchtete, Dornröschen könnte sonst wirklich ausziehen. Die Bullen sollten herausfinden, wer Lara umgebracht hatte und wer Rosi. Sie hatten daran gekaut, dass Rosi sich hatte kaufen lassen. Die Platten-Rosi, die ihre Freundin gewesen war.

»Vielleicht hat ihr die Sache mit Konny den Rest gegeben«, sagte Dornröschen. »Kann doch sein, dass man aus dem Ruder läuft, wenn vor der eigenen Nase ein Freund ermordet wird. Und dann die Bullen mit ihrem Gefasel von einem Unfall.«

»Sie hat die eigenen Leute bespitzelt«, sagte Twiggy. »Dafür gibt's keinen guten Grund, nur schlechte.«

»Woher weißt du, dass sie gespitzelt hat?«, fragte Matti.

»Aber sie hat für eine Immofirma die Provokateurin gegeben, Mensch«, sagte Twiggy

»Und Kolding ganz bestimmt nichts verraten«, sagte Dornröschen. »Nein, sie hat womöglich gedacht, dass sie das Geld nehmen sollte, um Kolding noch besser bekämpfen zu können.«

»Aber wo ist das Geld?«

»Hm«, sagte Twiggy, den Restjoint in der Hand.

»Wir sind irgendeiner Sache nahe gekommen, und das muss ein großes Ding sein«, stöhnte Matti. »Vielleicht hat der Lara-Mord mit dem Rosi-Mord nichts zu tun, und es geht um was anderes. Worauf wir zufällig gestoßen sind, aber gar nicht wissen, was es ist.«

»Könntest du das in einem günstigen Augenblick mal Robbi erklären. Vielleicht versteht der dich«, sagte Twiggy und drückte die Zigarette aus.

»Wir haben versucht, möglichst viel über die Umstände von Rosis Tod herauszukriegen. Und dabei könnten wir unwissentlich an eine Sache geraten sein, mit der sich Rosi vielleicht beschäftigte«, sagte Dornröschen nachdenklich.

»Lass uns die Varianten aufzählen«, sagte Matti. »Nummer eins: Irgendwer glaubt, dass wir ihm auf die Schliche gekommen sind. Würde den Bombenanschlag erklären.«

Lara. Lara. Lara.

»Variante zwei«, sagte Twiggy, nachdem er sich eine Flasche aus dem Kühlschrank geholt und sie geöffnet hatte, »das wäre die Bullenversion: Rosi wurde zufällig umgebracht, eine Art Unfall, weil sie sich gegen einen Typen gewehrt hat. Erklärt den Bombenanschlag nicht. Könnte aber sein, dass Rosis Tod nichts mit dem Bombenanschlag zu tun hat.«

»Variante zwo A wäre: Rosis Tod ist Pech, die Bullen haben den Richtigen umgenietet, der Bombenanschlag ist eine Eifersuchtstat«, sagte Twiggy. »Das halte ich aber für Quatsch, weil man einen Sprengkörper erst herstellen und ihn dann ins Auto einbauen muss. Dazu war die Zeit zwischen dem Kennenlernen und dem Anschlag zu kurz.«

»Variante drei ist die Verwechslungstheorie. Göktan und/oder Sohn. Sohn Ali gehört zu einer Gang, die den Graefekiez als ihr Gebiet betrachtet. Ali will seinem Alten einen Gefallen tun und legt die Kolding-Schlange um, denkt er jedenfalls. Aber er erwischt Rosi. Und jetzt will er die Spuren verwischen, daher die Bombe«, sagte Matti.

»Ach, du lieber Himmel«, stöhnte Dornröschen. »Das ist ja eine steile These.«

»Nun nöl nicht rum«, sagte Twiggy. »Warum soll die Theorie schlechter sein als die anderen? Keine Ahnung, was in den Hirnen von Gangdeppen vorgeht.«

»Variante vier halte ich für die wahrscheinlichste«, sagte Dornröschen. Sie ging zum Herd und setzte den Wasserkessel auf.

»Vielleicht weihst du uns auch noch in das Geheimnis dieser Version ein?«, fragte Matti. »Aber bitte in einfachen Worten, damit wir es verstehen.«

Ein scharfer Blick ließ ihn zusammenfallen zu einem Häufchen Haut und Knochen. »Irgendwer hält Matti … es kennt ihn ja nicht jeder so gut wie ich … für einen superschlauen Typen, der irgendwem auf die Spur gekommen ist, und will ihn beseitigen.«

»Die Mutter aller Theorien«, maulte Twiggy.

»So wird es sein«, sagte Matti. »Glückwunsch. Du bist ein Genie.«

Dornröschen zeigte ihm den Mittelfinger.

»Und der Mord an Rosi?«, fragte Twiggy genervt.

»Da stimmt die Bullentheorie.«

»Ach, du lieber Himmel, seit wann stimmt eine Bullentheorie?« Twiggy schüttelte den Kopf und trank aus Protest die Flasche leer.

Robbi maulte auch, er stand plötzlich in der Küche und war die Mutter aller Vorwürfe.

»Verwöhntes Aas«, sagte Matti.

Twiggy setzte sich den Kater auf den Schoß. Der bockte erst ein bisschen, um zu zeigen, dass er nicht alles mit sich machen ließ, aber dann begann er zu schnurren.

»So, Variante vier heißt also: Der Mord an Rosi war ein Einzelfall. Die Bombe stammt von einem liebenswerten Mitmenschen, der Matti auf dem Kieker hat«, sagte Twiggy.

Robbi nickte.

»Variante fünf ist, dass einer von der Ini Rosi umgebracht hat. Eifersucht oder so«, sagte Matti. »Nur erklärt das den Bombenanschlag nicht.« Er sah Lara vor sich, fast nackt, drahtig, schön. Und dieses Lachen, das alles versprach. Er hatte nie erlebt, dass es mit einer Frau sofort klar war, keine Umwege, keine Krampfaktionen, einfach klar. Welches Schwein hatte die Bombe gelegt? Er würde es umbringen. Er würde ihn erschießen, mit Ansage, damit der Mörder auch seinen Spaß hatte. Er fühlte allen Sadismus der Welt in sich.

»Es sei denn, der Anschlag dient dazu, den Verdacht von sich abzulenken«, sagte Twiggy.

Dann hätte das Schwein Lara umgebracht wegen eines Ablenkungsmanövers. Und er wollte Matti umbringen. Beides würde er ihm heimzahlen. Und wenn er ewig suchen müsste.

»Vielleicht sollte die Bombe niemanden töten ... obwohl, die hat das Auto zerfetzt und explodierte, als die Tür aufging. Nehme ich an. Hatte Lara den Wagenschlüssel?«

»Natürlich«, sagte Matti.

»Und wenn das Ding an die Autozündung angeschlossen war?«, fragte Twiggy. »Das hieße, dass sie den Motor gestartet hätte.«

»Spekulation«, sagte Matti.

»Wenn wir das wüssten, wären wir weiter«, sagte Dornröschen. Sie nahm ihr Handy, das auf dem Tisch lag, und wählte.

»Den Herrn Hauptkommissar Schmelzer, bitte. Es ist dringend«, flötete sie.

»Herr Schmelzer«, sagte sie, nachdem sie sich vorgestellt hatte. »Wir haben eine wichtige Frage.«

»Na, das wird ja was sein«, tönte es aus dem Lautsprecher.

»Ich hoffe, dass Ihre gute Laune damit zusammenhängt, dass Sie den Bombenleger verhaftet haben.«

»Sie wissen doch, dass ich Ihnen keine Auskünfte über Ermittlungen geben darf.«

»Natürlich, Herr Schmelzer.« Sie machte eine Pause. »Neben mir sitzt der arme Kerl, dessen Taxi in die Luft geflogen ist und der seine Freundin verloren hat, obwohl der Anschlag offenkundig ihm gegolten hat ...«

»Ja, und? Mein Beileid«, fügte er hastig hinzu.

»Wissen Sie denn inzwischen, wer das Opfer war? Mein Freund hat noch nicht die Kraft, Sie zu fragen.«

»Lara Schubert, abgebrochenes Studium, hier ein Job, da einer, meistens arbeitslos. Eigentlich sollte man seine Freundin kennen.«

»Sie waren gerade erst zusammengekommen«, sülzte Dornröschen.

»Ja, ja.«

»Wie ist denn diese Bombe hochgegangen, hing sie an der Zündung?«

»Hm.«

»Herr Schmelzer, wir haben auch mal was für Sie getan.«

»Na ja, so kann man es auch sehen …«

»Doch, doch, Sie hatten den Auftritt Ihres Lebens, geben Sie es zu.«

»Sie wollen wieder schnüffeln, was?«

»Niemals, wir vertrauen ganz und gar unserer Polizei.«

Da musste Schmelzer lachen.

»Er kann lachen, ich fass es nicht«, flüsterte Twiggy.

»Sagen Sie es nicht weiter. Der Zünder war an der Beifahrertür angebracht.«

»Beifahrertür?«

»Ja, da wollte jemand Herrn Jelonek mitsamt Fahrgast in die Luft jagen.«

Dornröschen schwieg eine Weile.

»Zufrieden?«, fragte Schmelzer.

»Überhaupt nicht«, sagte Dornröschen.

»Sie wissen, dass wir gegen Sie ermitteln, wegen Entführung …«

»So ein Quatsch«, sagte sie.

»Ich glaube auch nicht, dass der Staatsanwalt es darauf ankommen lässt, solange das Opfer nicht entführt worden sein will. Aber wehe, das Opfer ändert seine Meinung. Das nur als kleiner Tipp, weil Sie ja mal was für mich getan haben wollen.« Er lachte und war furchtbar zufrieden.

»Haben Sie Verdächtige, Spuren?«

»Nun ist es aber gut, junge Frau.« Schmelzer lachte noch einmal und legte auf.

»Was ist denn in den gefahren?«, murrte Twiggy.

»Mitsamt dem Fahrgast«, murmelte Matti. »Was heißt das?«

»Der Bombenleger hat gesehen, dass ihr zu zweit wart, und hat befürchtet, dass du Lara etwas erzählt hast. Er hat euch gesehen am Wannsee und ist auf Nummer sicher gegangen.« Dornröschen sagte es leise und nachdenklich.

»Irgendjemand muss den gesehen haben, der war auf dem Parkplatz am Bad«, sagte Twiggy. »Das ist sonnenklar.«

»Stimmt«, sagte Dornröschen.

»Aber die Bullen werden das alles abgeklappert haben«, sagte Matti. »Wer achtet schon auf einen Typen, der an einem Taxi herumbastelt?«

Keiner sagte einen Ton. Dornröschen spielte mit ihren Karten, Twiggy streichelte Robbi, der leise schnurrte, und Matti starrte Löcher in die Wand. Der Chef hatte sie auflaufen lassen, und jetzt standen sie wieder am Anfang. Alles, was ihnen gewiss erschienen war, war weggewischt. Sicher war nur, dass Rosi und Lara tot waren.

»Und nun?«, fragte Dornröschen.

Keine Antwort.

»Ihr wollt doch nicht aufgeben?«

Twiggy blickte sie müde an. Er schüttelte den Kopf.

»Und du?« Dornröschen wandte sich an Matti.

»Wir machen weiter«, sagte er. »Nur wie?«

»Also, was ich für eine gute Spur halte …«, sie zögerte, überlegte. »Die Göktans könnten Rosi mit der Kolding-Tante verwechselt haben. Und sie wissen, dass du« – ein Blick zu Matti – »den Mörder finden willst. Vielleicht hat dich einer von den beiden in der Manitiusstraße gesehen? Oder kennt deinen Ülcan?«

Ülcan. Das wäre eine Verbindung. Matti nickte. »Ich werde ihn mal fragen«, sagte er. »Aber es ist unwahrscheinlich. Es gibt ja mehr als drei Türken in Berlin.« Er überlegte, was Göktan über ihn wissen könnte. »Der weiß doch nicht mal meinen Namen. Selbst wenn er mich in einem Taxi gesehen haben sollte …« Er winkte ab. »Das ist exotisch«, sagte er.

Robbi streckte sich, schaute sich um, sah den Fressnapf und jaulte, um sich resignierend wieder zu kugeln. Er seufzte und schlief ein. Der Schlaf einer entrechteten und gequälten Kreatur.

»Ich hol noch was«, sagte Dornröschen und verschwand in ihrem Zimmer. Sie kehrte mit Gras zurück und pfriemelte es in den Tabak, um einen weiteren Joint zu bauen. Normalerweise begnügten sie sich mit einer Zigarette. Aber wenn nichts mehr war, wie es sein sollte, kam es darauf auch nicht an. Vielleicht wird es nie mehr so, wie es war, und das wäre eine Katastrophe, dachte Matti. Aber du bist auch ein anderer geworden. Nie hatte er solche Rachegefühle in sich verspürt. Nicht, als er wegen der Scheiß Dozenten von der Uni verschwunden war, und auch nicht, als Lily ihn gelinkt hatte. Er musste den Bombenleger stellen und ihn umbringen. Langsam und qualvoll. Auch das war neu in ihm. Rache hatte er immer verabscheut. Jetzt war sie sein Antrieb.

Dornröschen zündete Joint Nummer zwei an, zog und gab ihn Twiggy. »Wenn Kolding rausfällt aus dem Kreis der Verdächtigen, dann kommen als nächste Kandidaten nur die Göktans infrage. Eine Racheaktion von einem Kerl aus der Ini war es nicht, warum sollte der Lara umbringen?«

»Um abzulenken«, sagte Twiggy und gab Matti die Zigarette.

Robbi wachte auf. Seine Augen verfolgten die Übergabe, dann schloss er sie und schnurrte verzweifelt vor sich hin.

»Wenn du Ablenkung als Motiv unterstellst, dann wird die Zahl der Kandidaten unbegrenzt. Dann kämen auch Leute auf die Liste, die wir noch gar nicht kennen«, sagte Dornröschen. »Das ist möglich, und doch ist es nicht vernünftig, davon auszugehen.«

»Tja«, sagte Matti. Ihm schmeckte der Joint nicht, aber das lag an ihm. Er spülte den Geschmack mit einem Schluck Bier runter. »Bei den Göktans gibt es immerhin die kleine Chance, dass der weiß, wer ich bin. Und er wollte mich umbringen, weil er glaubt, ich wäre ihm auf die Pelle gerückt.« Er überlegte. »Vielleicht hat er von dem Gespräch, das wir mit ihm führten, den Eindruck, ich sei der Typ, dem er den Verdacht verdankt.«

»Oder der Sohn glaubt es und will den Vater schützen. Ach nee, Unsinn. Also wenn der Sohn die Quasten töten wollte, aber Rosi erwischt hat, dann hat er nach unserem Besuch beim Vater womöglich den Eindruck, Matti ist der Kopf unserer Truppe und drängt darauf, die Göktans fertigzumachen«, sagte Dornröschen.

Ihm steckte die derbe Mau-Mau-Pleite – »historischen Ausmaßes«, hatte Dornröschen gelästert – in den Knochen, als er zur Tagschicht bei Ülcan erschien. Aldi-Klaus wollte mal wieder nachts fahren, und Matti war es egal. Also hatten sie getauscht.

»Morgen«, sagte Matti.

Ülcan blickte nicht auf. Er saß in seiner Rauchwolke und betrachtete eine Tabelle auf einem Schreibblock.

»Ich hab mal 'ne Frage«, sagte Matti.

Ülcan brummte.

»Also, der Koran erlaubt es, dass ein Sklave seinen Gebieter etwas fragt.«

Ülcan hob das Gesicht und blinzelte ihn an. Die Zigarette im Aschenbecher schickte eine Rauchsäule in die Höhe. »Verscheißern kann ich mich selbst. Du solltest bei Konfuzius oder diesem Laotse bleiben und mich, den Propheten und Allah nicht mit solchem Quatsch beleidigen.«

»Nichts läge mir ferner«, sagte Matti. »Aber ich habe eine Frage zu einem Mitglied der Minderheit im Land, die mir am meisten ans Herz gewachsen ist.«

»Ich weiß nichts über Leute von den Fidschis.«

»Du willst mich nicht verstehen, herrje.« Er hob die Arme in stiller Verzweiflung. »Berkan Göktan, kennst du den?«

»Den kennt jeder, ist nach Thailand gewechselt.« Ülcan schüttelte den Kopf über so viel Ahnungslosigkeit.

»Nein, kein Fußballer, sondern ein Typ, der wohnt in Gesundbrunnen, Bellermannstraße.«

»Was willst du von dem?«

»Ich war bei dem zu Besuch und wollte wissen, was das für einer ist.«

»Quatsch«, sagte Ülcan. Er setzte sein Kinn auf die Faust und musterte Matti. »Du erzählst Scheiße.«

»Okay, ich habe falsch abgerechnet mit dem. Er schuldet mir noch zwanzig Euro.«

»Na, die kann er mir dann ja geben«, sagte Ülcan. »Ich sehe ihn am Wochenende beim Grillen.«

»Woher kennst du den?« Matti mühte sich, gelassen zu klingen.

Ülcans Blick wechselte zwischen Neugier und Abweisung.

»Ist eine Art Cousin. Der fünfhundertste Sohn meiner siebenunddreißigsten unehelich gezeugten Schwester.«

»So genau wollte ich es gar nicht wissen.«

»Jetzt weißt du es.«

»Hast du dem von mir erzählt? Er machte so eine Andeutung.«

»Du glaubst, ich hätte dem von dir Nichtsnutz« – wo hatte er nur dieses wunderbare Wort her, beim Bart des Propheten? – »erzählt. Kein Wort, keine Silbe, kein Buchstabe kommt über meine Lippen, wenn es um dich Nichtswürdigen geht.«

»Wie kommt's nur, dass ich dir das nicht glaube? In Wahrheit hast du deine Sklaven in voller Größe dort durchgehechelt, weil du ein Tratschmaul bist. Je mehr Sklaven ein Kameltreiber hat, desto größer sein Ansehen in der Umma.«

Ölcan holte aus, wandte sein Gesicht der Faust zu, die er auf Ohrenhöhe ballte, und ließ sie sinken. »Jeder Hieb wäre zu viel Anerkennung für dich«, brummte er. »Außerdem kannst du dann ein halbes Jahr nicht mehr fahren. Und das wäre schlecht für mich.«

»Du müsstest einen anderen einstellen.«

Ülcan tippte sich an die Stirn. »Ich bin doch nicht verrückt. Jeder neue Fahrer wüsste mehr Tricks als du, um mich zu bescheißen. Dich habe ich längst durchschaut, du kannst mir nichts vormachen.«

»Okay, okay«, sagte Matti, »dann tue ich dir den Gefallen, nicht zu kündigen. Obwohl ich da echt ein gutes Angebot habe.«

Ülcan guckte sehr trübsinnig. »Allein die Überlegung zu kündigen zeigt, was für ein undankbarer Mensch du bist.«

»Ist es nicht ein durch und durch gesunder Impuls, dass man einem Sklaventreiber entkommen will?«

Ülcan griff hinter sich und hatte einen Briefbeschwerer in der Hand. Er glänzte golden, der Gitarrenspieler mit Hut auf dem schweren Sockel. Matti sprang zum Schlüsselbrett, schnappte sich den Autoschlüssel und knallte die Tür von außen zu.

Der neue alte Benz war noch ausgeleierter als der Oldtimer, der explodiert war. Der Fahrersitz war runtergesessen, auf den anderen Plätze quoll Polster durchs graue Leder. Aber der Diesel sprang sofort an und klang, wie ein Diesel aus der Frühsteinzeit klingen muss. Rau, aber gesund. Matti rollte aus dem Hof auf die Manitiusstraße und parkte gleich, um Dornröschen anzurufen.

»Volltreffer, er kennt ihn«, sagte er.

»Gut, dann beginnt die Aktion heute Abend.«

Am Maybachufer/Ecke Ohlauer Straße winkte ein Schnösel. Er hatte ein flaumiges Oberlippenbärtchen, eine auf alt getrimmte Hornbrille und trug einen steifen Hut mit rotem Band.

»Fahren Sie«, sagte er, als er eingestiegen war, »fahren Sie nur.«

»Wohin?«, fragte Matti.

»Fahren Sie, fahren Sie.«

Es begann zu regnen, die Scheibenwischer verschmierten die Windschutzscheibe, bis die Waschanlage für klare Sicht sorgte.

Matti trödelte auf die Hasenheide, dann auf die Wissmannstraße und die Karlsgartenstraße. Licht brach durch die Wolken und ließ die nassen Blätter auf der Allee glänzen. Die Straße spiegelte, fast hätte Matti einen Radfahrer übersehen, der die Fahrbahn querte, ohne zur Seite zu schauen.

»Ist es der richtige Weg?«

»Es gibt keinen falschen Weg, wenn man ihn bewusst geht«, sagte der Mann. Der Hut stieß ans Wagendach.

»Klingt interessant. Von wem stammt das?«, fragte Matti

»Von mir, von wem sonst?«

Er trug eine Fliege, sah Matti im Spiegel.

Sie rollten an der Jahn-Sporthalle Neukölln vorbei, stießen auf den Platz der Luftbrücke.

»Hier mal links«, sagte der Schnösel.

Auf den Tempelhofer Damm, vorbei am Bullenhauptquartier, dann aber nicht auf die Autobahn, sondern weiter nach Tempelhof. Auf dem Mariendorfer Damm sagte der Mann: »Die nächste links rein.«

Es war die Prühßstraße. Erst war sie kleinstädtisch, Läden, Apotheke, Sparkasse säumten die schmale Straße, dann wuchsen rechts und links Laubbäume. Es wurde ländlich. Rechts eine Baustelle, dann ein Mehrfamilienhaus. Als die Straße an einer Querstraße endete, sagte der Schnösel. »Rechts, wenn es beliebt.«

Matti bog ab.

Gleich sagte der Schnösel. »Wenn Sie hier vielleicht halten könnten.«

Matti fuhr rechts ran und hielt ein paar Meter vor einem dicken Baum.

Er spürte einen spitzen Druck an der Rippe, links.

»Das ist ein Messer«, sagte der Schnösel. »Wenn du muckst, stech ich dich ab.«

»Mach keinen Scheiß«, sagte Matti. »Steig aus und verschwinde.«

Der Schnösel lachte spöttisch.

»Oder ich fahr dich zum nächsten Bahnhof…«

»Das ist ein langes Messer«, sagte der Schnösel. »Und wenn du dich nach vorn beugst, komme ich nach. Verstanden?«

Das ist einer von denen, dachte Matti. Der tut nur so, als wäre er ein Taxiräuber. Warum tut er so, wenn er mich umbringen will? Das ist doch Quatsch! Oder will er vorher seinen Spaß haben? Ein perverser Killer?

»Was willst du?«

»Was wohl?«

Matti spürte seinen Zorn. Sie hatten Lara ermordet, sie hatten ihn umbringen wollen, sie hatten ihn verprügelt, sie hatten ihn verarscht, und der Typ auf der Rückbank wollte Schlitten mit ihm fahren. Es reicht. Der Typ hätte nicht einsteigen dürfen, es ist sein Fehler. »Was willst du?«, fragte Matti und legte Angst in seine Stimme. Aber er hatte keine Angst, die hatte keinen Platz neben seiner Wut. Ihm war es egal, ob er draufging, der Typ hätte nicht ins Taxi kommen sollen. Aber er hat es getan, er ist selbst schuld. Man sollte einen Mann, der die Selbstkontrolle verliert, nicht bedrohen. Auf keinen Fall. Der Typ kann das nicht wissen? Das ist gleichgültig, er hätte nicht ins Taxi einsteigen sollen, um auf gut Glück ein Opfer zu suchen. Da kann man Pech haben. »Okay, du kriegst das Geld und haust ab«, sagte er. »Bitte!« Dazu musste er sich zwingen.

»Hast Schiss, was?«

»Ja«, sagte Matti. »Ich bin unbewaffnet, du hast ein Messer, so ein Unterschied schafft Angst.«

»Oh, ein Philosoph der Angst«, sagte der Schnösel. »Wen man so alles trifft.« Er lachte genüsslich.

»Meinen Geldbeutel habe ich unter meinem Sitz.«

»Gut, gut, bist ein ganz Vorsichtiger, was?« Wieder dieses Lachen.

»Ich müsste mich nach vorn beugen.«

»Ich verstehe.« Der versteht gar nichts, dachte Matti. Er war innerlich kalt und kochte gleichzeitig.

Plötzlich sprang der Typ auf den Beifahrersitz, gelenkig wie ein Turner, und hatte gleich wieder das Messer auf Matti gerichtet. Der neigte sich unwillkürlich zur Tür. Die Messerspitze zielte auf seine Seite, ein paar Zentimeter über der Hüfte.

Matti hatte sich schnell wieder im Griff. Sein Kopf arbeitete die Möglichkeiten durch. Es gab am Ende nur eine, bei der er eine vernünftige Chance hatte. Sie war riskant, aber er konnte dem Kerl sein Geld nicht geben. Nicht wegen der paar Euros, aber es wäre eine Demütigung zu viel gewesen.

»Na«, sagte der Typ und lachte. Er guckte sich um, aber niemand beachtete seinen Überfall.

Matti beugte sich langsam nach unten, zog den Automatikhebel nach hinten und drückte das Gaspedal bis zum Boden durch. Der Diesel heulte auf, und das Taxi krachte gegen den Baum. Der Typ wurde nach vorn geschleudert und landete im Airbag, während Matti sich am Lenkrad abstützte und vom Airbag auf den Sitz zurückgedrückt wurde. Diesmal aber mit der Makarov in der Hand, die er blitzschnell unterm Sitz hervorgezogen hatte. Der Schnösel versuchte, seine Hand mit dem Messer zu befreien, aber Matti rammte ihm den Lauf der Pistole in die Rippen und spannte den Hahn.

»Lass fallen!«, sagte er.

Der Schnösel ließ das Messer fallen.

»Ein Mucks, und ich drücke ab.«

»Mensch, war nicht so gemeint. Versteh doch.«

»Ich verstehe immer alles. Halt's Maul.«

»Mensch, nicht die Bullen.«

»Mal sehen«, sagte Matti. Sein Finger zuckte. Er hätte abgedrückt, ein Mucks nur. Einen Augenblick fühlte er die Gewissheit, dass es ihm unendlich viel besser gehen würde, wenn er den Kerl erschießen könnte. Aber dann wurde ihm klar, dass er nur einen umbringen würde, den Bombenleger. Er kriegte den Finger vorher nicht krumm.

Er stieß ihm noch einmal den Lauf in die Seite und traf eine Rippe. Der Schnösel jaulte auf. Er drückte sich an die Tür. Dann sah Matti, dass Leute sie beobachteten. Zwei Männer näherten sich der Unfallstelle.

»Portemonnaie«, sagte er.

Der Schnösel glotzte ihn an, dann fingerte er ein Portemonnaie aus der Jackettinnentasche und reichte es Matti.

Der sortierte mit einer Hand das Geld heraus und steckte es in die Tasche. »Kleine Strafe.« Er betrachtete den Ausweis und grinste. »Gut zu wissen, wo du wohnst. Perso, Führerschein und die Karten kannst du ja nachbestellen.«

»Bitte«, sagte der Schnösel.

»Raus!«, sagte Matti.

Der Schnösel glotzte, dann drückte er die Tür auf und torkelte hinaus. Er fing sich und rannte los.

»Alles in Ordnung?«, fragte ein Muskelpaket und guckte dem Schnösel nach.

»Alles klar, danke«, sagte Matti.

»Bis aufs Auto«, sagte das Muskelpaket.

»Bis aufs Auto«, bestätigte Matti.

Das Muskelpaket stierte ins Taxi, zuckte mit den Achseln und wälzte sich davon.

Sie saßen nebeneinander auf der Vorderbank im Bulli und beobachteten die Eingangstür in der Bellermannstraße.

»Ali erkennen wir nicht«, sagte Twiggy.

»Aber den Alten und seine Frau, vielleicht haben wir Glück, und Ali kommt mit Mamageleitschutz raus«, sagte Dornröschen.

»So ein Mist«, fluchte Matti.

»Das mit dem Taxi?«, fragte Twiggy.

»Was sonst?«

Er hatte dann doch die Bullen gerufen. Er sei überfallen worden, der Angreifer sei aber ein Hanswurst gewesen, den er, nachdem die Karre am Baum gelandet sei, mit ein paar kräftigen Hieben vertreiben konnte, weil der sich nie getraut hätte, sein lächerliches Küchenmesser zu benutzen.

»Da haben Sie ja noch mal Glück gehabt«, sagte der Bulle. »Nur ob das die Versicherung bezahlt …?«

»Gezahlt hätte die, wenn er mich abgestochen hätte und das Polster mit meinem Blut verschmiert worden wäre.«

»Da habense recht, alles Verbrecher, machen 'ne Nuttensause, und wir zahlen dafür.«

»So isses«, sagte Matti. »Wir ehrlichen Steuerzahler.«

»Also«, sagte der Bulle und verzog sein breites Gesicht zu einem Grinsen. »Wir müssen doch zusammenhalten. Ich schreib mal, der Täter habe aufs Gaspedal getreten …«

»Vielen Dank, Herr Kommissar«, sagte Matti, der den Uniformierten längst als Oberwachtmeister identifiziert hatte.

Der Bulle schrieb, für Matti immer noch ein erstaunlicher Vorgang.

»Also«, sagte er schon wieder, »also, ich habe jetzt den Bericht vorbereitet und tipp den nachher ein.« Er reichte Matti einen Zettel. »Das ist meine Karte mit der Telefonnummer. Wegen der Versicherung, aber das wissen Sie ja.«

»Danke, Herr Kommissar«, sagte Matti.

Der Bulle tippte sich an den Mützenschirm und trat ab.

Ülcan war nicht so gelassen. Er fluchte wie ein Rohrspatz. »Erst lässt du dir eine Bombe reinlegen, weil du mit einer … Dame baden gehen musst, in der Dienstzeit …« Er versuchte sich zu sammeln und sagte vor sich hin: »Während der Dienstzeit, während der Dienstzeit, Dienstzeit«, um dann wieder zu Hochform aufzulaufen. »Wenn du Versager nicht baden gegangen wärst, dann hätte ich kein neues Taxi kaufen müssen …«

»Neues …?«

»Für mich war es neu, und wenn ich sage, es war neu, dann war es neu. Es war mindestens so gut wie neu, es hätte noch dreihunderttausend Kilometer gehalten, es war ein Benz und keiner von diesen« – mehr Verachtung konnte ein Gesicht nicht ausdrücken – »japanischen oder französischen Kisten, die schon als Schrott produziert werden, und du hast dieses wunderbare Auto, das auch dem Propheten gefallen hätte und so vielen Glaubensbrüdern unschätzbare Dienste leistete …«

»Jeder Mafioso fährt mit so einer Scheißkarre rum. Und das Terrorpack im Libanon auch.«

Ülcan schluckte und guckte Matti lang an. »Und dann lässt du zu, dass so ein dahergelaufener Spargeltarzan den neuen Benz an einen Baum fährt«, sagte er leise und weinerlich. »An einen Baum.« Er starrte zum Himmel, breitete die Arme aus und setzte sich wieder hin.

»Du könntest ja mal fragen, wie es mir geht«, sagte Matti.

»Das ist mir scheißegal. Dass du lebst, sehe ich, und dass du gesund bist, höre ich aus deinem frechen Maul, das Allah dir eines Tages für alle Zeiten stopfen wird, du nichtsnutziger Ungläubiger, der es nur meiner Gnade verdankt, dass du deine Kinder ernähren könntest, wenn du nicht auch versagt hättest bei deiner Pflicht, gottesfürchtige Nachkommen zu zeugen.« Er saß da und staunte über seinen Wortschwall. Dann winkte er ab. »Geh aus meinen Augen.«

»Bist du gefeuert?«

»Quatsch«, sagte Matti. »Ülcan besorgt einen neuen Superbenz, diesmal mit einer Million Kilometern, und weiter geht der Spaß. Ülcan hat nie jemanden gefeuert, das kann der gar nicht.«

»Und was ist dann mit dir?«

»Ich hätte den Schnösel fast erschossen. Es ging um den Bruchteil einer Sekunde. Ich hab den Finger aber nicht krumm gekriegt.«

»Wir sind alle fix und fertig«, sagte Dornröschen. »Aber niemanden hat es so getroffen wie dich.« Sie streichelte ihm über den Kopf und kraulte ihn im Nacken. »Gut, dass du nicht geschossen hast. Wir brauchen dich.«

»Aber den Bombenleger bring ich um.«

»Ich weiß«, sagte Dornröschen.

»Pssst!«, zischte Twiggy. Er zeigte zum Eingang.

»Die heilige Familie komplett«, sagte Matti.

Sie waren keine hundert Meter entfernt und sahen, wie ein schlaksiger junger Mann cool seine Eltern grüßte und davontrottete.

»Los!«, sagte Dornröschen.

Twiggy startete den Bus und rollte los.

Ali trottete in die Heidebrinker Straße, gesichtslos, Mietshäuser auf beiden Seiten, keine Läden, nur das Büro eines Versicherungsvertreters. Twiggy parkte den Bus, sie stiegen aus und folgten Ali in großem Abstand. Dann tauchte rechts ein Einrichtungszentrum auf, der Firmenname knallte rot über die Breite des Gebäudes. Gegenüber ein Café. Ali schien kein Ziel zu haben. Er näherte sich dem Gesundbrunnen-Center, betrat es aber nicht, sondern ging gemächlich die Behmstraße hinunter.

»Der Typ geht im Kreis«, sagte Twiggy.

»Der latscht rum, um die Zeit totzuschlagen«, sagte Matti. »Vielleicht fürchtet er, verfolgt zu werden, und will ablenken.«

Rechts der beidseitig vollgeparkten zweispurigen Straße standen Büsche und Bäume vor zehnstöckigen Mietwohnungsbetonklötzen, Balkon über Balkon, die an Hühnerlegebatterien erinnerten. Links ein Zaun, dahinter wieder Bäume und Büsche, die das betonierte Elend nur hervorhoben. Auf der rechten Seite eine Einbuchtung, die Tiefgarageneinfahrt, umrahmt von einer u-förmigen Rampe, zwischen Einfahrt und Rampe gelbe, blaue und braune Müllcontainer. Ali zog an einer Kette, die am Gürtel befestigt war, ein Taschenmesser hervor und ließ es kreisen.

»Entweder er macht auf cool, oder er langweilt sich wirklich. Wo will der Typ hin?«, fragte Twiggy. Er zündete sich eine Zigarette an.

Dornröschens Handy erklang. »Verdammt!«, fluchte sie und wies den Anruf ab. Dann guckte sie nach, wer angerufen hatte und lächelte kurz.

Ali blieb auf der Behmstraßenbrücke stehen und schaute sich um. Die WG-Freunde erstarrten und taten dann so, als wären sie Spaziergänger. Matti kam sich blöd vor. Eine perfekte Tarnung dachte er, diese Betonwüste lädt zum Spazierengehen geradezu ein. Links Wohnsilos, rechts Wohnsilos, ihr Grau kläglich garniert mit Grün. Der tiefergelegte Golf auf Gummiwalzen mit Technomusik, der vorbeidröhnte, passte in die Landschaft. Nur der Himmel spottete im sattesten Blau über die menschengemachte Einöde.

Ali schlich weiter.

»Ob er uns gesehen hat?«, flüsterte Twiggy.

»Quatsch«, sagte Dornröschen laut. »Nun stellt euch mal nicht an.«

»Was treibt der Typ?«, fragte Twiggy.

»Das werden wir herausfinden«, antwortete Dornröschen. »Im Augenblick beglotzt er die Züge.«

Eine S-Bahn ratterte vor der ersten Reihe der Mietshäuser an der Brücke vorbei.

Ali hatte den Scheitelpunkt der Brücke verlassen und ging hinunter auf die andere Seite, vorbei an einem Steg, der rechts von der Brücke abzweigte und zu weiteren Wohnanlagen führte. Am Ende der Brücke teilte ein Mittelstreifen mit Wiese, Büschen und Bäumen die Fahrspuren. Ali lief immer weiter in Richtung Pankow und Buch. Eine Graffiti-verzierte Mauer begrenzte den Bürgersteig. Ali wich einer Frau aus, die einen Doppelkinderwagen vor sich herschob, und hörte währenddessen kurz auf, sein Messer an der Kette zu drehen.

Sie erreichten eine Ampelkreuzung und die Schivelbeiner Straße.

»Verflucht«, schimpfte Twiggy, »wohin latscht der Kerl. Ich komme mir vor wie auf dem Wandertag.«

Ali lief unbeirrt weiter. Aber Matti hatte jetzt das Gefühl, dass der ein Ziel hatte. Niemand läuft einfach so durch diese triste Gegend, und dies auf der Hauptverkehrsstraße immer geradeaus. Einem Apothekenhinweis- folgte ein Dreißig-Stundenkilometer-Schild. Auf dem Mittelstreifen parkten Autos. Rechts kam eine Bäckerei, und Ali schlenderte unverdrossen weiter.

»Man könnte fast glauben, der Typ weiß, dass wir ihm folgen, und will uns verarschen«, sagte Twiggy.

Matti nickte. »Es sieht so aus. Den Eindruck habe ich schon eine Weile.«

»Wir gehen auf die andere Straßenseite«, sagte Dornröschen.

»Um Himmels willen«, schimpfte Twiggy. »Guck dir das mal an.«

Die Fassade des Erdgeschosses war grell gelb gestrichen, auch die Rollläden. Und überall waren Mäuse darauf gemalt. Ein paar spielten Fußball, eine andere trug eine Sonnenbrille. Drei saßen an einem Tisch vor einem Bücherregal, weitere glotzten auf die Straße.

»Das Werk eines wahren Fassadenkünstlers«, sagte Dornröschen und prustete vor sich hin.

Matti hielt Ali im Blick, der schlenderte auf der anderen Straßenseite, als wollte er unbedingt in Buch landen.

»Mir tun die Füße weh«, maulte Twiggy.

Ali latschte weiter.

»Der verscheißert uns«, sagte Matti. »Und das beweist, dass er Dreck am Stecken hat.« Er sah, wie Ali ein Handy aus der Tasche zog und sprach. Es dauerte ein paar Sekunden, dann steckte er das Telefon wieder in die Hosentasche und marschierte weiter.

»An der nächsten Fassade spielen Goldfische Federball in dunkelblauem Wasser, wetten?«, sagte Twiggy.

»Nein, Regenwürmer trainieren für den Hundertmeterlauf«, sagte Matti, »und ihr Trainer ist ein Maulwurf.«

»Da wär ich als Regenwurm auch sauschnell«, lachte Twiggy. »Oder Godzilla stampft durch Tokio, das wäre auch lustig.«

Dornröschen schüttelte in gespielter Verzweiflung den Kopf. »Im Kindergarten geht's vernünftiger zu.«

»Die Kinder müssen ja auch nicht einen supergelangweilten Türkenbengel verfolgen«, knurrte Twiggy.

Auf der rechten Fahrbahn rollte ein alter Dreier-BMW, silberfarben, Breitreifen und der Lack tagelang poliert. Am Steuer ein schwarzhaariger Typ mit Dreitagebart. Er hielt neben Ali, der sprang auf den Beifahrersitz, und der Wagen brauste weg.

Die drei blieben stehen.

»Jetzt wissen wir, warum er telefoniert hat«, sagte Dornröschen.

»Super Info, wär ich nie draufgekommen«, brummte Twiggy.

»Er hat uns weggelockt und sich dann verpisst. Er wollte uns entweder vorführen, was ihm ja gelungen ist, oder von seiner Gegend weglocken, weil er dort was vorhat«, sagte Matti.

»Oder es ist alles Zufall«, sagte Dornröschen, »und wir beschatten ein Phantom.«

Sie kehrten um, marschierten durch die Betonwüste, über die Betonbrücke, unter der ein Güterzugbandwurm gemütlich ratterte, überholten eine alte Frau, die in der einen Hand eine Lidl-Tüte und in der anderen einen Stock trug und trotz des Wetters in einen dicken schwarzen Mantel gehüllt war, und bogen endlich ab in die Bellermannstraße, wo der Bulli geparkt war. Matti sah es gleich, Twiggy auch, und Dornröschen raffte es, als sie direkt vor dem VW-Bus hielt, der ein wenig niedriger auf der Straße stand, weil die Reifen zerstochen waren. Außerdem hatte ein Spraydosenkünstler an die Seite geschrieben: *Haut ap!!*

»Bildungsferne Schicht nennt man so was«, knurrte Twiggy, und das war das Vorstadium einer Explosion.

Um das Schlimmste zu vermeiden, rief Dornröschen Schlüssel-Rainer an. »Alle vier«, bestätigte sie. »Nein, keine Nazis, sonst hätten wir so was Hübsches wie ein Hakenkreuz drauf. Ein Dichter hat sich betätigt, er steht allerdings am Anfang seiner Karriere.«

Zurück in der WG, herrschte Niedergeschlagenheit. Sie saßen um den Küchentisch, das Teewasser kochte, eine Flasche Bier stand vor Twiggy, Matti trank Rotwein, und keiner sagte etwas. Nur Robbi war gut gelaunt, seit es wieder Thunfischfutter gab, von dem Twiggy gleich ein paar Tonnen besorgt hatte. Robbi kratzte an Twiggys Hosenbein, und der hob ihn auf den Schoß, wo ihm nichts anderes übrig blieb, als sich streicheln zu lassen. Sonst wäre Twiggy beleidigt, und das wollte der Kater nicht, schließlich gehorchte Twiggy ihm aufs Wort, und das erforderte im Gegenzug eine gewisse Grunddankbarkeit.

»Hat der uns veräppelt, oder war es Zufall?«, fragte Dornröschen.

»Der hat uns veräppelt«, sagte Matti. »Uns vom Auto weggelockt und dann die Reifen zerstochen. Oder er hat jemanden beauftragt, es zu tun. Einen Fuffi auf die Flosse, und schon zischt es.«

»Vielleicht wollen die nur, dass wir abhauen, weil wir nicht dahin gehören«, sagte Dornröschen.

»Ein bisschen viel Zufall«, sagte Twiggy.

Robbi brummte, atmete einmal tief durch, warf einen Blick aus einem zusammengekniffenen Auge in die Runde und schlief ein. Dieses Gerede über Rätsel, die er längst entwirrt hatte, langweilte ihn. Das war so, wie Witze erklären. Davon abgesehen, mochte Robbi Witze nicht, jedenfalls hatte ihn noch nie jemand über einen Witz lachen gesehen.

»Ein bisschen viel«, bestätigte Dornröschen.

»Ich tippe auf beide Göktans«, sagte Twiggy. »Der alte hat Rosi umgebracht, aus Versehen. Und der junge will ihn schützen, weil er es uncool findet, wenn Papi im Knast verschwindet. Das kann man doch verstehen.«

»Und was ist mit Lara?«, fragte Matti. »Hat einer der Göktans mir die Bombe ins Taxi gelegt?«

»Ja, kann doch sein. Weil wir herumschnüffeln«, sagte Matti.

»Vielleicht hängen die Göktans in einer großen Geschichte drin, und der alte hat sich in Schwierigkeiten gebracht, weil er einmal ausgerastet ist«, sagte Dornröschen.

»Versteh ich nicht«, sagte Matti.

»Stell dir mal Folgendes vor: Die Göktans oder meinetwegen nur der alte gehören zu einer… Gang, was Mafiaartiges, und nun hat Berkan aus lauter Wut die Quasten erschlagen, aber es war eben nicht diese… Dame, sondern Rosi, die ihr teuflisch ähnelt. Wir schnüffeln hinter Göktan her, weil wir Rosis Mörder suchen. Göktan aber glaubt, wir könnten etwas über seinen Mafiakram entdecken oder hätten es schon entdeckt. Und er legt dir eine Bombe ins Auto, weil er nicht will, dass wir weiter herumfragen. Denn wenn wir es täten, kämen wir ihm auf die Schliche. Er tarnt also nicht seinen Mord, sondern seine Komplizenschaft bei irgendeiner größeren Geschichte. Er wird ja nicht Bomben legen, um einen Überfall auf einen Spielsalon zu verbergen.«

»Puh«, sagte Matti.

Twiggy hielt unverschämterweise kurz inne beim Kraulen, was Robbi mit einem schläfrigen Fauchen quittierte, woraufhin Twiggy eilig weiterarbeitete. »Tja«, sagte Twiggy. »Das ist ja eine wilde Theorie.«

»Aber es passt alles zusammen«, sagte Dornröschen.

»Och, ich hätte da auch ein paar Theorien, bei denen alles passt«, erwiderte Matti. »Kommt ein Alien aus den Weiten des Alls…«

Dornröschens Blick brachte ihn zum Schweigen. »Habt ihr eine bessere Theorie?«

Matti schüttelte den Kopf. Twiggy stierte auf Robbi, aber der brummte unverdrossen, statt die Mutter aller Theorien zu verraten.

»Und was machen wir nun?«, fragte Twiggy.

»Wir müssen Ali weiter beschatten, was sonst?«, erwiderte Dornröschen.

»Der arme Rainer«, sagte Matti.

»Vielleicht lassen wir uns nicht erwischen?«

»Super Idee«, sagte Twiggy. »Wär ich nie drauf gekommen.«

»Ich kann ihn ja im Taxi verfolgen. Dann sprengt er das auch in die Luft.« Matti stellte sich vor, dass Ali oder Berkan ihm die Bombe ins Taxi gebaut hatten. Er würde sie fertigmachen, umbringen. Er sah Laras schwarz gebrannten Körper auf dem Boden liegen, sah das qualmende Taxi und sah sich, wie er Ali schlug und trat und ihm die Pistole an den Kopf setzte. Er zuckte zurück. Ohne den Beweis oder ein Geständnis würde er es nicht tun. Aber wenn er sicher war, dann gnade wer auch immer dem Schwein, das ihm Lara genommen hatte.

»Wir sind da viel zu auffällig rumgelaufen«, sagte Dornröschen. »Wenn wir es richtig machen, wird es klappen.«

»Vielleicht hilft Gaby wieder«, sagte Matti. »Auf Werner würde ich aber gern verzichten.« Aldi-Klaus hatte Matti erzählt, dass Werner seinem Beinamen »Großmaul« wieder alle Ehre machte und im *Clash* vor Antifafrauen raunte, dass er eine revolutionäre Heldentat vollbracht habe, über die er aber leider, leider, das solle man doch verstehen, nichts sagen könne, ohne das große Projekt zu verraten, das er mit einigen erfahrenen Genossen vorantreibe, um dem Klassenfeind einen Schlag zu versetzen. Später werde man darüber in den Annalen der Bewegung lesen. Aber Konspiration sei nun mal die Pflicht des Revolutionärs.

»Wir können dem Arschloch nicht mal nachweisen, dass er was mit den kaputten Reifen zu tun hat«, sagte Matti.

»Vielleicht sollte man den Genossen Makarov zu Wort kommen lassen«, sagte Twiggy, und Robbi spitzte die Ohren.

»Ihm die Knarre an den Schädel halten?«, fragte Matti.

»Hört auf mit dem Quatsch. Irgendwann buchten sie uns ein. Wir sollten die Pistolen wieder verschwinden lassen«, maulte Dornröschen.

»Nix da«, sagte Twiggy. »Solange der Bombenleger herumläuft, verschwindet meine Knarre jedenfalls nicht.«

»Ist ja gut.« Dornröschen winkte ab, rührte sinnlos in ihrem Tee und gähnte. »Wenn Gaby helfen will, das wär nicht schlecht«, sagte sie. »Uns kennen die Göktans, und jetzt sind sie auch gewarnt.«

»Wenn Gaby was passiert?«, fragte Matti.

»Tja.« Dornröschen rührte immer noch. »Ich glaube aber, wenn man ihr alles erklärt… Und sie will doch auch, dass wir Rosis Mörder kriegen. Und dass jemand Matti eine Bombe…«

»Ich kann doch mit Gaby gehen«, sagte Matti.

»Die erkennen dich«, widersprach Twiggy.

»Du wirst schon sehen.« Er zog sein Handy heraus und tippte eine Kurzwahlnummer. »Erna… Gut geht es… Hab aber eine wichtige Sache… ganz wichtig, ganz eilig… In zwei Stunden?… Danke, bis dann!«

10: Be My Light, Be My Guide

Sie hatten sich an der Bushaltestelle vor dem Gesundbrunnen-Center verabredet. Gaby guckte und guckte, aber sie sah ihn nicht.

»Hei«, sagte er, als er vor ihr stand.

Sie erschrak, aber bevor sie losbellen konnte, erkannte sie ihn. Sie fing an zu lachen und kriegte kein Wort heraus. Ein Türkenpaar, das auf der Wartebank saß, grinste erst, um dann auch zu lachen.

Matti tippte sich an die Stirn und ging zur Straße.

Gaby stutzte, dann folgte sie ihm, immer noch lachend.

Als sie am Taxistand waren, kriegte Gaby endlich ein Wort heraus. »Wie siehst du denn aus?«

»Ja, ja«, antwortete Matti.

Gaby hob die Pudelmütze an. »Eine Glatze! Echt!« Sie kreischte fast.

Sie zog am Revers seines Jacketts. »Und so 'ne Kutte, ich lach mich schlapp.« Sie blickte an ihm hinunter. »Und die Hose, Bügelfalte, scharf wie ein Messer.« Sie hielt sich die Hand vor den Mund und deutete auf die Schuhe. »Lacktreter, nee, das gibt's nicht.«

Das Türkenpaar hatte sich erhoben von der Bank, er groß und breitschultrig, sie klein und schmächtig. Beide standen da, beobachteten Matti und Gaby und lachten, sie hinter vorgehaltener Hand.

Ein Bus fuhr vorbei, die Fahrgäste glotzten.

Endlich durfte Matti begründen, warum er sich umgestylt hatte. Gaby grinste, aber sie verstand. Vor allem, dass sie besser nicht allein die Göktans beobachtete. Es konnte ja sein, dass einer von denen ein Mörder war. Da lachte sie nicht mehr.

Sie hakte sich bei Matti ein, und der brachte sie zu seinem Taxi, das auf dem Center-Parkplatz stand. Sie fuhren vor das Haus, in dem die Göktans wohnten.

»Da oben.« Matti zeigte zu den Fenstern der Wohnung, in denen Licht brannte. »Vielleicht haben wir Glück, und die kommen wieder zusammen raus. Diesmal würde ich Berkan folgen.«

Es erschien nach einer Dreiviertelstunde aber Ali in einer dunkelblauen Kapuzenjacke, weißen Turnschuhen und Jeans. Er blickte sich um und ging los, zielstrebig und schnell. Matti startete den Motor und rollte hinterher. »Vorsicht! Vorsicht!«, murmelte er.

Ali ging den gleichen Weg wie beim letzten Mal. Die Turnschuhe schimmerten in der Dämmerung. Wenn Matti hielt, schaltete er das Licht aus, ließ aber die Bremslichter leuchten.

Kurz vor der Kreuzung der Schivelbeiner mit der Schönfließer Straße verbreiterte sich die Fahrbahn auf zwei Spuren pro Richtung.

Ali marschierte in die Schönfließer Straße, vorbei an einer großen Baustelle, wo offenbar ein Büropalast hochgezogen wurde, und verschwand in einer Kneipe. Neben der Tür ein Schild mit dem Halbmond auf rotem Hintergrund. Eine große Milchglasscheibe im Fenster ließ Streulicht auf die Straße fallen.

»Und nun?«, fragte Gaby.

»Warten.«

»Irre aufregend.«

Matti stellte sich auf der gegenüberliegenden Straßenseite mit dem Heck zum Bürgersteig in eine Parklücke und schaltete das Licht aus. Sie hatten den Eingang im Blick.

»Hoffentlich gibt's hinten keine Tür«, sagte sie.

»Lauf doch mal außen herum«, sagte Matti. »Wir machen eine Handystandleitung, während du unterwegs bist.«

»Okay, mein Gebieter«, sagte Gaby und stieg aus.

Es rauschte eine Weile am Ohr, dann sagte sie: »Ich bin in der Dänenstraße. Da ist eine Papistenburg …«

»Was?«

»'ne Kirche«, stöhnte Gaby. »Ich geh rein, die werden schon einen Hinterausgang haben.«

Er hörte ihren Atem, dann klackte es. »Mein Gott, ist die schwer«, schimpfte Gaby. »Aber ich komm rein.«

Jetzt hatte er Hall im Hörer. Er hörte ihre Schritte. Dann klackte es wieder. »Ich bin auf dem Hinterhof der Betanstalt«, flüsterte sie. »Scheiße, da ist eine Mauer. Das Ding ist abgesichert wie ein Knast. Na ja, ist ja so was Ähnliches … aber ich sehe eine Tür.« Es klapperte. »Abgeschlossen«, fluchte Gaby. »Wenn hier einer nicht reinkommt, dann der liebe Gott.«

»Der kommt von oben«, antwortete Matti, »und schlüpft dann durch den Schornstein.«

»Du verwechselst ihn mit dem Weihnachtsmann. Außerdem haben die bestimmt Stacheldraht in den Schornstein eingebaut. Da reißt sich der liebe Gott das Ärschlein auf.« Es klackte, dann Schleifgeräusche, ein dumpfer Schlag.

»Gaby! Alles klar?« Er hatte die Hand am Zündschlüssel.

»Ja«, flüsterte sie. »Bin über die Mauer geklettert.«

»Pass auf!«

»Ruhe«, sagte sie.

Er hörte nur ihren Atem.

»Geh nicht zu dicht ran«, flüsterte er.

»Ruhe!«

Etwas knackte. »Au!«, schnaufte sie. »So ein Scheißding.«

»Was ist los?«

»So ein Stängel mit grünem Zeug dran … Ich glaube, man nennt das einen Ast. Mitten ins Gesicht«, schimpfte sie leise.

Er hörte ihrer Stimme an, wie nervös sie war.

»Pass auf oder komm lieber zurück.«

»Quatsch.«

Wieder ein Knacken.

»Alles klar.«

»Jetzt halt doch mal die Klappe«, schimpfte sie. »Also, die Kneipe hat eine Hintertür. Es ist ein Fenster drin, ich sehe das Licht.« Stille, dann: »Jetzt geht sie auf.«

Matti spürte ihre Anspannung.

»Ein Typ kommt raus … noch einer.« Sekundenlanges Schweigen. »Sie rauchen.«

»Ist Ali dabei?«

»Nein. Ich schleich mich ran.«

»Vorsicht!«

Er hörte ein Knacken, dann einen unterdrückten Fluch. »Was ist?«

»Pst!«

Schweigen. Im Hintergrund hörte er Männerstimmen, aber er verstand nicht, was sie sagten. Zwei Stimmen, dann ein Klacken, eine dritte Stimme. Jugendlicher, jedenfalls heller, aber ein Mann.

»Ali ist da«, sagte sie leise.

»Komm zurück«, sagte er.

»Pst!«

Stimmengemurmel. Ein Pfeifen. Er sah den Hubschrauber, der blinkend aus dem Nachthimmel auftauchte, um sich gleich wieder von ihm verschlucken zu lassen. Er hörte ihn auch im Handy.

»Es geht um eine Aktion, irgendwas«, flüsterte Gaby. Ihre Stimme klang aufgeregt. »Die haben was vor … oder was getan. Einer von diesen Typen redet Deutsch und Türkisch, der andere nur Türkisch. Scheiß Schulsystem.«

»Sag lieber nichts, erzähl es mir später.«

»Pst!«, zischte sie, um trotzdem was zu sagen: »Da ist was im Gange, echt. Eine Riesenscheiße. Ich hab das Wort ›Gemüseladen‹ gehört. Und ›Urbanstraße‹.«

»Es geht um Göktans ehemaligen Laden im Graefekiez«, sagte Matti. »Red jetzt lieber nicht.«

»Pst!« Gemurmel.

Um Himmels willen, halt die Klappe, dachte er.

»Scheiße«, hörte er. Es trappelte. Ein Knacken. Eine Männerstimme: »Da ist jemand!« Dann auf Türkisch etwas, das er nicht verstand, aufgeregt. »Scheiße!«, rief Gaby. Dann war es still.

Matti drehte den Zündschlüssel um und gab Gas. Er schlitterte mit quietschenden Reifen aus der Parklücke und raste in die

Dänenstraße. Rein in die Kirche. Er rannte zum rückseitigen Ausgang, kam in den Hinterhof und sprang die Mauer an, krallte sich an der Maueroberkante fest, strampelte hoch und ließ sich über die Mauer fallen. Er sah die Kneipentür sofort. Sie war geschlossen, Licht fiel durchs Fenster. So schnell und so leise wie möglich näherte er sich dem Haus und stolperte über ein weiches Hindernis. Es war Gabys Körper. Er nahm ihren Kopf in die Hände. Von der Kneipenvorderseite her heulte und quietschte es. Ein Motor, Reifen drehten durch. Er hielt seinen Finger an Gabys Halsschlagader. Es klopfte. Sie stöhnte, drehte ihren Kopf, drückte ihn mit den Händen weg und schlug die Augen auf. Sie drückte nicht mehr. »Scheiße«, sagte sie.

»Was ist passiert?« Er streichelte ihre Wange.

Sie fasste sich an den Hinterkopf. »Mein Gott, tut das weh.«

Er tastete ihren Kopf ab, fühlte ihre borstigen Haare und fand ein paar Zentimeter über dem Genick ein feuchte Stelle. Er hielt seine Hand ins fahle Lichter aus der Kneipenhintertür. Es sah dunkelrot aus. Er tastete noch einmal und spürte auch die Schwellung.

»Wir fahren ins Krankenhaus«, sagte er.

»Quatsch, geht gleich wieder.« Sie drehte sich zur Seite und übergab sich.

»So ein Mist«, schimpfte er. »Warte einen Augenblick.«

Er hatte keine Wahl. Er würde sie nicht über die Mauer schleppen können, ohne ihr wehzutun.

»Kannst du laufen?«

Sie stand zögernd, wacklig auf und kippte seitlich um. »Die Knie halten mich nicht.«

»Lass dir Zeit.«

Sie versuchte es noch einmal, torkelte, fiel hin und übergab sich. »Mir ist so schwindlig«, sagte sie. »Tut mir leid.«

Er gab ihr sein Taschentuch, sie wischte sich den Mund ab. Ihre Hand zitterte.

»Ich trage dich.«

Sie guckte ihn fragend an. »Wenn du vielleicht noch etwas wartest.«

»Ach Quatsch.«

Er hob sie auf die Arme. Sie lehnte ihren Kopf an seine Schulter. Sie war leichter, als er befürchtet hatte, und doch zu schwer. Matti stapfte zur Kneipentür. Er setzte sie neben der Tür auf den Boden und zog an der Klinke. Die Tür war abgeschlossen. Er hämmerte dagegen. Schlurfende Schritte, dann der Umriss eines Kopfs im Milchglas. Ein Schlüssel klingelte, ratschte ins Schloss und klackte, als er umgedreht wurde. Die Tür öffnete sich, und ein mittelgroßer, fetter Mann mit rundem Kopf, spärlichem Haarwuchs und Oberlippenbart stand vor ihnen. Er trug ein Unterhemd, das einmal weiß gewesen sein mochte.

»Was du willst?«, fragte er mit türkischem Akzent.

»Einen Notarzt«, sagte Matti.

»Den brauchst *du* gleich«, sagte der Mann, trat näher und hob die Faust. Er hatte gewaltige Muskeln, der Arm war tätowiert.

Matti zeigte auf Gaby.

»Was ist?« Sein Kinn deutete auf sie, dann starrte er Matti böse an.

»Schwer verletzt, von Typen, die aus der Kneipe hier gekommen sind.«

»Keine Typen.«

»Lassen Sie uns rein.«

»Moment, warten«, sagte der Mann, knallte die Tür zu, und die Schritte schlurften weg. Ein oder zwei endlose Minuten später tauchte er wieder auf. »Reinkommen.« Er schlurfte vorweg. Die erste Tür links in einem vermufften Flur, die Tapete verfleckt, teilweise abgerissen. Schimmelgestank. Die Tür führte in eine Art Büro. An der Wand stand eine Couch. Der Mann zeigte hin, und Matti legte Gaby darauf.

»Du anrufen«, sagte er und stellte sich direkt vor Matti. »Notarzt.«

Matti wählte die Nummer, und der Mann hörte zu, während Matti sprach.

Als er fertig war, fragte der Mann: »Kommt gleich?«

»Kommt gleich«, sagte Matti.

Sie guckten sich ein paar Sekunden an. Der Typ war kräftiger als Matti, aber der war größer. Der Mann sah aus wie einer, dem eine Schlägerei nicht fremd war. An der Schläfe hatte er eine tiefe Narbe.

»Wo sind die Männer, die meine Freundin zusammengeschlagen haben?«

Gaby lag auf dem Sofa und beobachtete die beiden Männer. Manchmal schloss sie die Augen, um sie gleich wieder aufzureißen.

»Welche Männer?«

»Aus Ihrer Gaststätte sind drei Männer hinten herausgekommen, einer heißt Ali Göktan.«

Der Mann schaute Matti feindselig an und rückte noch ein bisschen näher. »Du sagen, ich lüge?«

»Wie kommen Sie darauf?«

»Weil ich jetzt sage, dass keine Männer durch diese Tür gegangen sind außer dir und …« Sein Kinn deutete auf Gaby.

»Sie lügen«, sagte Gaby.

Der Mann tat einen Schritt zum Sofa und blieb stehen. »Du, du …«, sagte er nur.

»Wo sind sie hin, die Männer? Wo ist Ali Göktan hin?«

»Ich kenne nicht Ali … wie soll der heißen?«

»Göktan, wie der Fußballer.«

Der Typ glotzte Matti an, schüttelte ungläubig den Kopf und sagte: »Berkan Göktan ist ein Arschloch. Geht nach Afrika.« Er hob die Hände. »Afrika!« Er verharrte einige Sekunden in dieser Haltung. Dann ließ er die Arme sinken, schüttelte noch einmal den Kopf, fuhr sich durch die Haare und baute sich wieder vor Matti auf.

»Und Notarzt?«, bellte er.

»Kommt gleich.«

Der Typ knurrte.

»Kennen Sie den Berkan Göktan, der am Gesundbrunnen wohnt?«

»Weiß nicht, kenne nicht, lass mich in Ruh. Bin ich Telefonauskunft?«

Matti roch den Schweiß, der sich mit einem süßlichen Rasierwasser vollendet zu einem Brechreizstoff ergänzte.

»Darf ich nachschauen, ob die Männer vielleicht zufällig in der Kneipe sitzen?«

Der Typ schob seinen Körper zwischen Tür und Matti. »Hierbleiben!«, schnauzte er.

»Aber Sie sagen doch, dass Sie ihn nicht kennen, den Ali Göktan.« Er verfluchte sich, dass er die Makarov in der Hektik unterm Taxisitz vergessen hatte. Und spürte doch ein wenig Erleichterung darüber.

Sie schwiegen sich an. Einmal klingelte das Handy des Mannes, aber er wies den Anruf ab. Endlich klingelte es an der Tür. »Wenn holen Polizei, ich dich machen fertig!«, polterte er und ging hinaus.

»Dein neuer Freund, was?«, sagte Gaby.

»Du hast gleich noch einen Grund für den Notarzt.«

Sie kicherte und hielt sich die Hand an den Kopf. »Au!«

»Kommt davon, wenn du mich auslachst.«

Die Tür ging auf, und der Notarzt kam rein. »Ich kenn Sie doch«, sagte er, blickte Matti an und hob die Augenbrauen.

»Tag!«, sagte Matti.

Der Kneipenbesitzer stellte sich in die Tür und beobachtete die Szene, während der Arzt sich um Gaby kümmerte.

»Sie geraten gern mal in eine Prügelei«, sagte der Arzt mit resignativem Unterton.

»Jeden Tag«, sagte Matti.

Der Kneipentyp guckte neugierig.

»Und das macht Spaß?«, fragte der Arzt, während er Gaby in die Augen leuchtete.

»Am meisten, wenn man selbst nichts abkriegt.«

»Na, Ihre Freundin hat ganz schön was abgekriegt. Die muss ins Krankenhaus. Da könnten Sie bei Ihrem Lebensstil ja schon mal eine Flatrate buchen.«

»Sie sind ja richtig clever.«

»Ich rufe jetzt den Krankenwagen.«

»Quatsch«, sagte Gaby.

»Nix Quatsch«, sagte Matti. »Du wirst jetzt zu den Halsabschneidern entsorgt.« Er wandte sich an den Arzt. »Und Sie bürgen mit dem Leben Ihrer Mutter dafür, dass Gaby wieder gesund wird.«

»Das ist kein Problem, meine Mutter ist tot.«

Der Kneipenfritze blickte von einem zum anderen und verstand nur Bahnhof.

»Das war ein Überfall, nehme ich mal an«, sagte der Arzt. »Dann müssten wir die Polizei anrufen.« Er guckte den Kneipenbesitzer streng an.

Der steckte seine Daumen in den Gürtel und spannte seine Muskeln.

»Nee, war ein Unfall«, sagte Matti. »Der wollte das nicht.« Er deutete auf den Kneipier.

Der schnaubte.

»Er wollte sie streicheln, ganz zart über den Kopf, und da ist ihm die Hand runtergefallen. Gucken Sie sich mal die Vorderpfoten von dem Herrn an, und Sie wissen Bescheid.«

»Ist da ein spitzes Teil anmontiert, an den vorderen Extremitäten?«

»Wieso?«

»Weil die Dame eine Verletzung hat, die von einem harten Gegenstand herrührt, so in der Größe eines Hammers. Oder eines Pistolengriffs.«

»Wie kommen Sie auf die Pistole?«

»Würde gut passen.«

»Aber dieser Herr hat keine Pistole«, sagte Matti.

»Woher wissen Sie denn das?«, fragte der Arzt.

»Ich war dabei, ich bin der einzige Zeuge.«

Der Arzt blickte ihn lange an und musterte auch den Kneipier, der in der Tür stand wie eine griechische Säule. Er schüttelte den Kopf. Dann zückte er sein Handy und hielt es ans Ohr. »Einen Krankenwagen.« Er gab die Adresse durch. Als er das Handy wieder eingesteckt hatte, sagte er zu Matti: »Ich glaub Ihnen kein Wort und hoffe, Sie haben einen guten Grund.«

Als der Krankenwagen mit Gaby verschwunden – »Ich besuche dich gleich morgen!« – und der Arzt einen letzten missbilligenden Blick losgeworden war, stellte sich der Kneipier breitbeinig vor Matti, tippte ihm auf die Schulter, während sich vier Augen gegenseitig fixierten. Dann zeigte des Kneipiers Daumen über seine Schulter. »'n Bier?«

Matti nickte, erleichtert, dass ihm anscheinend die nächste Prügelei erspart blieb. Er hatte sich schon ausgedacht, dass er dem Typen das Knie in die Eier rammen würde, sobald der einen Schlag oder Tritt nur andeutete. Einen Tritt in die Eier, einen Schlag auf die Nase und nichts wie weg.

Stattdessen ein Bier.

Der Gastraum war klein, stickig, schmutzig und leer. Der Typ schlurfte hinter den Tresen, zapfte ein Bier und goss sich einen türkischen Tee ein. Er stellte beides auf den Tisch, der dem Tresen am nächsten lag. Matti setzte sich, dann der Kneipier. Der zog eine Schachtel Zigaretten aus der Hosentasche und schob sie Matti hin. Der nahm eine und schob die Schachtel zurück. Der Kneipier steckte sich eine in den Mund und gab Matti Feuer, dann sich. Er hob sein Teeglas und Matti hob sein Glas.

»Prost«, sagte der Kneipier.

»Prost.«

»Warum suchst du Ali Göktan, den ich nicht kenne?«

Matti überlegte kurz. »Ich suche ihn nicht, ich bin ihm gefolgt. Meine Freundin und ich.«

»Richtige Freundin?«

Matti schüttelte den Kopf.

»Ist zu dürr«, sagte der Kneipier. Er hielt seine Hände vor die Brust, die leicht gekrümmten Handrücken zeigten zu Matti. »Zu wenig.«

»Sie ist eine sehr gute Freundin, da geht es nicht um das da.«

Der Kneipier lachte trocken. »Du reden Scheiße.«

»Du reden Scheiße«, antwortete Matti.

Der Typ lachte wieder. »Warum du folgen Göktan?«

»Ich suche den Mörder einer Freundin.«

»Richtige Freundin?« Er hielt wieder die Hände vor die Brust.

»Nein, gute Freundin.«

»Scheiße.«

»Sie wurde ermordet. Und dann wurde meine Freundin ermordet.«

»Richtige Freundin?« Die Hände.

Matti zögerte. »Ja.«

»Scheiße.«

»Und Ali Göktan hat die ermordet?«

»Weiß ich nicht, kann aber sein.«

»Und warum?«

»Ich glaube, Berkan Göktan …«

»Was, der Fußballer?«

»Nein, Alis Vater.«

»Ach so. Warum?«

»Der wurde vertrieben, also sein Laden, aus dem Graefekiez. Und er hat die Frau, die schuld ist, auf der Straße getroffen, in der Nacht, zufällig. Und da hat er sie umgebracht.«

»Deine Freundin war schuld, dass Göktan …?«

»Nein, aber meine Freundin sah aus wie die, die schuld war.«

Der Kneipier guckte ihn mit großen Augen an. »Puh, ist kompliziert. Die Freundin sah aus wie die Frau, die schuld war.«

»Eine Verwechslung.«

»Tödliche Verwechslung«, sinnierte der Wirt. Er schlürfte seinen Tee, deutete aufs Bierglas und sagte nachdenklich: »Alkohol ist Scheiße, du weißt, der Prophet …«

»Sagt mein Chef auch immer.«

»Chef?«

»Ich bin Taxifahrer, und mein Chef heißt Ülcan.«

»Seit wann du fahren für Ülcan?«

»Viele, viele Jahre, mehr als zwanzig. Kennst du den Ülcan?«

Der Wirt schüttelte nachdenklich den Kopf. »Ülcan ist Türke?«

»Deutscher, aber er kommt irgendwo aus Anatolien.«

Der Wirt grinste. »Das sind die Besten. Nicht so verdorben wie diese Leute aus Istanbul.« Er verfiel ins Grübeln. »Verwechslung«, sagst du.

»Könnte sein.«

»Nicht sicher?«

»Nein. Aber die haben immerhin Gaby zusammengeschlagen.«

Der Kneipier hob die Brauen. Er stand auf und holte eine Flasche Weinbrand und zwei Gläser.

Matti starrte auf die Flasche.

Der Kneipier guckte auf die Monsteruhr an seinem Handgelenk. »Allah schläft.«

»Muss er ja auch mal.«

Der Wirt grinste. »Du Ungläubiger sollst seinen Namen nicht in Mund nehmen.«

»Nicht meine Geschmacksrichtung«, sagte Matti.

Der Typ schenkte ein: »Ich Mustafa.«

»Ich Matti.«

Sie hoben die Gläser, stießen an und tranken. Das Zeug schmeckte nach Magenkrämpfen, Durchfall und Kopfschmerzen.

Mustafa schenkte nach.

»Mörder von Freundin?«

»Mörder von Freundin.«

»Wie?«

»Bombe.«

Mustafa überlegte. »Die nicht legen Bombe.«

»Aha. Woher weißt du das? Haben sie dir das gesagt?«

»Gefühl. Ich kenne Menschen. Du guter Mensch, die Göktans gute Menschen.«

»Haben Gaby zusammengeschlagen. Finde ich nicht gut.«

Mustafa musste wieder nachdenken. »Ist nicht gut. Manchmal gut ist, Dinge zu tun, die schlecht sind. Du verstehen?«

»Dialektik«, sagte Matti.

»Kein Dialekt, Wahrheit.«

»Zusammenschlagen immer Scheiße«, sagte Matti. »Mit Dialekt und ohne Dialekt.«

»Hm. Manchmal muss man sich verteidigen.«

»Gegen eine dünne Frau? Zu dritt?«

»Dünne Frau wie Schlange.« Er hob entschuldigend die Achseln und sein Glas. Sie stießen an.

»Hast du mitgemacht?«

Entrüstung im Blick. »Ich schlagen nur Mann.«

»Aber Ali Göktan …«

»Ich weiß nicht.« Er senkte den Blick.

»Hast du es gesehen?«

»Ich war hier, die ganze Zeit.«

»Ali und die beiden anderen Typen sind vom Hof zurück hierher.«

»Ja.« Er zündete sich eine neue Zigarette an und schob Matti die Packung rüber. Der griff zu, Mustafa gab Feuer.

»Haben die was gesagt?«

Mustafa schüttelte den Kopf.

»Die haben bezahlt …«

»Oh, diese Arschlöcher, die haben nicht bezahlt!« Ein Jammerlaut entstieg seiner Kehle. »Diese Arschlöcher«, seufzte er.

»Na, die werden das nachholen«, tröstete Matti.

Mustafa schüttelte wieder den Kopf. »Sie haben gegessen und getrunken, das Teuerste, das Beste …«

»Was war es?«

»Mein Hausgericht, Döner. Und sie haben Tee getrunken und Wasser und Limo …« Er schlug auf den Tisch.

»Soll ich für die Herren bezahlen?«

»Warum du? Hast du was mit denen zu tun?« Mustafa guckte bedröppelt.

»Die haben meine Freundin verprügelt.«

»Was deine Freundin da suchen?« Sein Daumen zeigte zum Hof.

»Sie hat sich verlaufen. Die macht immer so komische Sachen. Ist vernarrt in Kirchen, und da ist sie wohl rumgeirrt …«

»Rumgeeiert?«

»Nein, verlaufen.«

»Frauen verlaufen sich immer«, sagte Mustafa. »Und dann sagen sie einem: Du bist schuld. So eine Scheiße. Man soll denen Navi einbauen. So ein Navi … kennst du Navi?«

»Klar, Navi ist spitze.«

»Unter Männern wir verstehen«, sagte Mustafa und hob sein Glas.

Also runter mit der braunen Brühe. Sie schmeckte pervers.

»Du magst die drei Typen auch nicht, Ali Göktan und die anderen beiden.«

»Schlechte Menschen.« Er flüsterte es und hielt sich den Zeigefinger an die Lippen. »Ganz schlechte Menschen.« Er blickte sich um.

»Warum?«

Mustafa war plötzlich die Angst in Person.

»Du hast Angst vor so einem wie Ali? Bist du ein Feigling?«

Mustafa erhob sich und ballte die Fäuste. »Niemand nennt mich einen Feigling, auch du nicht. Willst du herauskriegen, wie stark ich bin.« Er ballte die Oberarmmuskeln, und Matti überlegte, wie viel davon Training war und wie viel Anabolika. »Willst du mich beleidigen?«

Matti lehnte sich zurück und blickte Mustafa in die Augen. In denen stand die Angst und sonst nichts. Matti hatte oft genug in Augen von Typen geblickt, die ihm drohten. Bullen vor allem. Und er erkannte es, wenn es einer ernst meinte.

Mustafas Pose wurde immer lächerlicher.

»Soll ich dir helfen?«

Mustafa blickte ihn ungläubig an. »Du … mir … helfen?« Er schüttelte den Kopf. »Was willst du tun? Willst du die umbringen?«

»Was hast du gegen die?«

»Das sind schlechte Menschen.«

»Hast du schon gesagt.«

Mustafa setzte sich und goss die Gläser voll.

An der Tür rüttelte es. Mustafa schloss sie auf, öffnete sie einen Spalt und blickte hinaus. »Hau ab!«, brüllte er. »Komm morgen wieder.« Als der Typ »Aber« sagte, donnerte Mustafa ein »Geschlossen!« hinterher.

Mustafa knallte die Tür zu und drehte den Schlüssel um. »Arschloch«, murmelte er.

»Warum haben die meiner Freundin eine verpasst?«

»Die sollte nicht mithören. Und um abzuschrecken. Das machen die gern.« Er tastete mit der Hand über den Hinterkopf. »Die sind grausam, gern grausam. Macht Spaß, du verstehen?«

Matti wurde es ganz anders. »Sadisten?«, fragte er unsicher.

»Viel schlimmer. Sadisten machen in Bett. Die machen tot, aber quälen vorher. Kapiert?«

»Warum?«

Mustafa hob sein Glas, sie tranken. Matti würgte, erhob sich, ging zum Tresen und füllte sich ein Glas Wasser ein. Er trank es in einem Zug aus. Mustafas Augen folgten ihm.

Als Matti wieder am Tisch saß, fragte er: »Die bringen Leute um?«

»Die töten dich, die reißen dir die Fingernägel raus, die stechen dich ab wie einen Hammel.«

»Hast du Beweise?«

Mustafa blickte Matti an, als wäre er eine Erscheinung. »Alle wissen das.«

»Alle?«

»Alle, die türkische Kneipen hier, Gesundbrunnen, Pankow …«

»Das sind Schutzgelderpresser.«

Mustafa blickte sich um und legte seinen Finger an die Lippen. »Die sagen: Wir beschützen dich gegen Leute, die noch böser sind als wir. Du verstehen?«

»Absolut.«

»Was?«

»Ja.«

Mattis Handy klingelte. »Wann kommst du?«, fragte Gaby. Sie klang kläglich.

»Scheiße«, sagte Matti.

»Bist du besoffen?«

»Äh, vielleicht.«

»Geht's noch?« Nach einer Pause: »Du meinst, saufen ist wichtiger, als mich zu besuchen?« Er hörte ihre Fassungslosigkeit.

»Nein, aber …«

Es klickte.

»Scheiße, scheiße, scheiße!«

»Freundin? Ist immer so.« Mustafa winkte ab. »Erst machen große Augen und wackeln mit Arsch, dann du läufst ihnen hinterher, und wenn du sie hast, ja, dann wollen sie dies und wollen das und noch ein bisschen davon, sind schlecht gelaunt und noch schlechter gelaunt, wenn sie was nicht kriegen. Man soll Allah nicht widersprechen, aber da hat er einen Fehler gemacht.«

»Und die Jungfrauen für die Märtyrer, sind die auch so?«

Mustafa guckte ihn finster an. »Das geht dich gar nichts an, du Ungläubiger.« Er begann zu lachen und schenkte nach. »Ich verrate dir ein Geheimnis, aber nicht weitersagen: Die gibt es gar nicht.«

»Ach nee«, sagte Matti. Er ärgerte sich, dass es mit Gaby schiefgelaufen war. »Ali und die beiden Typen sind also Schutzgelderpresser. Warum tun sich die Gastwirte nicht zusammen gegen diese Typen?«

Mustafa blickte zur Decke. »Bist du blöd? Die brennen Kneipen ab, eine nach der anderen.«

»Aber wenn ihr die drei schnappt und ...« Matti ballte die Faust. »Du verstehst?«

»Das sind viel mehr, und es gibt einen Boss, und da gibt es Typen aus Türkei ...« Er blickte verzweifelt gegen die Wand. »Die stechen dich ab, und dann haut der ab, in die Türkei, und war nie hier. Ich hör auf, mach einen anderen Job.«

»Und die Bullen?«

»Ach, hör auf, die Polizei. Die lächelt freundlich. Wenn du denen meine Leiche bringst mit einem Messer im Bauch, dann sagen die doch, der arme Mustafa hat Selbstmord gemacht. Oder Unfall beim Schneiden von Salatblättern.«

»Kannst du dir vorstellen, dass die meine Freundin Rosi umgebracht haben?«

»Heißt die Rosi, die blonde Frau mit dem ...« Er griff sich an den Kopf.

»Die heißt Gaby und lebt noch. Rosi wurde im Graefekiez umgebracht, und ihre Leiche wurde auf der Admiralbrücke gefunden.«

»Admiralbrücke, ich verstehen. Brücke mit Bierflaschendeckeln.«

Matti stutzte, dann musste er grinsen. »Könnte also sein, dass die Kolding-Leute einen großen Fehler gemacht haben, als sie Berkan Göktans Gemüseladen verdrängten. Der Sohn gehört zur Schutzgeldmafia und rächt seinen Vater, indem er angeblich die Quasten ermordet, sich aber vertut und Rosi erwischt. Das ist die Variante eins. Die Variante zwei ist, dass Rosi was herausgekriegt hat über die Schutzgelderpresser und es gar kein Irrtum war, sondern sie tatsächlich sterben sollte.«

Mustafas Augen zeigten, dass er nichts mehr begriff.

»Und das bedeutet, dass wir von vorn anfangen müssen.«

Gaby war stinksauer, als Matti am Nachmittag auftauchte. »Du hast mit diesem grenzdebilen Arschloch gesoffen, dieser zuckenden Muskelmasse ohne Hirn, diesem schwanzgesteuerten Uraffen …«

Und noch saurer wurde sie, als Matti trocken sagte: »Unter der rauen Schale …«

Sie schrie auf, fasste sich mit schmerzverzerrtem Gesicht an den Kopf und stöhnte.

Die Tür des Krankenzimmers öffnete sich, und eine Schwester eilte herein. »Was ist los?« Sie hatte eine scharfe Stimme und war entschlossen, Matti ihre Schneidezähne in den Hals zu rammen.

Gaby winkte ab. »Mein Freund hat eine Meise, sonst ist nichts.«

»So sieht er auch aus«, erklärte die Schwester trocken. »Brauchen Sie einen Leibwächter? Wir hätten da einen kräftigen Praktikanten, der steht auf Sie.«

»Nachher vielleicht«, sagte Gaby. »Aber ich bin Ihnen sehr dankbar, man weiß bei solchen Typen nie, was passiert. Unberechenbar. Da hat der liebe Gott echt einen Fehler gemacht.«

»Sie sagen es.« Die Schwester verzog ihr Gesicht und sah verzweifelt aus. Dann grinste sie und verschwand.

»Mustafa hat dich nicht geschlagen, das war Ali oder einer seiner Kumpane.«

»Ist ja gut«, sagte Gaby.

»Das sind Schutzgelderpresser, und die haben einen Freundschaftsbesuch bei Mustafa gemacht. Die mögen es nicht, wenn man ihnen nachschnüffelt.«

»Hast du was Vernünftiges zu trinken mitgebracht?«

11: I Can't Help Myself

Am Morgen vor dem Besuch bei Gaby hatte Twiggy blass im Blaumann am Küchentisch gesessen, Mattis Hirn machte Schwimmübungen, in der Nacht hatte er sich übergeben müssen, und der gallige Geschmack dieses Gesöffs, mit dem Mustafa ihn abgefüllt hatte, ließ sich nicht verdünnen. Er hatte schon im Taxi eines Kollegen fast kotzen müssen. Matti überlegte, ob er ein Bier trinken sollte, um den Geschmack zu übertönen, aber er schnorrte doch Dornröschen an, ihm einen Becher Tee abzutreten, den er mit Todesverachtung schlückchenweise trank, ohne dass es half. Twiggy fummelte an der Espressomaschine herum, die er dereinst organisiert hatte, und Dornröschen dachte nach. Robbi schwieg gnadenlos. Nicht umsonst hatte der erste Robespierre den Beinamen »der Unbestechliche« getragen, und Robbi fühlte sich dem historischen Vorbild verpflichtet, was ihm umso leichter fiel, als die Guillotine abgeschafft war.

Im Gettoblaster lief *Drawn To The Deep End* von Gene.

»Schutzgeld, ach, du lieber Himmel. Dann hat Ali Rosi mit Absicht erschlagen, weil sie ihm bei ihren Recherchen im Graefekiez auf die Spur gekommen ist«, sagte Twiggy. »Manchmal komme ich mir hier vor wie die Servicekraft. Der Kaffeerestebehälter klemmt, welcher Idiot hat den verkantet reingeschoben?«

»Als Servicetyp bist du unschlagbar«, sagte Matti.

Twiggy haute mit der Faust auf die Arbeitsplatte. »Macht euern Scheiß allein.« Er holte die alte Filterkaffeemaschine vom Schrank, warf sie an und setzte sich an den Tisch.

»Wir müssten ihre Unterlagen noch einmal durchsuchen«, sagte Matti. »Wenn sie was wusste über Schutzgelder, wird es irgendwo eine Notiz geben.«

Dornröschen rührte in ihrem Becher und grübelte. Sie gähnte und sagte leise: »Ich glaub, sie hat mal was in dieser Richtung gesagt.«

»Ach nee«, sagte Matti. »Vielen Dank für die Auskunft.« Ihm schwindelte. Er starrte auf seinen Becher und versuchte ihn klar zu sehen. Aber der verdammte Becher war ein Montagsprodukt mit krummen Kanten.

Robbi jammerte gotteserbärmlich. Matti kam es tierisch laut vor. Sein Kopf schmerzte, und er stieß trotz des Tees und des Bieres diesen Fusel auf.

»›Außerdem gibt's da noch eine Schutzgeldsache unter Türken‹, so hat Rosi es gesagt. Sie war zufällig darauf gestoßen und recherchiere noch, müsse aber erst die Gentrifizierungsgeschichte abschließen. ›Ich werde noch eine Starjournalistin!‹, hat sie gesagt. Aber jetzt …«

»Sie ist bei der Gentrifizierungsgeschichte auf diese Mafiasache gestoßen?«, fragte Twiggy.

»Sieht so aus.« Dornröschen trank einen Schluck Tee, jede ihrer Bewegungen war unendlich langsam.

»Vielleicht war ihr Mörder dieser osteuropäische Killer im Auftrag der Türkenmafia. Könnte doch sein, würde die Spuren verwischen. Dann sind wir bei Göktan senior aufgetaucht, was Göktan junior glauben ließ, wir seien ihm und seinen Komplizen auf der Spur.« Twiggy hörte auf zu kraulen, was ihm sofort ein Knurren eintrug.

»Und deswegen haben sie mir die Bombe ins Taxi gepackt. Die sollte doppelt wirken. Mich umbringen, also ein Schnüffler weniger, und euch abschrecken. Wenn ihr weitermacht, sprengen wir euch auch in die Luft.« Die Birne dröhnte, aber die Gedanken waren nüchtern, dachte Matti. Das Bild von Laras Leiche war gestochen scharf.

»Also sind Rosi und … Lara von der Mafia umgebracht worden«, sagte Dornröschen. »Im ersten Fall haben sie einen Killer geschickt, im zweiten einen Sprengstoffexperten. Sieht wirklich nach Mafia aus.« Dornröschen rührte in ihrer Tasse.

»Wir müssen uns Rosis Unterlagen noch einmal anschauen«, sagte Matti.

»Wir waren so fixiert auf Kolding, dass wir andere Möglichkeiten nicht mitbedacht haben«, sagte Dornröschen. »Scheuklappe links, Scheuklappe rechts und auf zum wilden Galopp.«

»Seit wann kennst du dich mit Gäulen aus?«, fragte Twiggy.

»Tja.«

»Dornröschen kennt sich mit allem aus«, sagte Matti.

Sie streckte ihm die Zunge heraus.

»Ob die Sachen von Rosi noch in der Wohnung sind?«, fragte Twiggy.

»Wir müssen uns beeilen. Und auf keinen Fall darf diese debile Nachbarin uns noch einmal sehen. Wir müssen durchs Fenster rein«, sagte Dornröschen.

»Super«, maulte Matti. »Einbrechen macht Spaß.«

»Ich wollte schon immer mal so richtig in den Knast wie die heldenhaften Genossen vom bewaffneten Kampf«, lästerte Twiggy.

»Die erwischen uns nicht, wenn wir das gescheit vorbereiten. Da war ein Einfachfenster im Wohnzimmer, und 'ne Alarmanlage gibt's da auch nicht«, sagte Dornröschen. »Macht euch mal nicht ins Hemd.«

»Und wenn die Bude schon ausgeräumt ist?«, fragte Twiggy.

»Dann haben wir Pech gehabt. Aber wenn sie nicht ausgeräumt ist, finden wir was, jede Wette. Ein kleiner Hinweis genügt.«

Matti wusste, dass es kein Zurück gab. Dornröschen war überzeugt, dass es richtig sei, also war es richtig. Vielleicht hätte ein Erdbeben der Stärke 8 oder ein Taifun sie vorsichtig zweifeln lassen, aber niemand hatte die Berliner vor einer Naturkatastrophe gewarnt. Nein, darauf konnte Matti nicht hoffen. Also der Einbruch.

»Wenn die uns schnappen, machen sie uns fertig. Vorbestraft sind wir, und dass die Bullen, die Staatsanwälte und die Richter sich in uns verlieben, ist eher unwahrscheinlich.« Twiggy war richtig schlecht gelaunt. »Aber das macht ja nichts, ist eine Lebenserfahrung mehr. Es gibt zwar keine Revolution mehr, weil irgendein Arschloch sie abgeschafft hat, aber der Knast bleibt die Schule des Revolutionärs.«

»Mein Gott, Twiggy, mach dir nicht ins Hemd«, sagte Dornröschen.

»Unsere Heldin«, stöhnte er.

»Ich finde es auch heldenhaft, sich mit Leuten anzulegen, die andere Leute mir nichts, dir nichts, umbringen und Bomben legen«, sagte Matti.

»Glaubst du, die merken das, wenn wir bei Rosi einbrechen?«, fragte Dornröschen.

»Wenn die uns überwachen? Wär nicht das erste Mal.«

»Die werden nicht glauben, dass wir aufgehört haben«, sagte Dornröschen bemüht geduldig.

»Die werden denken, dass wir aufhören, schließlich haben die Mattis Freundin umgebracht. Die gucken erst mal, ob wir das Zeichen verstanden haben.« Twiggy war noch mauliger.

»Wir machen das. Ich will wissen, wer Lara umgebracht hat«, sagte Matti. Twiggy und Dornröschen blickten ihn erschrocken an.

»Pst!« Dornröschen zischte es, obwohl niemand was gesagt hatte. Es war stockfinster, der Mond hatte sich feige hinter einer Wolke verkrochen. Twiggy hatte einen Lappen vor den Taschenlampenschirm gebunden, das Licht funzelte mehr, als dass es etwas erhellte. Der Bulli stand ein paar Ecken weiter. Twiggy hatte ein Seil mitgebracht und Bergsteigerstiefel mit Spikes. Und er hatte die Haustür und die Tür zum Hinterhof aufgerattert mit seinem Elektrodietrich.

»Und wie soll das gehen? Sind dieser bekloppte Messner hier und der Yeti?«, fragte Matti. Er hatte immer noch diesen ätzenden Geschmack im Mund, als hätte er Salzsäure getrunken.

»Keine Ahnung. Dornröschen hat das Zeug bestellt.«

Dornröschen schimpfte leise: »Ich habe gedacht, ihr kriegt so was hin.«

Matti nahm das Seil und warf es die Mauer hoch.

»Bloß kein Fenster treffen«, zischte Dornröschen.

Prompt ging im zweiten Stock ein Licht an.

»Weg«, befahl Dornröschen.

Matti verkroch sich hinter einem Schuppen, Twiggy flitzte um die Ecke, und Dornröschen stand hinter dem einzigen Baum.

Das Fenster öffnete sich, der Kopf einer Frau erschien. Etwas schnippte, dann eine Flamme. Sie steckte sich eine Zigarette an. Dabei summte sie ein Lied.

Die Aktion ist irrwitzig, dachte Matti. Wir müssen durch die Tür rein. Dornröschen spinnt, seit sie mit diesem Typen telefoniert. Früher wäre sie nie auf die Idee gekommen, so eine Anarchogeschichte anzuzetteln. Einbruch auf gut Glück. Er hatte schon in der Küche widersprochen, als sie mit der Bergsteigeridee kam.

»Es kann doch nicht so schwer sein, ein Seil die Regenrinne hochzuschieben.«

Twiggy war sowieso maulig gewesen und hatte sich einen Scheiß um diese Dinge gekümmert, sich aber dann von Dornröschen losschicken lassen, um das Zeug zu besorgen. Irgendeiner seiner genialen Tauschpartner, die eigentlich alle als Diebe, Hehler und sonst was hinter Gittern sitzen müssten, hatte tatsächlich Bergsteigerausrüstung im Sortiment gehabt. Damit waren Mattis Hoffnungen verflogen, dem Wahnsinnsunternehmen zu entkommen. Gerade in dieser Zeit, da Dornröschen mysteriöse Telefonate führte und die WG am Rand der Katastrophe stand, da wollte Matti nicht den Aufstand proben.

Die Frau am Fenster begann *La Paloma* zu singen. Prompt meldete sich Mattis Brechreiz wieder. Das war die blödeste Aktion, die sie je unternommen hatten. Und das, weil Dornröschen geistig nicht zurechnungsfähig war und Twiggy auch nur noch rummaulte.

Schroff ist das Riff,
Und schnell geht ein Schiff zugrunde,
Früh oder spät
Schlägt jedem von uns die Stunde.

Dann schloss die Frau endlich das Fenster, ein paar Sekunden später war das Licht aus.

Sie versammelten sich hinter dem Schuppen.

»Schluss mit dem Quatsch, wir gehen zur Tür rein«, sagte Matti.

»Das machen wir«, sagte Twiggy.

»Ihr seid echte Helden«, knurrte Dornröschen.

Es war mild, ein Lufthauch schmeichelte. Weitab kläffte ein Hund. Sie packten das bekloppte Bergsteigerzeug in Twiggys Monsterrucksack und gingen ins Haus.

»Ihr wartet draußen, bis ich euch hole. Wir machen ja keine Treppendemo.«

Widerspruchslos verkrümelten sich Dornröschen und Matti auf die Straße und taten so, als gehörten sie zur Gattung nachtwandelnder Touristen.

Ein Pärchen zog die Straße hinunter. Er wankte, sie redete auf ihn ein. Beschienen wurde das Drama von den Laternen. Sein Schatten wankte mit. In der Hand trug er eine Flasche, setzte sie an und ließ sie fallen. Das Gesöff spritzte nach allen Seiten. Sie schimpfte. »Reiß dich zusammen … Du bist doch ein Scheißkerl.« Er lallend: »Dann hau doch ab.« Sie keifend: »Mach ich auch, wirst schon sehen.« Er: »Lass dich nicht aufhalten.« Er sank zu Boden, keuchte einmal und machte sich lang.

Matti wurde nervös. Wenn jetzt der Notarzt kam, vielleicht die Bullen, das würde passen. Er starrte auf die Haustür, als könnte er damit Twiggy zur Eile antreiben. Die Frau kniete neben dem Typen nieder, wackelte an dessen Kopf, zog an seinen Haaren, bis seine Arme sich schlagartig um sie legten. Sie quiekte, er zwang ihr einen Kuss auf und zog ihr das T-Shirt hoch. Sie trug keinen BH. Sie strampelte, und Matti überlegte, ob er ihr helfen sollte, aber dann begann sie zu stöhnen. Er drehte sie auf den Rücken und schob ihren Rock hoch.

Endlich öffnete sich die Tür.

»Los!« Twiggy winkte.

Sie eilten die Treppe hoch und betraten Rosis Wohnung.

Twiggy schloss die Tür auf und leuchtete mit gedämpftem Taschenlampenlicht in den Flur. Sie zogen die Tür hinter sich zu und gingen in die Räume. Die Wohnung war fast leer.

»So eine Scheiße«, sagte Matti.

Dornröschen stand schweigend in Rosis Schlafzimmer, schnappte sich die Taschenlampe und schaute sich um. Die Möbel waren weg, die Lampen hingen noch. An der Garderobe im Flur baumelte eine Trainingsjacke. In der Küche standen Herd und Spüle, in der Ecke lehnte ein blauer Müllsack. »Immerhin«, sagte Dornröschen. Das Licht fiel auf den Sack, und Twiggy schlug sich mit der flachen Hand an die Stirn. »Super, im Müll wühlen. Der geheime Traum meiner Kindheit.«

»Wir kippen den aus und gucken mal«, sagte Dornröschen.

Matti schüttelte den Kopf, packte den Sack und hob ihn an, mit der Öffnung nach unten. Fäulnisgestank machte sich breit.

Twiggy holte aus seinem Rucksack ein Brecheisen und einen Schraubendreher, den reichte er Matti. Dornröschen beleuchtete den Haufen, die beiden Männer stocherten darin herum. Tetrapackbehälter für H-Milch und Apfelsaft schoben sie zur Seite, dann schimmlige Orangenschalen – »Noch nie was von Mülltrennung gehört«, schimpfte Dornröschen –, ein paar Konservendosen – »Die falsche Raviolimarke, ich bin enttäuscht« –, Zeitungsblätter, Alupapier – »Sie muss aber sehr unglücklich gewesen sein, dass sie so viel Schokolade gefuttert hat« –, Verpackungsreste von Fertiggerichten – »So was von ungesund, das Zeug, Zucker, diese Aromastoffe, verstecktes Fett, ich sage euch« –, Papier, Briefe, Umschläge – »Die dahin« –, sie deutete auf einen Punkt auf dem Boden und setzte sich daneben.

»Da hat irgendwer klar Schiff gemacht und alles, was er für wertlos hielt, in einen Sack gestopft«, sagte Twiggy. Sie standen neben Dornröschen und guckten zu. Matti hielt die Taschenlampe.

Rechnungen, Mahnungen, Verlagswerbung, Flugblätter, Zeitschriften, Broschüren, ein paar persönliche Briefe. Dornröschen sortierte mit zwei Fingern die Briefe heraus, sie waren teilweise feucht vom Müll.

»Dann wollen wir mal.« Sie nahm Matti die Taschenlampe weg und begann zu lesen. »Schau an, Post-Rudi ist ein wahrer Dichter.« Sie legte den Brief zur Seite. Der nächste Brief war in kleiner Schrift geschrieben. »Sie macht sich Sorgen, dass Rosi nicht auf sich achtet, typisch. Meine Mutter war auch so.« Wir merken uns das: »Mathilde Weinert, 23623 Ahrensbök, Heuerstubben 2.« Sie gab Matti den Brief. »Die hat bestimmt ein Telefon, vielleicht kriegt ihr die Nummer raus.«

Matti reichte Twiggy den Brief. Der holte sein Smartphone aus der Tasche und begann die Telefonnummer zu suchen. »Schon passiert«, sagte er nach nicht mal einer Minute.

»Noch was?«, fragte Matti. Er ging mit der Lampe durch alle Räume, durchsuchte auch die Taschen der Jacke an der Garderobe, aber da war nichts mehr.

Twiggy öffnete die Wohnungstür und linste auf die Treppe. Schritte von oben näherten sich. Twiggy zog die Tür vorsichtig zu. Die Schritte zogen vorbei. Als nichts mehr zu hören war, schaute er wieder hinaus. »Okay«, flüsterte er. Er ging voran, den Rucksack auf dem Rücken, ihm folgte Dornröschen, als Letzter schloss Matti die Tür. Getrampel von unten. »Scheiße«, fluchte Twiggy. Matti drehte sich um und stieg die Treppen hoch, die anderen hinterher. Ganz oben, im fünften Stock, war eine Tür zum Dachboden, aber die war verschlossen. Twiggy kramte nach seinem Dietrich, doch die Schritte kamen näher. Dann sahen sie einen Mann, und der Mann sah sie: »Was machen Sie da?«

»Wir suchen Herrn Zundelmann«, sagte Dornröschen kalt wie ein Fisch.

»Wen?«

»Herrn Zundelmann, der wohnt hier. Lachmannstr. 38.«

»Das ist die 36«, sagte der Mann genervt. Er trug einen Anzug und sah furchtbar korrekt aus. Seine Kiefer mahlten, und in seinen Augen stand: Ich glaub euch kein Wort.

»Ihr seid doch welche von den Asozialen, die Feuer legen, was?«

Twiggy stieg die Stufen hinunter und baute sich vor ihm auf. »Wenn Sie mich noch einmal asozial nennen, werde ich es.«

Der Mann streckte sich. »Ich bin Kampfsportler«, sagte er. »Und mit so einem Wabbelsack wie dir würde ich nicht mal trainieren.« Er zog ein Handy aus der Jacketttasche. Dornröschen kam angeflogen, die Stufen hinunter, und traf ihn mit den Füßen auf der Brust. Ein dumpfer Schlag, der Mann schrie auf und stürzte zu Boden, das Handy klapperte die Stufen hinunter, um mit einem Knall im Erdgeschoss aufzuschlagen.

Während der Mann noch versuchte zu begreifen, was geschah, trampelten die WG-Freunde die Treppe hinunter. Von oben erklang noch: »Ihr Schweine, wir sehen uns wieder«, dann stieß Matti die Haustür auf und hätte fast zwei Bullen umgerannt, die Streife gingen. Die guckten erstaunt und noch erstaunter, als Dornröschen und Twiggy folgten.

»Tach!«, sagte Matti, blieb stehen und reichte dem einen Bullen die Hand.

Der nahm sie, schüttelte den Kopf und ging weiter mit seinem Kollegen.

Die drei zwangen sich, langsam zu gehen, und verschwanden um die nächste Ecke. Sie hörten das Geschrei des Kampfsportlers und liefen los. Matti war erleichtert, als sie endlich am Bulli waren, Twiggy den Boxermotor anwarf und Gas gab.

»Puh«, sagte Twiggy.

»Scheiße, die merken sich unsere Visagen«, sagte Dornröschen.

»Ja.« Matti war mulmig zumute.

»Und der Kampfsportler wird uns anzeigen«, sagte Dornröschen.

»Nun, der war allein, wir sind drei«, sagte Twiggy. »Wir suchen uns einen richtigen Namen aus der Lachmannstraße 38 …«

»Dann werden die überprüfen, ob wir den kennen. Und der Herr in der Lachmannstraße 38 wird sagen: Die Typen hab ich nie gesehen. Und wenn Sie mir die Bemerkung gestatten: Mit solchen Herrschaften verkehre ich nicht.« Dornröschen war nachdenklich. »Nein, die Geschichte geht so. Wir wollten im Treppenhaus einen trinken, weil es in der Nacht kalt war und die Haustür offen stand, und der Typ hat sich aufgeregt. Als er mich angegriffen hat, ist ihm das Handy runtergefallen. Ganz einfach, fast schon blöd, aber unwiderlegbar.«

Matti legte kurz seinen Arm um sie und drückte sie.

»Wann kommen die Bullen?«, fragte Twiggy.

»Morgen, spätestens übermorgen, mit Garantie zur Gestapozeit. Die haben ja drei Personenbeschreibungen, das kriegen die schnell spitz.«

»Ist schon klar«, maulte Twiggy. »Wenn ein fettes Monster dabei war, kann es sich nur um mich handeln.«

»Du bist ein Monster, klar. Aber du siehst nicht aus wie eines«, sagte Matti.

»Wir könnten behaupten, dass wir einen Zeugen haben, der bestätigen kann, dass wir die ganze Nacht zu Hause waren.« Twiggy grinste.

»Dafür wird Robbi sein Schweigegelübde bestimmt brechen«, sagte Dornröschen.

Robbi brach gar nichts. Er stand im Flur und jammerte gotteserbärmlich, bis Twiggy ihm endlich Thunfischfutter serviert hatte. Neben dem Napf stand eine Schüssel mit Trockenfutter, voll und unberührt.

Dornröschen wählte die Nummer von Mathilde Weinert und schaltete den Lautsprecher ein.

»Frau Weinert, ich bin eine Freundin Ihrer Tochter Rosi. Mein Beileid.«

»Ich habe Ihren Namen nicht verstanden.«

»Entschuldigung, ich hatte vergessen, ihn zu nennen. Ich heiße Julia Damaschke …«

»Von einer Julia hat Rosi aber nicht gesprochen. Und sie hat mir immer alles gesagt. Vielleicht fast alles.«

»Vielleicht hat sie von Dornröschen …«

»Ja, das habe ich mir gemerkt, ein … bemerkenswerter Name.« Mathilde Weinert hatte eine zarte Stimme. »Sie sind das also.«

»Ja, es tut mir so leid …«

»Ihnen glaube ich das. Rosi hat oft von Ihnen gesprochen und immer gut.«

»Ich hoffe, ich störe Sie nicht allzu sehr. Ich würde gern wissen, ob Sie im Besitz der Unterlagen von Rosi sind. Sie hat recherchiert für einen Artikel, vielleicht für mehr.«

»Ich weiß. Ihre Sachen hat mir ein Freund aus Berlin gebracht, nachdem die Polizei sie hat packen lassen. Selbst hatte ich nicht die Kraft dazu.«

»Das verstehe ich, mir würde es ähnlich gehen. Kann ich mir zusammen mit zwei Freunden …«

»Sie reden von Matti und Twiggy?«

»Ja, kann ich mir vielleicht die Unterlagen ansehen. Wir würden sie auch pfleglich behandeln.«

»Natürlich. Wenn ich fragen dürfte, warum?«

»Wir suchen die Mörder von Rosi.«

»Aber die Polizei hat doch diesen Mann erschossen.«

»Der wird es wohl gewesen sein. Aber genauso wichtig sind seine Auftraggeber.«

»Sie meinen, es steckt mehr dahinter? Was könnte das sein?«

»Schutzgelderpressung zum Beispiel«, sagte Dornröschen.

Frau Weinert schwieg ein paar Augenblicke und klang nachdenklich, als sie sagte: »Ich glaube, Rosi hat mal so was erwähnt. Türkische Schutzgelderpresser. Sie hat Spuren gefunden, als sie wegen dieses Gemüseladens recherchiert hat. Ich fand es großartig, dass sie versuchte, Journalistin zu werden. Vom Plattenverkauf kann man doch nicht leben. Ich weiß aber nicht, ob sich in den Papieren etwas über diese Türken findet.«

»Vielleicht dürfen wir Sie besuchen und nachschauen?«

»Natürlich«, sagte sie.

»Haben Sie einen Garten?«

»Ja, natürlich.«

»Wir haben ein Zelt.«

»Wenn Ihnen das genügt … wann wollen Sie kommen?«

»Morgen Nachmittag gleich?«

»Einverstanden. Ich freue mich auf Sie. Das erinnert mich an Rosi.«

Zur Gestapozeit donnerte es an die Tür. Matti stieg gemächlich aus dem Bett, schlurfte durch den Flur und öffnete. Schmelzer und vier Grüne, die inzwischen blau uniformiert waren. Eine alberne Mode, die bezeichnenderweise zurückging auf einen durchgeknallten Amtsrichter, der eine Zeit lang den Hamburger Innensenator hatte geben dürfen. Matti fand es immer noch irritierend, dass die Bullen nun blau ihr Unwesen trieben.

Schmelzer betrat den Flur. Seine Miniherde folgte ihm dienstbeflissen und mit würdiger Miene.

Inzwischen war Twiggy aufgestanden und angemessen sauer. Wenn er wirklich etwas hasste, dann Typen, die ihn aufweckten. Und das doppelt, wenn die Typen Bullen waren.

Dornröschen erschien im Bademantel und gähnte. »Was ist denn das für ein Auflauf. Brauchen Sie wieder Pornos und Splatterfilme. Wird's Ihnen langweilig?« Beim letzten Überfall hatten die Bullen die Computer mitgenommen und sich an Twiggys eigens für sie angereicherter Festplatte erfreuen dürfen.

»Sie haben gestern Morgen, gegen zwei Uhr dreißig, in der Lachmannstraße 36 einen Mann angegriffen und verletzt.« Schmelzer blätterte in einem Block. »Dieser Mann hat Sie angezeigt wegen Körperverletzung, Hausfriedensbruch, Nötigung, Beleidigung …«

»Und wegen eines Verstoßes gegen das Kriegswaffenkontrollgesetz«, sagte Matti trocken.

Schmelzer blätterte wieder, die Begleitbullen tauschten verblüffte Blicke, während Twiggy sein Grinsen nicht verbergen konnte.

Dornröschen beobachtete ungerührt die Szene. »Können Sie uns nicht einfach schlafen lassen, statt uns mit so einem Quatsch zu behelligen?«

»Wenn ich später komme, treffe ich Sie nicht an. Außerdem möchte ich Sie um Verständnis dafür bitten, dass ein Großteil der Berliner Bevölkerung bereits zur Arbeit gegangen ist.«

Matti überlegte sich, ob Schmelzer neuerdings zur Ironie neigte, wo er doch vermutlich nicht mal das Wort kannte.

»Frau Damaschke, gegen Sie wird als Haupttäterin ermittelt.«

»Ich bin entsetzt, Herr Hauptkommissar. Ich bin ein braves Mädchen und kann nicht einmal einer Fliege was zuleide tun.«

»Ich würde es gerne glauben, wäre nicht aktenkundig, dass Sie mehrfach wegen Widerstands gegen die Staatsgewalt und Beamtenbeleidigung vor Gericht standen …«

»Lappalien, Zeugnisse einer aufregenden Jugend …«

»Das letzte Mal vor zwei Jahren, Frau Damaschke, da war auch Ihre Jugend bereits beendet.«

»Das zu beurteilen steht Ihnen nicht zu. In meinem Herzen bin ich jung geblieben, Herr Hauptkommissar.«

»Das glaube ich Ihnen aufs Wort«, sagte Schmelzer. »Sie wurden auch schon angeklagt, weil Sie Molotowcocktails geworfen haben …«

»… sollen. Wir wollen doch korrekt sein, Herr Hauptkommissar. Diesen Molli hatte mir ein Provokateur des Staatsschutzes aufgedrängt. Hier, halt mal. Und dann ist er abgehauen. Ich bin ein höflicher Mensch, wenn mich ein Mitmensch um Hilfe bittet, kann ich ihm die nicht versagen. Ich komme nicht aus meiner Haut.«

»Dann haben Sie mit Pflastersteinen die Scheiben einer Bank eingeworfen …«

»Um Himmels willen, das ist doch schon hundert Jahre her. Und wenn ich Sie daran erinnern darf, war dies ein eher hilfloser Protest gegen die Zusammenarbeit dieser Bank mit dem Apartheidsregime in Südafrika. Ein paar Glasscheiben, ich bitte Sie.«

»Und heute zünden Sie wahrscheinlich *Bonzenkarren* an!«, platzte es aus einem Uniformierten heraus.

»Diesen Sport überlassen wir der Jugend«, sagte Dornröschen gelassen.

»Wir wollen also festhalten, dass Sie keineswegs ein Unschuldslamm sind«, sagte Schmelzer.

»Ich protestiere offiziell. Sie haben mich als Tier bezeichnet. Diese vermeintlich harmlose erste Stufe der Entmenschlichung endet beim staatlichen Massenmord. Aus dem Lamm wird die Ratte, die man vergiften muss. Das hatten wir doch schon mal.«

Die Bullen guckten erst sich und dann Dornröschen an, als wäre sie Nosferatu. Twiggy grinste, aber Matti schaffte es noch, ganz furchtbar ernst zu gucken. Aber er würde nicht mehr lang durchhalten.

»Darf man fragen, wie der Herr gebaut ist, der diese zarte, eher kleinwüchsige Frau schlimmster Verbrechen bezichtigt?«, fragte Matti.

Dornröschen schob ihren Bademantelärmel hoch und zeigte ihr Oberarmmuskelchen wie ein Bodybuilder.

Schmelzer blickte sie irritiert an. »Er hat gesagt, Sie seien ihm auf die Brust gesprungen.«

»Ich stamme in direkter Linie vom Känguru ab.«

»Das kann ich bestätigen«, sagte Matti.

Twiggy verschwand in seinem Zimmer, sein Prusten war dennoch zu hören.

»Sie waren doch dabei, behauptet der [illegible] Herr. Sie sind also Zeuge oder Mittäter, das ist noch nicht so klar.«

»Keines von beiden, Herr Kriminalrat«, lästerte Matti. »Wo es kein Verbrechen gibt, mag es Zeugen geben, aber Mittäter nimmer.«

»Nun sagen Sie doch, was Sie gesehen haben.«

»Ich habe gesehen, wie dieser riesige Typ sich erst rühmte, Kampfsportler zu sein, um sich dann mit grimmigster Miene auf diese zarte Frau zu stürzen, nur weil sie seinen Gruß nicht erwidert hatte. Es war ein Vorwand, der Kerl suchte Streit, weil Mami ihn nicht ranließ oder sein Chef ihn angeschnauzt hatte, und da hat er gedacht, das kleine Dornröschen sei gerade recht, weil der Typ nämlich der größte Feigling aller Zeiten ist und außerdem dumm.«

»Sie behaupten, Frau Damaschke sei dem Kerl aus Notwehr auf die Brust gesprungen.«

»Frau Damaschke ist niemandem irgendwohin gesprungen, sondern der Gewalttäter hat sich in eindeutiger Absicht auf sie geworfen und sich dabei alle diese schrecklichen Verletzungen selbst beigebracht.«

Die Uniformierten glotzten, Schmelzer blätterte im Block, fand aber anscheinend nichts Neues mehr.

»Sie kommen dann aufs Präsidium, damit wir Ihre Aussage aufnehmen können.«

»Vielleicht stellen Sie das Verfahren einfach ein, das erspart mir den Weg und Ihnen die Mühe«, sagte Matti.

»Kann ich Sie mal unter vier Augen sprechen.«

Die blauen Grünen glotzten.

»Aber bitte doch.« Matti ging voraus in sein Zimmer und schloss die Tür, als Schmelzer eingetreten war.

Er deutete auf seinen Schreibtischstuhl und setzte sich aufs Bett.

»Ich muss Sie warnen«, sagte der Hauptkommissar. »Die Geschichte mit dem Kampfsportler erscheint mir auch ein bisschen dünn, aber als Polizist habe ich Pflichten. Ich weiß, dass Sie das nicht verstehen. Ich halte Sie und Ihre Freunde nicht für schlechte Menschen, auch wenn Sie es mir nicht glauben werden. Weil das aber so ist, will ich Sie warnen.«

»Vor dem Kampfsportler?«

»Nein.« Schmelzer winkte ab. »Der Herr hat keine Zeugen, damit ist die Sache hoffnungslos, obwohl ich Ihnen kein Wort glaube.«

»Na also.«

»Nein, Sie sind schon wieder dabei, uns ins Handwerk zu pfuschen.«

»Wie kommen Sie darauf?«

»Nun halten Sie uns mal nicht für dümmer, als wir sind.«

»Niemals.«

»Ja, ja. Also, der Mann, den meine Kollegen erschießen mussten, war zweifelsfrei Frau Weinerts Mörder. Ich habe selten einen Fall erlebt, der eindeutiger gewesen wäre.«

»Sie glauben doch selbst nicht, dass es ein Einzeltäter war.«

»Ich glaube gar nichts«, sagte Schmelzer. »Selbstverständlich ermitteln wir auch die Hintergründe.«

»Und wie sehen die aus?«

»Sie erwarten doch nicht, dass ich Ihnen etwas über die Ermittlungen sage.«

»Das haben Sie doch schon.«

»Aber das habe ich getan aus … Eine Hand wäscht die andere. Sie haben mir mal geholfen, und jetzt helfe ich Ihnen.« Er zog eine besorgte Miene. »Beim letzten Mal hatten Sie mehr Glück als Verstand. Aber da hatten Sie sich mit Leuten angelegt, die zwar Verbrecher waren, aber auf einem höheren Niveau. Die haben versucht, so wenig wie möglich Aufsehen zu erregen, und Mord und Totschlag fanden sie eher eklig.«

»Sie haben eine interessante Sicht auf Schwerverbrecher.«

»Es wird noch interessanter. Der eigentliche Grund für mich zu kommen, eigentlich bin ich für solche Lappalien nicht zuständig, also der Grund ist, dass ich befürchte, dass Sie es diesmal mit Leuten zu tun haben, denen es nicht nur nichts ausmacht, Menschen umzubringen, sie haben sogar Freude daran. Es ist das Unterste des Unteren, das da nach oben quillt …«

»Sie sollten Dichter werden, Herr Schmelzer.«

»Anders lässt es sich nicht beschreiben. Es ist das übelste Pack, mit dem ich jemals zu tun hatte. Abschaum. Die haben nicht nur Ihre Freundin umgebracht, sondern in den letzten Jahren auch Menschen in Europa verschleppt, gequält, getötet und dies auf grausamste Weise. Dagegen sind die Filme Ihres Freundes Dehmel alias Twiggy Fünfzigerjahrekomödien … Kennen Sie die, mit den Hepburns, Cary Grant, Grace Kelly, so die Preislage *Leoparden küsst man nicht*? Unschlagbar.«

Matti fasste sich innerlich an den Kopf. Was war denn das für eine Vorstellung? Aber dann wurde ihm unwohl, und es war keine Spätfolge von Mustafas Weinbrand. »Was für Typen sind das?«

»Das wissen wir nicht genau. Die ziehen eine Spur der Gewalt durch Europa. Die beginnt im Osten und geht quer durch bis an die Nordseeküste.«

»Rotterdam?«

»Da hat die niederländische Polizei einen Mann gefunden, genauer gesagt, seine Teile, in alten Fässern im Hafen. Ich habe die Bilder gesehen. Was die vor dem Tod mit ihm gemacht haben, unvorstellbar. Wir haben in Berlin einen Haufen übler Gestalten, aber das sprengt jedes Vorstellungsvermögen.«

»Und die haben Rosi umgebracht?« Es würgte in ihm.

»Das ist nicht nur ein Killer, der umherreist, um im Auftrag Menschen umzubringen. Jeder von denen foltert und mordet. Und oft einfach so.«

»Was für einen Sinn hat das? Eine Bande von Sadisten?«

»Wir wissen es nicht. Vermutlich Bürgerkriegsdesperados, kaputte Typen. Denken Sie an diese Verbrecher, die der jugoslawische Bürgerkrieg hervorgebracht hat.«

»Laufen die bei uns rum?«

»Einige schon, das sind menschliche Zeitbomben. Sie erinnern sich an die Bürgerkriege, als Russland, äh, die Sowjetunion zusammenbrach? Auch ein paar von denen sind in Deutschland. Und die Kosovo-Albaner, na ja ...«

»Sie meinen diese von der CIA zusammengewürfelte Verbrechertruppe namens UÇK, welche die Nato an die Macht gebombt hat?«

»Dass Sie das so sehen, ist mir klar. Aber darum geht es mir nicht.«

»Um was dann?«

»Es ist eine Killertruppe, die sich an den verkauft, der sie bezahlt. Aber dieser Abschaum hat nicht einmal die ... Moral einer Mörderbande, die kennen keine Loyalität.«

»Und so einer hat mir die Bombe ins Taxi gebaut?«

»Das kann sein. Und er wird feststellen, dass er Sie nicht erwischt hat. Was glauben Sie, was wird er nun tun?«

Matti wurde wieder übel. »Vielleicht genügt ihm die Warnung?«

Schmelzer wiegte seinen Kopf. Die Lage schien ihm zu gefallen. »Vielleicht auch nicht. Wenn ich Sie wäre, würde ich untertauchen.« Er blickte Matti mit zur Seite geneigtem Kopf an. »Darin sind Sie doch nicht ganz unerfahren, oder?«

Matti wusste natürlich, dass Schmelzer auf die Genossen anspielte, die in der WG untergeschlüpft waren, bevor sie ihre Reisekasse bei einer Berliner Bank auffüllten und sich aus dem Staub machten, um hoffentlich irgendwo im Süden ein schönes Leben zu führen. Jedenfalls hatte man nichts mehr von ihnen gehört, was die Szene als gute Nachricht verbuchte.

»Sie glauben also, dass wir uns mit einer europaweit arbeitenden Mörderbande angelegt haben.« Matti versuchte so cool wie möglich zu sprechen. Diese verdammte Angst. Aber sie hatten Lara umgebracht, und die WG hatte die Makarovs nicht wieder eingegraben, als wäre das ein Zeichen, dass sie auch diese Sache zu Ende führen müsste. Einen Augenblick fiel Matti Wyatt Earp ein und die Schießerei am O. K. Corral, wo Recht und Unrecht aufeinandertrafen zum Shoot-out.

»Sie sollten nicht versuchen, die Sache selbst in die Hand zu nehmen. Das gäbe eine dreifache Beerdigung, wenn man Ihre Überreste überhaupt fände. Sie sollten nach Italien reisen oder besser noch weiter weg, nach Afrika oder Asien.«

»Wenn es ein Berufskiller war, der Rosi umbrachte, muss der einen Auftrag gehabt haben.« Sachlich bleiben, die Angst beherrschen. Das Gehirn entscheiden lassen, nicht den Bauch. Schmelzer ausfragen, Informationen sammeln. Wir müssen alles wissen. Er sprach es in sich hinein, das war das neue Mantra. Wir müssen die Angst besiegen, bevor sie uns besiegt. Wer immer der Feind ist, wir müssen ihn stellen, bevor er uns stellt. Wir müssen den Kampf mit unseren Waffen führen, nicht mit denen des Feindes. Wir sind in Berlin zu Hause, wir kennen uns aus. Wir hauen nicht dorthin ab, wo wir fremd sind, sondern wir bleiben, wo der Feind fremd ist. Er sprach ganz selbstverständlich für Twiggy, Dornröschen und Robbi mit. Sie würden so denken wie er. Wer immer Rosi umgebracht hatte, hatte auch Lara ermordet. Sie mussten die Auftraggeber finden und diejenigen, die die Mordaufträge übernommen hatten.

»Haben diese Killer etwas mit Schutzgelderpressung zu tun?«, fragte Matti.

Schmelzer betrachtete ihn neugierig. Er zuckte mit den Achseln. »Wir kennen die nicht. Aber ich gehe davon aus, dass es kein schmutziges Geschäft gibt, in dem sie nicht mitmischen würden. Diese Typen sind wie ein Phantom. Wir kennen ihre Verbrechen, finden ihre Opfer, zumindest die meisten, aber wir haben keine Ahnung, um wen es sich handelt. Wir wissen nicht einmal, ob es eine Organisation ist oder ob ein halbes Dutzend freischaffender Auftragsmörder auf dem Arbeitsmarkt aufgetaucht ist, weil die als Söldner keinen Job finden.«

»Aber Sie nehmen doch an, dass es sich um eine Organisation handelt«, sagte Matti, »wenn ich Sie richtig verstanden habe.«

»Ich gehe davon aus, aber meine Kollegen glauben an andere Erklärungen.« Er guckte so beleidigt, dass ihm fast die Haarsträhne abgerutscht wäre, die er über seine Glatze gezirkelt hatte. »Die halten mich für einen … Verschwörungsgläubigen.«

»Ach nee, das tut mir aber leid.« Es rutschte Matti raus.

Schmelzer guckte ihn grimmig an.

»Man könnte glatt glauben, dass Rosis Mörder oder den Sie dafür halten mit Absicht erschossen wurde.«

»Nein«, sagte Schmelzer, »das ist abwegig.«

»Warum?«

»Der Typ hat herumgeballert wie ein Irrer. Den kriegte man nicht lebendig.«

»Na ja«, sagte Matti.

»Wie kommen Sie auf Schutzgelderpressung? Haben Sie da etwas herausgefunden? Sie wissen, dass Sie mir das sagen müssen.«

»Jawohl, Herr Hauptkommissar.« Matti nahm Haltung an.

Schmelzer schüttelte missmutig den Kopf, und wieder geriet die Glatzentarnsträhne in Rutschgefahr. »Ich weiß doch, dass Sie herumschnüffeln. Sie glauben uns nichts …«

»Und sind damit immer gut gefahren.«

Wieder Kopfschütteln. »Natürlich verraten Sie uns nichts, ja, ja. Aber wenn ich mal an Ihren Verstand appellieren darf. Hier hört keiner zu. Wenn Sie mir etwas sagen wollen, werde ich das für mich behalten. Ich werde nichts dagegen unternehmen, dass Sie schnüffeln, obwohl ich das für wahnsinnig halte. Wenn wir in dieser Hinsicht zusammenarbeiten, auf getrennten Wegen, versteht sich, dann haben wir beide etwas davon. Sie wollen doch auch wissen, wer Ihre Freundinnen auf dem Gewissen hat.«

»Nur dass Sie uns nichts oder wenig über Ihre Ermittlungsergebnisse verraten.«

»Soweit kommt es noch!« Schmelzer tat empört. »Davon abgesehen, ich habe Ihnen schon mehr gesagt, als ich dürfte.«

»Ich glaube Ihnen auch nicht, dass Sie wirklich an die Hintermänner heranwollen. Sie haben doch den Mörder von Rosi Weinert, und was passiert? Gar nichts, jede Wette.« Matti spürte die Säuernis in sich. »Es kratzt Ihresgleichen doch gar nicht, wenn so eine umgebracht wird. Eine Rote weniger, was soll's?«

»Nun übertreiben Sie mal nicht. Glauben Sie, wir würden nichts tun, um einen Mord aufzuklären? Immerhin haben sich meine Kollegen mit dem Mörder eine Schießerei geliefert. Wenn ich Sie mal darauf hinweisen darf: Das ist lebensgefährlich. Ja, wir setzen unser Leben ein, um den Mord an Ihrer Genossin aufzuklären.«

»Aber Sie glauben, das war's, oder wenigstens Ihre Kollegen halten die Sache für gegessen. Bloß nicht zu tief hineinschauen in den Abgrund. Nächster Fall bitte. So ist es doch.«

Schmelzer erwiderte nichts. Stattdessen blickte er sich um. Seine Augen blieben an dem schwarz-weißen Plakat hängen, auf dem ein mit der Gitarre springender Pete Townshend mit ausdrucksvoller Nase ein Who-Live-Konzert im Marquee Club ankündigt.

»Ich habe die mal gesehen«, sagte Schmelzer. »Ende der Sechziger in Ludwigshafen. Danach mussten die den Saal renovieren.« Er stockte, dann summte er: »The kids are alright, alright.«

Matti war verdattert. Schmelzer war für ihn zeitlos gewesen, eine Bürokratenmaske, gesichtslos. »Ich hatte auch meine Ideale«, sagte Schmelzer versonnen.

»Wie schön«, erwidert Matti. »Aber Sie reden in der Vergangenheitsform.«

»Ja, ja«, sagte Schmelzer.

»Könnte doch sein, dass Frau Weinert ermordet wurde, weil sie Schutzgelderpressern auf die Spur gekommen war bei ihrer Recherche zur Gentrifizierung im Graefekiez.«

»Kann sein, muss nicht sein.«

»Dass diese Schutzgelderpresser mit dieser Killertruppe zusammenarbeiten oder zur Bande gehören.«

»Das mit der Truppe ist meine Vermutung, das muss ich klar sagen.«

»Könnten die was mit den Schutzgelderpressungen zu tun haben? Türkenmafia, wenn es so was gibt.«

»Ich sagte doch, diese Killertypen machen alle Geschäfte, bei denen der Profit stimmt. Vielleicht stecken sie auch hinter Schutzgelderpressungen, aber wir wissen das nicht.«

»Oder Sie wollen es nicht sagen.«

Schmelzer blickte Matti verärgert an. »Wir wissen es nicht. Glauben Sie mir wenigstens das.«

»Warum hat der Schmelzer das gemacht?«, fragte Twiggy am Abend.

Matti war inzwischen auf Rotwein umgestiegen. »Beim letzten Mal, als er sich mit uns einließ, hat er eine Beförderung abgestaubt. Vielleicht ist er dankbar und schielt auf die nächste Beförderung. Kriminalrat Schmelzer …«

»So blöd sind nicht mal die Bullen«, sagte Twiggy. Er hatte Robbi auf dem Schoß, aber der Kater drehte und wendete sich pausenlos, auf den Boden springen wollte er aber auch nicht. »Ob er wieder krank ist.«

»Krank ist hier nur eine, und das ist Dornröschen. Sie hat bestimmt wieder Krebs. Hast du uns aber lang vorenthalten.«

»Pöh!«, sagte Dornröschen. »Ich bin kerngesund.«

Jeder im Raum wusste, dass sie schwindelte. Alle paar Monate kriegte sie einen Anfall. Sie hatte alle Krebsarten schon gehabt, eine tödlicher als die andere, und sie alle unversehrt überlebt. Erstaunlicherweise lag der letzte Krebsanfall schon mehr als ein Vierteljahr zurück. Ob das mit den Anrufen zu tun hat?, fragte sich Matti. Die Anrufe waren selten geworden, fand er. Aber vielleicht telefonierte sie mit Mr. Mysteriös in der Redaktion, weil sie gemerkt hatte, dass Matti und Twiggy nicht so begeistert waren.

»Bullenüberfall zur Gestapozeit. Vielleicht ein bisschen Ernte? Ausnahmsweise?«, fragte Twiggy.

Dornröschen nickte und verschwand in ihrem Zimmer. Sie kam mit Gras zurück und schob es Matti zu. Der baute den Joint mit Schwarzem Krauser, die harte Variante.

»Der Schmelzer klang nicht so, als würde diese Mörderbande Schutzgelderpressungen unternehmen«, sagte er, während er am Joint arbeitete.

»Sie haben Rosi umgebracht. Gehen wir einmal davon aus, dass es kein Versehen war, aber die Göktans hängen trotzdem mit drin, ist schon auffällig«, sagte Dornröschen.

»Und Ali Göktan gehört zu einer Schutzgelderpresserbande«, sagte Matti. »Das steht fest.« Er zündete den Joint an und zog kräftig. Matti musste husten und gab Twiggy die Zigarette.

Twiggy zog auch und blies eine Wolke über den Tisch. »Genau, ob Verwechslung oder nicht, Ali Göktan hängt drin. Das ist doch mal eine Spur.«

»Setzt voraus, dass Rosi bei ihrer Recherche über Kolding auf die Schutzgelderpressung gestoßen ist«, sagte Dornröschen. »Sonst fehlt ein Motiv.«

»Kann doch sein, dass sie sich den Gemüseladen näher angeschaut hat und zufällig darauf gestoßen ist, dass der nicht nur mit Gemüse handelt«, sagte Matti.

»Und dann konnte Berkan die höhere Miete nicht zahlen? Ich dachte, Schutzgelderpressung sei ein gutes Geschäft.«

»Hm«, brummte Twiggy. »Dafür kann es mindestens zwei gute Erklärungen geben.«

Dornröschen zog am Joint.

»Erklärung Nummer eins: Tarnung. Die wollen nicht, dass die Schutzgeldgeschichte auffliegt, und das würde sie vielleicht, wenn in der Buchhaltung vom Gemüseladen seltsame Einnahmen auftauchten oder sich dessen Finanzlage auf einen Schlag bessern würde.«

»Na ja«, warf Matti ein.

Twiggy winkte ab, und Robbi maunzte. »Erklärung Nummer

zwei: Berkan hat nichts mit der Schutzgeldsache zu tun, nur sein Sohn ist kriminell. Da gäbe es die Varianten zwei a: Berkan weiß es, deckt den Sohn aber, und zwei b: Berkan weiß es nicht oder verdrängt es. Wir sollten ihn einfach fragen.«

»Vielleicht.« Dornröschen grübelte und gähnte. »Wenn wir Berkan fragen, gibt es die Möglichkeiten eins bis vier. Erstens: Er ist erstaunt und leugnet. Zweitens: Er ist erstaunt und sagt, was er weiß oder ahnt. Drittens: Er hängt mit drin und leugnet. Viertens: Er hängt mit drin, und wir kriegen Ärger. Wir haben es mit Mördern zu tun. Nein, wir sollten nicht auspacken, was wir wissen. Aber das würden wir tun, wenn wir fragen. Wenigstens teilweise.«

»Wir müssen damit rechnen, dass die es nicht bei einer Bombe belassen. Sobald die merken, dass wir weitersuchen, geht es rund«, erklärte Matti.

»Ich bau wieder was auf«, sagte Twiggy. Er hatte schon einmal ein Sicherungssystem mit Kameras und Bewegungssensoren installieren müssen. Und seit dem Kampf mit der Detektei war die Wohnungstür ohnehin verstärkt worden. So schnell kam keiner in die Wohnung hinein. Außerdem haben wir die Makarovs, dachte Matti. Die haben wir ausgegraben im Waldversteck, obwohl wir mal gedacht hatten, sie nie zu brauchen.

»Wir tauchen nicht ab«, sagte Dornröschen. »Diesmal nicht.«

12: Does He Have A Name?

Sie freue sich, wenn Freunde von Rosi sie besuchten in Ahrensbök, sagte Frau Weinert. Dornröschen erklärte nach dem Telefonat, so höre sich eine einsame Frau an. Sie fuhren im Bulli über die Stadtautobahn auf den Ring, dann auf die Autobahn 24 in Richtung Hamburg. Am Dreieck Schwerin führte Twiggys Navi sie über die A 14 auf die A 20. Es war wenig los an diesem Vormittag. Der Sommer ertrank im Regen, die Scheibenwischer wischten wie die Teufel, aber es blieb ein Wasserfilm auf der Scheibe, der Twiggy zwang, langsam zu fahren. Im neuen CD-Player, den er zusammen mit einer kräftigen Bassbox gerade erst eingebaut hatte, dröhnte *As Good As It Gets* von Gene.

Twiggy hatte noch in der Nacht sein Überwachungssystem aufgebaut, das ihnen schon einmal das Leben gerettet hatte. Er hatte auch den Bulli elektronisch gecheckt, und auf der Fahrt achteten sie darauf, ob ihnen jemand folgte. Aber da war niemand, und Matti glaubte, dass die Typen überzeugt waren, mit dem Bombenanschlag ihr Ziel erreicht zu haben. Die waren gewiss nicht dumm und wussten, dass jedes Verbrechen Spuren hinterließ. Und außerdem dürften die andere Sorgen haben, als einem Taxifahrer und seinen WG-Genossen ans Leder zu wollen. Das hörte sich überzeugend an. Doch die Angst blieb, und sie wurde nur wenig gedämpft von den Makarovs, die sie im Bus versteckt hatten.

Sie hielten nicht an, ließen die Lübecker Ausfahrten hinter sich. Hier regnete es nicht, die Sonne schien aus einem klaren Himmel. Das Navi führte sie von der letzten Ausfahrt vor dem Autobahnende über Dörfer auf die Bundesstraße 432, auf der sie nach ein paar hundert Metern Gnissau erreichten. Sie waren bald am Dorfende und mussten dann rechts abbiegen, um eine Weile auf einem

Sträßchen durch eine Siedlung zu fahren, rechts sahen sie schon das reetgedeckte Haus aus roten Klinkern, von dem Frau Weinert gesprochen hatte. Nach einer scharfen Rechtskurve erreichten sie eine Einfahrt am Haus, und Twiggy stellte den VW-Bus hinter einem alten Toyota Corolla ab. Rosen rankten an der Fassade.

Kaum waren sie ausgestiegen, kam ihnen eine kleine Frau mit kurzen weißen Haaren entgegen. Sie trug eine eckige Metallbrille und Clogs an den Füßen. Ein Pferd wieherte irgendwo wie zur Begrüßung.

Matti überlegte, ob Rosi hier aufgewachsen war. Es erschien ihm merkwürdig, Rosi war durch und durch Stadtmensch gewesen. Dass sie außerhalb Berlins aufgewachsen sein könnte, wäre ihm nie in den Sinn gekommen.

Ein Traktor mit Hänger rumpelte vorbei.

»Sie müssen Dornröschen sein!« Frau Weinert hatte eine klare, helle Stimme. Sie gab Dornröschen strahlend die Hand und hielt sie einen Augenblick. Dann blieb ihr Blick an Twiggy hängen, sie lächelte und reichte ihm die Hand. »Sie sind natürlich Twiggy.« Und mit einem Nicken begrüßte sie Matti. »Matti«, sagte sie. »Rosi hat viel von Ihnen erzählt. Vor allem Sie« – wieder ein Blick zu Dornröschen – »hat Rosi sehr bewundert.« Sie schaute noch einmal ins Halbrund, hob die Hände, ihr Gesicht wurde traurig, sie ließ die Hände fallen und zeigte zum Garten, den hinten ein Getreidefeld begrenzte. »Kommen Sie bitte.«

Auf der Wiese stand ein Tisch mit Stühlen, es war gedeckt. Dahinter senkte sich ein sanfter Abhang, links entdeckte Matti einen Teich, auf dem ein gelbes Schlauchboot im Wind trieb. An der Hangsohle schlängelte sich ein Bach, über den eine schmale Brücke führte. Ein großer Kirschbaum, ein Apfelbaum, Büsche, Blumenbeete, alles gepflegt, ein Paradies. Vögel zwitscherten, im Unterholz knackte es, am blauen Himmel trieben Wolken in unendlicher Reihe. Er hörte den Wind in den Blättern, sonst rauschte nichts.

Sie standen eine Weile und bestaunten das Idyll, bis sie Frau Weinerts Bitte folgten und sich an den Tisch setzten. Sie holte

Thermoskannen und dann ein Kuchentablett aus dem Haus, dessen Tür sich oben und unten geteilt öffnen ließ. »Gleich kommt Mr. Ed, das sprechende Pferd, und steckt seinen Kopf durch«, sagte Twiggy.

»Es tut uns sehr leid, was mit Rosi passiert ist«, sagte Dornröschen, als Frau Weinert endlich saß.

Frau Weinert nickte und guckte traurig. »Aber immerhin wurde der Mörder gefasst.«

»Ja«, sagte Dornröschen, »wahrscheinlich.«

Frau Weinert brauchte ein paar Sekunden, um zu begreifen, was Dornröschen angedeutet hatte. »Aber die Polizei hat den Mörder erschossen, das hat man mir gesagt.«

»Wir glauben auch, dass die Polizei den Mann getötet hat, der Ihre Tochter umbrachte. Allerdings gibt es da Leute im Hintergrund. Vermuten wir jedenfalls. Leute, die diesen Mörder beauftragt haben«, sagte Dornröschen.

Frau Weinert erhob sich halb und griff eine der beiden Thermoskannen. »Wer möchte Kaffee?«

Matti und Twiggy.

Dornröschen ließ sich Tee aus der zweiten Kanne einschenken.

Dann erst fragte Frau Weinert mit blassem Gesicht. »Das war ein Auftragsmord?«

»Das wollen wir herausbekommen«, sagte Matti.

»Könnte sein, dass wir etwas in der … Hinterlassenschaft finden«, fügte Twiggy leise hinzu.

Frau Weinert teilte Apfelkuchen aus. »Selbst gebacken.« Als sie wieder saß, erstarrte sie, dann mühte sie sich, mit der Gabel ein Stück Kuchen zu nehmen. »Was soll das sein?«, fragte sie.

»Wir glauben, dass Rosi etwas entdeckt hat, dessen Enthüllung irgendwer um jeden Preis verhindern will.« Matti trank einen Schluck Kaffee.

Ein Auto fuhr vorbei.

»Sie können gern in den Kisten suchen, ich fürchte nur, es herrscht ein ziemliches Durcheinander darin.« Sie blickte ihre Gäste an. »Sie sind ungeduldig. Wollen Sie etwa heute Abend noch zurück nach Berlin? Das ist nicht nötig, Sie können bei mir übernachten, ich habe Platz genug. Ein Zelt müssen Sie nicht aufbauen.«

Die Kisten standen in einem halb leeren Raum neben einer Pritsche. Sonst gab es noch eine verstaubte Kommode mit schnörkeligen Messinggriffen und drei Stühle mit verschlissenen Korbflechten an der Wand. Das Fenster lag an der Straßenseite, dahinter begann ein Feld, das an einem Wald endete. Rechts am Wald stand ein Hochsitz. Es waren fünfzehn Umzugskartons, wie Twiggy gleich gezählt hatte. Keiner war beschriftet.

»Na toll«, sagte Matti. Ihm fiel ein Laotse-Spruch ein, den er mehrfach gelesen hatte, als er in Schönefeld eine Ewigkeit wartete. Er murmelte:

Wenn man zu regeln beginnt, gibt es Namen.
Gibt es jedoch Namen,
muss man lernen, innezuhalten.
Wer innezuhalten weiß, der kennt keinen Schaden.

Twiggy blickte ihn fragend an. »Hä?«

Matti winkte ab, und Twiggy schüttelte den Kopf.

»Alle Mappen, Ordner und so weiter, die beschriftet sind, sortieren wir raus und stapeln sie auf der Kommode«, sagte Dornröschen. »Oder hat jemand einen besseren Vorschlag?«

Frau Weinert stand in der Tür und beobachtete sie. Dann seufzte sie und wandte sich ab.

In der ersten Umzugskiste fanden sie ein Sammelsurium aus Klamotten, Schuhen, Badutensilien und drei Fotoalben mit Kunstledereinband. Matti setzte sich auf einen Stuhl und blätterte in den Alben. Bilder aus der Kindheit, Frau Weinert als junge Frau mit Rosi auf dem Arm, Rosi im Kinderwagen, Rosi mit Vater und Mutter, Häuser, Gärten, Schwimmbad, vor einem Auto auf einem Berg, vielleicht bei einem Zwischenhalt in der Schweiz auf der Reise nach Italien. Rosi war in Lüneburg aufgewachsen und in einem nicht bestimmbaren Dorf, dann muss die Familie in Hamburg gewohnt haben, auf einem Schild entdeckte Matti *Barmbek*. Im letzten Album waren Bilder vom Studium an der FU, Demos, Büchertische. Rosi hatte nie erzählt, dass sie politisch so aktiv gewesen ist. Vielleicht schämte sie sich ihres Rückzugs wegen. Wann wurde aus der Politaktivistin Platten-Rosi? Aber in der Ini war sie aufgelebt. Matti legte die Alben auf den Boden neben die Kiste und kramte weiter.

»Guck mal«, sagte Twiggy. Er hatte eine Mao-Bibel in der Hand und ein paar Nummern der *Peking-Rundschau*. »Habt ihr gewusst, dass sie bei den Halbirren war?«

Dornröschen schüttelte den Kopf. Sie blätterte gerade Bücher durch, die sie in einer anderen Kiste entdeckt hatte. »Ich hatte dieses Zeug früher auch gebunkert und war nie bei denen. Vielleicht hat sich Rosi mit Sektenforschung beschäftigt, wer weiß? Ist auch egal.« Sie wühlte und stutzte. »Ich glaube, ich habe so etwas wie ein Tagebuch gefunden.« Zwei kräftige schwarze Pappdeckel, verbunden mit einem winzigen Vorhängeschloss.

»Gib mal«, sagte Twiggy. Er betrachtete das Schloss, grinste und nahm es mit hinaus zum Bulli. Zwei Minuten später kehrte er mit dem Buch zurück, das Schloss hatte er entfernt.

Dornröschen setzte sich und schlug den Band vorsichtig auf. »Es beginnt 1997«, sagte sie. »Warum 1997? Am 6. April. Ihr erster Eintrag ist: ›Ein Tagebuch belügt mich nicht. Ich kann ihm alles anvertrauen. Es ist wie die beste Freundin, nur antwortet es nicht. Aber wenn ich meine Sorgen und Ängste aufschreibe, begreife ich sie. Und insofern antwortet ein Tagebuch doch. Es zwingt mich, genau zu denken. Wenn man etwas aufschreibt, muss man es vorher verstanden haben.‹« Sie blickte Matti an. »Was mag ihr geschehen sein an diesem 6. April oder am Tag davor?« Sie blätterte, fand aber nichts, das darüber aufklärte.

»Es hat ja nichts mit unserem Fall zu tun«, sagte Twiggy.

»Ich weiß nicht, womöglich hilft es uns weiter, wenn wir Rosi besser verstehen. Wir kannten sie als Platten-Rosi und dann als Mitglied dieser Ini. Sie hat offenbar Geld genommen, angeblich von diesen Vestingslandtypen, in Wahrheit von Kolding. Sie glaubte, die Vestingslandheinis wollten Kolding eine reinwürgen. Liegt auf der Hand. Und das hat ihr natürlich Spaß gemacht. Aber warum lässt sie sich kaufen?«

»Wenn mir jemand erzählt, Rosi habe sich kaufen lassen, ich hätte es nicht geglaubt«, sagte Matti. »Vielleicht war es auch ganz anders.«

»Kann doch sein, dass sie pleite war und Geld für etwas bekommen hat, das sie sowieso machen wollte«, brummte Twiggy vor sich hin. »Mein Gott, sie war auch nur ein Mensch.«

»Jetzt geht's aber los«, sagte Dornröschen.

»Oder sie hat Informationen an Vestingsland verkauft, also in Wahrheit an Kolding. Und Kolding wollte so herausfinden, was die Ini über sie weiß, vor allem Rosi. Informationen können einen Haufen Geld wert sein«, sagte Matti. Er hatte eine Mappe in der Hand. »Wie viel, kann davon abhängen, was Kolding verbergen wollte. Je nachdem können zehntausend Euro auch ein Taschengeld sein.«

»Oder es war Schweigegeld«, sagte Matti. »Das glaube ich aber nicht. Sonst hätte Rosi Dornröschen nicht angerufen, um ihr einen Artikel über Kolding anzubieten.«

Im Flur erklang ein Schluchzen. Dornröschen verließ den Raum, dann Matti. Frau Weinert lehnte an der Wand neben der Tür und weinte in ein Taschentuch. Dornröschen stellte sich zu ihr, aber Frau Weinert hob die Hand, ohne hinzuschauen. »Ich hätte nicht gedacht, dass Sie so … über meine Tochter sprechen … Sie wurde ermordet … und Sie reden so, als wäre sie eine Verbrecherin.«

»Nein«, sagte Dornröschen. »Sie war eine Freundin von uns. Aber wenn wir herausfinden wollen, wer den Mord angeordnet hat, müssen wir alles für möglich halten. Vielleicht hat Rosi tatsächlich einen … Fehler gemacht, und vielleicht führt uns das auf eine Spur zum Mörder. Verstehen Sie?«

»Rosi war der ehrlichste Mensch der Welt, das müssen Sie mir glauben.«

Matti stellte sich neben Dornröschen. »Das wissen wir, und wir haben ihr Geheimnisse anvertraut. Wir würden es immer wieder tun, wenn sie noch lebte. Sie war absolut zuverlässig, und wer mit ihr zusammengearbeitet hat, wusste, dass sie die beste … Mitstreiterin war, die man sich denken konnte.« Nach einer Pause fügte er leise hinzu: »Aber vielleicht hat sie einen Fehler gemacht. Hab ich auch schon.«

Frau Weinert guckte ihn dankbar an aus glänzenden Augen. »Welchen Fehler?«

»Ich? Ich hab das Studium abgebrochen, zum Beispiel. Und seitdem bin ich Taxifahrer.«

»Ja, Rosi hat gesagt, Sie seien sehr intelligent, würden sich aber … Entschuldigung … dümmer stellen.«

»Das schafft der nicht«, dröhnte Twiggy aus dem Zimmer.

Jetzt musste Frau Weinert lächeln.

»Wir wissen nur, dass Rosi Geld genommen hat von einem Immobilienkonzern. Zehntausend Euro. Sie dachte, es sei von einem Konkurrenzunternehmen des Konzerns, mit dem sie sich angelegt hatte. Wissen Sie, wo das Geld ist?«

»Nein.« Frau Weinert schüttelte den Kopf. »Für was hat sie so viel Geld bekommen? Sie hatte doch nie welches. Diese CD-Verkauferei auf Flohmärkten, das hat doch nicht viel gebracht.«

»Auf ihrem Konto war nichts?«, fragte Matti.

»Nur Schulden«, sagte Frau Weinert. »Zweihundertsiebenundneunzig Euro und dreiundfünfzig Cent.«

Matti und Dornröschen blickten sich an.

»Ich zeige Ihnen die Auszüge«, sagte Frau Weinert und öffnete die Tür zum Wohnzimmer. Ihre ersten Schritte waren unsicher, wurden aber fester. Als sie zurückkehrte, hatte sie einen schmalen Hefter in der Hand und gab ihn Dornröschen. Die blätterte kurz und reichte Frau Weinert den Hefter zurück. »Da ist wirklich nichts.«

Sie schwiegen einige Sekunden.

»Irgendetwas muss es geben in Rosis Unterlagen. Irgendetwas, das wenigstens hinweist auf eine Sache, die sie herausgekriegt hat. Vielleicht ohne dass sie wusste, wie wichtig es ist. So wichtig, dass irgendwer Mörder kauft und sie umbringen lässt. Und Lara.« Es lag ihm wie ein Kloß im Magen. Er würde sie nie vergessen, seine Liebe für ein paar Stunden.

»Lara?«, fragte Weinert.

»Meine Freundin wurde auch ermordet, und zwar von denselben Typen, die Rosi umgebracht haben. Das kann ich zwar nicht beweisen, aber ich habe keinen Zweifel daran. Die wollten mich töten und haben Lara erwischt.«

Patti Smith röhrte, alle erschraken. Außer Dornröschen. Die guckte seelenruhig auf die Anzeige ihres Handys und wies den Anruf ab.

Nicht das erste Mal, dachte Matti. Vielleicht ist die Gefahr vorbei.

Twiggy stellte sich zu ihnen.

»Sie drei sollten sich verstecken. Wenn Sie wollen, können Sie eine Weile hierbleiben.«

»Vielen Dank«, sagte Dornröschen. »Aber hier finden wir keine Mörder.«

»Wir hoffen, dass die Mörder noch nicht mitbekommen haben, dass wir sie suchen«, sagte Twiggy. »Wenn doch …« Er ging zurück ins Zimmer. »Auf jeden Fall müssen wir uns beeilen«, dröhnte es aus dem Zimmer mit den Kisten.

»Weiter geht's«, sagte Matti und folgte Twiggy. Dann setzte auch Dornröschen die Suche fort.

Nach zwei weiteren Kartons stieß Matti auf eine Kiste mit Küchenutensilien, unter denen er Aktenordner und Mappen entdeckte. »Wer diese Kisten gepackt hat, gehört gevierteilt«, schimpfte er.

Frau Weinert erschien mit einem Tablett, darauf Gläser, eine Flasche Sprudel und Saft. »Von den eigenen Äpfeln«, sagte sie.

»Wer hat Rosis Sachen eingepackt?«

»Die Polizei hat ein Unternehmen beauftragt. Sie haben mich gefragt … wenn ich gewusst hätte … aber ich hatte nicht die Kraft.«

Sie stellte das Tablett auf die Fensterbank. »Schauen Sie«, sagte sie. Ihr Finger wies aufs Fenster. »Damwild.«

Am Waldrand zogen gemächlich Damhirsche entlang, wie an einer Kette geschnürt.

»Die ahnen, dass Schonzeit ist, sie sind ziemlich schlau.«

»Schlauer als wir«, sagte Matti. »Die wissen, wo's langgeht.«

»Nicht reden, handeln, Genosse! Nur Taten zählen!« Twiggy zog ächzend eine Kiste vom Stapel. »Marx, Engels komplett, tipp ich mal.«

»Oder die zehntausend Euronen in Gold«, sagte Matti.

»Wär ein gutes Geschäft, wenn man sich das Finanzchaos anschaut.«

»Alles, was helfen könnte, auf die Kommode!«, befahl Dornröschen.

»Du wiederholst dich, Genossin Parteisekretärin. In deinem ersten Leben warst du Stalinistin«, sagte Matti. »Und zwar eine schlimmere als der Vater der Völker.«

Allmählich stapelten sich Ordner, Papierstapel, Mappen, Schreibblöcke, Zeitungsausschnitte auf der Kommode. Irgendwo in dem Stapel steckt die Wahrheit, dachte Matti. Wenn nicht, waren sie aufgeschmissen.

Am Morgen gegen halb zwei Uhr hatten sie die Kisten durchsucht. Sie hatten jedes Kleid, jedes T-Shirt, jede Dose, jedes Gerät in die Hand genommen. Matti hatte sich die Kopfhörer des MP3-Players in die Ohren gesteckt und kannte nun wirklich jedes Stück von Gene. In die CD *Revelations* hörte er zweimal hinein.

When red became blue
Hopes denied
Our dreams swept away with the tide
So get out of the way.

Twiggy und Matti saßen auf der zweistufigen Eingangstreppe und rauchten, über ihnen unzählige Sterne, von denen der Himmel über Berlin die meisten verschluckt hätte. Der Wind rauschte sanft, ein Rascheln vom Teich her, ein Augenpaar glühte und verschwand, Fledermäuse zischten schemenhaft durch die Nacht. Dornröschen trat in den Garten, in der Hand einen Becher Tee. Sie hatten Rosis Leben durchwühlt, und Matti kam sich mies vor. Sie war noch nicht einmal beerdigt, und ihre Freunde zerfledderten schon die Hinterlassenschaft. Rosi war Döschenfan gewesen, sie waren aus Holz, Blech, Plastik, Korb, Stein und rund, eckig, länglich, flach und hoch, breit und schmal. Nur wenige waren gefüllt. Eine runde mit Knöpfen, eine ellipsenförmige mit Reißzwecken, in einer großen, langen Dose aus Plastik fanden sie Buntstifte. Sonst hatte es Unmengen von Musik-CDs gegeben, ein kleines Vermögen, wenn man die Einkaufspreise schätzte. Aber ihre Quellen dürften günstiger gewesen sein. Viele Bücher hatte Rosi nicht gehabt: Hesses *Glasperlenspiel* zerlesen, fast schon aufgelöst, Frischs *Montauk*, Antigentrifizierungsbroschüren, Che Guevaras *Bolivianisches Tagebuch*, einen Krimi namens *Mann ohne Makel*, ungelesen, offenbar stinklangweilig.

»Morgen geht's weiter«, sagte Dornröschen. Sie verschwand in einem der Zimmer, die Frau Weinert für sie gerichtet hatte.

In der Restnacht schlief Matti unruhig. Ab und zu knackte das Gebälk in seinem Schlafzimmer unter dem Reetdach. Es erschien ihm ungeheuer laut in der Stille. Es erinnerte ihn an seine Kindheit in einem Odenwalddorf. Seine Ohren fanden die Geräusche des Gartens. Es knackte, ein entferntes Heulen, es schnatterte, klapperte, jeder Laut deutlich und ein Ereignis. Etwas prustete. Matti stand auf und blickte hinaus. Drei Hirsche, einer mit mächtigem Geweih, plünderten die Beete am Haus. Er vermied jedes Geräusch und jede Bewegung. Der große Hirsch äugte umher, nahm den Menschen aber nicht wahr und äste weiter. Es erschien Matti selbstverständlich, dass Laras Bild in seinem Hirn aufschien und er sich vorstellte, sie wäre bei ihm.

Er legte sich wieder hin. Sein Leben war aus den Fugen geraten, längst. Seine Träume waren verschwunden wie Tintentropfen im Meer. Und es war nichts an ihre Stelle getreten. Er lebte vor sich hin, klammerte sich an die alten Zeiten, die ihm Halt gaben. Statt der Gewissheit folgte er der Erinnerung an die Gewissheit, schöpfte sein Selbstbewusstsein immer noch daraus, es einmal besser gewusst zu haben, obwohl es falsch gewesen war. Das Einzige, was übrig blieb, war die Solidarität, befreit jedoch von dem Ziel, das sie geeint hatte. Er wusste ziemlich genau, was er nicht wollte, aber das war schon alles. Es fehlte der Sinn. Die Suche nach Rosis und Laras Mörder gab ihm einen Teilzeitsinn, was würde danach kommen? Taxi fahren, freitags Mau-Mau spielen, keine Demo auslassen, Veranstaltungen besuchen, debattieren. Bis zum Lebensende. Halt gab ihm die WG, umso quälender die Angst, dass Dornröschen ausziehen würde. Er konnte es sich nicht vorstellen. Danach wartete die Leere. Er mochte Twiggy, aber ohne Dornröschen konnte es die WG nicht geben. Für Twiggy auch nicht. Aber konnte Dornröschen überhaupt leben ohne ihre WG? Undenkbar, aber manchmal trat das Undenkbare ein.

Am Morgen war er gerädert, und als er die anderen sah, wusste er, es ging ihnen wie ihm. Ihnen fehlte die Stadt, die Stille war fremd, ohne das Rauschen der Stadt fühlten sie sich wie auf einem anderen Planeten.

Frau Weinert hatte in der Essecke im Wohnzimmer reich gedeckt. Twiggy saß als Erster. Als die anderen am Tisch waren und auch Frau Weinert Platz genommen hatte, sagte er: »Ohne Robbi kann ich nicht schlafen. Der arme Kerl.«

Sie hatten Robbi ein paar Tonnen Trockenfutter und geschätzte siebenundzwanzig Wasserschälchen hinterlassen, falls er sechsundzwanzig umkippen sollte. Er hatte noch nie ein Schälchen umgekippt.

»Der wird uns ganz schön böse sein«, stöhnte Twiggy.

»Du kannst die Trennungskrise heute Abend gemeinsam mit ihm aufarbeiten und Entschädigung leisten«, sagte Matti.

Twiggy schüttelte nur wissend den Kopf.

»Wenn Sie einverstanden sind, Frau Weinert, dann sortieren wir Rosis schriftlichen Nachlass und nehmen mit, was wir vielleicht gebrauchen können. Sie erhalten es zurück, versprochen.«

Frau Weinert nickte. Sie hatte keinen Bissen gegessen und nur an ihrer Teetasse genippt. »Rosi hat mir immer alles erzählt. Das habe ich bis gestern jedenfalls geglaubt. Aber jetzt weiß ich nicht mehr. Dieses Geld, sie hat kein Wort davon gesagt. Und dass sie irgendwas enthüllen wollte … Sie hat mal angedeutet, dass sie Journalistin werden wolle. Aber sie hatte immer Pläne, und keiner ist aufgegangen. Immer kam etwas dazwischen. Sie wollte ein Buch schreiben, aber sie hat nicht mehr als ein paar Seiten geschrieben, schon hatte sie die Zuversicht verloren. Sie wollte Malerin werden, war sogar begabt, finde ich, und Fotografin … Sie wollte so viel und hat so wenig erreicht.«

»Sie hatte viele Freunde. Uns auf jeden Fall. Dann Rudi, der sie geliebt hat, Konny, aber der ist leider auch tot.«

»Von Konny hat sie viel erzählt«, sagte Frau Weinert. »Ich glaube, sie war ein bisschen verliebt in ihn.«

Stille.

Draußen ratterte ein Moped vorbei, darauf ein alter Mann, die Haare verborgen unter einer Lederkappe mit Ohrenklappen.

Sie hatten ein paar Stapel Papier vor sich. Dornröschen nahm jedes Stück in die Hand und zeigte es den anderen. Broschüren packte sie nach kurzer Durchsicht und Rücksprache auf den Stapel der Materialien, die sie nicht mitnehmen wollten. Es kamen die Aktenordner dran.

»Eine Auflistung von CDs mitsamt Titellisten«, sagte Dornröschen und legte den Ordner weg.

»Seminarunterlagen, Zeug von der Uni.« Auf den Stapel.

»Broschüren und Papiere über Mietfragen, darunter ein Berliner Mietspiegel mit mehr als sieben Prozent Steigerung, Wohnungsbaupläne oder, genauer gesagt, Wohnungsbauverweigerungspläne, Materialien zur Luxussanierung, ein toller Prospekt über Lofts mit angebauter Garage und Autoaufzug, das wäre doch was für uns, Kopien von einer Debatte im Abgeordnetenhaus über Mietsteigerungen der öffentlichen Wohnungsbaugesellschaften kurz vor den letzten Senatswahlen, wie ungeschickt, manches hat Rosi angestrichen, hier und da gibt es Anmerkungen, aber so wichtig ist das nicht …«

»Stopp«, sagte Twiggy. »Das nehmen wir mit.«

Das erste Stück auf dem Stapel mit den wichtigen Materialien.

Dornröschen griff sich den nächsten Aktenordner. »Wachstumstheorien, Club of Rome – wie retten wir den Kapitalismus oder tun, was niemals klappt –, eine Skriptsammlung *Marx über Wachstum*, Materialien der Ökologischen Plattform der seligen PDS/SED – lang, lang ist's her –, Malthus – na klar, durfte nicht fehlen –, Blätter über *bürgerliche Wachstumskritik*, eine Kritik der Grünen – irgendwas mit Mainstream, mal was ganz Neues –, eine Arbeit über *Profitrate und Wachstum im Kapitalismus* und so weiter und so fort.«

Keiner erhob Einspruch, der Ordner konnte hierbleiben.

»Jetzt wird es spannend. Einen Teil davon kennen wir schon, diesmal aber gründlich. Alle drei Ordner mit Ini-Materialien kommen mit.«

»Klare Sache«, sagte Twiggy. »Weiter, Robbi wartet.«

Ein Ordner mit Kochrezepten. Dornröschen blätterte und fand nur Eintöpfe, Fleischgerichte, Nachspeisen. »Gott sei Dank war sie keine Vegetarierin«, sagte Matti.

Ein Ordner mit der Aufschrift *Pol* war gefüllt mit Seminarmaterialien ihres Politologiestudiums. »Jesse, ach herrje«, sagte Dornröschen.

Mattis Daumen zeigte nach unten.

Ein Ordner mit dem Etikett *Euro*, darin aber nur ein paar Seiten. »Agrarsubventionen im Agrarhaushalt der Europäischen Union«, las Dornröschen mit gelangweilter Stimme vor. »Öder geht's nicht.«

Dieser Ordner wurde auch zum Bleiben verurteilt.

Im nächsten fand sich eine Sammlung von Kopien historischer Karten. »Die Mayas, was hatte Rosi mit denen im Sinn? Dann was« – sie klappte eine gefaltete Doppelseite auf – »über Saladins Reich und die Kreuzzüge, das ist doch ein Chaos.« Sie blickte zu Frau Weinert, die sich in die Tür gestellt hatte. »Sagt Ihnen das was?«

Frau Weinert seufzte. »Sie hatte so viele Interessen. Und sie war, ich muss ja ehrlich sein, ein bisschen sprunghaft.« Sie überlegte traurig. »Vielleicht war das sogar ein Wesenszug von ihr. Deswegen stand sie sich oft selbst im Weg. Über die Mayas hat sie mir erzählt…«

»Auch über Saladin?«, fragte Matti.

»Sie war fasziniert von der mittelalterlichen islamischen Welt und glaubte, darin Neues zu entdecken… Ich weiß aber nicht, was.«

»Und die Kreuzzüge?«, fragte Matti. Er freute sich, wie Frau Weinert etwas auftaute aus ihrer Trauer.

»Ja, über die konnte sie sich richtig empören. Und als Bush von einem Kreuzzug gegen den Terror sprach, war sie so zornig. Zeitweise hatte ich sowieso die Angst, sie könnte… was Schlimmes machen.«

»Sie würden nicht ausschließen, dass sie in den Untergrund hätte gehen können?«

Frau Weinert guckte ratlos. »Sie hatte so viele Ideen. Und manche waren erschreckend. Sie hatte die Hoffnung verloren, dass sie auf… normalem Weg etwas erreichen könne. Ich erinnere mich, wie sie einmal sagte: ›Diese Terroristen sind finstere Gestalten, aber sie verändern die Welt, nicht wir. Offenbar benutzen sie die richtigen Waffen, nicht wir.‹ Es war gespenstisch, als wäre sie nicht sie selbst. Aber es war Verzweiflung, ich habe es inzwischen verstanden.«

»Ob sie deswegen ermordet wurde?«, fragte Twiggy.

Sie grübelten.

»Vielleicht hat Rosi etwas geplant, und der Staatsschutz oder der VS hat sie umgebracht. Und dann haben sie zur Tarnung einen Mörder präsentiert, ihn sicherheitshalber getötet und ihn mit Spuren vom Mord an Rosi gespickt«, sagte Twiggy.

»Puh«, erwiderte Dornröschen. »Eine ganz steile These. Aber zutrauen würde ich es denen auch.«

Wieder Schweigen.

Ein Schwarm Stare zog irrlichternd vorbei.

»Ich glaube nicht, dass Rosi es wirklich gemacht hat. Sie hat sich ja oft gemeldet, und wir haben gesprochen. Ich hätte es ihr angemerkt, wenn sie sich so stark verändert hätte.« Frau Weinert schüttelte energisch den Kopf. »Nein, so war es nicht.«

Matti nahm einen Ordner, auf dem stand *RK*. Als er ihn öffnete, sah er, dass es um Revolutionstheorien ging. Exzerpte und Texte, auch Quellen zu Trotzkis Permanenter Revolution, Lenins Revolutionstheorie, Guevara und Castro, Strategie der Tupamaros, Maos Volkskrieg, Meinhof, eine Kritik der Strategie und Taktik der kommunistischen Parteien, eine Studie über die Anarchisten im Spanischen Bürgerkrieg, eine Thesensammlung über Antifaschismus und revolutionäre Gewalt. »Na, dieser Ordner sagt ein bisschen was anderes.«

Dornröschen gähnte. »Ach, wir haben doch alle solche Ordner. Und sind wir im Untergrund? Du denkst schon wie die Bullen.«

Matti streckte ihr die Zunge raus, Frau Weinert lächelte.

Als sie zurück in der Okerstraße waren, verteilten sie die Ordner untereinander. Jeder sollte seine Akten Zeile für Zeile lesen. Irgendwo in diesen Papieren musste die Lösung stecken und wenn nicht, dann doch wenigstens eine Spur.

»Oder es geht wirklich nur um die Schutzgeldsache. Wenn in den Akten nichts ist, wäre das auch eine Auskunft. Dann hängen wir uns an Ali und Berkan.«

Nach zwei Tagen hatte Matti seinen Teil gelesen und nichts gefunden. In der anderen Zeit fuhr er lustlos Taxi. Auch die anderen entdeckten nichts. Sie hatten schon alles Wichtige gefunden, als sie Rosis Wohnung durchsuchten. Sie saßen enttäuscht am Küchentisch, Robbi fühlte sich vernachlässigt und jaulte. Die erste Ferkelei war gewesen, dass sie ihn fast zwei Tage allein gelassen hatten, aber dann einfach so mit einem Stapel Papier aufzutauchen und sich nur noch damit zu beschäftigen – das war die Höhe! Robbi hatte angefangen, Akten zu hassen, sinnloses Papier, das sein Personal übermäßig beanspruchte, sodass gerade mal eine Streicheleinheit hier und ein kurzes, wenn auch einseitiges Gespräch mit ihm dort abfiel. Hätte nicht mehr viel gefehlt, und dieses Pack, das er in seiner Wohnung duldete, hätte vergessen, ihm Thunfischfut ter zu servieren. Er war richtig stinkig, verkroch sich auf Twiggys Bett und cancelte seinen Entschluss, das Schweigegelübde endlich zu beenden. Die würden schon sehen, was ihnen diese Akte der Missachtung eintrugen.

Am Morgen stöhnte Twiggy auf, als er wach wurde. Er lag in einer Wolke von Katzenhaaren. Am Frühstückstisch klagte er, Robbi sei wieder krank.

»Der ist nicht krank, der hat es im Kopf«, sagte Matti. »Sobald er nicht verpimpelt wird, macht er auf halb tot.«

Twiggy blickte ihn böse an. »Er leidet. Guck dir ihn mal an.«

Matti dachte nicht daran. Er konnte sich auch so vorstellen, wie Robbi auf Twiggys Bett genüsslich das Thunfischfutter leer fraß, das Twiggy ihm gebracht hatte, als könnte der arme Kater schon nicht mehr laufen.

»Willst du ihn wieder zum Tierarzt schleppen?«

»Nicht zu dem vom letzten Mal.«

Dornröschen war abwesend, körperlich und geistig. Sie hatten am Morgen wieder so einen Anruf bekommen, aber sie hatte nicht mehr gezwitschert, sondern wenig gesagt. Sie hätten ihre Worte nicht verstehen können, da sie sich in ihr Zimmer zurückgezogen hatte, aber es drang auch sonst kein Laut nach draußen.

»Dicke Luft«, hatte Twiggy hoffnungsfroh gesagt.

Matti hatte nur seine Hände ein wenig gedreht.

Als Dornröschen erschien, ließ sie sich nichts anmerken. Sie bereitete ihren Tee, guckte hin und wieder auf die Uhr, und dann sagte sie: »Wir haben keine Wahl. Berkan und/oder Ali sind mit von der Partie. Vielleicht erpressen die Typen die Kneipiers im Auftrag von Schmelzers mysteriösen Killern, obwohl ich diese Verschwörungstheorie ziemlich wild finde.«

»Aber wir haben in Rosis Unterlagen nichts dazu gefunden«, sagte Matti.

»Vielleicht haben es die Bullen, vielleicht hat Rosi es woanders aufbewahrt«, sagte Twiggy. »Aber dann hätte es im Päckchen sein müssen, das Rudi uns gegeben hat. Warum sollte sie ein zweites Geheimdepot anlegen?«, fragte Dornröschen.

»Na, was in dem Päckchen war, Rademacher und Spiel im Bordell und so weiter, vielen Dank, auf solche Päckchen kann ich verzichten. Wir müssen auch einkalkulieren, dass Rosi leichtgläubig war. Das gibt es doch, dass Leute alles glauben, was ihnen in den Kram passt.« Dornröschen sprach leise, als würde sie sich beim Nachdenken stören, wenn sie lauter würde.

»Wenn sie Lara nicht umgebracht hätten, wäre ich jetzt wahrscheinlich einverstanden, mit der Sucherei aufzuhören«, sagte Matti.

»Nun ist's aber gut«, polterte Twiggy. »Wir haben uns vorgenommen, Rosis Mörder zu finden. Haben wir ihn gefunden? Nein. Also, was soll das Geschwätz?«

»Ich glaube, Schmelzer hat recht«, sagte Dornröschen. »Das klingt zwar absurd, aber warum nicht? Ein Killer kann es auch so aussehen lassen, dass es ein … gewöhnlicher Mord ist. Da hat einer Rosi den Schädel eingeschlagen, Killer machen das wohl nicht, obwohl meine Kenntnisse auf diesem Gebiet begrenzt …«

»Endlich mal ein Thema, bei dem du nicht alles weißt«, unterbrach Twiggy genervt.

Dornröschen tippte sich an die Stirn.

Matti grinste. »Wo er recht hat, hat er recht.«

Dornröschen tippte sich noch mal an den Kopf. »Was machen wir jetzt? Laufen Schutzgelderpressern nach, und was entdecken wir dabei?«

»Wir könnten herausfinden, mit wem die sich treffen«, sagte Twiggy.

»Mit ihren Opfern, mit wem sonst?« Matti drehte sich eine Zigarette, und Twiggy schnipste, dass er auch eine wollte.

Robbi jaulte aus Twiggys Zimmer. Der Tonlage nach verlangte er nach jemandem, der ihm das Maul abwischte.

»Wir könnten herausfinden, wer die Auftraggeber sind. Die werden sich doch auch mal treffen«, sagte Twiggy.

»Und wenn die nur telefonieren? Falls das wirklich so Profis sind, werden die sich nicht auf die blöde Tour erwischen lassen und sich mit solchen Hanseln wie Ali Göktan zum Kaffeetrinken verabreden. Außerdem glaube ich sowieso, dass einer von den Göktans

Rosi umgebracht hat, auf eigene Rechnung. Aber womöglich haben sie die Oberfinsterlinge gebeten, mir eine Bombe ins Auto zu legen«, widersprach Matti.

»Und wenn Ali Göktan es selbst war? Warum denken wir, dass der das nicht kann? Ist das so schwer, eine Bombe zu bauen?« Dornröschen nippte an ihrem Tee. »Wenn wir den verfolgen, können wir ewig warten, bis wir was rauskriegen, wenn überhaupt. Nein, wir checken sein Umfeld. Und dann erfahren wir, wer Ali Göktan ist. Und wenn wir wissen, wer Ali ist, wissen wir, was wir ihm zutrauen können.«

»Ali war ein guter Schüler«, sagte Wolfgang Müller. Sie hatten sich in Schale geworfen, waren als Vertreter der Industrie- und Handelskammer in der Ernst-Reuter-Oberschule in der Stralsunder Straße aufgetaucht und hatten nach Ali Göktan gefragt. Vorher hatte Dornröschen mit verstellter Stimme als Schulsekretärin bei den Göktans angerufen und angeblich deren Adresse geprüft, weil sie noch ein altes Zeugnis gefunden habe, das Ali bei Bewerbungen fehlen könnte. Frau Göktan hatte gleich bestätigt, dass Ali vor zwei Jahren das Abitur auf der Ernst-Reuter-Oberschule gemacht habe. »Mit einem Durchschnitt von Zwei Komma eins«, wie sie stolz erklärte.

Müller war sein Klassenlehrer gewesen und nun stolz, dass die IHK den ehemaligen Schüler womöglich in ein Förderprogramm aufnehmen wollte, über das aber noch nicht gesprochen werden sollte. »Aus PR-Gründen, Sie verstehen?«

Müller reckte seinen knochigen Körper und schüttelte den Glatzkopf im Lehrerzimmer, wo sie sich in eine Ecke zurückgezogen hatten, immer wieder neugierig angestarrt von Paukern, die eintraten, um etwas zu holen, sich an den Konferenztisch zu setzen, um zu schreiben oder zu lesen. An der Wand hing ein Plakat der GEW, das Kinder vor einer Klinkermauer abbildete, darüber in Großbuchstaben der Text: *Bildung ist wichtig. Wir haben Anspruch auf Zukunft.* Daneben der Stundenplan, ein monströses Gewirr aus Zahlen und Kürzeln.

»Aber er hatte immer wieder, sagen wir mal, Probleme.«

»Welcher Art?«, fragte Dornröschen. »Wissen Sie, wir müssen uns ein genaues Bild machen von ihm. Nachher machen wir ein Riesentamtam, und dann kommt eine … schlimme Geschichte heraus und wird in der *B. Z.* breitgetreten. Sie kennen das doch.«

Müller nickte. »Ich kann Sie verstehen. Ich freue mich für ihn. Aber da gab es einige Vorfälle, nun ja, sagen wir mal, die nicht so erfreulich waren.«

»Welcher Art?«, fragte Matti.

»Es fing, sagen wir mal, gewöhnlich an. Kleine Prügeleien, Sie kennen das.«

Matti nickte eifrig.

»Man musste dazwischengehen, und dann war es erledigt. Ist Alltag auf dem Schulhof.«

»Klar«, sagte Dornröschen. »Das interessiert heute keinen mehr. Was geschah dann?«

»Tja, dann schloss er sich mit anderen türkischen Jungs zu einer … Gang zusammen. Nun, das ist ziemlich normal. In meiner Jugend gab es das auch. Was es aber nicht gab, ist diese Entwicklung zur Gewalt. Es waren, sagen wir mal, sechs oder sieben, zwei aus meiner Klasse, darunter Ali, die anderen waren älter, schon sechzehn oder siebzehn. Ich habe zum ersten Mal mitbekommen, dass etwas schieflief, als einer von denen auf dem Schulhof ein Messer zückte. Das war Mehmet, nicht Ali.«

»Um was ging es?«, fragte Twiggy.

Müller schien erleichtert, sich darüber auslassen zu können.

»Mehmet hat einem deutschen … obwohl Mehmet ist ja auch Deutscher, also einem, sagen wir mal, deutschen Schüler ohne migrantischen Hintergrund, mein Gott, wie das klingt, etwas weggenommen, ein Handy, einen MP3-Player, ich weiß es nicht mehr.«

»War das normal?«, fragte Matti.

»Leider ja. Diese Bande wurde allmählich kriminell, wenigstens einige von denen. Mehmet war der Schlimmste, Ali hat sich meistens rausgehalten, aber er ist immer mit denen, sagen wir mal, herumgezogen. Ich will ihm ja nichts Böses nachsagen, aber Sie müssen das ja wissen. Und wir wollen ja nicht, dass über unsere Schule was Schlimmes in der Zeitung steht.«

»Genau«, sagte Dornröschen. »Wie war er in der Schule?«

Müller runzelte die Stirn. Es klingelte zum Unterricht, er stutzte, blickte auf seine Armbanduhr und winkte kaum merklich ab. »Das ist das Erstaunliche. Während die anderen in der Gang allmählich versumpften und das Abitur nicht erreichten, hielt Ali durch. Und als er allein in der Abiturklasse war, da hat er richtig losgelegt. Hatte er zuvor die Versetzung gerade so geschafft, machte er nun einen Leistungssprung. Er hat ein gutes Abitur geschafft, und wenn er früher angefangen hätte, sich auf die Schule zu konzentrieren, dann wäre er noch besser gewesen.« Er wiegte seinen Kopf.

»Was hat er nach der Schule gemacht?«, fragte Twiggy.

»Das Letzte, was ich gehört habe, ist, dass er leider nicht studiert hat. Angeblich wollten die Eltern, also der Vater, das nicht, weil er den Gemüseladen übernehmen sollte.«

»Der dann plattgemacht wurde«, sagte Matti.

Müller schaute ihn verwirrt an.

»Er wurde vertrieben aus dem Graefekiez«, sagte Dornröschen. »Mietsteigerung nach Sanierung, das Übliche.«

»Und es gibt ja viele türkische Gemüseläden, da konnte er kaum die Preise anpassen«, ergänzte Twiggy.

Müller nickte traurig.

»Was waren die Lieblingsfächer von Ali?«, fragte Dornröschen.

»Leider nicht meine«, sagte er und lächelte. »Er hat eine außerordentliche Begabung für Naturwissenschaften, für Physik und Chemie besonders.«

»Glauben Sie, dass er eine Bombe bauen könnte?«, fragte Matti.

Müller lächelte, dann fror das Lächeln ein. »Sie kommen wirklich von der IHK?«

13: Don't Let Me Down

Sie saßen in Mattis Taxi vor dem Haus, in dem die Göktans wohnten. Am Nachmittag waren sie schnell aus der Schule verschwunden, verfolgt von einem verwunderten, dann empörten Blick von Wolfgang Müller. Nun wussten sie, dass es ein Kinderspiel für Ali wäre, eine Bombe zu bauen. Die Lage war klar: Ali hatte ein Motiv, Frau Quasten umzubringen, weil die seinen Vater gedemütigt hatte, verwechselte sie aber mit Rosi. Als er es merkte und mitbekam, dass die WG bei seinen Eltern aufgetaucht war, erfuhr er vom Vater, dass Matti bei Ülcan Taxi fuhr und ihm auf der Spur war. Für Ali war es klar, dass Matti und seine Genossen Rosis Tod rächen wollten. Also baute er Matti eine Bombe ein, um ihn zu töten. Wenn er Matti umbrachte, schüchterte er Twiggy und Dornröschen ein, ein doppelter Nutzen. Lara hatte Pech, dass sie die Tür öffnete. Matti wurde übel, als ihm klar wurde, dass der frühe Verdacht richtig gewesen war. Er, Matti, hätte tot dort liegen müssen. Es ging nicht um einen eifersüchtigen Freund von Lara, sie war in die Sache hineingeraten und dabei umgekommen. Jetzt hatte Ali schon zwei Menschen aus Versehen ermordet.

»Und was wollen wir nun herausfinden?«, fragte Dornröschen. Sie hatte nach dem Gespräch mit Müller nicht viel gesagt, dann war sie angerufen worden und hatte nur ein paar Worte in den Hörer gemault, bevor sie das Gespräch trennte. Sie hatte nicht einmal die Küche verlassen. Aber ihre Laune war am Tiefpunkt, und sie war mehr mitgetrottet als mitgekommen.

»Was sollen wir sonst machen?«, fragte Matti.

»Weiß nicht.«

»Tolle Idee«, sagte Twiggy. »Die beste seit Langem.«

Dornröschen blickte stur nach vorn, als fände sie dort die eine

Wahrheit, um die es im Leben ging, die aber die eklige Eigenschaft hatte, nicht gefunden werden zu wollen.

»Wir verfolgen ihn und erwischen ihn beim Bombenbasteln«, sagte Matti. »Ist doch ganz einfach.«

Twiggy schnaubte. »Du hast doch zugestimmt, dass wir herfahren.«

»Ja, ja«, sagte Matti. »Weil mir nichts Besseres eingefallen ist.«

»Wir hätten auch weiter Löcher in den Küchentisch glotzen können.«

»Jungs, wenn ich euch mal aufklären darf«, sagte Dornröschen. »Ali ist vielleicht ein Killer, aber kein Auftragsmörder. Der Schmelzer hat Quatsch erzählt. Ali hatte für beide Morde gute Motive, der braucht keinen Auftraggeber. Kapiert?«

»Und wie beweisen wir das? Sollen wir zu den Bullen gehen? Hallo, wir haben da einen Mörder. Vielleicht könnten Sie den festnehmen?«, fragte Matti.

Twiggy knurrte. »Wir schnappen uns den Kerl wie den Chef und grillen ihn.«

»Beim Chef war das ja auch supererfolgreich«, ätzte Matti.

»War es doch. Wir haben eine Menge rausgekriegt.«

»Auf eine Wiederholung kann ich verzichten«, sagte Dornröschen. »Irgendwann laufen wir mit der Knarre in der Hand durch Kreuzberg und machen auf Wildwest. Nicht, dass mich das Gewissen drücken würde. Besser, wir haben Knarren als die Bullen. Nur irgendwann geht das in die Hose, und wir wandern in den Knast. Und bei den Vorstrafen wird das nicht nur unterhaltsam.« Immerhin war sie erwacht aus ihrer Depression.

»Das heißt, wir wissen, wer der Mörder ist. Aber wir haben keinen Beweis. Okay, er kann Bomben bauen, aber das kann Twiggy auch.« Matti spürte, wie die Verzweiflung ihn packte. Er wehrte sich, aber sie war stärker. »Es ist alles sinnlos. Da kann so ein Arschloch Lara und Rosi umbringen, aber er läuft frei rum.«

»Und wenn die Bullen recht haben, dass er Rosi nicht umgebracht hat?«, fragte Dornröschen. »Er hatte ein deftiges Motiv, stimmt. Aber mehr auch nicht.«

»Aber er kennt bestimmt diese Mafiatypen, Berufsmörder oder so. Und er hat einen Deal mit ihnen laufen. Du tust mir einen Gefallen, und ich tu dir einen. Du bringst die Quasten um und ich …«

»Ja, was denn?«, fragte Dornröschen. »Was hat er getan? Schutzgelderpressung gegen Mord, so einen miesen Tausch gibt es nicht.«

»Woher weißt du das denn?«, fragte Twiggy. »Wenn es einem wurscht ist, Leute umzubringen …«

Das Licht über der Haustür leuchtete auf. Ein Pärchen trat heraus, sie klein und rundlich, er hager. Sie gestikulierte heftig.

»Er hat den Mord an der Quasten in Auftrag gegeben. Und der Killer hat Rosi mit der Quasten verwechselt. Der kannte sie nicht, da ging das mit dem Verwechseln noch leichter.«

»Noch mal: Warum folgen wir ihm jetzt?«, fragte Dornröschen.

»Weil es sein könnte, dass Ali die Typen trifft, mit denen er zusammenarbeitet und zu denen der Spitzentyp gehört hat, den die Bullen abgeknallt haben.«

»Aber wenn es so ist, dass die Bullen Mist erzählen und der Killer es gar nicht war, sondern in beiden Fällen Ali der Mörder ist, was dann? Dann rennen wir ihm nach, ohne dass es irgendwas bringt.«

Der Vollmond hing im Himmel, dessen Schwarz die Stadt ergrauen ließ. Er überstrahlte das Neonlicht des Einkaufszentrums, das den Parkplatz in ein Dämmerweiß tauchte. Gelb leuchteten die Taxischilder von Mattis Kollegen, die auf Kunden warteten. Der Verkehr war abgeflaut, die Scheinwerfer malten Licht und warfen Schatten. Das Verkehrsrauschen wurde mitunter übertönt durch Zweitakterknattern und das Dröhnen von Dieselmotoren. Gerade brummte ein Containerlaster vorbei und zeigte gleich nur noch die Rücklichter. Das Licht über der Haustür war ausgegangen, sie wurde jetzt matt beschienen von der Straßenlaterne. Die drei Fenster der Wohnung, in der die Göktans lebten, leuchteten, als wollten sie zeigen, dass weder Vater noch Sohn durch die Nacht zogen, um Schutzgelder zu erpressen oder Menschen umzubringen.

Sie saßen nebeneinander auf der Bullibank und waren ratlos.

Dass Ali sie zu der Mörderbande führen würde, war unwahrscheinlich, sofern es die überhaupt gab. Dass sie etwas herausfänden, wenn Ali beide Morde begangen hatte, indem sie ihn verfolgten, war Blödsinn. Matti begriff, dass sie im Begriff waren, ihre Zeit zu verplempern, weil sie sich nicht eingestanden, dass sie feststeckten.

»Das ist doch alles Quatsch«, sagte er.

Die beiden anderen schwiegen.

»Dass wir glauben, Ali würde uns zum Heiligen Gral führen, zeigt nur, dass uns nichts mehr einfällt.«

»Willst du aufgeben?«, fragte Twiggy.

»Nein, aber das heißt nicht, dass wir ohne Sinn und Verstand durch die Gegend eiern.«

»Matti hat recht. Das ist eine Schnapsidee. Das einzige Ergebnis wird sein, dass Ali es merkt und es richtig ernst wird. Noch glaubt er wohl, wir hätten aufgegeben«, sagte Dornröschen.

»Es sei denn, der nette Lehrer ruft seinen Exzögling an und fragt, was er mit der IHK am Hut hat«, sagte Twiggy.

»Das macht er eher nicht«, widersprach Matti. »Der war nämlich froh, den Lausebengel von der Backe zu haben.«

»Lass uns heimfahren«, sagte Dornröschen.

Es klopfte am Fenster der Fahrertür. Ali guckte herein, er beleuchtete sein Gesicht mit einer Taschenlampe und sah lächerlich und gefährlich zugleich aus. »Wollt ihr mich was fragen?«

Die Laderaumtür wurde geöffnet, und an der Beifahrertür zeigte sich noch ein Gesicht, ein junger Türke, der sich ebenfalls mit einer Lampe anstrahlte. Hinten war jemand eingestiegen. »Guten Tag«, sagte er. Und dann: »Ich habe eine Knarre in der Hand, und ich bin nervös.« Er sprach ausgezeichnet Deutsch. »Meine Freunde steigen jetzt auch ein, und sie haben ebenfalls Knarren, und sie sind noch nervöser.«

Der Wagen wankte, als die beiden Gesichter von den Fenstern verschwanden und einstiegen. Die Laderaumtür wurde geschlossen.

»Ich glaube, es gibt eine Art Interessenübereinstimmung zwischen uns, jedenfalls wollt ihr euch mit mir unterhalten«, sagte Ali. »Und inzwischen habe ich auch Lust darauf. Hier finde ich es allerdings ungemütlich. Wir machen eine kleine, wie sagt man, Spritztour, einverstanden?« Als niemand antwortete: »Vorher würde ich mir gern eure Handys ausleihen, ihr kriegt sie wieder. Und wenn wir sie euch ins Grab nachwerfen.« Er lachte leise.

Matti spürte einen harten Druck im Genick und reichte sein Handy nach hinten. Die beiden anderen taten es ihm nach.

»Na, dann wollen wir mal los«, sagte Ali fast fröhlich. »Wenn du vielleicht den Motor starten könntest.«

Twiggy drehte den Schlüssel, und mit einem Spotzen sprang der Boxer an. »Wohin?«, fragte er mit belegter Stimme.

»Wir fahren auf die 111, Richtung Berliner Ring. Wenn du es genau wissen willst, nach Oranienburg … nicht ganz nach Oranienburg, aber so grob kommt es hin.«

Twiggy nickte und fuhr los.

Matti beunruhigte vor allem die Lässigkeit, mit der Ali und Konsorten auftraten. Sie schienen nicht aufgeregt und hatten einen Plan. Sie wussten genau, was sie taten. Kalter Schweiß nässte den Rücken. Er fror und schwitzte. Matti versuchte sich zu konzentrieren. Auf keinen Fall durfte er in Panik geraten. Es gab immer eine Chance. Was hatten die vor? Die Panik näherte sich. Sie hatten Lara umgebracht, sie hatten Rosi auf dem Gewissen. So jung, wie Ali war, er war ein Doppelmörder, vielleicht noch schlimmer. Es schien ihn nicht zu beeindrucken, dass er Menschen umgebracht hatte. Was hatten sie von einem Mörder zu erwarten, dem sie auf die Schliche gekommen waren?

»Was hast du vor?«, fragte er.

»Wirst du sehen.«

»Warum entführst du uns?«

»Aber wie kommst du denn darauf? Wir machen eine Spazierfahrt. Entführung, so etwas würden wir nie tun.« Die anderen beiden Typen lachten fröhlich.

Manchen macht es Spaß zu töten. Das hatte Schmelzer gesagt. Ob Ali und seine Komplizen zu dieser ominösen Killerbande gehörten? Sie sahen nicht so aus, aber wie sahen bitteschön Killer aus? Schmelzer hatte sie gewarnt, und er hatte recht gehabt. Diese Killer fielen nicht auf, weil sie wie alle anderen Menschen in der Stadt wohnten, Spießer wie du und ich, der Oberkiller lässt sich von Mama verwöhnen. Wohnt in einer Sozialwohnung in einer elenden Gegend. Killer sind doch reich und genießen den Luxus. Matti wusste natürlich, dass er sich Klischees erzählte, aber Alis Existenz widersprach allem, was man sich über einen Berufsmörder zusammenreimte. Guter Schüler, braver Sohn. Aber Schutzgelderpresser passte auch nicht dazu. Oder hatte Mustafa ihn angelogen? Nein, unmöglich. Dazu war der zu dumm und zu eingeschüchtert von Ali. Ob diese Typen zu seiner ehemaligen Schulbande gehörten?

Twiggy erreichte die Autobahn und fädelte sich in den starken Verkehr Richtung Norden ein. Dornröschen war in sich versunken. Matti legte seine Hand auf ihre und drückte sie. Dornröschen reagierte nicht. Ihre Augen starrten in die Nacht, vielleicht hatte sie schon abgeschlossen mit dem Leben.

Matti überlegte, dass er ohnehin nicht im Bett hatte sterben wollen. Doch Barrikaden, auf denen man die Kugel einfing, gab es nicht mehr, die letzten Revolutionäre würden in ihren Betten sterben, während der Kapitalismus sich selbst zugrunde richtete.

»Du fährst gut«, sagte Ali.

Ich hätte nicht gedacht, dass ausgerechnet Twiggy mich zur eigenen Beerdigung fahren würde. Mattis Gefühle hatten sich seltsam gemischt: Trotz, Angst, Hoffnungslosigkeit, Entsetzen, Wut. Ich will nicht, dass Twiggy und Dornröschen sterben. Wenn ich dran glauben muss, wäre es ein Abschluss. Ich habe es mir so nicht gewünscht, aber ich finde mich damit ab. Nicht schön, dass drei Hosenscheißer sie reingelegt hatten, aber man kann sich seine Mörder nicht aussuchen. Erschießen, das geht schnell. Ein kurzer furchtbarer Augenblick, und dann wäre alles schwarz. Lara ist mir vorausgegangen, wie schade, dass ich nicht ans Jenseits glaube. Nicht einmal jetzt. Mein Leben war einigermaßen in Ordnung. Ich habe nicht erreicht, was ich hätte schaffen können, doch ich bin mir treu geblieben. Gewiss war ich manchmal feige. Er erinnerte sich, wie er bei einer Demo am Kotti abgehauen war vor der Bullenübermacht, obwohl er eine Zwille und eine Hosentasche voll Krampen gehabt hatte. Andere waren standhaft geblieben und niedergeknüppelt worden. Aber insgesamt hatte er sich gut geschlagen. Vor allem hatte er nie einen Genossen verraten. Er hat sich nicht eingelassen auf die Verlockungen der Bullen: Ermittlungen einstellen, Strafminderung und überhaupt. Er hatte sich nie eingelassen auf die Verlockung, zum Feuilletonlinken zu werden, wortradikal mit Augenzwinkern, was die Salonbolschewisten als superschick bejubelten, auch weil es so schön folgenlos war. Es war Revolutionär geblieben, obwohl die Revolution abgesagt worden war, ohne dass ihn einer gefragt hatte.

Der Boxermotor schnurrte, und Matti hätte sich so gewünscht, dass er diesmal in einer Rauchwolke explodieren würde. Eine Chance, sie brauchten nur eine einzige Chance. Die Makarovs waren unter der Bank im Laderaum. Eine einzige Chance. Vielleicht könnte Twiggy scharf bremsen, aber da würde sich ein Schuss lösen und womöglich nicht nur einer. Wenn Twiggy gegen einen Brückenpfeiler oder Baum führe oder sonst einen Unfall verursachte, wäre es das Gleiche. Matti zweifelte nicht, dass der Freund fieberhaft nachdachte, was er tun konnte, um die drei Typen loszuwerden. Twiggy starrte nach vorn wie Dornröschen. Die sah aus, als wäre sie nicht anwesend, aber natürlich suchte auch sie einen Plan.

Wenn nicht auf der Fahrt, dann beim Aussteigen. Nein, er wollte nicht sterben. Es war zu früh. Einen Augenblick dachte er: Du bist zu feige, zu sterben. Du wirst immer Schiss haben. Nimm es an, es ist besser, als im Bett zu sterben. Es geht schnell. Kein Leiden, kein Krankenhaus, keine Pflege. Und Matti staunte, was für einen Mist sich ein Hirn ausdenken konnte, um mit der Angst fertig zu werden.

»Und dann die B 96, Richtung Oranienburg«, sagte Ali vergnügt.

Der Typ ist pervers, dachte Matti.

Twiggy fuhr auf die Bundesstraße. Es begann zu regnen. Er schaltete den Scheibenwischer ein. Die Straße glänzte. Vor ihnen fuhr ein Tanklaster mit grellen Rücklichtern. Ein Sportwagen überholte sie auf der linken Spur, er lag so flach auf der Fahrbahn, dass Matti sich fragte, wie es darin einer hinters Steuer schaffte.

Die Typen hinter ihnen tuschelten etwas auf Türkisch, und Matti hätte alles darum gegeben, Fremdsprachengenie zu sein, einer, der eine andere Sprache im Vorübergehen aufschnappte.

»Erste Ausfahrt raus«, sagte Ali.

Matti las auf einem Schild etwas von einem *Gewerbepark Alter Flugplatz* oder so ähnlich. Die Ausfahrt wurde angezeigt. Der Regen schluckte Licht. Sie kamen auf eine zweispurige Straße. *Birkenallee.*

Sie fuhren am Gewerbegebiet entlang in Richtung Oranienburg.

»Vor der Brücke rechts und am Kanal entlang«, sagte Ali.

Ein Holperweg. Links glänzte das Wasser im spärlichen Licht, das vom anderen Ufer schien.

»Aussteigen.«

Alles spannte sich in Matti, Muskeln, Nerven, Hirn. Eine kleine Chance nur. Er stieg aus und stand neben der Beifahrertür. Hinter ihm war einer von Alis Komplizen. Der Typ benutzte ein aufdringliches Deo oder Rasierwasser. Auf der Fahrerseite stieg Twiggy gemächlich aus, niemand drängte zur Eile. Dann rutschte Dornröschen vom Sitz. Sie ging zwei Schritte nach vorn und hatte nun beide Genossen im Blick. Sie schüttelte kaum sichtbar den Kopf. Es wäre ohnehin nicht möglich gewesen. Den einen Typen hätte ich vielleicht überrascht, aber dann hätten die anderen losgeballert, dachte Matti. Sie hatten nicht den Hauch einer Chance.

»Los geht's«, sagte Ali vergnügt. »Immer am Kanal entlang.«

Twiggy hatte es nicht eilig zu sterben. Dornröschen trottete ihm nach. Sie war geistig woanders, vielleicht versöhnte sie sich gerade mit dem Tod.

Matti überlegte, ob sie den drei Typen einfach davonlaufen könnten, aber sie hätten auf jeden Fall Twiggy erwischt, sie waren jünger und schneller.

»Kann ich mir eine drehen?«, fragte Matti.

»Klar«, sagte Ali.

Matti drehte zwei Zigaretten und ging zu Twiggy. Er reichte ihm eine und flüsterte: »Hast du eine Idee?«

Twiggy schüttelte nur leicht den Kopf. Er zündete sich die Zigarette an. Sie gingen nebeneinander, Dornröschen lief ein paar Schritte vor ihnen. Ali hatte sich auch eine angezündet.

Matti wischte sich Regenwasser aus dem Gesicht. Das Wasser schmeckte salzig.

Vor ihnen tauchten rechts, an einem sanften Abhang, Umrisse auf. Eine starke Taschenlampe zitterte ihren Lichtkegel vorweg. Er blieb an einer bewachsenen Klinkermauer hängen, ein halb heruntergerutschtes Dach hing mit einer Ecke fast auf dem Boden. Nasses Moos glänzte auf zerbrochenen Ziegeln. Das Lampenlicht deutete auf eine Tür, ein Vorhängeschloss baumelte an einem offenen Bügel aus rostigem Stahl.

»Rein da.«

Twiggy stapfte über Zweige zu der Tür und zog sie auf. Sie knarrte, schliff am Boden und hing nach ein paar Zentimetern fest. »Streng dich an, du bist stark.« Ali schnippte seine Zigarette weg. Twiggy zog kräftiger oder tat so, er kriegte die Tür nicht auf.

»So groß, so fett, so schwach.«

Ein Komplize trat ins Licht. Er war groß und durchtrainiert, Typ Boxer. Er hatte halb lange, gegelte Haare und trug ein helles Jackett mit aufgekrempelten Ärmeln. Darunter ein schwarzes T-Shirt. Er packte die Tür am oberen Rahmen und riss sie auf. Dann rieb er sich grinsend die Hände.

Die Taschenlampe winkte in das Schwarze. »Nur hinein, meine Dame, meine Herren.« Ein Singsang. Morden machte ihm Spaß, klar. Da hatte Schmelzer recht gehabt. Sadisten.

Sie werden uns foltern, dachte Matti, und der Schrecken presste seine Brust zusammen. Er konnte kaum atmen. Er schlich zur Tür, die drei Türken hatten sich daneben aufgebaut. Der dritte hatte einen Bürstenschnitt, eine Gangstervisage und einen Dreitagebart. Er grinste dreckig, die Pistole lässig in der Hand, der Lauf zeigte auf die Wiese. Es war ein feuchter großer Raum mit Lücken im Dach. Es stank nach Schimmel. Es regnete herein, dünne Fäden im Schein der Taschenlampe.

»An die Wand!« Die Lampe leuchtete an eine Klinkermauer, darüber war der Himmel. Sie standen im Regen und im Licht, die drei Typen tuschelten in zwei Meter Abstand vor ihnen. Der Bürstenkopf rauchte nervös.

Der hat noch nie einen erschossen, dachte Matti.

Der Boxertyp tat obercool.

Der auch noch nicht, dachte Matti. Zu cool. Aber Ali, der ist ein Mörder. Und die anderen sind seine Mörderlehrlinge.

Der Regen durchnässte sie. Matti sah ein Flugzeug am schwarzen Himmel blinken. Der letzte Gruß.

Ali trat eine Zigarette aus.

Eine Spur, er hinterlässt eine Spur, der Dummkopf. Doch kein Profi.

Ali lächelte. »Warum folgt ihr mir?«

»Quatsch«, sagte Dornröschen mit fester Stimme.

»Ihr habt mich auch in die Kneipe von Mustafa verfolgt. Diese Tussi gehört zu euch. Geht's ihr einigermaßen?«

Geht so, dachte Matti. Gaby sehe ich auch nicht wieder. Lara sowieso nicht. Lara. Lara. Lara. Ihn packte der Zorn. Was bildet sich dieser Pisser eigentlich ein?

»Ich gehe jetzt«, sagte Matti. »Ich mach den Scheiß nicht mit. Kommt mit!«

Der Schein der Taschenlampe traf ihn im Gesicht.

»Du bleibst«, sagte Ali gelassen.

Irgendetwas hielt Matti am Boden fest, wie ein Krampf.

»Noch einmal, warum folgt ihr mir?« Ali spielte lässig mit seiner Pistole, die silbern glänzte. Sogar die Knarre ist protzig, dachte Matti.

»Wir suchen den Mörder einer Freundin«, sagte Dornröschen.

»Und dann folgt ihr mir?« Alis Gesicht zeigte Erstaunen.

Schweigen. Die drei Typen wechselten Blicke. Matti bildete sich ein, Ratlosigkeit in den Augen des Boxers zu lesen.

»Rosi, so hieß die Freundin, sah aus wie Frau Quasten …«

»Diese Drecksau«, sagte Ali und spuckte auf den Boden.

»Ich weiß, die hat den Laden deines Vaters in den Ruin getrieben«, sagte Dornröschen.

»Die Quasten ist doch nur eine … Marionette von diesem Typen, diesem Chef von dem Laden. Den Chef müsste man umbringen, wenn man schon einen umbringen will. Ich vergreif mich doch nicht an solchen Figuren wie der Quasten. Obwohl sie eine Abreibung verdient hätte.«

»Und dein Vater hat die Quasten auch nicht umgebracht?«, fragte Matti.

»Bist du verrückt? Mein Vater ist ein frommer Mann. Er würde nie jemanden töten.«

»Na klar«, sagte Twiggy.

Tauwetter, irgendwie, dachte Matti. Vielleicht foltern sie ja nicht. Er bekam Angst wegen Dornröschen. Wenn die Typen sich sie vorknöpfen würden … Ja, was dann?

Ali guckte verzweifelt zum Himmel. »Mein Vater hat niemanden umgebracht und ich auch nicht.«

»Du hast mir eine Bombe ins Taxi gebaut«, sagte Matti.

Ali glotzte ihn an. »Was habe ich?«

»Eine Bombe ins Auto gebaut. Du kannst doch Bomben bauen?«

Ali zuckte mit den Achseln. »Ist, glaube ich, nicht so schwer. Kannst du auch. Oder der.« Der Pistolenlauf zeigte auf Twiggy.

Ali überlegte, die beiden Typen guckten ihm dabei zu. »Wann habe ich denn eure Freundin umgebracht?«

Matti überlegte kurz und nannte Datum und Uhrzeit.

Ali holte ein Smartphone aus einer Gürteltasche, tippte auf dem Bildschirm und begann zu grinsen. »Da war ich in Ankara, habe meinen Onkel besucht. Es ging um … Geschäfte.«

»Klar«, sagte Twiggy.

»Ich hab den Flugschein, mein Onkel kann es bestätigen, außerdem wurde ich in Schönefeld gefilzt, das werden die noch wissen.«

»Hm«, sagte Matti. »Den Flugschein würde ich gern sehen.«

Ali zuckte mit den Achseln. »Okay. Den Ausdruck hab ich noch.«

Er wechselte wieder Blicke mit seinen Kumpanen und grinste. »Und die Bombe?«

Matti nannte die Zeit, in der das Taxi in die Luft geflogen war.

Ali blickte wieder auf sein Handy. Sein Grinsen wurde noch breiter. »Da war ich auf der Arbeitsagentur, Storkower Straße. Die hatten mich vorgeladen … Hatte es vergessen. Aber ich war dann da. Die können das bestätigen. Verstanden?«

Dornröschen blickte nach links, zu Matti, und nickte. Dann blickte sie zu Twiggy und nickte noch einmal. »Wir haben uns geirrt«, sagte sie. »Dann können wir diese Veranstaltung jetzt beenden.«

»Noch nicht ganz«, sagte Ali. »Ich bestehe darauf, euch das Ticket und die Einladung zur Agentur zu zeigen. Und dann will ich, dass ihr morgen bei der Agentur und beim Flughafen anruft und es euch bestätigen lasst.«

Matti wusste, dass weder die Agentur noch der Flughafen irgendwas bestätigen würde. »Ich glaube es dir auch so.«

»Ja, ja, das sagst du jetzt.«

Matti spürte, wie eine Zentnerlast von ihm abfiel. Er würde überleben. Er schaute nach oben, in die nasse Schwärze des Himmels, und es war die schönste Regennacht seines Lebens. Und obwohl er durchnässt war, fror er nicht, sondern fand es herrlich. Nie hatte er lieber im Regen gestanden. Er winkte ab. »Die dürfen uns das nicht bestätigen und tun es auch nicht. Aber wir glauben dir das. Du lässt uns in Ruhe und wir dich auch.«

»So schnell nicht«, sagte Dornröschen, und Matti schien es, als hätte sie keine Sekunde Angst gehabt. Ob sie nichts dagegen gehabt hätte zu sterben? Und wenn ja, warum? Waren ihr ihre Freunde so gleichgültig? Wenn man tot ist, hat man keine Freunde mehr. Endgültig. Es war weniger der Tod, der Matti abschreckte, als dessen Endgültigkeit, obwohl das ein und dasselbe war.

»Wisst ihr was über den Mord an unserer Freundin Rosi?«, fragte Dornröschen.

Matti beobachtete, wie Ali und seine Kumpane die Knarren wegsteckten, mehr so nebenbei.

Ali überlegte und schüttelte den Kopf.

»Und ihr wolltet der Quasten keine Abreibung verpassen? Oder dein Vater?«

Ali schüttelte wieder den Kopf. »Na ja, es hat Tage gegeben … aber mein Vater würde so etwas nie tun. Ich werf ihm oft vor, dass er sich alles gefallen lässt. Wenn einer käme, um ihn auszurauben, würde er sich noch bedanken.«

»Wenn er eine Kneipe hätte und ihr kämt, um ihn abzukassieren, bestimmt«, brummte Twiggy.

Ali starrte ihn an, einer seiner Komplizen legte die Hand an den Pistolengriff, aber Alis Blick ließ ihn die Hand wieder in die Hosentasche stecken.

»Kennt ihr so Typen, na, sagen wir mal, Mörder, Berufsmörder, die durch die Gegend ziehen und Leute umbringen? Typen, denen es Spaß macht, andere zu quälen? Vielleicht aus Osteuropa?«, fragte Dornröschen.

»Ich finde es hier ziemlich nass«, sagte Matti unvermittelt. Nur wer lebt, kann frieren.

Mustafa glotzte, als die sechs seine Kneipe betraten. Es stank nach Bier und Zigaretten, das Licht war schummerig. Auf einem Flachbildschirm an der Wand lief ein Fußballspiel aus der Süper Lig. An einem Tisch neben der Tür saßen vier Männer mit Teegläsern und verfolgten das Spiel, das, ihren Gesichtern nach, schlecht stand.

Mustafa schnauzte etwas auf Türkisch in Richtung des Tisches. Die vier Männer guckten ihn erstaunt an und sahen dann Ali und die anderen. Einer stand auf, spuckte auf den Boden und ging. Die Tür knallte. Die anderen drei folgten, der Letzte guckte Ali finster an und flüsterte etwas vor sich hin.

Mustafa rückte die Stühle am Mitteltisch zurecht, und Matti erkannte in dieser Geste die Angst, die er vor Ali hatte. Der setzte sich und bestellte etwas.

Mustafa trat zu Matti und reichte ihm die Hand. »Wie geht's Freundin?«

»Viel besser«, sagte Matti.

»Das ist gut«, sagte Mustafa. »Du willst Weinbrand?«

»Um Himmels willen«, entfuhr es Matti. »Tee, bitte.«

Alle bestellten Tee und setzten sich. Mustafa brachte gleich eine Kanne, eine Zuckerdose und Gläser, dazu Gebäck.

Ali winkte ihn weg. Er rührte einen Haufen Zucker in sein Glas, dann schob er die Zuckerdose Matti zu, als wäre es eine Auszeichnung, als Zweiter nehmen zu dürfen.

»Du meinst Profis?«, fragte Ali in Mattis Richtung.

»Berufskiller, arbeiten in ganz Europa, vielleicht aus Russland, Bulgarien, Rumänien oder so«, sagte Dornröschen.

»Wie kommt ihr drauf?«, fragte Ali bedächtig.

»Der Typ, den die Bullen als Rosis Mörder erschossen haben, kam aus Rumänien. Wenn er denn der Mörder war. Und wir haben eine … Warnung bekommen von einem, der es wissen müsste.«

»Polizei?«, fragte Ali Matti.

Der hob nur die Augenbraue.

Dornröschen sagte: »Tut nichts zur Sache. Habt ihr von diesen … Profis gehört?«

Ali schnitt dem Gegelten das Wort ab, als der den Mund öffnete. Der Typ lief rot an und lachte verklemmt. »Es gibt solche Leute, und natürlich kennen wir die.«

»Wer ist es?«, fragte Twiggy ungeduldig.

»Lasst die Finger von denen. Das ist eine große Nummer.«

»Aber ihr kennt die?«, fragte Matti. Ihm ging das Gehabe auf den Keks.

»Klar, ich kenn die. Nur ich. Ich bin auch 'ne Nummer.«

»Klar bist du 'ne Nummer«, sagte Dornröschen. »Fragt sich nur, was für eine.«

Ali zog Falten um die Nase. »Pass du auf!«, sagte er. Seine Hand wanderte unter den Tisch und tauchte wieder auf.

»Du bist ein Angeber«, sagte Dornröschen unbeeindruckt. »Wenn du die Knarre ziehen willst, Django, bitteschön.«

»Wer ist Django?«, fragte Ali, der offenbar nicht wusste, ob er verdattert oder böse sein sollte.

»Großes Westernheld«, erwiderte Dornröschen kühl. »Großes Kanone, großes Faust und großes schwarzes Hut. Du verstehen?«

Alis Begleitschutzkommando guckte erst wütend, fing dann an zu grinsen, dann lachten die beiden Hirnis los.

Ali warf den beiden böse Blicke zu.

»Du großes Nummer«, sagte Dornröschen.

»Ich spreche besser Deutsch als du und deine Pekinesen«, sagte Ali.

»Du sprechen Deutsch. Das Neuigkeit.«

Ali erhob sich und zog die Pistole.

»Oh, großes silbernes Pistole. Fast wie Django.«

Ali spannte den Hahn, guckte zu Dornröschen, löste ihn wieder und steckte die Waffe in den Hosenbund. Er stand noch ein paar Sekunden und guckte grimmig.

Mustafa betrachtete hinterm Tresen die Szene, und in seinem Gesicht wechselten Angst, Erstaunen und Bewunderung einander ab.

»Wenn du weiter so herumdönst, hilft es nichts«, sagte Dornröschen kühl. »Also, wie ist das mit den Berufskillern? Kennst du die oder nicht? So viele wird's davon ja nicht geben.«

Ali setzte sich und schwieg.

»Hallo, ist jemand da?«, höhnte Dornröschen.

Sie verblüfft einen immer wieder. Sagt den geschlagenen Tag kein Wort und macht dann so nebenbei einen Bengel mit Knarre zur Minna. Matti grinste.

Ali guckte nach links und rechts zu seinen Kumpeln. »Klar kenn ich die«, sagte er endlich.

»Danke für die Auskunft«, erwiderte Dornröschen. »Und mal so nebenbei. Vor so richtig großen Gangstern hab ich irgendwie Respekt. Jedenfalls im Kino. Aber vor dir nicht. Du bist ein Pisser, der sich nur stark fühlt mit der Knarre in der Hand. Schutzgelderpressung ist so ziemlich das Erbärmlichste, was es gibt. Leute, die keine Waffe haben, abzuzocken, klasse. Echte Helden. Supercoole Typen.«

Die beiden Kumpane glotzten Ali an. Der erhob sich wieder, zog die Pistole und ballerte in die Decke. »Du, du, du hältst das Maul!«

»Ist ja gut«, sagte Dornröschen. »Steck das Ding wieder ein.«

Matti kroch der Schreck mit Verzögerung in die Glieder. Mustafa duckte sich hinter dem Tresen. Twiggy saß bleich und starr. Aber Dornröschen begann in ihrem Tee zu rühren. Ali stand da mit der Knarre in der Hand und wusste nicht, was er tun sollte. Er hob die Pistole und zielte auf Dornröschen, die so tat, als würde sie nichts bemerken. Der Gegelte flüsterte was auf Türkisch. Matti überlegte fieberhaft, was Dornröschen vorhaben mochte. Vielleicht kitzelte sie das Risiko, fehlten ihr die Kloppereien mit den Bullen, der Kampf gegen Schlagstock und Wasserwerfer, den sie so genossen hatte und den es nicht mehr gab.

»Du sollst das Ding einstecken! Setz dich hin und trink deinen Tee, sonst wird er kalt!«

Die beiden Kumpane hätten sich fast verkrümelt vor Schreck.

Ali glotzte Dornröschen an, zielte auf sie, dann richtete er die Waffe ins Leere, blickte sie eine Weile an und steckte sie in den Hosenbund.

»So fünfzehn, zwanzig Jahre im Knast sind eher langweilig«, sagte Dornröschen und trank einen Schluck Tee. »Das Zeug kriegt man sogar runter.« Sie setzte das Glas ab. Sie wandte sich an Ali. »Mit dieser Großmäuligkeit kommst du nicht weit«, sagte sie. »Und jetzt kriegen wir unsere Handys wieder, ja?«

Die Kumpane guckten Ali an, und als der schwieg, schoben sie die Handys auf den Tisch. Die wurden gleich weggesteckt, während Ali trübsinnig vor sich hin starrte.

Matti wandte sich an den Gegelten und deutete auf Ali. »Der kennt diese Killer gar nicht, oder?«

Der Gegelte hob nur die Augenbrauen.

»Danke für die Auskunft«, sagte Matti. Er wunderte sich, dass die drei Türken noch nicht abgehauen waren.

In diesem Augenblick brachen die Aliens herein. Bullen in Schutzkleidung, mit Gasmasken und Schilden, Maschinenpistolen und einem gewaltigen Krach. Als ihnen kein Kugelhagel aus tausend MPis entgegenprasselte, blieben sie stehen, fast schien es, als wären sie enttäuscht, dass sie nichts in Klump ballern durften. Aber was sollte man über Leute sagen, die um einen Tisch saßen und Tee tranken?

»Was ist los, Herr Wachtmeister?«, fragte Dornröschen den erstbesten Bullen.

Matti hörte, wie einer per Funk die Einsatzleitung rief. »Alles unter Kontrolle.«

»Meinen Glückwunsch, Sie haben Mut bewiesen, Einsatzfreude und Disziplin. Und immerhin haben wir überlebt«, sagte Dornröschen.

Zwei Männer in Zivil erschienen. Einer hatte einen schmalen Oberlippenbart und trug eine Hakennase im Gesicht, der andere sah aus wie ein graumäusiger Verwaltungsbeamter, der noch nie ein Molekül frischer Luft geschnuppert hatte, bevor er diesen Einsatz leitete.

Der Oberlippenbart stellte sich an den Tisch, den Bullen mit Schwerstbewaffnung umzingelten.

»Kriminalrat Sonnenschein, weisen Sie sich bitte aus.« Drei weitere Zivilisten betraten den Gastraum. Sonnenschein winkte sie zu sich. »Wenn Sie die Dame und die Herren bitte durchsuchen könnten. Wir wollen doch Missverständnisse vermeiden.«

»Huch, ich bin kitzelig«, sagte Dornröschen.

»Ich auch«, sagte Twiggy.

»Und ich erst.« Matti begann zu kichern.

Die Bullen im verschärften Trachtenanzug gafften sich an, Matti hörte ersticktes Gelächter aus einer Ecke.

Der Kriminalrat flüsterte etwas zu seinem Adlatus. Matti hörte Wortfetzen und kombinierte, dass er eine Polizistin angefordert hatte.

»Die Hände bleiben auf dem Tisch!«, blökte Sonnenschein.

»Ob die Idioten weiter auf Schutzgeld machen?«, fragte Twiggy und nuckelte an seiner Bierflasche, die er zum routinierten Entsetzen von Dornröschen mit den Zähnen geöffnet hatte. Robbi malträtierte zwischenzeitlich den Blaumann mit seinen Krallen im Milchtritt und sabberte. Er hatte die Thunfischbestände der Weltmeere weiter dramatisch gelichtet und fühlte sich sauwohl angesichts dieses Verbrechens gegen die Umwelt und überhaupt.

»Weiß ich nicht, glaub ich nicht«, sagte Matti, der sich für Rotwein entschieden hatte. »Nö, die sind erst mal ruhiggestellt.« Die Bullen hatten die Türkenknaben rangekriegt wegen der Knarren, wobei die WG dichtgehalten hatte. Kein Wort über die Vorgeschichte. Man hatte eben in einer Kneipe zusammengesessen, was Mustafa in unüberbietbarer Eilfertigkeit bestätigte. »Seeeehr gute Gäste, immer höflich.«

»Und jetzt?« Matti schenkte sich Rotwein nach und drehte sich eine.

»Diese Berufskillerstory ist vielleicht Quatsch«, sagte Dornröschen. »Aber ich kann mir die Geschichte anders nicht erklären. Immer vorausgesetzt, dieser Rumäne ist Rosis Mörder.«

»Und wenn es doch ein blöder Zufall war?«, fragte Matti.

»Das könnte man glauben, wenn dir nicht jemand eine Bombe ins Auto gelegt hätte.« Dornröschen gähnte ausgiebig.

»Und was nun?«, fragte Twiggy.

Ja, was nun?, dachte Matti. Noch einmal die Ini durchforsten? Aber wer von denen legte einem eine Bombe ins Auto? Und warum hätte einer von denen das tun sollen? Aus Eifersucht? Man kann's auch übertreiben. Warum versuchen sie nicht Dornröschen oder Twiggy umzubringen?

Als hätte sie Mattis Gedanken gehört, sagte Dornröschen: »Wir machen es wie Sherlock Holmes und benutzen die Ausschlussmethode. Die Ini ist raus, weil ich nicht glaube, dass einer von denen einen Killer verpflichtet. Die würden es selbst tun, wenn überhaupt.«

»Aber einer von denen könnte ein Motiv haben, Eifersucht«, sagte Twiggy. »Und wenn der technisch begabt ist, könnte er auch Matti eine Bombe verpassen.«

»Das stimmt und stimmt nicht. Völlig auszuschließen ist es

nicht, aber es ist so unwahrscheinlich und unsere Möglichkeiten sind so begrenzt, dass es unvernünftig wäre, dieser Spur zu folgen.«

»Ja, ja, ist schon gut«, brummte Twiggy.

»Also die Killerbande?«, fragte Matti.

»Es kommt mir so … exotisch vor.« Dornröschen grübelte.

Robbi legte eine schwarz-weiße Pfote auf den Tisch, die Krallen krümmten und streckten sich in einem unhörbaren Takt.

Twiggy schnipste nach einer Zigarette, und Matti begann zu drehen.

»Doch Kolding?«, fragte er dabei.

»Tja«, sagte Dornröschen. »Der Chef, vielleicht ist er doch der Supergangster.«

»So einer Firma kann man wenigstens zutrauen, dass sie Killer anheuert«, sagte Twiggy. Er zündete sich die Selbstgedrehte an, die Matti über den Tisch geschoben hatte.

»Gut, wir unterstellen, die Kolding-Leute waren es«, sagte Dornröschen. »Dann gibt es wenigstens zwei Fragen. Erstens: Warum sollen die wegen eines Artikels für die *Stadtteilzeitung*, in dem nur Murks steht, jemanden umbringen. Ihr erinnert euch freundlicherweise, dass Kolding die Herren Rademacher und Spiel keineswegs bestochen hat. Wenn Rosi solche Lügen verbreitet hätte, dann wäre sie bis zum Ende ihres Lebens unglaubwürdig geworden.«

»Halt mal. Die haben nur wegen Rosi so ein Theaterstück aufgeführt?«, fragte Matti. »Ein bisschen viel Aufwand vielleicht.«

»Keineswegs«, sagte Dornröschen. »Die wissen, dass sie irgendwo eine Leiche im Keller haben, und sie trauen es Rosi zu, die zu finden. Also machen die sie lächerlich. Außerdem war Rosi die Radikalste in der Ini, und wenn sie Rosi auflaufen lassen, lassen sie die Ini auflaufen. Eine Supergeschichte, wir hätten es nicht besser machen können.«

»Was für eine Leiche im Keller?«, fragte Twiggy, um gleich »Au!« zu rufen, als Robbi seine Krallen in die Hand rammte, die unverschämterweise eine Kraulpause eingelegt hatte.

»Immerhin wollten sie die Ini bestechen«, sagte Matti. »Und wer so was macht, macht auch was anderes.«

»Allein die Bestechungsgeschichte reicht doch aus als Grund für so ein Spielchen. Und als Zugabe haben sie auch uns verscheißert. Eigentlich brauchen die keinen Mord«, sagte Dornröschen. »Fanden die bestimmt lustig. Und der Chef ist der Oberkomiker.«

»Und nun?«, fragte Twiggy.

»Tja«, sagte Dornröschen. »Nun weiß das Liesel keinen Rat mehr.«

»Vielleicht sollten wir uns betrinken«, sagte Matti. »Das erweitert das Bewusstsein.«

Twiggy lachte. »Du willst nur nicht aus der Übung kommen. Wir können ja deinen Freund Mustafa einladen.«

Mattis Handy klingelte. »Du bist echt treulos«, maulte Gaby.

»Wenn du wüsstest. Uns hat mal wieder jemand eine Knarre vor die Nase gehalten.«

»Ach so. Falls es dich interessiert, die haben mich aus dem Krankenhaus entlassen.«

»Komm vorbei, wir wollen uns besaufen.«

»Spitzenidee«, sagte Gaby. Sie klang jetzt fröhlich. »Bin schon unterwegs.«

»Bring eine Pulle Wodka mit«, sagte Matti.

»Zu Befehl.«

Der Wodka war warm und von einer deutschen Brennerei verbrochen worden, aber der Alkoholgehalt stand außerhalb jeder Kritik. Sie hatten Schnapsgläser vor sich stehen und tranken die erste Runde auf Gaby, der ein paar Haarbüschel fehlten, wofür sie ein Pflaster eingetauscht hatte. Aber ihrer Laune schadete das nicht.

»Wir haben Rosis Kram komplett durchwühlt und nichts gefunden«, klagte Twiggy. »Vielleicht haben wir den falschen Ordner in Ahrensbök gelassen?«

»Quatsch«, sagte Matti.

»Kann doch sein«, maulte Twiggy.

»Kann sein«, sagte Dornröschen. »Glaub ich aber nicht.«

»Morgen ist ihre Beerdigung«, sagte Matti. »Im engsten Familienkreis, in Ahrensbök.«

»Woher weißt du das?«, fragte Gaby.

»Wir haben eine Karte gekriegt, eine Art Ausladung.«

»Wie bitte?«

»Nein«, widersprach Dornröschen. »Die Mutter hat uns eine Karte geschickt und die Beerdigung angezeigt. Von Kränzen bitte ich abzusehen und so weiter. Und im engsten Familienkreis, das ist in Ordnung. So dicke waren wir mit ihr nicht. Sag nichts gegen Frau Weinert.« Sie hob den Finger.

»Hm.« Matti goss die Gläser wieder voll. »Die Flasche wird nicht reichen.«

Sie stießen an und tranken die zweite Runde.

»Ihr habt also keinen Schimmer, wie der Hase läuft«, sagte Gaby.

»Nee, die Schutzgelderpresser sind Hanswürste« – ein Zeichen des Bedauerns in Richtung Gaby –, »die Berufsmörder AG eine Erfindung eines Bullen, der dank unserer Hilfe größenwahnsinnig geworden ist. Die Kolding-Typen haben uns gelinkt, dass es eine Freude ist. Alles Quatsch.« Dornröschen schnupperte am Glas und schluckte den Rest, um gleich das Gesicht zu verziehen.

»Mein heroischer Einsatz war also umsonst«, sagte Gaby etwas schnippisch.

»Nein, er hat Matti ein paar Liter Weinbrand umsonst eingebracht und eine neue Freundschaft«, sagte Twiggy. Robbi maunzte, um es zu unterstreichen.

»Dann hat es sich ja gelohnt.« Sie tatschte nach dem Pflaster und zog eine Grimasse.

»Man muss auch mal ein Opfer bringen«, sagte Matti und hatte schon Gabys Faust an der Schulter.

»Au, verdammt! Spinnst du?«

»Man muss auch mal ein Opfer bringen«, sagte Gaby lächelnd.

»Das grenzt an Körperverletzung.« Er rieb sich die Schulter.

»Hol die Bullen.«

»Wir haben die falschen Papiere mitgenommen, oder anders gesagt, die richtigen sind noch in Ahrensbök.« Twiggys Blick suchte

Bestätigung bei Robbi, aber der wälzte sich auf den Rücken und schloss die Augen in Erwartung dessen, was kommen musste. Natürlich war Robbi davon überzeugt, dass er Twiggy einen Gefallen tat, wenn er es zuließ, gekrault zu werden. »Und, Robbi, was sagst du dazu?«, fragte Twiggy.

Aber Robbi schwieg.

»Du bist vielleicht penetrant«, sagte Matti.

»Besser als aufgeben, besser als aufgeben«, deklamierte Twiggy.

»Gut, wir rufen Frau Weinert an, sobald die Beerdigung vorbei ist«, sagte Dornröschen.

»Nein, jetzt«, nörgelte Twiggy.

Wie ein Kleinkind, dachte Matti. Aber vielleicht hat er recht?

»Gut, gut.« Dornröschen nahm ihr Handy. »Ja, hallo, Frau Weinert? … Nein, Sie sind eine Verwandte, kann ich Frau Weinert sprechen? … Was ist passiert?« Dornröschen hörte eine Weile zu. Sie wurde bleich. »Aber sie lebt … ja, Gott sei Dank … und die … Polizei?« Sie hörte wieder zu, dann verabschiedete sie sich und legte auf. Sie saß verdattert da und schob ihr Glas zu Matti. Der schenkte ein.

»Sie wurde überfallen und niedergeschlagen. Ein Einbrecher. Er hat die ganze Wohnung auf den Kopf gestellt, aber nichts mitgenommen, sagt die Schwester. Jedenfalls nichts Wertvolles, das habe man gleich überprüft. Die Bullen behaupten, dass der Typ sich im Datum der Beerdigung geirrt hat. Der sei eher debil oder so.«

»Ich sage dir, was der gesucht und gefunden hat: die Akten, die wir übersehen haben«, erklärte Twiggy im Ton dessen, der es schon immer gewusst hatte. »Wir standen vor der Lösung und haben es verschlampt. Wir hätten alle Papiere mitnehmen sollen.«

»Ich kann mich nicht erinnern, dass du das vorgeschlagen hast«, sagte Matti.

»Wenn du nicht zuhörst …«

»Ruhe«, befahl Dornröschen.

»Nun ist's aber gut. Ich sag meine Meinung, wann es mir passt«, dröhnte Twiggy. Robbi hob den Kopf und blickte ihn strafend an. Dann senkte sich der Kopf wieder.

»Ja, ja. Aber wenn wir was vergessen haben, dann ist das jetzt wahrscheinlich auch weg«, sagte Dornröschen. »Es ist ein Elend.«

Twiggy setzte an: »Ich ...«

Dornröschens Blick brachte ihn zum Schweigen.

Gaby guckte von einem zum anderen und hielt sich raus.

»Aber es ist doch klar, dass der Einbrecher Beweise gesucht hat«, warf Matti ein.

Dornröschen schüttelte den Kopf. »Das glaub ich nicht. Seit wann schicken Kolding-Typen oder Killer Debile los, um Beweise wegzuschaffen.«

»Seit wann sagen die Bullen die Wahrheit?«, widersprach Twiggy. »Ich hab denen noch nie ein Wort geglaubt, und ich lag fast immer richtig. Bullenlügen, wohin das Auge blickt.«

»Und nun?«, fragte Matti.

»Okay«, sagte Dornröschen. »Wir fahren noch einmal hin.«

My Generation donnerte los, sie blickte auf die Anzeige, erhob sich und ging in ihr Zimmer.

Gaby guckte ihr staunend nach.

»Das geht schon eine Weile so«, sagte Twiggy. »Am anderen Ende ist ein Kerl, vermuten wir.«

Sie hörten Laute aus Dornröschens Zimmer, sie klangen nicht mehr fröhlich wie früher.

»Sie darf doch einen Geliebten haben, oder?«, fragte Gaby.

14: Where Are They Now?

Das Gesundheitswesen kommt derzeit richtig gut raus«, sagte Twiggy. Sie saßen am Krankenbett von Frau Weinert in der Lübecker Uniklinik. Sie trug einen Turban, eine Hand war verbunden, und im Gesicht prangte ein blauer Fleck.

»Haben Sie den Kerl erkannt?«, fragte Matti.

»Ich kam nach Hause, war in Segeberg gewesen. Später habe ich entdeckt, dass ein Fenster aufgebrochen war, aber als ich kam, hatte ich nicht darauf geachtet. Ich war so versunken in meiner ...« Sie blickte zum Fenster hinaus, wo ein weißer Betonbau den Blick versperrte, über ihm war Himmelblau. Krähen flogen umher und krächzten. Fernab heulte ein Krankenwagen.

»Wie sah er aus?«, fragte Dornröschen behutsam.

»Ach so, ja.« Ihr Kopf richtete sich ruckartig auf Dornröschen, als wäre sie erschrocken. »Ich habe ihn kaum erkannt. Ich betrat das Wohnzimmer, plötzlich hörte ich hinter mir ein Rascheln, ich drehte mich um, da war ein Mann mit einem Knüppel oder so etwas in der Hand, und der Mann hatte große Augen, ein Irrer, dachte ich, er bringt mich um. Er schlug mich nieder. Mehr weiß ich nicht.« In ihren Augenwinkeln glitzerten Tränen.

»Die ... Polizei spricht von einem Debilen.«

»Er guckte verrückt, das stimmt, irre Augen.«

»Wie war er gekleidet?«, fragte Dornröschen.

Frau Weinert blickte sie erstaunt an und überlegte. »Er trug eine braune Cordhose, schmutzig, und eine Weste, aus Leder, glaub ich, alt, abgetragen.«

»Brille?«

Frau Weinert schüttelte den Kopf.

»Haarfarbe?«

»Schmutzig braun.«

»Ordentlich frisiert?«

»Struppig.«

»Lange Haare, Ohren bedeckt?«

»Nicht ganz bedeckt.«

»Locken?«

Frau Weinert schüttelte den Kopf, um gleich das Gesicht zu verziehen zu einer Schmerzgrimasse. Sie hielt sich die Hand an die Schläfe und schloss die Augen.

»Das war keiner von denen?«, sagte Matti.

»Von wem?«, fragte Frau Weinert und blickte Matti an.

»Das wissen wir nicht«, erwiderte Twiggy. »Nur alle, die infrage kommen, laufen nicht so schlampig rum. Ein Berufskiller turnt nicht als Waldschrat durch die Gegend. Und er benutzt nicht irgendeinen Stock, sondern eine Waffe, die einem Profimörder gefällt.«

»Und wenn er auf Waldschrat gemacht hat?« Matti dachte an den Rumänen und die Bombe im Taxi.

Twiggy winkte ab. »Was für einen Sinn hat es für so einen, den Einbrecher zu markieren, um sich nachher beschreiben zu lassen.« Er wandte sich an Frau Weinert. »Sie werden das der Polizei ja auch erzählt haben, und die hat ein Phantombild zeichnen lassen, stimmt's?«

»Ja«, sagte Frau Weinert. »Das Bild ist ziemlich gut. Zum Fürchten.«

»Fehlt wirklich nichts?«, fragte Dornröschen.

»Er hat überall herumgewühlt, auch in diesen Papieren.«

»Können wir die ausleihen? Sie kriegen sie bestimmt zurück.«

»Nehmen Sie alles mit.«

Zurück in der Okerstraße, nahmen sie sich noch einmal alle Unterlagen vor, jene, die sie schon einmal gesichtet hatten, und jene, die sie bei Frau Weinert abholen durften, wo ihre Schwester sie ihnen ausgehändigt hatte.

»Was die Leute für einen Scheiß studieren«, stöhnte Twiggy,

der sich durch die Politologieakten quälte. Robbi saß neben ihm auf dem Boden in Mattis Zimmer und prüfte genau, ob Twiggy auch jede Seite anschaute. Wer ein Papier schon kannte vom letzten Mal, musste es einem anderen geben.

Dornröschen hatte sich die neuen Materialien geschnappt, zwei Umzugskartons.

»In dem alten Krempel ist nichts«, sagte Matti und nahm eine Mappe aus der zweiten Umzugskiste. »Ich habe das große Los gezogen, EU-Agrarpolitik. Irre spannend.« Die Deckel waren aus blauer Pappe und durch ein Gummi gesichert. Der Gummi schnalzte ihm an die Hand, und er fluchte leise.

Twiggy lachte, und Matti zeigte ihm den Mittelfinger.

Obenauf lag ein Flugticket nach Bukarest. Er nahm den Ausdruck in die Hand und hielt ihn sich vors Gesicht. »Nächste Woche, Dienstag, Bukarest-Baneasa, ab Schönefeld, neunundfünfzig Euro neunundvierzig.«

Die beiden anderen starrten ihn an. »Das gibt's nicht«, sagte Twiggy endlich.

Dornröschen schien verwirrt. Sie setzte sich neben Matti auf den Teppich. Der legte das Ticket zur Seite und begann in dem schmalen Aktenstapel zu blättern. Blatt für Blatt überflog er und reichte es Dornröschen, ohne ein Wort zu sagen. Es waren tabellarische Aufstellungen und Analysen. Manchmal pfiff Matti leise vor sich hin. Dann erstarrte er einen Augenblick. »Das gibt's nicht.« Er las noch einmal und schüttelte den Kopf. »Darauf muss man erst mal kommen.«

»Was ist?«, fragte Twiggy. Der saß im Schneidersitz und lehnte sich an Mattis Bett. Robbi hatte sich auf seinen Schoß geschlichen und schnurrte.

»Wir haben es. Das ist …«, murmelte Matti, während er weiterlas.

»Das ist ein Hammer«, sagte Dornröschen.

»Nun sag schon!«, nörgelte Twiggy.

»Wir haben die Lösung aller Fragen«, sagte Matti.

»Herrje!« Robbi sprang erschrocken auf den Teppich und flitzte

Richtung Küche. Dann kehrte er vorsichtig zurück und stellte sich in die Tür von Mattis Zimmer und beobachtete.

»Erinnerst du dich, dass Kolding eigentlich pleite ist. Also, die haben nur Miese in den Büchern. Das hat der Chef uns erklärt mit Steuertricks. Sie zahlen keine Steuern, kriegen sogar Verlustzuweisungen, weil die Rotterdamer Zentrale ihnen überhöhte Rechnungen oder so schreibt.«

»Ja, das stimmt doch«, sagte Twiggy.

»Gewiss, es ist aber nicht vollständig. Weißt du, womit, jedenfalls nach diesen Unterlagen, Kolding die meiste Kohle macht?«

»Neeeeiiiiin. Aber du wirst es mir bestimmt bald verraten.«

»Mit EU-Subventionen.« Er nahm ein Blatt in die Hand. »Also, Rosi hat echt eine Sauklaue. Hier steht« – er hielt sich das Blatt dicht vor das Auge – »dass Kolding in Bulgarien und Rumänien riesige Güter habe, Agrarfabriken, Getreide, Zuckerrüben, Raps und so weiter, und dafür kriegen die aus dem Agrarhaushalt der EU Knete…«

»Ist doch nichts Neues. Das steht in jeder Zeitung, dass die Agrargroßbetriebe die Knete in den Rachen gestopft bekommen und die kleinen Bauern in die Röhre gucken. Selbst die großen Milchverarbeiter und Schlossbesitzer, Hotels sogar, habe ich gehört, werden mit Euros überschüttet. Nur für unsere kleine Hanfplantage haben die Drecksäcke nichts übrig.« Er tat so, als würde er weinen.

»Das ist nichts Neues«, sagte Dornröschen. »Neu ist nur, dass es diese Fabriken gar nicht gibt.«

»Was?«

»Rosi hat hier Auszüge aus der Buchhaltung von Scheinfirmen. Dazu irgendwelche rumänischen Papiere. Wahrscheinlich sollen die Papiere die Angaben bestätigen. Hier gibt es auch Fotos, keine Ahnung, wo Rosi die herhat…«

»Vielleicht war sie schon mal dort«, sagte Matti.

»So wird es sein.« Dornröschen studierte weitere Papiere. »Also, Kolding hat eine riesige Verschieberei gestartet und extra dazu Firmen in verschiedenen Ländern gegründet. So schleusen sie die EU-Knete als Immobilieneinnahmen in den Kreislauf. Die einen machen Miese, die anderen Gewinn, wo er nicht so stark besteuert wird, und am Ende blickt keiner mehr durch bei diesen Transaktionen durch halb Europa.«

»Wie viel Geld?«, fragte Twiggy.

»Ach, für uns würde es ein paar Jahre reichen. Rosi hat eine kleine Aufstellung gemacht und schätzt, dass es mindestens sechshundertsiebenundsechzig Millionen Euro in den letzten drei Jahren sind.«

Twiggy pfiff leise. »Wie funktioniert es?«

»Ganz einfach, wenn man Rosi folgt. Die angeblichen Landwirtschaftsbetriebe greifen die EU-Knete ab, dann schreiben Kolding-Filialen in Sofia oder Bukarest ein paar Scheinrechnungen, das Geld wird überwiesen, die Kolding-Filialen in Bulgarien und Rumänien kriegen ihrerseits Rechnungen von der Zentrale oder anderen Filialen und so weiter und so fort. Mit ein bisschen Schmiergeld klappt das locker. Nicht umsonst stehen Bulgarien und Rumänien auf Spitzenplätzen des Korruptionsrankings. Die EU ist doch eine segensreiche Einrichtung«, sagte Dornröschen bitter.

»Und Rosis Mörder war ein Rumäne, das ist kein Zufall«, sagte Twiggy.

»Wo hat sie das Material her?«, fragte Matti. »Vielleicht ist sie da ja auch reingelegt worden.«

»Nein«, widersprach Dornröschen. »Das glaube ich nicht. Kolding hat sie mit der *Tanzmarie*-Geschichte als Journalistin unglaubwürdig gemacht und wegen der Ini …«

»Das ist denen auch gelungen«, sagte Matti. »Und dann haben sie von der EU-Sache erfahren und die Panik gekriegt. Da fliegt nämlich der ganze Konzern in die Luft, wenn das rauskommt.«

Twiggy lockte Robbi mit dem Finger. »Und der Frau Weinert haben sie einen angeblichen Penner geschickt, um die Spuren zu verwischen. Aber der Penner hat die Akten nicht gefunden. Vielleicht fühlte er sich gestört, als die Schwester von Frau Weinert kam. Mit der hat er nicht gerechnet.«

»Zu Frau Weinert hat der Typ nichts gesagt wegen des Beerdigungstermins«, erklärte Dornröschen. »Das ist wahrscheinlich eine dumme Idee. Aber einen Typen zum Penner zu machen, das ist die Preislage des Chefs.«

»Also, ich fasse zusammen«, erklärte Matti. Dornröschen und Twiggy taten so, als würden sie strammsitzen. Twiggy legte die flache Hand an eine eingebildete Mütze.

»Erstens: Jemand hat versucht, Rosi reinzulegen, und uns auch aufs Glatteis geführt. Das ist die *Tanzmarie*-Geschichte. Zweitens: Rosi wollte die angebliche Korruption von Rademacher und Spiel enthüllen. Drittens: Sie hatte aber noch etwas anderes gefunden, nämlich die Subventionsabzocke von Kolding, Haupttatort Rumänien. Viertens: Rosis Mörder war ein Rumäne.« Dornröschen gestikulierte, aber Matti drohte mit der Faust, woraufhin Dornröschen so tat, als bekäme sie Angst. »Fünftens: Rosi wurde wegen der EU-Abzocke ermordet.«

»Halt«, sagte Twiggy. »Sie wurde ermordet, bevor sie die angebliche Bestechung von Rademacher und Spiel in der *Stadtteilzeitung* enthüllt hatte.«

»Und das bedeutet, dass Kolding vielleicht gar nichts mit dem Mord zu tun hat. Die hätten doch sonst erst mal gewartet, was passiert, wenn Rosi aufgelaufen ist wegen der *Tanzmarie*-Geschichte. Ob die Miesmacherei ausgereicht hätte, zum Beispiel, weil niemand mehr Rosi geglaubt hätte. Eine Verschwörungsspinnerin, und jetzt kommt sie mit einer neuen Geschichte. Und was für einer Wahnsinnsstory. Halb Europa, ein internationaler Konzern, riesige Transaktionen, jetzt dreht sie völlig durch.« Dornröschen kratzte sich am Kopf. »Wir hätten die Geschichte nicht gedruckt, das gebe ich zu. Sie hätte uns mit der ersten Geschichte in eine Krise gestürzt, und der Chef hätte sich einen abgelacht.«

»Die zehntausend Euro hat sie bestimmt genommen, um die aufwendige Recherche zu bezahlen«, sagte Twiggy. »Ich kann das verstehen, da ist man an einer Riesensache dran, aber hat kein Geld. Und weil sie keine richtige Journalistin war, sondern Platten-Rosi, hätte ihr keine Zeitung einen Vorschuss gegeben ...«

»Wir hätten es gar nicht gekonnt«, warf Dornröschen ein.

»Aber sie hat nicht gewusst, dass die Knete von Kolding kommt, um sie endgültig fertigzumachen. Rosi wusste gar nicht, dass die sie völlig in der Hand hatten«, sagte Matti.

»Und wenn das so ist, warum sollten sie Rosi umbringen?«, fragte Twiggy ein wenig entgeistert. »Sie starb, bevor sie den Artikel mit den vermeintlichen Enthüllungen veröffentlichen konnte. Der Chef aber hätte gewartet, ob sein Spielchen aufgeht, bevor er einen Killer schickt.«

»Sechstens«, sagte Matti mit herrischer Stimme, »sechstens hätte Kolding Rosi nicht umbringen lassen, bevor die sie reingelegt hätten. Der Mord hat den eigenen Plan durchkreuzt. Warum sich solche Mühe machen, wenn man dann doch den Killer schickt?«

»Das ist doch nicht sechstens, sondern gehört zu fünf, du Penner! Sechstens wäre: Die Koldings haben umdisponiert, weil ihnen das Spielchen mit Rademacher, *Tanzmarie* und Genossen zu riskant wurde«, sagte Twiggy.

»Kann sein«, erwiderte Dornröschen nachdenklich. »Aber das passt nicht zum Chef. Die Tatsache, dass Rosi mir den Artikel über die *Tanzmarie* geben wollte, zeigt doch, dass der Plan aufgegangen wäre. Und dann noch enthüllen, dass Rosi zehntausend Euro von Kolding genommen hat. Sie wäre erledigt gewesen bis zum Ende ihres Lebens.«

»Heißt siebtens: Kolding hat Rosi nicht umgebracht«, sagte Matti.

»Woher hat sie ihre Infos über die EU-Abzocke?«, fragte Dornröschen.

Matti griff nach der Mappe, die zwischen ihnen auf dem Tisch lag. »Sie hat hinter bestimmte Notizen immer wieder ein *BQ* gesetzt. Hinter anderen stehen Quellen, etwa aus dem Internet oder Zeitungen, auch Fachpublikationen. Sie hat sich da gründlich hineingearbeitet. Das Q steht wahrscheinlich für *Quasten.* Wahrscheinlich heißt die Dame Brigitte oder so.«

»Ach, du lieber Himmel, die Hexe«, sagte Twiggy.

»Das ist frauenfeindlich«, giftete Dornröschen.

Twiggy grinste, aber Dornröschens Blick verwandelte Twiggy in einen Eisklumpen.

Als er wieder aufgetaut war, sagte er vorsichtig: »Wir sollten sie vielleicht grillen, die liebe Frau Quasten.«

»Nicht schlecht.« Matti schlug den Ordner zu. »Wir haben sie in der Hand und ganz Kolding auch. Ein schönes Gefühl.«

»Aha, ein Erpresser erwacht«, spottete Dornröschen.

»Am Ende werden wir Rosis Material veröffentlichen, und wenn du brav bist und Robbi überzeugst, kriegst du vielleicht eine Mehrheit dafür, es in deinem Weltblatt zu machen.«

»Pah.« Dornröschen streckte ihm die Zunge raus.

Sie verabredeten sich am nächsten Abend im *Il Casolare* in der Grimmstraße. Die WG hatte einen Tisch neben dem Eingang reserviert. Touristen drängelten sich auf dem gepflasterten Bürgersteig. Von der Admiralbrücke drangen Mundharmonikaklänge herüber. Es wimmelte dort von jungen Leuten mit Flaschen. Auf dem Steingeländer saß ein Mann mit einem Zopf, der wie besessen auf seinen Bongos trommelte. Irgendwo sangen Leute *Norwegian Wood*, fanden aber nicht die richtige Tonlage. Ein Betrunkener schrie herum, verfluchte Hartz IV und die Justizvollzugsanstalt Moabit. Ein Land Rover bahnte sich hupend den Weg durch den Trubel auf der Brücke, dazwischen düsten Radfahrer in abenteuerlicher Geschwindigkeit durch die Menge.

»Sie sind Matti?«, fragte sie.

Matti deutete auf den freien Platz.

Der Bongotyp erreichte seine Höchstform. Der Land Rover stand, weil ein paar angetrunkene Typen mit Union-Jack-T-Shirts ihre Hintern nicht von der Straße schieben wollten. Der Fahrer hupte und gestikulierte.

»So ist das hier immer, jeden Tag und vor allem jede Nacht«, sagte Frau Quasten. »Unsere Vertragspartner, Mieter, Käufer, egal, sind genervt. Der Graefekiez als endloses Happening von Leuten, die offenbar nie etwas zu tun haben. Sie hocken rum und machen Krach. Seit dem Mord ist es ein bisschen besser geworden. Aber langsam erreichen wir wieder die alten Zustände.« Sie war bleich und hatte Ringe unter den Augen. »Es ist zum Kotzen.« Verachtung lag in ihrer Stimme. »Dieses Gesocks.«

Rosi hätte so etwas nie gesagt. Die Quasten sah ihr wirklich verteufelt ähnlich. Sogar Matti hätte sie verwechseln können, im Dämmerlicht der Laternen sowieso. Er hatte sie angerufen und nur gesagt: »Schöne Grüße aus Bukarest und Brüssel, wenn Sie verstehen, was ich meine.«

»Was wollen Sie?«

»Ein Gespräch, sonst nichts.«

Frau Quasten holte eine Packung Malboro aus der Handtasche und steckte sich eine an. Sie trug nur am kleinen Finger keinen Ring. Das weite Leinenkleid sah edel aus. Die Haare hatte sie hochgesteckt. In ihrem Gesicht zuckte es. »Sie wollten mit mir reden«, sagte sie zu Matti. »Bitte.«

Der Kellner erschien. Matti bestellte Rotwein, Twiggy ein großes Pils, Dornröschen Tee, die Kolding-Frau winkte ab.

»Sie haben unsere Freundin Rosi mit Infos versorgt.«

Frau Quasten erbleichte. »Woher …?«

Matti schob ihr einen Stapel Kopien über den Tisch. Frau Quasten nahm sie, blätterte hektisch von vorn nach hinten und von hinten nach vorn. »Sie können nichts beweisen.«

»Wenn ich dem Chef die Kopien schicke, erübrigt sich diese Frage«, sagte er gelassen. Aber er war nicht gelassen, denn wenn sie jetzt nicht einknickte, wurde es schwierig bis unmöglich.

»Tun Sie das nicht.«

»Gut.«

»Versprechen Sie es?«

»Wenn Sie versprechen, die Wahrheit zu sagen und nichts zu verschweigen«, sagte er fast förmlich und hätte sich nicht gewundert, sie hätte geantwortet: »Ja, Euer Ehren.«

Aber sie sagte nur: »Hab ich eine Wahl?«

»Sie haben dieses Material« – Matti deutete auf den Kopienstapel – »beim Chef … besorgt.«

»Ja. Ich bin die Justiziarin, ich habe Zugang zu solchen … Dingen.«

»Es handelt sich um eine gigantische Abzocke der EU«, sagte Twiggy.

»Wenn Sie es so ausdrücken wollen.«

»Warum haben Sie das Material besorgt und Rosi gegeben?«, fragte Dornröschen.

»Ein Zufall oder so was Ähnliches. Vielleicht war es auch Bestimmung. Ich kannte sie als Mitstreiterin dieser Bürgerinitiative, die uns schwer zu schaffen machte. Sie war so was wie ein Hassobjekt für Kolding, galt als die entschiedenste Gegnerin, als Kopf dieser Spinner … Entschuldigung.«

Dornröschen winkte ab.

»Ich hab sie mal auf der Straße getroffen. Natürlich wusste ich, wer sie war. Ich habe sie angesprochen, ich war dieses Hickhack mit der Ini leid, das nervte nur, und ich dachte, da ist sie also, die Hauptfeindin, die wird doch vernünftigen Argumenten zugänglich sein, und der Chef wäre zufrieden, wenn ich die Sache auf diese Weise hinbügle.«

»Wo war das?«, fragte Twiggy.

»In der Dieffenbachstraße, vor dem Chinesen. Ich hatte die Speisekarte gelesen, drehte mich um, und dann stand sie plötzlich vor mir. Ich musste lachen, sie hätte meine Zwillingsschwester sein können, und sie lachte auch. Obwohl sie wusste, wer ich war.«

»Ich würde es gerne genauer erfahren«, sagte Dornröschen. »Sie haben sich also vor dem Chinesenrestaurant getroffen, *Tangs Kantine*, heißt es, glaube ich.«

»Ja, genauer, na ja. Rosi – ich darf sie so nennen? – hat dann ›Guten Tag‹ gestottert und ich auch. Ich habe gesagt: ›Die Ähnlichkeit ist wirklich verblüffend, hätten Sie noch meine Frisur …‹ Und sie hat geantwortet: ›Oder Sie meine, die ist pflegeleicht.‹ Wir mussten wieder lachen. Sie sagte: ›Sie sind also die Halsabschneiderin‹, und ich antwortete: ›Und Sie sind also die Terroristin.‹ Dann haben wir wieder gelacht. ›Vielleicht können wir einen Kaffee trinken gehen‹, sagte … Rosi. Ich habe auf meine Uhr geschaut, das macht man ja oft, um Zeit zu gewinnen, und gesagt: ›Warum nicht?‹«

Frau Quasten lehnte sich zurück, und als sie den Kellner sah, schnippte sie mit den Fingern. Sie bestellte einen Latte macchiato mit Süßstoff.

»Wir sind dann Kaffee trinken gegangen. Am Anfang war es … angespannt. Über was sollten wir reden? Rosi hat mir erzählt, was ich schon wusste, dass sie in der Bürgerinitiative mitarbeitet, dass sie gegen diese Gentrifizierung kämpft. Sie sprach von einer sozialen Umschichtung, überall würden sich diese Pinkel breitmachen. Ich gebe zu, sie hat mich beeindruckt, sie war so … ernsthaft, gar nicht der Typ Spaßguerilla, von dem unser Chef gern redet.«

»Hat sie denn auch davon berichtet, dass Kolding die Ini bestechen wollte?«, fragte Twiggy.

»Ja, das hatte ich nicht gewusst, ehrlich.« In ihrem Blick lag die Bitte, ihr zu glauben. »Ich war entsetzt. Und als sie dann noch erklärte, es gebe wohl einen Spitzel von Kolding in der Bürgerinitiative, war ich … entsetzt.«

»Ach nee«, sagte Twiggy.

»Ich bin Juristin«, sagte sie empört.

»Das sind die Schlimmsten«, erwiderte Twiggy. »Die eine Hälfte dieser Scheißregierung besteht aus Juristen, die andere aus Lehrern. Alles ein Pack! Ich sag nur Filbinger!«

Dornröschen blickte ihn böse an. Twiggy schnappte wie ein Fisch.

Frau Quasten atmete einmal durch, dann sagte sie: »Auch wenn Sie es mir nicht glauben, ich will, dass alles nach Recht und Gesetz abläuft. Und wenn Sie mir nicht zugestehen, ethische Motive zu haben, dann überzeugt Sie vielleicht das Argument, dass ich verrückt wäre, mich auf ungesetzliche Unternehmungen einzulassen, das kommt fast immer raus, und ich als Rechtsanwältin wäre dann die … Gekniffene.«

»Weshalb noch nie ein Jurist in einen Skandal verwickelt war«, nörgelte Twiggy.

Dornröschens Blick durchbohrte ihn.

»Komisch, dass das andere Juristen anders sehen«, sagte er und erhob sich. »Ich geh mal pullern.«

»Lass dir Zeit«, rief Dornröschen ihm nach.

»Dann hat mir Rosi erzählt, sie könne bald nachweisen, dass Kolding Politiker und Beamte besteche. Ich habe es ihr erst nicht geglaubt, aber dann hat sie mir Fotos gezeigt. Unser Herr Runde mit diesen Leuten vom Senat im Bordell … Ich war entsetzt.«

»Sie wissen, dass das eine Fälschung ist?«, fragte Matti.

Frau Quasten nickte. »Inzwischen schon. Aber ich finde so eine Diskreditierungsaktion auch nicht viel … moralischer als Bestechung. Juristisch ist das was anderes, klar. Aber ethisch?«

»Sie haben Rosi also Materialien beschafft«, sagte Dornröschen.

»Das wissen Sie doch schon. Wie sind Sie darauf gekommen?«

»Wie heißen Sie mit Vornamen?«, fragte Matti.

»Bettina. Warum fragen Sie?«

Matti schob ihr ein Blatt zu. »*BQ*, Bettina Quasten. Sie hat ihre Quellen markiert.«

»Vor Gericht beweist das gar nichts.«

»Wir sind nicht vor Gericht«, sagte Matti, »nicht mal vor dem Jüngsten.«

Bettina Quasten lächelte.

»Wie kamen Sie darauf, Rosi das Material zu geben?«, fragte Dornröschen.

»Rosi hatte mich gebeten, ob ich was über die Bestechung finde. Sie war sich da noch unsicher. Aber ich habe nichts gefunden. Dafür habe ich Papiere entdeckt, die mir erst rätselhaft waren. Da ging es um den EU-Agrarhaushalt und die Subventionen. Überweisungen von einer Bukarester Bank an Kolding Berlin, die hatte die Sekretärin vom Chef im Kopierer liegen gelassen. Ich habe mit Rosi darüber gesprochen, und sie fing an zu recherchieren. Ihre Fragen an mich wurden immer genauer. An einem Wochenende, als Kolding einen Gebäudekomplex mit Eigentumswohnungen und Mietern in der Graefestraße kaufte, habe ich gearbeitet, im Büro. Ich habe dem Chef gesagt, ich muss die Verträge ausfertigen und die Grundbucheinträge prüfen, auch die Hypotheken und was noch alles mit so einer Transaktion zusammenhängt. Die meiste Zeit habe ich aber die Akten gefilzt. Die Chefsekretärin hatte mir den Schlüssel zu ihrem Büro gegeben, weil ich Akten brauchte, auch Korrespondenzen. Und da hatte ich endlich Zeit, der Sache nachzugehen. Daher kommen die Dokumente…« Sie zeigte auf den Papierstapel. »Ich habe lange gezögert, aber am Ende sagte ich mir, dass ich schuld bin, weil ich bei einer Verbrecherbande angeheuert habe. Und dass ich es wiedergutmachen muss. Außerdem fand ich Rosi sympathisch, sie war der ehrlichste Mensch, der mir in den letzten Jahren begegnet ist.«

»Aber Sie haben Leute aus ihren Wohnungen vertrieben. Da sprechen Sie von Ehrlichkeit?«, fragte Matti.

Sie schüttelte den Kopf. »Ich habe mich immer an das Gesetz gehalten und nichts Widerrechtliches getan. Kolding hatte das Recht, die Mieten zu erhöhen, nachdem Wohnungen modernisiert waren. Wenn man Bäder renoviert, neue Heizungen einbaut, für Wärmedämmung sorgt, wer soll es denn bezahlen, wenn nicht die Mieter?«

»Auf die Idee, dass viele Menschen lieber warme Socken anziehen, als Wuchermieten zu bezahlen, sind Sie nicht gekommen?«, fragte Matti.

Twiggy kehrte zurück, ein Glas Bier in der Hand, und setzte sich.

Dornröschen schüttelte unwillig den Kopf, blickte Matti böse an und legte den Finger auf die Lippen. »Sie arbeiten noch für Kolding?«, fragte Dornröschen.

»Ich habe gekündigt, aber sie lassen mich bis zur letzten Minute schuften. Und immer die schlimmen Jobs.« Sie winkte ab. »Noch ein paar Wochen, dann habe ich es hinter mir.«

»Wissen Sie etwas von einer Zahlung an Rosi, zehntausend Euro?«, fragte Twiggy.

Sie nickte. »Das war der mieseste Trick. Sie haben einen Typen aus Rotterdam zu Rosi geschickt, um ihr das Geld zu geben. Der sollte behaupten, von Vestingsland zu kommen. Sie kennen…«

Dornröschen nickte.

»Der Typ, der ihr vorlog, von Vestingsland zu kommen, dieser Dreckskerl – Entschuldigung! – säuselte, sie wollten sie unterstützen, weil sie dieser Bürgerinitiative angehöre, und der Typ hat ihr auch einen Tipp gegeben wegen der angeblichen Bestechung. Er könne damit schlecht an die Öffentlichkeit, schließlich komme er von der Konkurrenz. Und das Geld könne sie für Recherchen benutzen. Sie hat es gebraucht, sie war dreimal in Rumänien, einmal in Bulgarien, zweimal in Brüssel…«

»Das wissen Sie so genau?«

»Sie hat es mir erzählt, schließlich war ich ihre Verbündete und auch ihre… so was wie ihre Freundin.«

Matti guckte sie skeptisch an, sagte aber nichts, um Dornröschens Verdammung zu entgehen.

»Und wer von den Koldings hat sie umbringen lassen? Der Chef?«, fragte Twiggy, trank einen kräftigen Schluck und wischte sich den Mund mit dem Handrücken ab.

Frau Quasten zuckte mit den Achseln. Endlich kam der Kellner mit ihrem Kaffee, aber sie beachtete den Mann nicht. »Ich weiß nicht, wer sie umbringen ließ. Was, glauben Sie, habe ich seitdem alles überlegt? Ich habe sogar versucht mitzuhören, wenn der Chef telefonierte und seine Tür offen stand. Aber würden Sie bei offener Tür mit einem Killer telefonieren? Würde man mit so jemandem überhaupt telefonieren?«

»Natürlich nicht«, sagte Dornröschen.

»Würden Sie das dem Chef zutrauen? Immerhin kam der Killer aus Rumänien, und Kolding Berlin scheint eng mit der Bukarester Filiale zusammenzuarbeiten bei der EU-Abzocke.«

»Das ist eher Zufall«, sagte Frau Quasten. »Ich fürchte, solche Leute kann man heutzutage in Osteuropa oder Russland leichter bekommen als hierzulande. Und dort kann man auch einfach untertauchen.«

»Sie haben nicht den geringsten Hinweis darauf, dass der Chef Rosi hat umbringen lassen? Oder einer aus Rotterdam?«, fragte Matti.

»Der Chef…« Sie überlegte und schüttelte den Kopf. »Der ist

gerissen, irgendwie ein Genie, viel zu klug, um Leute umbringen zu lassen. So eine Aktion wie mit der vorgetäuschten Bestechung und als Sahnehäubchen noch zehntausend Euro obendrauf, das ist seine Methode. Er ist perfide, und Runde ist sein bester Schüler. Aber die morden nicht. Der Chef wäre nicht so dumm zu glauben, dass er oder seine Handlanger keinen Fehler machen könnten, und das würde im Fall eines Mordes Lebenslänglich bedeuten, verstehen Sie?«

»Und Sie haben nicht die geringste Idee?«, fragte Matti. Er spürte die Verzweiflung. Wieder eine falsche Spur, er war sich so sicher gewesen. Kolding zockt EU-Subventionen ab über Rumänien, Rosi kriegt es heraus, und Kolding lässt sie umbringen. Glasklar, eigentlich. Aber nichts war klar.

Twiggy teilte die Karten aus, Matti baute den Joint, Dornröschen dachte nach, Robbi auch. Er hockte auf Twiggys Schoß und guckte versonnen über den Tisch. Er staunte immer wieder, dass sein Personal solchen blödsinnigen Ritualen folgte, zwanghaft jeden Freitag Mau-Mau spielte, statt einer sinnvollen Tätigkeit nachzugehen wie Mäuse fangen oder das Revier mit dem eigenen Duft markieren. Manchmal war mit den Menschen nichts anzufangen, und Robbi bewunderte die Großmut, mit der er diesen Unsinn ertrug. Die ahnten nicht einmal, dass er ganz andere Saiten hätte aufziehen können. In die Betten pinkeln, den Hanf auf Dornröschens Balkon wegfressen, Tapeten zerkratzen: das wäre sein gutes Recht gewesen. Aber er verzichtete großherzig darauf, um seine Leute bei Laune zu halten. Wenn die nur wüssten. Er gähnte, obwohl er wusste, dass er das nicht so gut konnte wie Dornröschen, drückte seinen Kopf auf Twiggys Knie und schlief ein.

Dornröschen sortierte bedächtig ihre Karten, lächelte und legte sie verdeckt auf den Tisch. Matti zündete den Joint an, zog zweimal kräftig und gab ihn Twiggy. Der setzte sein Bier ab und rauchte.

»Kolding war es also doch nicht«, sagte Dornröschen.

»Wir könnten uns den Chef noch einmal greifen«, sagte Twiggy und hüllte den Tisch in eine Rauchwolke ein. »Also, ihm sagen, dass wir alles über seine finsteren EU-Geschäfte wissen.«

»Und was haben wir davon?«, fragte Matti. »Wenn er doch den Killer geschickt hat, wird er es uns bestimmt auf die Nase binden.«

»Vielleicht hat er eine Idee, wer es sein könnte«, sagte Dornröschen.

»Und warum hat er es noch nicht verraten?«, fragte Matti.

»Weil es ihm egal ist. Oder es wäre ein Nachteil für ihn, wenn herauskäme, wer es war«, sagte Dornröschen.

Twiggy schaltete den CD-Spieler im Gettoblaster ein, und es dröhnte *The Seeker* von The Who durch die Küche.

I've looked under chairs,
I've looked under tables,
I've tried to find the key,
To fifty million fables.

Wir haben sogar unter jedem Teppich nachgeschaut, dachte Matti. Und nichts gefunden.

»Und wenn wir dem Chef einen Tausch vorschlagen: Wir behalten den EU-Kram für uns, und er verrät uns Rosis Mörder?«, sagte Twiggy.

»Wenn er den kennt«, widersprach Dornröschen. »Und glaubt er uns überhaupt, dass wir die Geschichte für uns behalten werden, sobald wir Rosis Mörder erwischt haben und auch denjenigen, der die Bombe ins Taxi gepackt hat? Wir haben dann keinen Grund mehr.«

»Hm«, knurrte Twiggy. »Ich kann mal wieder vorschlagen, was ich will.«

»Und wenn wir einfach das Gespräch suchen und dabei andeuten, was wir wissen. Der Chef kapiert sofort, dass wir ihn auffliegen lassen können. Wir haben ihn in der Hand«, sagte Matti. »Twiggy liegt richtig.«

»Na gut«, sagte Dornröschen und legte eine Pik Sieben ab.

Vor dem Eingang stand ein schwarz gekleideter Typ wie ein Schrank. Auf der breiten Brust prangte in Großbuchstaben *Security*. Am Gürtel hingen Ledertaschen und ein Pistolenhalfter, aus dem der Griff einer Glock ragte. Er hatte die Daumen in den Hosenbund gesteckt und sah aus wie ein Prototyp des Wachmanns, den nichts aus der Fassung bringen konnte. Er musterte die drei, ohne den Kopf zu drehen, nur die Augen bewegten sich.

»Dem Chef geht das Popöchen auf Grundeis«, sagte Twiggy. »Das hat er sich redlich verdient.«

Sie gingen durch die schwere Glastür zum Empfangstresen. Dahinter saß ein Mann, der auch den Eindruck erweckte, sich wehren zu können, und Matti hätte nicht gestaunt, wenn der Typ eine Schrotflinte mit abgesägtem Lauf auf dem Schoß gehabt hätte.

Sie hatten den Chef angerufen, und er war sofort bereit gewesen, sie zu empfangen. Sie hatten nichts andeuten müssen. Vielleicht wusste der Chef schon, was im Busch war.

Er saß hinter seinem Schreibtisch und sprang auf, als Dornröschen als Erste sein Büro betrat. Er kam ihr mit ausgestreckter Hand entgegen. »Guten Tag!«, sagte er mit einer Stimme, die Freude vortäuschte. »Nehmen Sie Platz.« Er reichte auch Matti und Twiggy die Hand.

Nachdem die Sekretärin Kaffee, Tee und Kekse gebracht hatte, schenkte der Chef ein und schob den silbernen Keksteller ein paar Zentimeter näher an Twiggy heran. Er guckte die drei der Reihe nach an, in seinem Gesicht lag ein Lächeln.

»Wir suchen immer noch die Mörder unserer Freundin und auch denjenigen, der Matti eine Bombe ins Taxi gelegt hat«, sagte Dornröschen.

»Ich kann Ihnen leider immer noch nicht helfen.«

Matti schob einen Stapel Kopien über den Tisch. »Wenn Sie Lust haben, können Sie mal hineinschauen. Das ist leider kein so nettes Verwirrspiel wie mit der *Tanzmarie*. Dafür unseren Respekt, raffiniert, wirklich. Aber jetzt« – er deutete auf den Stapel, der unberührt vor dem Chef lag – »hat es sich ausgetrickst, jetzt wird es ernst.«

Dornröschen beugte sich vor und fixierte den Chef: »Um Ihnen den Einstieg leichter zu machen: Es geht um EU-Subventionen, die Sie erschlichen haben mithilfe von potemkinschen Agrarfabriken in Rumänien …«

Der Chef wurde bleich, ein bisschen nur, aber unübersehbar. Er betrachtete den Kopienstapel, als wäre er vergiftet. Dann hob er die Hände, ließ sie fallen und sagte: »Ja, gut.«

Matti bildete sich ein, sich vorstellen zu können, wie das Hirn des Chefs hinter der Stirn in rasendem Tempo arbeitete.

»Warum haben Sie den Wachschutz angeheuert?«, fragte Twiggy.

Der Chef guckte ihn erstaunt an. »Vielleicht weil in letzter Zeit merkwürdige Dinge passiert sind und ich keine Lust habe, noch einmal überrascht zu werden. Könnte doch sein, dass diese durchgeknallte Bürgerinitiative sich für berechtigt hält, uns die Bude auf den Kopf zu stellen. Außerdem gibt es offenbar Einbrecher« – er deutete auf den Kopienstapel –, »vor denen wir uns schützen müssen.«

Matti erhob sich und setzte sich an den Schreibtisch des Chefs. Der folgte seinen Bewegungen, sagte aber nichts. Matti öffnete die Schubladen und packte alles auf die Tischplatte.

»Wenn ich Sie jetzt frage, ob Kolding Berlin oder Rotterdam den Mordauftrag erteilt hat …?«, fragte Dornröschen.

Der Chef schüttelte den Kopf und zog ein Gesicht, das Verzweiflung zeigte, offenbar darüber, dass seine ungebetenen Gäste es immer noch nicht begreifen wollten. »Wir bringen niemanden um.«

»Rosis Mörder war ein Rumäne, und Ihre Gespensterunternehmen liegen in der Nähe von Bukarest. Zufall?«

»Vergessen Sie's«, sagte der Chef.

Matti kramte in den Unterlagen. Er fand einen Stapel Papier mit einer Heftklammer. Es waren Briefe. Er blätterte sie durch. »Briefe von Anwohnern, die sich über Lärm und die Ini, also die Bürgerinitiative, beschweren. Warum sammeln Sie die? Warum sind sie nicht draußen abgeheftet?« Mattis Finger zeigte zum Sekretärinnenbüro.

»Weil ich mich gerade damit befassen muss«, sagte der Chef in einem Ton, der anzeigte, dass es ihn ermüdete, blöde Fragen zu beantworten.

»So wichtig?«, fragte Matti.

»Natürlich.« Wieder dieser Ton.

»Vielleicht könnten Sie uns das erklären. Es kann ja nicht jeder so schlau sein wie Sie.«

»Seit wir hier tätig sind, das sind nun auch schon fast siebeneinhalb Jahre, seitdem haben wir Ärger mit unseren Kunden, den Mietern und Käufern. Der Kiez ist überlaufen von Touristen« – Matti dachte an Frau Quasten, die hatte das Gleiche erzählt –, »gehen Sie nachher über die Admiralbrücke, da werden Sie es sehen.«

»Ich kenne das«, sagte Matti. »Da sitzen junge Leute und quatschen, lesen, singen. Na und?«

»Na und?«, ahmte der Chef ihn nach. »Das geht die ganze Nacht, jeden Sommer. Die Leute werden irre. Sie haben sich Wohnungen in einer der schönsten und ruhigsten Ecken Berlins gekauft, einer Idylle mitten in der Stadt, und dann kommen diese Leute und machen Krach, sie pissen alles voll, werfen ihren Müll in die Gärten und kotzen auf die Straße.«

»Da könnten ja glatt die Immobilienpreise leiden«, spottete Twiggy.

»Sie haben recht«, antwortete der Chef. »Die Gefahr besteht, dass das Quartier in Verruf gerät. Das würde uns schaden, aber auch den Hausbesitzern …«

»Sie meinen jene bedauernswerten Mitbürger, denen Sie ihre Häuser noch nicht abgeluchst haben«, sagte Twiggy.

»Wenn die Preise fallen, können wir billiger kaufen. Aber wir verlieren viel mehr beim Verkauf. Die Zahl der Häuser hier ist begrenzt, das bremst den Preisverfall ein wenig, aber wenn die Gegend erst als Ballermannkiez verrufen ist, dann verkommt alles. Das sind ja keine Luxustouristen, sondern junge Leute, die kaum Kaufkraft haben. Da braucht man keine Hotels, sondern Hostels, keine schicken Restaurants, sondern billig, billig, billig.« Das Wort *billig* spuckte er fast aus.

»Und wie wehren Sie sich dagegen?«, fragte Matti.

»Was machen wir damit?«, fragte der Chef und deutete auf den Stapel auf dem Tisch.

»Damit können wir Sie fertigmachen«, sagte Twiggy.

»Ja, ja«, erwiderte der Chef. »Und die Originale haben Sie an einem sicheren Ort versteckt, bei jemandem, der sie an die Medien weitergibt, falls meine rumänischen Killer Ihnen die verdiente Ladung Blei verpassen.« Er lachte bitter. »Für was halten Sie mich eigentlich? Ich bin Geschäftsmann, geht es in Ihre politisch verseuchten Hirne nicht rein, dass ich gewiss mit allen wirtschaftlichen Tricks arbeite, wie übrigens die Konkurrenz auch, aber keine Leute umbringe?«

»Ich glaube auch nicht, dass Sie Leute umbringen. Aber vielleicht war Rosis Tod ein Unfall und die Bombe im Taxi ein Unternehmen der Leute, die für den Unfall verantwortlich sind?«, sagte Dornröschen. Ihre Augen beobachteten den Chef genau.

»Ich versichere Ihnen, dass ich niemanden beauftragt…«

»Und sonst jemand von Kolding auch nicht?«, fragte Matti.

»Ich versichere Ihnen, dass niemand von Kolding etwas gegen Ihre Freundin tun wollte…«

»Außer sie zu bestechen und zu diskreditieren«, donnerte Twiggy.

»Ich versichere Ihnen, dass niemand von Kolding sie körperlich angreifen wollte. Wir haben uns auf unsere Weise…«

»Auf Ihre ganz persönliche Weise«, sagte Dornröschen.

»Wir wollten Ihre Freundin unglaubwürdig machen. Dazu hatten wir übrigens einigen Grund…«

»Unverschämtheit!« Twiggy schlug mit der Faust auf den Tisch.

»Lange Rede, kurzer Sinn«, schnauzte der Chef, »wir haben uns gegen sie gewehrt, aber niemanden beauftragt, ihr körperlich etwas anzutun. Haben Sie das verstanden?«

»Sie wissen, dass wir dieses Zeug« – Matti zeigte auf den Stapel – »sofort veröffentlichen, wenn Sie die Unwahrheit sagen.« Er blickte den Chef streng an.

»Für wie blöd halten Sie mich?« Der Chef zuckte mit den Achseln. »Sprechen wir es aus. Sie haben mich dank dieser Papiere in der Hand, da können Sie sich posthum bei Ihrer Freundin Rosi bedanken.«

»Deswegen würden Sie doch nie einen Mord gestehen«, sagte Twiggy. »Das da« – ein Fingerzeig zum Stapel – »bringt eine deftige Geldbuße und drei oder vier Jahre Knast. Mord bringt fünfzehn Jahre, wenigstens.«

»Lass mal«, sagte Dornröschen.

Twiggys Gesicht verfärbte sich rot, dann wurde es bleich.

»Der hat niemanden umgebracht oder umbringen lassen, auch nicht der feine Herr Runde.«

Die Tür öffnete sich, und Runde trat ein.

»Wenn man vom Teufel spricht … Welch Freude, Sie hier zu sehen«, spottete Dornröschen.

»Ich habe gehört, Sie sind im Haus«, sagte Runde ungerührt. Er wandte sich an den Chef. »Kann ich helfen?«

»Nein, Stefan. Setz dich aber gern zu uns.« Und an Dornröschen gewandt: »Ich verstehe gut, dass Sie nicht glauben, der Rumäne allein war's. Kann sein, dass es Hintermänner gab, und ich würde die auch suchen, wenn ich an Ihrer Stelle wäre. Aber ich würde nicht wild herumstochern, sondern mich fragen, wer ein Motiv hat. Und Kolding würde ich streichen.«

Runde nickte. »Wir können ja eine Liste machen. Wer fühlte sich von Frau Weinert bedroht?«

»Kolding«, sagte Twiggy trotzig.

Runde winkte ab.

Der Chef stand auf und ging umher. Matti setzte sich zurück in die Runde. Der Chef kehrte ihnen den Rücken zu und blickte hinaus. Es war dämmerig geworden. Von weither erklang ein Hupen. »Denken Sie doch einmal an das Naheliegende.«

»Die Leute, die genervt sind«, sagte Matti. »Je näher sie an der Admiralbrücke wohnen. Das wäre die naheliegendste Erklärung.«

Dornröschen gähnte und nickte. Twiggy bohrte gedankenverloren in der Nase.

15: The Police Will Never Find You

Sie gingen zur Admiralbrücke und setzten sich aufs Geländer. Auf dem Bürgersteig saß eine junge Frau mit Ponyfrisur und las. Auf dem Mittelstreifen hockten im Kreis Männer und zwei Frauen, einige hatten Mützen auf. Die Sonne weichte den Teer auf. Ein Ausflugsschiff, weißer Rumpf, hellblaue Reling, zog unter der Brücke durch, auf dem oberen Deck Touristen dicht an dicht, die Lautsprecherstimme des Stadtführers klang hallig. Irgendwo das Geheul eines Krankenwagens. Eine Gruppe von älteren Touristen aus Asien zog sich wie eine Kolonne über die Brücke und verschwand in der Grimmstraße. Zur Admiralstraße hin glänzten prächtige Fassaden im Sonnenschein. Auf dem Kopfsteinpflaster des Fraenkelufers, gegenüber vom *Casolare*, holperte der Kleintransporter eines Klempners, die Sonne spiegelte sich im Lack.

»Der Chef hat wahrscheinlich recht«, sagte Dornröschen. »Wenn er es nicht war, dann diejenigen, die am meisten leiden unter dem Krach hier und unter der Ini. Wahrscheinlich haben sie Rosi nicht zufällig hier auf der Brücke drapiert. Als Abschreckung. Hat aber nur kurz geholfen.«

Die Umrisszeichnung der Kriminaltechniker war verblasst und als solche nur erkennbar, wenn man sie frisch gesehen hatte.

»Glaubst du, dass ein Anwohner mir eine Bombe ins Taxi gebaut hat?«

»Nein, die haben jemanden beauftragt. Den Rumänien und offenbar nicht nur den«, sagte Twiggy.

Ein Mann zog eine Gitarre aus ihrer Hülle, ein zweiter, klein, dick und glatzköpfig, wartete mit dem Tamburin. Ein dritter Typ näherte sich, eine Geige in der Hand. Dann erschien der vierte mit einem Kontrabass.

»Die kommen bestimmt vom Türkenmarkt am Maybachufer«, sagte Twiggy.

Süßliche Rauchschwaden zogen vorbei.

Die Band begann zu musizieren, irgendein ein seifiges Sinatrastück. Im Haus an der Ecke Admiralstraße/Fraenkelufer knallte ein Fenster zu.

»Würde ich hier wohnen, ich würde wahnsinnig«, sagte Dornröschen.

Patty Smith schrie gegen Sinatra an, Dornröschen blickte auf die Anzeige und nahm das Telefon zögerlich ans Ohr.

»Kannst du später anrufen? … Das verstehst du nicht … Ich bin gerade mit was Wichtigem beschäftigt … Wenn du das nicht verstehst, tut's mir leid.« Sie steckte das Handy in ihre Hosentasche.

Ein Floß tuckerte vorbei, auf dem Dach am Heck die Flagge der Piratenpartei. Die Schwäne wichen gelassen aus, keinen Zentimeter zu viel, um dann wieder in Kiellinie in Richtung Paul-Lincke-Ufer zu schwimmen. Auf der anderen Seite in der Ferne der Fernsehturm auf dem Alex im Schatten der Dämmerung.

»Wie geht's weiter?«, fragte Twiggy. »Sollen wir die Anwohner befragen?«

»Irgend so was«, sagte Matti.

»Wir können nicht einfach die Leute anquatschen. Wir brauchen eine Legende, etwas, das sie bereit macht, mit uns zu reden«, sagte Dornröschen. »Oder wie stellt ihr euch das vor?«

»Ist ja gut«, erwiderte Matti.

»Jemand eine Idee?«, fragte Dornröschen.

»Wir sind die Kassierer der Killertruppe«, schlug Twiggy vor.

»Genial«, sagte Matti.

»Genau«, bestätigte Dornröschen.

»Die werden schon bezahlt haben und ziemlich böse werden. Oder Angst kriegen«, sagte Twiggy. Er klang ein bisschen stolz.

»Ein Versuch wäre es wert, die Bullen holen können sie ja nicht.« Matti grinste. »Feine Pinkel ärgern lohnt sich immer, sogar wenn dabei nichts herauskommt.«

Die Band wurde lauter, offenbar hatten die Musiker sich gefunden. Ein Hut lag vor ihnen auf der Straße. Ein alter Mann führte zwei sabbernde Bulldoggen vorbei. Ein Mercedes bahnte sich den Weg über die Brücke. Irgendwo brüllte ein Betrunkener wirres Zeug. Eine Flasche klirrte.

»Aber er hat nichts gebracht, der Mord«, sagte Matti.

»Die Ini ist wohl mausetot, immerhin«, sagte Dornröschen. »Vielleicht wurde Rosi vor allem deswegen umgebracht.«

»Und ihre Leiche wurde hier ausgestellt, weil die Leute dort erschreckt werden sollten«, erklärte Matti.

»Oder sie planen schon den nächsten Schlag, bis endlich Ruhe ist.« Twiggy rutschte vom Geländer und guckte aufs Wasser.

Am nächsten Abend zogen Matti und Twiggy schwarze Klamotten an. Twiggy trug eine Aktentasche, in der man alles Mögliche vermuten konnte. Je nach Lage auch eine Maschinenpistole. Dornröschen musste zu Hause bleiben, bei Berufsmördern gibt es keine Frauenquote.

Twiggy drückte die Erdgeschossklingel am Eckhaus Fraenkelufer/Admiralstraße. *Dr. Ingmann* stand da.

»Ja bitte?«

»Wir müssen Sie sprechen, Inkasso.«

»Was heißt Inkasso?«

»Wir müssen mit Ihnen über eine Rechnung sprechen.«

»Was für eine Rechnung?«

»Aus Bukarest.«

»Verschwinden Sie!«

Die Klingel darüber gehörte einem *K. Adam.*

»Ja?«

»Inkasso Bukarest«, sagte Matti.

»Wie bitte?«

»Inkasso Bukarest.«

Es summte.

Twiggy drückte die Haustür auf, und sie stiegen die Treppe hoch zum ersten Stock.

Auf der Fußmatte stand *Willkommen*, in der halb geöffneten Tür wartete ein groß gewachsener Mann in einem Holzfällerhemd und musterte sie misstrauisch.

»Guten Tag«, sagte Matti.

»Guten Tag?«

»Vielleicht können wir die Angelegenheit in Ihrer Wohnung besprechen?«, fragte Matti.

»Nur in Anwesenheit der Polizei. Sie vertreten ein Inkassounternehmen aus Bukarest?

»Nein, das ist ein Missverständnis«, sagte Matti. »Wir sollen im Auftrag des Wendland-Verlags Abonnementkunden daran erinnern, ihre Rechnung zu bezahlen.«

»Was für ein Verlag?«

»Wendland-Verlag.«

»Und was verlegt der?«

»Den *Hecht-Angler*, das *Brevier für Teichfische* und so weiter.«

Herr Adam musterte die beiden Herren und grinste erleichtert. »Ich kenne diese … Blätter nicht.« Es klang so wie: Absurder geht's nicht. Er schüttelte den Kopf und schloss die Tür.

Während sie die Treppe hochstiegen, fragte Twiggy: »Und woher hast du gewusst, dass der Typ keine Hechte angelt?«

»Das sieht man doch, oder?«

Twiggy prustete los. »Das Gesicht, ich lach mich schlapp. Er hätte doch einen Teich haben können … Da hätte ich dich mal sehen wollen.«

»Ich lass den Schornsteinfeger nur nach schriftlicher Anmeldung in meine Wohnung!«, kreischte die Oma. Sie guckte die beiden Männer misstrauisch durch ihre Goldrandbrille an, ihr hochgestecktes graues Haar wippte.

»Gut, Sie finden dann unseren Zettel im Briefkasten«, sagte Twiggy.

»So, wie es sich gehört. Es passiert ja so viel. Berlin ist eine Stadt des Verbrechens geworden. Früher, ja früher wäre das nicht möglich gewesen.«

Sie verzichteten darauf herauszufinden, was früher möglich gewesen wäre, und zogen weiter.

Hermann Otto stand auf dem Messingschild, das auf der Wohnungstür prangte. Herr Otto öffnete gleich und schaute sie neugierig an. Matti musste seinen Blick nach unten richten und blickte auf eine Glatze, die seitlich von grauen Bürstenhaaren begrenzt war. Kleine Augen blickten ihn neugierig und ein bisschen ängstlich an. Draußen dröhnte eine Trommel.

»Wir sind vom Inkassobüro Bukarest«, sagte Twiggy und baute sich auf, was aber nicht nötig gewesen wäre. Otto duckte sich fast.

»Ich habe damit nichts zu tun«, sagte er.

»Vielleicht besprechen wir es in Ihrer Wohnung?«, fragte Twiggy.

Otto erschrak und schloss die Tür.

Sie standen ein paar Sekunden schweigend da. Dann klopfte Twiggy an die Tür. Matti ahnte, dass Otto dahinter lauschte. Er stellte sich direkt an die Tür und flüsterte: »Herr Otto, Sie brauchen keine Angst zu haben. Wir wollen nichts von Ihnen außer einer kleinen Auskunft. Sie schulden uns nichts.«

Ein Schlurfen zeigte Matti, dass Otto sich in seiner Wohnung verkrümelte.

Die nächsten beiden Türen öffneten sich nicht, ganz oben trafen sie auf eine junge Frau, die Matti für eine Studentin mit reichen Eltern hielt, ganz hübsch mit langen braunen Haaren und einem offenen Lächeln und gekleidet wie jemand, der nicht aufs Geld gucken musste: Löcherjeans, Unbezahlbar-T-Shirt und Riemenschühchen, deren Preis umgekehrt proportional zu ihrer Größe war. Sie war ahnungslos, jedenfalls was das Inkassobüro betraf.

Sie tranken einen Kaffee in einer Eisdiele an der Ecke Grimmstraße/Böckhstraße. Ein Moped knatterte in Richtung Brücke. Der Touristenstrom hatte keinen Anfang und kein Ende. Ein paar junge Typen zogen vorbei, zwei mit lächerlichen Hüten. Sie schrien, es klang Dänisch. Jeder trug eine Flasche, und immer wieder tranken sie.

Matti setzte die Tasse ab. »Die Einzigen, die was von dem Idiotentanz haben, sind die Kneipen. Aber von denen gibt es hier auch genug.«

Eine Trompete trötete über die Straße, geblasen von einem betrunkenen Dilettanten.

»Den zieht's zum Maybachufer, auf diesen Musikerplatz oder wie man das nennen soll beim Türkenmarkt. Die Anwohner dort kriegen bestimmt auch zu viel. Und bei dem auch die Zuhörer.« Twiggy hatte die Hände auf den Bauch gelegt und streckte die Beine von sich.

»Also, dieser Otto, der weiß was«, sagte Matti.

»Ja.« Twiggy blinzelte in die Sonne. »Oder er ist hysterisch.«

»Ob wir dem noch mal auf die Pelle rücken sollen?«, fragte Matti. »Vielleicht rennt er jetzt zu einem anderen, der mit drinhängt.«

»Irgendwann wurde das Telefon erfunden, aber da hast du gerade gepennt«, brummte Twiggy.

Im Nachbarhaus öffnete im Erdgeschoss eine Dame in einem grauen Kleid. Matti hätte sich nicht gewundert, wenn sie ein Krönchen getragen hätte. Er sagte den Spruch vom Bukarest-Inkasso auf.

»Nun, junger Mann, Sie sind an der falschen Adresse. Ich habe mit dieser – wie hieß sie noch einmal? – Bulgarien-Inkasso nichts zu tun. Ich mache mit *solchen* Leuten keine … Geschäfte.« Matti begriff, dass sie Geschäfte überhaupt unfein fand.

»Diese Leute da draußen« – Twiggy deutete in Richtung Admiralbrücke –, »die stören Sie gar nicht?«

»Wie kommen Sie darauf?« Ihre Stimme hob sich. »Ich finde diese Menschen … ich weiß nicht, was ich sagen soll … so unnütz. Sitzen herum, machen Lärm, betrinken sich … Was für einen Sinn soll das haben?«

»Und Sie haben sich nicht überlegt, wie Sie diese Belästigung loswerden können?«, fragte Twiggy.

Sie zog die Mundwinkel nach unten. »Ich habe sooft die Polizei gerufen, Sie glauben es nicht. Die kam dann, dann war es einen

Augenblick ruhig, aber als sie weggefahren war, ging es wieder los, manchmal lauter als zuvor.«

»Sie haben nie daran gedacht, dass es vielleicht andere Möglichkeiten gibt?«, fragte Matti.

Sie fixierte Matti durch ihre strenge Brille, dann Twiggy. »Als diese Leiche dorthin gelegt worden war, da war eine Weile Ruhe. Das hat die Leute schon beeindruckt. Aber die Wirkung war bald verpufft.«

»Dann hat die Leiche ja nicht lang geholfen«, sagte Matti.

»Ja, leider. So, jetzt muss ich mich wieder meinen Dingen widmen.« Sie drehte sich um und drückte die Tür leise zu.

»Hm«, sagte Twiggy. »Ein Seelchen.«

Hermann von Weidenfels hatte ein gegerbtes Gesicht wie ein Bauer und schwarze Haare. Der Bauch spannte ein weißes Hemd, über dem er eine braune Lederweste trug. »Ich habe doch gesagt, dass ich bezahle«, polterte er, nachdem Matti sie vorgestellt hatte, und knallte die Tür zu.

Twiggy donnerte an die Tür. Nach einer Weile öffnete sie sich. Weidenfels hatte ein langes Messer in der Hand und stierte sie an. Er winkte sie herein und ging ein paar Schritte rückwärts, das Messer in der Hand. »Sie bleiben da stehen.«

»Wir wollten …«

»Ich bezahle, wenn ich es kann. Ich kann mir das Geld nicht aus den Rippen schneiden. Verstanden?«

Matti hob beschwichtigend die Hände. »Wir wollen Ihnen nichts tun.«

»Hahaha«, lachte er gekünstelt. »Sobald ich das hier weglege« – ein Blick aufs Messer –, »brechen Sie mir die Finger und prügeln mich halb tot.«

»Wir prügeln nie.«

Er lachte wieder. Es klang wie ein Hüsteln. »Ich habe Mecki gesagt, dass ich meine Schulden bezahle, obwohl ich es nicht müsste. Spielschulden sind Ehrenschulden. Aber mit Ehrenmännern hat man es ja dabei nicht zu tun.«

Matti und Twiggy wechselten einen Blick. Matti las eine Frage.

»Sie verwechseln uns«, sagte er. »Wir interessieren uns nicht für Ihre Spielschulden, und einen Mecki kennen wir auch nicht.«

Der Typ glotzte.

»Wir interessieren uns für die Leiche auf der Admiralbrücke«, schnauzte Twiggy.

»Die Leiche …«, stammelte Weidenfels.

»Die Leiche!«

»Wollen Sie mir drohen?« Er fuchtelte mit dem Messer herum.

»Nein, wir wollen eine Auskunft!«, schrie Twiggy.

Der Typ riss die Augen auf und bekam sie nicht mehr zu. Jedenfalls für eine Weile.

»Wir wollen wissen, wer im Haus dafür geworben hat, Leute dafür zu bezahlen, dass sie für Ruhe sorgen. Draußen auf der Brücke ist der Teufel los, und da hat jemand gesagt: Ich kenne eine Lösung. Die kostet zwar was, aber Ruhe kriegt man nicht umsonst. Verstehen Sie?« Matti sprach wie mit einem Kind nach der Tobsuchtsphase.

»Für Ruhe sorgen …«, sagte Weidenfels. Er blickte die beiden noch einmal an. »Sie gehören zu denen, die für Ruhe sorgen wollten?«

»Ja«, sagte Twiggy.

»Na, das hat ja toll geklappt!«, bellte Weidenfels.

Es donnerte von oben. Weidenfels blickte zur Decke und brüllte: »Halt's Maul da oben!« Sein Blick sprang zu Twiggy. »Haben Sie die tote Frau da hingelegt?«

Twiggy wackelte mit dem Kopf.

»So, so.«

»Da hat was mit der Bezahlung nicht geklappt«, sagte Matti betont ruhig.

»Ist ja kein Wunder! Gucken Sie raus, da sehen Sie den Trubel. Erst die Leistung, dann das Geld. Oder?«

»Gewiss, gewiss. Wir wollen nicht kassieren, ohne die vereinbarte Leistung erbracht zu haben«, sagte Matti.

»Sie haben also dieses Mädchen umgebracht?«

Diesmal wackelte Matti mit dem Kopf.

»Ja oder nein!«

»Es gab hier jemanden, der erklärt hat, er würde das Problem für die Hausgemeinschaft lösen. Einer, der Probleme löst, die die … Polizei nicht löst«, sagte Matti.

»Ein Problemlöser also«, sagte Weidenfels erstaunlich sachlich.

»Ein Problemlöser«, erwiderte Twiggy.

»Ich dachte, Sie wären das?« Er guckte die beiden verblüfft an.

»Nein, wir treiben offene Rechnungen ein, sonst nichts«, sagte Twiggy.

»Das heißt, jemand mordet, und Sie sorgen dafür, dass derjenige sein … Honorar erhält.« Er beäugte sie wieder genau.

»Mord?« Twiggy schüttelte lächelnd den Kopf. »Mit so etwas haben wir nichts zu tun. Wir treiben Rechnungen ein von Firmen, die uns nachweisen, dass sie offene Forderungen haben. Selbstverständlich würden wir niemals rechtswidrige Geschäfte unterstützen.«

»Selbstverständlich.« Weidenfels grinste. Er kratzte sich mit der Messerspitze am Ohr.

Twiggy beobachtete ihn genau. Und Matti begriff, was Twiggy plante.

»Und was wollen Sie jetzt von mir?«, fragte Weidenfels. Er klang immer selbstsicherer.

»Da wurde eine Rechnung nicht bezahlt, und Sie stehen auf einer Liste von Schuldnern«, sagte Matti. »Ich weiß nicht, wie ich es Ihnen noch erklären soll.«

»Wie hoch ist der Betrag, den ich Ihnen schulde? Und wie viele Mitschuldner habe ich denn?«, fragte Weidenfels und guckte Matti triumphierend an. Er sah so aus, als wollte er sagen: Jetzt stelle ich die Fragen, ihr Flaschen.

In diesem Augenblick traf ihn Twiggys Rechte am Kinn. Weidenfels rülpste, glotzte und brach zusammen. Das Messer klirrte auf den Steinboden. Matti nahm es und legte es in die Schublade der Spiegelkommode.

»Wie lang schnarcht der jetzt?«, fragte er.

»Siebenundfünfzig Minuten und dreizehn Sekunden«, antwortete Twiggy.

»Genug Zeit, sich umzusehen«, sagte Matti. »Vielleicht hat er irgendwo Paketklebeband.« Er fand es im Wohnzimmer, wo in einer Ecke ein Sekretär stand, eher auf alt getrimmt als antik, und fesselte Weidenfels' Arme und Beine. Der röchelte einmal und atmete blubbernd aus.

Matti ging zurück zum Sekretär, Twiggy nahm sich das verschnörkelte Eichenregal vor. In den Schubladen fand Matti Korrespondenz, darunter Liebesbriefe eines *Harald, der seinen Knubsi ganz schrecklich vermisst.* Dann Bankauszüge, die aber auch nichts verrieten, außer dass der Hochwohlgeborene einen Haufen Miese hatte. In der oberen Schublade fand er ein paar Schwulenmagazine, wobei in dem einen Tipps und Tricks zum Analverkehr verraten wurden, das andere legte den Schwerpunkt auf *Kleidung, die ihn scharf macht.* Dazwischen Versicherungsurkunden, Geschäftsbriefe, Mahnungen. »Der Herr führt ein Reisebüro«, sagte Matti. »Komisch, der hat gar keinen PC. Stopp, hier steht ein alter Drucker, und Internet hat er auch.« Er zeigte Twiggy den Stecker eines Netzwerkkabels, dessen anderes Ende in einer Wandbuchse steckte.

Twiggy hatte fast alle Bücher durchgeblättert und ausgeschüttelt, aber herausgefallen war nichts außer einer Postkarte von Harald, der sich immerhin als treue Seele entpuppte.

Sie suchten gemeinsam weiter im Schlafzimmer, in dessen Mitte ein Himmelbett stand mit hellblauer Bettwäsche, auf der Märchenmotive abgebildet waren. Schneewittchen, Dornröschen, Hänsel und Gretel, diverse Riesen und Zwerge und die Bremer Stadtmusikanten.

Sie erschraken, als das Telefon schepperte. »Dieser Idiot hat sich auch das lauteste Klingeln ausgesucht und das blödeste, klingt wie auf dem Schrottplatz.« Die Anzeige verriet, dass aus Berlin angerufen wurde.

Als sie den Flur durchsucht hatten, wobei sie Weidenfels sorgsam umgingen, standen sie an der Wohnzimmertür und waren ratlos. Matti hatte eine Idee, aber fand sie nicht in seinem Hirn. Da war noch etwas, an das er ein paar Minuten zuvor noch gedacht hatte. Ach ja: »Diese Sekretäre haben doch Geheimfächer, oder?«

Twiggy tippte sich an die Stirn. Er betastete den Sekretär, dann legte er sich auf den Rücken und beäugte ihn von unten. »Na, das ist ja raffiniert«, lästerte er. Es klackte leise, und ein schmales Schubfach schnellte unter der Schreibtischplatte hervor. Darin fanden sie eine kleine Münzsammlung – »Der Herr fürchtet die Pfändung oder Diebe oder beides«, sagte Matti – und ein Blatt Papier. »Sein Testament«, knurrte Twiggy. »Der liebe Harald kriegt alles, wenn er unserem Gastgeber bis zum Ableben treu bleibt.«

»Viel Spaß mit den Schulden«, murmelte Matti.

Sie setzten sich aufs Sofa und ließen ihre Augen umherschweifen. Twiggy erhob sich und nahm eine Waldlichtung mit Hirschen von der Wand. Doch weder auf der Bildrückseite noch an der Wand entdeckten sie etwas.

»Ein Stino hat da gefälligst seinen Safe zu verstecken«, sagte Twiggy. »Wir finden hier nie was, da können wir uns auch eine Bulette ans Knie nageln und dran drehen, bis wir Radio Moskau kriegen.«

»Gibt's Radio Moskau überhaupt noch?«

Weidenfels stöhnte. Matti und Twiggy guckten hinter die anderen Bilder, ein Luftbild vom Tiergarten, Porträts und Gruppenbilder – »Das ist bestimmt die Mama«, sagte Twiggy und deutete auf eine schwarz gekleidete Frau inmitten einer Gruppe von Kindern –, und auf einem Sideboard die Zeichnung eines nackten Jungen.

»Pädo?«, fragte Twiggy.

»Dem Kerl trau ich alles zu.« Er öffnete den Rahmen und fand einen gefalteten Zettel mit einer Telefonnummer. »Da haben wir ihn schon.«

Sie untersuchten die Küche, fanden nichts. Die Luxusespressomaschine war eingeschaltet, zwei Tassen warteten auf der Warmhalteplatte. Matti stellte sie unter die Doppeldüse und drückte auf einen Knopf. Mahlgeräusche verrieten, dass er den richtigen erwischt hatte.

Währenddessen fand Twiggy eine Milchtüte im Kühlschrank, wobei diese Bezeichnung eine fast schon beleidigende Untertreibung war. Es handelte sich um eine Kühl-/Gefrierschrank-Kombination in einer polierten Edelstahlhülle, in die ein Fach für einen Eiswürfelbereiter eingebaut war. »Fehlt nur die Glotze«, sagte Twiggy.

Sie setzten sich an den Tisch und tranken Kaffee. »Den haben wir an den Eiern«, brummte Twiggy vergnügt. »Wenigstens das.«

»Hilfe!«, stöhnte Weidenfels im Flur. Dann schrie er: »Hilfe!«

Twiggy ging zu ihm, und ein scharfer Blick genügte, ihn zum Schweigen zu bringen.

Matti stellte sich neben Twiggy und schaute auf den Fettklops hinunter. »Guck mal«, sagte er freundlich und winkte mit dem Zettel. »Kann man da kleine Jungs bestellen? Lecker!«

Weidenfels' Augen weiteten sich. »Tja, das sind ein paar Jahre Knast, guter Mann. Ich weiß, ich weiß, die alten Griechen. Aber die sind pleite, die jungen Griechen auch. Und das mit den kleinen Jungs ist seit einiger Zeit verboten.« Er zog das letzte Wort in die Länge.

»Lass uns mal ein bisschen reden«, sagte Twiggy überfreundlich.

»Bindet mich los.«

»Die Hinterbeine ja, die Vorderflossen bleiben gefesselt.«

Matti holte das Messer aus der Schublade und schnitt das Klebeband an den Knöcheln auf. Mit Twiggys Hilfe erhob sich der Mann und stolperte mehr, als dass er ging, ins Wohnzimmer, um sich dort auf das Sofa fallen zu lassen.

»Auch einen Espresso? Feine Maschine«, sagte Twiggy.

Weidenfels schüttelte den Kopf. »Was muss ich tun, damit ihr mich nicht anzeigt?«

»Du könntest unsere Laune verbessern, wenn du erzählst, was du getan hast, um den Lärm draußen loszuwerden«, sagte Matti.

Die beiden hatten sich in die Sessel gesetzt, zwischen ihnen und Weidenfels stand ein lackierter Holztisch mit Goldrand und gedrechselten Rundbeinen.

Draußen sang einer so etwas wie eine Arie, begleitet von Gelächter.

»Sag mal, diese Telefonnummer führt direkt an die Quelle, oder?«, fragte Matti und spielte mit dem Messer.

Weidenfels starrte auf den Boden.

»Wenn wir das den Bullen geben …«

»Tut das nicht.«

»Also, wir versuchen es mit der Wahrheit. Noch einmal: Du wolltest den Krach loswerden …«

»Nein … oder doch. Aber ich habe nichts unternommen, nicht von mir aus.«

»Aber?«, fragte Twiggy.

»Da kamen zwei Typen, und die haben gefragt, ob mich der Trubel da draußen nicht stören würde.«

»Was für Typen?«

»Ich kannte sie nicht.«

»Und dann?«

»Ich hab gesagt, klar stört mich das. Das dringt sogar durch die Lärmschutzfenster, wenn es richtig abgeht. Und die Typen haben gesagt, wenn ich was springen ließe, sorgten sie für Ruhe. ›Wissen Sie, Ruhe ist doch ein Lebensbedürfnis, ein Menschenrecht, und das wird Ihnen vorenthalten‹, hat der eine gesagt.«

»Und Sie haben Ruhe bestellt?«, fragte Matti.

»Ich hab mir Bedenkzeit erbeten.«

»Haben die Typen gesagt, wie sie die Ruhe herstellen wollen?«, fragte Matti.

»Nein. Die waren ziemlich … von sich überzeugt. ›Wir stellen Ruhe her, und Sie bezahlen dafür.‹«

»Und Sie haben Bedenkzeit bekommen?«, fragte Twiggy.

»Ja, die wollten sich nach einer Woche wieder melden, aber ich habe nichts mehr von denen gehört.«

»Können Sie die beschreiben?«

»Weiß nicht.«

»Versuchen Sie es.«

»Sie trugen dunkle Anzüge, schwarz der eine, grau der andere. Maßgeschneidert. Feine Pinkel. Beide waren groß, größer als eins fünfundachtzig. Der eine war kräftig, trug lange Koteletten, der andere war sehr schlank. Beide trugen kurz geschorene Haare, beide schwarz. Der kräftigere hatte eine schmale Narbe am Kinn.« Er zeigte mit den gefesselten Händen, dass sie waagerecht verlief. »Der hatte ein richtig… kantiges Gesicht.«

»Sprachen die gutes Deutsch?«

»Ja, aber jetzt, wo du fragst, die kamen aus Osteuropa oder Russland. Aber ihr Deutsch war ziemlich gut.«

»Hast du keinen PC?«, fragte Matti.

Weidenfels stutzte und schüttelte den Kopf. »Hab ich… verkauft.«

»Du lügst. Gut, dann geben wir das den Bullen.« Matti winkte mit der Telefonnummer.

Weidenfels schloss die Augen. Die Stirn begann zu glänzen. Er hielt die Hände nach vorn, und nach einem kurzen Zögern schnitt Matti die Fessel durch. Weidenfels ging zum Sekretär, blickte sich um, warf Matti einen verzweifelten Blick zu, zuckte mit den Achseln und kniete sich nieder. Er griff in die Hosentasche und holte einen Schlüsselbund hervor. Er nahm eine Art Docht in die Hand, beugte sich unter den Schreibtisch und drückte in einer Ecke auf etwas. Ein Fach sprang hervor, wobei eine Stahlfeder metallisch schnalzte. Weidenfels entnahm der Schublade ein Notebook. Matti trat hinzu, holte eine Mappe heraus, nahm Weidenfels den PC ab und reichte ihn Twiggy. Der öffnete den Deckel. »Passwort?«

Weidenfels schluckte und nannte eine wilde Zahlen-Buchstaben-Kombination.

Twiggy vertippte sich einmal, dann schaffte er es. Der Windows-XP-Bildschirm öffnete sich. Twiggy tippte und klickte, dann stieß er schon auf eine gewaltige Sammlung von kinderpornografischen Fotos und Filmen. »Du bist eine Sau«, sagte Twiggy und klappte den Computer zu.

»Verratet mich nicht«, winselte Weidenfels. »Das bringt mich für Jahre in den Knast.«

»Darüber sprechen wir später«, sagte Matti barsch. »Du kannst deine Lage verbessern, wenn du uns alles sagst, was du über diese Typen weißt.«

Weidenfels dachte nach. Seine Hände zitterten, der Kopf war schweißnass. »Ihr dürft mich nicht verraten.« Seine Stimme zitterte.

»Darüber reden wir später«, wiederholte Matti. »Jetzt spuck's aus.«

Weidenfels blickte verängstigt von einem zum anderen, rieb sich die Stelle, wo Twiggy ihn getroffen hatte, und sagte: »Sie fuhren einen Benz, E-Klasse, schwarz, Berliner Kennzeichen.«

»Toll, davon gibt's auch nur einen«, sagte Twiggy.

»Der stand mit laufendem Motor vor dem Haus, und hinterm Steuer saß noch so ein Typ. Aber erkannt habe ich den nicht.«

»War das alles?«, fragte Matti.

»Ja.«

»Und du hast mit niemandem im Haus über die Leute gesprochen?«

Weidenfels schwieg eine Weile. »Mit der Frau in der Etage oben.«

»Und wie heißt die Dame?«, fragte Matti ungeduldig.

»Fadenschein«, sagte Weidenfels.

»Was für ein schöner Name«, sagte Matti.

»Und jetzt reden wir über … mich«, quengelte Weidenfels.

»Mehr weißt du nicht?« Matti starrte ihn böse an.

Weidenfels schüttelte den Kopf. »Nein, bestimmt nicht.«

»Und warum sind die nicht wiedergekommen?«, fragte Twiggy.

»Keine Ahnung.«

»Aber du hast dir Gedanken darüber gemacht.« Matti fixierte ihn immer noch.

»Sie haben wohl nicht geglaubt, mit mir ins Geschäft zu kommen.«

»Weißt du, was ich glaube? Diese Typen haben einen Blick für solche Gestalten wie dich«, sagte Twiggy. »Mit so jemandem wie dir wollten nicht einmal die sich einlassen.«

»Sie haben vielleicht jemand anderen gefunden, der sich gleich aufs Geschäft einließ«, sagte Matti, und Weidenfels nickte eifrig.

»Was habt ihr mit mir vor?« Wieder rieb er sich am Kinn. Eine Schwellung zeichnete sich ab.

»Du stellst dich, dann gibt's mildernde Umstände, vielleicht Bewährung und eine Therapie.«

»Um Gottes willen!«

»Wenn du es nicht machst, zeigen wir dich an.«

16: As Good As It Gets

Emilia Fadenschein hatte krause schwarze Haare und einen schlanken Körper. Italienerin, dachte Matti, als sie die Tür öffnete und die beiden unerwarteten Besucher mit ihren großen schwarzen Augen musterte.

»Herr Weidenfels hat angerufen«, sagte Matti. Sie hatten Weidenfels dazu gezwungen und auch dazu, sich selbst anzuzeigen. Er würde ihnen am Abend den Durchschlag der Anzeige und die Aktennummer nennen.

»Hermann schickt Sie also.« Mit einem Fingerzeig bat sie Twiggy und Matti in die Wohnung.

Die war in klassischem Stil eingerichtet, sündhaft teuer. Sie bot Kaffee an und Tee, aber Matti und Twiggy lehnten dankend ab.

Als sie saßen, blickte von der gegenüberliegenden Wand ein expressionistisches Gemälde auf sie herab. Auf der Fensterbank der Seitenwand standen Hydrokulturpflanzen.

»Ich will keine Umschweife machen. Wir haben eine heikle Sache zu bereden.« Matti sagte ihr ins Gesicht, dass er Anwohner der Admiralbrücke verdächtige, eine Mörderbande beauftragt zu haben, für Ruhe zu sorgen. »Und Sie sind beteiligt.«

Emilia Fadenschein erbleichte und guckte empört. Sie schlug die Augen nieder und blickte dann Matti an. »Ich bin nicht beteiligt.« Jetzt hörte Matti einen leichten italienischen Akzent.

»Aber Sie wissen davon.« Matti räusperte sich.

Sie blickte ihre Besucher an und schlug wieder die Augen nieder. »Ich wurde angesprochen.«

»Wer hat Sie angesprochen?«

»Der Hauswart.«

»Und was hat er gesagt?«

»Dass er vielleicht eine Lösung kennen würde.«

»Wie kommt er darauf?«

»Es hat eine Hausversammlung gegeben, also die Eigentümer …«

»Ja?«

»Da haben sich alle beklagt über den Lärm und den Schmutz da draußen.« Sie zeigte in Richtung Admiralbrücke.

»Und einige haben Kolding beschimpft. Die hatten ihre Wohnungen im Spätherbst oder Winter gekauft, da ist hier nicht so viel los. Die Touristen kommen im Sommer. Und wenn sie kommen …« Sie nickte bedächtig.

»Und dann?«

»Dann hat der Vertreter von Kolding gesagt, dass der Hauswart sich vielleicht darum kümmern könnte.«

»Was heißt das?«, fragte Twiggy, der die ganze Zeit geschwiegen hatte.

»Das weiß ich nicht. Ich dachte, er soll die Polizei holen wegen … nächtlicher Ruhestörung.«

»Aber das hat er nicht.«

»Doch, aber es nutzt nicht viel. Sobald die Polizei abgezogen ist …«

»Und dann?« Mattis Finger trommelten auf dem Tisch.

Sie sah es und guckte gleich weg. »Nichts dann«, sagte sie. »Dann war die Versammlung beendet.«

»Sind Sie zum Hauswart gegangen?«

»Nein.«

»Warum nicht?«

»Ich wollte, aber dann war er ziemlich umlagert von anderen. Ich dachte, die brauchen mich nicht, um den Hauswart zu … ermuntern, mehr zu unternehmen.«

»Wer hat ihn umlagert?«

»Da muss ich nachdenken.« Sie schüttelte den Kopf. »Sind Sie von der Polizei?«

»So ähnlich. Wir arbeiten für die Polizei«, sagte Twiggy gelassen.

»Für die Polizei«, wiederholte sie.

»Sonst hätte Herr Weidenfels uns nicht zu Ihnen geschickt.«

»Ja«, sagte sie. »Natürlich.« Sie blickte beide misstrauisch an. »Aber Sie haben bestimmt einen Ausweis dabei.«

»Nein, wir sind undercover«, sagte Matti betont lässig. »Wir vertrauen Ihnen, Sie werden es nicht verraten. Wir arbeiten an dem Mord.«

»Ja, gewiss. Aber ich möchte, dass die richtige Polizei mich vernimmt. Das werden Sie doch verstehen?«

»Gut«, sagte Matti. »Das verzögert zwar die Ermittlungen, aber wenn Sie das unbedingt wollen.«

»Ja«, sagte sie und klang entschieden. »Ich will es so.«

»Die Sache ist ziemlich klar«, sagte Dornröschen. Sie saßen am Küchentisch, rauchten Gras – ausnahmsweise, eigentlich gab es die Zuteilung nur freitags –, aber es waren außergewöhnliche Zeiten. Und in außergewöhnlichen Zeiten durfte man auch montags, dienstags, mittwochs, donnerstags, samstags und sonntags kiffen.

»Der Hauswart ist Angestellter von Kolding, die nicht nur Immobilien hin und her schieben, sondern auch als Hausverwaltung tätig sind. Der hat die Verbindung zu den Killern geknüpft und sie beauftragt, für Ruhe zu sorgen. Denen ist das aber aus dem Ruder gelaufen, sie haben nach dem ungeplanten Mord an Rosi Reißaus genommen und mir vorher noch die Bombe ins Taxi gelegt, weil sie vom Hausmeister wussten, dass wir an Kolding dran waren.«

»Aber jetzt sind die Typen irgendwo in Rumänien, und keiner kommt an sie ran. Die Bullen halten den Fall für gelöst.« Dornröschen kratzte sich am Kopf.

»Genauso schuldig sind aber die Anwohner und dieser Hausmeister«, sagte Dornröschen.

Twiggy hörte zu. Matti sah, wie er die Stirn in Falten legte, wie immer, wenn er grübelte. Robbi saß auf Twiggys Schoß und überlegte auch.

Als Patti Smith losdröhnte, warf Dornröschen einen kurzen Blick aufs Display und drückte den Anruf weg. »Wir könnten beim Hausmeister herauskriegen, wen er beauftragt hat.«

»Das wird er uns gern verraten«, spottete Matti.

Der süßliche Geruch war ihm fast zu stark. Twiggy zog kräftig und blies den Rauch nach einer Weile aus.

»Und dann müssten wir nach Rumänien, und die Bullen dort...«

Matti fing an zu lachen. »Wir können froh sein, wenn es nicht Bullen sind, die sich was nebenbei verdienen. Und sogar wenn nicht: Wie, bitteschön, sollen wir Bullen in Bukarest dazu bringen, unbescholtene Staatsbürger festzunehmen, die ihre Polizistenfreunde gewiss großzügig schmieren?«

»Hast du eine bessere Idee?«, fragte Dornröschen.

»Klar, wir fahren nach Bukarest und liefern uns eine Schießerei mit den Typen. High Noon im Land der Vampire.« Matti lachte trocken und übernahm den Joint von Twiggy.

»Wir kriegen die also nicht«, sagte Dornröschen.

»Doch«, erwiderte Twiggy. »Wir kriegen die. Ich habe einen Plan.« Und er begann zu erläutern, was er sich ausgedacht hatte. Dornröschens und Mattis Mienen spiegelten zunächst Unverständnis, dann Staunen und schließlich Angst.

Weidenfels hatte ihnen Namen und Adresse des Hauswarts am Telefon genannt. Horst Kahl wohnte in der Birkenstraße 33 in Moabit, im fünften Stock eines Mietshauses über einer Kneipe namens *Dicker Engel.* Twiggy eilte voran zur Haustür, und Matti begriff, dass der Freund nicht gesehen werden wollte in der Kneipe. Offenbar gehörte der Wirt zu seinen Kunden, denen er nicht nur Getränke lieferte als Juniorpartner im Getränkehandel seines Vaters, sondern mit dem er auch andere Geschäfte tätigte. Das hielt er geheim vor Matti und Dornröschen, doch Matti war ihm vor einiger Zeit eher zufällig auf die Schliche gekommen, hatte aber kein Wort darüber verloren. Seitdem wusste er, woher die Espressomaschine in der Küche stammte und die Computer und weitere Geräte.

Kahl wohnte im fünften Stock, und selbstverständlich mussten sie hochsteigen. Twiggy schnaufte wie eine Dampfmaschine und fluchte vor sich hin. Sie warteten eine Minute, dann klingelte Matti.

Die Tür wurde aufgerissen, ein kleiner Mann mit Spitzbauch und Mönchsglatze guckte sie aus schnellen Schweinsäuglein an.

»Bukarest-Inkasso«, sagte Matti, der wie Twiggy ganz in Schwarz gekleidet war, Dornröschen hatte ein dunkelgraues Kostüm ausgekramt und eine schwarze Handtasche.

Kahl glotzte, dann wanderte eine Frage in seine Augen. »Und?«

»Wir müssen über die Rechnung reden.«

Kahls Augen blieben an Dornröschen hängen. Matti konnte die Frage in den Augen des Hauswarts lesen: eine Frau bei einem Inkassobüro, dem man zutrauen musste, dass es Finger brach, um die Zahlungsmoral von Schuldnern zu verbessern?

»Was für eine Rechnung?«

»Das wissen Sie«, sagte Twiggy und stieß den Mann in seine Wohnung. Sie drängten sich hinein. Drinnen zog Matti die Makarov und lächelte so, wie er sich vorstellte, dass ein Schuldeneintreiber aus Bukarest lächelte.

Kahl war nur kurz verdattert. Empörung spiegelte sich in seinen Augen und Angst, als er die Pistole sah. »Aber ich habe doch bezahlt. Ich habe das Geld Ihrem … Kollegen gegeben. Fünfundzwanzigtausend Euro, wie vereinbart.«

»Es ist etwas Unvorhergesehenes passiert«, sagte Twiggy.

»Wir mussten ein … Hindernis beseitigen«, sagte Dornröschen.

»Die Tote?«

»Und wir haben einen Kollegen tragisch verloren«, sagte Twiggy.

»Das erfordert eine Zusatzprämie von zehntausend Euro«, erklärte Matti.

Kahl öffnete den Mund und erstarrte einen Augenblick. »Wie soll ich …?«

»Ich würde die Kunden höflich zur Kasse bitten«, sagte Dornröschen. »Nachschlag.«

Kahl wurde bleich, seine Hände begannen zu zittern.

»Das wären zweitausend für jeden«, sagte er leise. »Aber Sie haben das Problem doch gar nicht gelöst!«

»Wir haben unser Bestes getan«, sagte Twiggy. »Mehr kann man nicht verlangen.«

»Und Sie haben diese … Frau dahin gelegt. Das war nicht bestellt. Sie sollten dieses Gesocks erschrecken, damit es sich was anderes sucht. Wir hatten doch gesprochen über Schlägereien und Überfälle, meinetwegen Vergewaltigungen, Spaß muss ja sein …«

Dornröschen traf ihn auf der Nase. Sie hatte eine kleine Faust und große Wut. Die Nase knackte, als sie brach, Blut tropfte erst, dann quoll es aus den Nasenlöchern.

Kahl sackte in sich zusammen und begann zu wimmern, die Hände auf der Nase. Dornröschen öffnete die Türen, verschwand kurz in der letzten und kehrte mit einem Handtuch zurück. Sie warf es vor Kahl auf den Boden.

Der drückte es sich ins Gesicht und starrte sie wütend an. Tränen standen in seinen Augen.

»Wir gehen ins Wohnzimmer«, sagte sie.

Kahl ging los, die anderen folgten. Der Hauswart setzte sich auf einen Plüschsessel, Matti und Twiggy ihm gegenüber aufs Sofa, Dornröschen blieb hinter Kahl stehen.

»Wenn es dir so schwerfällt, das Geld einzutreiben, übernehmen wir das«, sagte sie fast freundlich.

Kahl lugte nach hinten und wimmerte: »Das wäre mir lieber.«

»Die Namen!«, schnauzte Twiggy. Matti holte ein Notizbuch und einen Kugelschreiber aus der Jackentasche und legte sie vor Kahl.

Der zögerte, begann aber zu schreiben. Fünf Namen, fünf Adressen. Das war Stufe eins von Twiggys Plan. Die hatten sie immerhin geschafft.

Dr. Werner Biermann stand auf dem Klingelschild im Erdgeschoss des Hauses in der Böckhstraße 55. Eine Frau öffnete, groß, kurze dunkelbraune Haare, schlank, vielleicht Anfang vierzig, intelligentes Gesicht. Sie blickte die drei schwarz gekleideten Gestalten vor ihrer Wohnungstür erstaunt an.

»Wir würden gern mit Herrn Biermann sprechen«, sagte Dornröschen.

»Und wer sind Sie, wenn ich fragen darf? Um was geht es?«

»Um ein Geschäft, das Herr Dr. Biermann jüngst abgeschlossen hat. Und um dessen Folgen, die unter anderem auf der Admiralbrücke lagen.«

Die Frau lief rot an. Ihre Unterlippe begann zu zittern. »Herr … mein … Lebensgefährte ist nicht zu Hause.«

»Vielleicht lassen Sie uns in die Wohnung, damit wir ungestört sprechen können«, sagte Matti. »Und natürlich warten wir gern auf den Herrn.«

Die Frau blickte verwirrt von einem zum anderen. Sie trat einen Schritt zurück und einen nach vorn. Sie blickte in die Wohnung, als läge dort eine Antwort. Dann nickte sie und ging in die Wohnung, die drei folgten.

Sie führte sie in die Küche. Alles funktional, teuer, Stahl. Die Einrichtung erinnerte Matti an Lilys Küche. Die Frau deutete auf einen Tisch, der in der Mitte stand. Das Fenster zeigte zum Hof, große Terrakottatöpfe mit Blumen, eine Sitzecke, die italienisch aussah, Gartenmöbel, die nicht aus dem Baumarkt stammten, sondern aus Läden, die Matti noch nicht einmal von außen gesehen hatte.

»Wann kommt Herr Biermann zurück?«, fragte Twiggy, auf den Madame ein besonderes Augenmerk richtete. Er war ihr offensichtlich unheimlich.

»Ich rufe ihn gleich an«, sagte sie leicht zitternd und zog ein iPhone aus einer Handtasche, die am Fuß eines Sessels lehnte.

»So würde ich es nicht halten, da haben Sie Empfangsprobleme«, sagte Twiggy lächelnd. »Wissen Sie, diese Dinge sehen schick aus, aber technisch, für den Preis, na ja. Und außerdem mussten dafür arme Chinesenkinderchen schuften. Da gibt es Giftgase, Zwangsarbeit und so weiter in den Fabriken. Wissen Sie das nicht? Haben Sie kein schlechtes Gewissen?«

Die Frau schüttelte unwillig den Kopf und tippte auf der Anzeige.

»Werner? Komm nach Hause, schnell ... drei Leute ... ja, die Brückensache.« Nachdem sie das Gespräch getrennt hatte, blickte sie Twiggy an und sagte in einem Ton, mit dem man versuchen würde, einen stinkwütenden Tiger zu besänftigen: »In einer Viertelstunde kommt er.«

»Sie wissen von der Brückensache?«, fragte Matti.

Sie riss ihren Kopf herum, starrte ihn an und nickte vorsichtig.

»Ich habe Angst«, sagte sie.

»Vor wem?«

»Vor Ihnen. Sie haben diese Frau ...«

»Nein«, sagte Twiggy.

Ihre Unterlippe zitterte stärker.

»Warum wurde diese Frau umgebracht?«

»Improvisiert«, sagte Twiggy kalt.

»Improvisiert«, wiederholte sie tonlos.

Sie schwiegen.

Draußen verdunkelte es sich. Eine Nebelkrähe setzte sich auf den Rasen und pickte, neigte den Kopf zur Seite, pickte, neigte. Endlich hatte sie etwas im Schnabel. Sie machte einen Satz und flog davon. Weiter weg kam ein Mädchen aus dem Hinterhauseingang und ging lächelnd zu ihrem Fahrrad, löste das Kettenschloss, setzte sich aufs Rad und trat ins Pedal. Sie eierte, fing sich und schwand aus dem Blick.

»Warum haben Sie die ... Kollegen überhaupt angefordert, wenn Sie jetzt das Muffensausen kriegen?«, fragte Matti.

Dornröschen warf ihm einen strafenden Blick zu.

»Fragen Sie meinen Mann«, sagte die Frau bemüht fest. »Er kann alles erklären.«

Als es an der Wohnungstür klackte, zog Matti die Makarov aus dem Hosenbund, und die Frau erbleichte. »Hoffentlich macht er keinen Fehler«, sagte Matti.

Die Frau erhob sich.

»Sie bleiben sitzen«, sagte Twiggy.

Sie setzte sich wie in Zeitlupe.

Ein Telefon klingelte, Matti erschrak, die Frau auch. »Nicht rangehen«, sagte er. Sie erstarrte.

Schritte näherten sich. Dann stand er in der Tür, groß, hager, ragende Backenknochen, kleine Augen, kurz geschnittene weiße Haare.

»Nehmen Sie Platz«, sagte Matti. »Sie sind doch Herr Biermann?«

Biermanns Blick fiel auf die Pistole, die vor Matti auf dem Glastisch lag. Seine Augen zeigten Wut und Verzweiflung. Und Ohnmacht. Er stellte sich hinter seine Freundin und legte seine Hände auf ihre Schultern.

»Wer sind Sie?«, fragte er mit harter Stimme.

»Bukarest-Inkasso«, sagte Twiggy.

»Genauso klingen Sie auch. Sie sprechen kein Wort Rumänisch. Also, wer sind Sie?«

»Wir sind Freunde Ihres Opfers«, sagte Dornröschen. »Diese Inkassogeschichte haben wir uns aus Recherchegründen einfallen lassen. Aber wir konnten ja nicht wissen, wie gut Sie sich im Milieu rumänischer Killerbanden auskennen.«

»Und das da?«, fragte er mit Blick auf die Pistole.

»Das ist eine Versicherungspolice«, erwiderte Matti.

»Sie sehen nicht aus wie Leute, die einen erschießen«, sagte Biermann betont gelassen.

»Sie sehen nicht aus wie einer, der Killer beauftragt«, sagte Dornröschen.

»Wenn Sie die ganze Geschichte kennen würden, dann würden Sie mir sofort glauben, dass ich Sie erschieße, wenn Sie Mist bauen«, sagte Matti, und in seiner Stimme spürte er die Gewissheit. Lara. Lara. Lara.

Der Mann schien beeindruckt. Er blickte Matti eine Weile an, dann fragte er: »Darf ich Ihnen was zu trinken anbieten?«

»Sie dürfen uns ein paar Fragen beantworten. Und dann haben wir einen Vorschlag.« Dornröschen war kalt wie eine Hundeschnauze. »Sie haben also den Hauswart beauftragt, das Lärmproblem zu lösen.« Sie zeigte in Richtung Admiralbrücke.

Biermanns Augen zuckten. Die Frau wendete ihrem Freund das Gesicht zu, aber der schüttelte den Kopf.

»Wir haben Beweise, dass Sie mithilfe des Hauswarts Berufsmörder angemietet haben, um Ihr Luxusproblemchen zu lösen«, sagte Dornröschen.

»Was für Beweise?«

»Zum Beispiel diesen. Ich schenke Ihnen die CD, davon haben wir genug. Haben Sie ein Abspielgerät?« Sie guckte sich um. »Ach da, schickes Teil.«

»Was ist drauf?«

»Die Aussage des Hauswarts. Das reicht.«

Biermann nickte bedächtig.

»Wenn wir das veröffentlichen, sind Sie fällig«, sagte Dornröschen.

»Und wenn ich mitmache, bin ich auch fällig«, erwiderte Biermann.

»Natürlich. Aber wenn Sie uns helfen …«

»Hol die Polizei«, sagte Dornröschen.

Er winkte ab.

»Gut, dann haben wir das geklärt. Nur damit keine Zweifel bestehen …« Twiggy blickte ihn fragend an.

»Ist gut. Ich habe keinen Mordauftrag erteilt, aber dem Hauswart Geld gegeben als meinen Anteil am Honorar für diese … Leute.«

»Sie meinen die Leute, die für Ruhe sorgen sollten«, sagte Matti.

»Ja. Das hätte doch auch geklappt. Wenn die da ein paar Wochen was … angestellt hätten, wenn da immer was passiert wäre, dann hätten diese Ratten sich verzogen und würden heute auf der Modersohnbrücke plärren. Ich kann doch nichts dafür, dass dieser Idiot austickt. Er hat es verdient, dass die Polizei ihn abgeschossen hat. Aber jetzt kann er nicht mehr bestätigen, dass niemand ihm gesagt hat, dass er jemanden umbringen soll.«

Twiggy griff in seine Brusttasche und holte ein winziges Gerät hervor. »Das haben wir jetzt auch aufgenommen«, sagte er.

Biermann winkte nur ab. »Nun sagen Sie, was Sie wollen.«

»Wir möchten, dass Sie einen Mordauftrag erteilen«, sagte Twiggy.

Biermann lachte trocken und guckte Twiggy ungläubig an.

Wieder klingelte das Telefon, aber niemand beachtete es.

»Und wen sollen die ermorden?«

»Mich«, sagte Dornröschen.

Biermann starrte sie an.

»Wenn Sie einen Mordauftrag erteilen, wird das teurer als beim letzten Mal«, sagte Matti. »Und die Herren werden vielleicht das gesamte Honorar vorab verlangen oder wenigstens einen großen Teil. Und wir möchten, dass Sie sich mit Ihren speziellen Freunden der Ruhe und Ordnung treffen und das Geld einsammeln, dann werden Sie es zum Hauswart tragen, und der wird denjenigen anrufen, den er beim letzten Mal angerufen hat.«

»Aus welchem Grund soll ich Sie ermorden lassen?«

»Ganz einfach, weil wir Ihnen auf die Pelle gerückt sind, also diese Dame hier«, sagte Matti und zeigte auf Dornröschen. »Die haben versucht, mich umzubringen, haben aber die Falsche erwischt und sind erst mal abgetaucht.«

»Ach, Sie sind das?«, fragte die Frau.

»Sei ruhig«, zischte Biermann.

»Jetzt wird es aber interessant«, sagte Dornröschen. »Ich begreife es immer besser. Sie wollten meinen Freund umbringen lassen, weil Sie glaubten, dass er Ihnen auf der Spur ist. Oder?«

»Nein, so war es nicht. Der Hauswart kam und sagte, dass da jemand hinter uns und diesen … Killern herschnüffelt. Und dem sollten wir beibringen, dass er aufhört. Von einem Taxifahrer war die Rede, das stimmt. Aber wenn ich gewusst hätte …«

»Sie gehören zu den Leuten, die anderen Geld geben, Ihre Probleme zu lösen, um nachher sagen zu können: Damit hab ich nichts zu tun, wenn diese anderen ein wenig übereifrig sind. Sie selbst ermorden niemanden, Sie lassen morden.«

»Ich halte fest, dass ich keinen Mordauftrag erteilt habe«, sagte Biermann.

»Haben Sie denn erklärt, dass Mord für Sie nicht infrage kommt?« Dornröschen gähnte und ließ den Mann nicht aus dem Blick.

Der schaute sie verwirrt an. »Muss man denn ausdrücklich erklären, dass man keinen Mord bestellt?«

»Wenn man sich mit solchen Leuten einlässt, sollte man das tun«, sagte Dornröschen. »Und man sollte es erst recht tun, wenn schon mal ein Mord passiert ist.«

»Das war ein Unfall!«, empörte er sich.

»Nein, das waren zwei Fliegen mit einer Klappe. Man entledigt sich des aktivsten Mitglieds der Bürgerinitiative gegen solche Schnösel wie Sie und verbreitet mit dessen Leiche noch Angst und Schrecken.«

»Ich sage noch mal, das war ein Unfall.«

»Und der Bombenanschlag? Sollte der meinen Freund nur erschrecken?«

Biermann schwieg. Er wechselte einen Blick mit seiner Freundin, die aschfahl und starr dasaß, als wäre sie nur noch ihre eigene Hülle. »Ich weiß nicht, wie oft ich Ihnen das noch sagen soll: Ich habe keinen Mordauftrag erteilt. Von der Bombe wusste ich nichts. Wenden Sie sich an den Hauswart.«

»Das werden wir tun. Aber jetzt besorgen Sie sich eine Stange Geld. Was kostet ein Mord? Fünfzigtausend, hunderttausend?«, fragte Dornröschen.

»Die haben keine Beweise!«, kreischte die Freundin.

»Lass, Liebling.«

Twiggy grinste. »Wir haben die Aussage des Hauswarts, wenn die auch nicht vollständig ist. Wir haben Ihre Aussage …«

»Das zählt nichts vor Gericht!«, schrie die Frau.

»Beruhigen Sie sich«, sagte Matti. »Sogar wenn niemand das Material als juristischen Beweis anerkennen sollte, im Internet ist das blitzschnell rum, da kommen Sie nicht hinterher. Außerdem garantiere ich Ihnen, dass sich niemand trauen wird, die Sache zu vertuschen, wenn sie öffentlich ist. Die Bullen werden den Hauswart grillen, die werden Ihren Freund grillen und all die anderen Helden, die mitgemacht haben und die wir auch noch besuchen werden, obwohl wir wissen, dass Sie gleich nach unserem Abgang besprechen werden, ob man die nicht warnen soll. Dazu will ich Ihnen sagen: Wenn einer von Ihren feinen Komplizen mauert und wir auch nur den Verdacht haben, Sie hätten jemanden unterrichtet, stellen wir die Aufnahmen sofort ins Internet. Das wird ein Spaß auf Youtube und Co.«

Horst Kahl öffnete die Tür, und schon hatte Twiggy ihn zur Seite gedrängt. Matti schubste den Hauswart in den Flur, Dornröschen schloss die Tür. Bevor der Mann ein Wort sagen konnte, packte Matti ihn am Kragen und hielt sein Gesicht ganz dicht an Kahls. »Du hast den Auftrag gegeben, mich zu ermorden.«

Kahls Augen flatterten.

»Du verfluchter Drecksack hast meine Freundin auf dem Gewissen.«

Kahl machte eine hilflose Bewegung mit der Hand. »Ich habe nichts getan«, stotterte er.

»Du hast Leute beauftragt …«

»Ich habe niemanden beauftragt. Der … Mann« – ein Blick zum Telefon auf der Wandkommode im Gang – »rief an …«

»Was hat er gesagt?«, schnauzte Matti.

»Dass da jemand hinter ihnen her sei, nicht die Polizei. Und sie müssten das … Problem schnell lösen.«

»Wer hat den Killern denn verraten, dass wir ihnen auf den Fersen waren?«, fragte Dornröschen. Sie war ebenfalls dicht an Kahl herangerückt.

Der guckte sie an, Matti, Dornröschen.

»Ich will dir sagen, wie es wirklich war. Du hast bei Kolding mitbekommen, dass wir auf der Suche waren. Dann hast du herumgefragt, hast uns vielleicht gesehen, wie wir mit dem Taxi vorgefahren sind. Du hast den Typen gesagt, dass da etwas schiefläuft bei eurem Plan. Stimmt's?«

»Also, die Wahrheit!« Matti drückte fester.

»Ich habe ein Gespräch zwischen Herrn Runde und dem Chef … gehört.«

»Du hast gespitzelt«, sagte Twiggy.

»Nein, es war Zufall. Ich sollte das Schloss am Chefzimmer reparieren …«

»Und was hast du gehört?«, fragte Matti.

»Dass Sie denen Ärger machen wegen der Toten auf der Admiralbrücke. Ich wusste ja, wer die wirklich umgebracht hatte und dachte mir …«

»Wehret den Anfängen«, warf Dornröschen ein. »Bevor wir Ihnen und Ihren Killerfreunden auf die Schliche kommen, zünden wir eine Bombe, die diese Deppen erstens dem Chef in die Schuhe schieben würden und die diese Deppen zweitens veranlassen würde, die Schnüffelei einzustellen. So ungefähr?«

»Ungefähr«, stammelte Kahl.

Matti hob die Hand, ließ sie aber wieder sinken, als er Dornröschens Blick gesehen hatte.

»Wenn du irgendjemandem etwas erzählst über uns, vor allem deinen Komplizen, machen wir dich fertig. Hast du das verstanden?«

Kahl nickte eilig.

»Was haltet ihr von einer kleinen Versammlung bei unserem Freund hier?«, fragte Dornröschen.

»Geniale Idee, zwei haben wir schon im Sack, die anderen kriegen wir auch«, sagte Twiggy.

»Ist okay«, sagte Matti. Er stieß Kahl weg.

Der stolperte, wäre fast gefallen, lehnte sich an die Wand und fasste sich an den Hals.

»Du bestellst deine Freunde hierher. In zwei Stunden, pünktlich bitte.«

Kahl blickte verwirrt, dann begriff er und nahm das Telefon.

Biermann erschien zuerst und setzte sich schweigend auf einen schäbigen Sessel im muffigen Wohnzimmer des Hausmeisters. An der Wand hing ein Bild, das aus einem Einrichtungshaus stammen mochte: ein Dreimaster mit halb gerefften Segeln auf hoher See. Auf dem Teakholztisch lag ein Spitzendeckchen, und darauf stand ein Aschenbecher mit Drehdeckel.

Es klingelte, und ein Paar trat ein. Er mittelgroß, unauffällig, abgesehen von den schwarzen Locken, sie klein und knochig mit kurzen blonden Haaren und einer Brille mit dreieckigen Gläsern. Sie standen ein paar Sekunden in der Tür des Wohnzimmers und beglotzten die WG-Freunde. Dann senkte er den Kopf und ging zum Sofa, sie folgte ihm und setzte sich neben ihn.

Matti drehte sich eine Zigarette und zündete sie an. Der Pistolengriff ragte aus seinem Hosenbund.

Es erschienen noch drei Männer, zwei in Anzug und mit Schlips, der andere in Jeans, die aber teurer waren als sämtliche Klamotten der WG zusammen. Der eine Anzugfuzzy hatte halb lange braune Haare und eine fliehende Stirn, der andere einen länglichen Schädel, auf dem Bürstenhaare standen, seitlich ragten Elefantenohren hervor.

Sie stellten sich an die Wand, links und rechts von einem Röhrenfernseher, dessen Scheibe verschliert war.

Matti sah die Anspannung und die Angst in den Augen und brach das Schweigen. »Ich will es kurz machen. Sie haben eine Verbrecherbande beauftragt, für Ruhe auf der Admiralbrücke zu sorgen. Herr Kahl hat den Vorschlag gemacht und dann diese Leute gemietet und bezahlt und gewiss eine ordentliche Provision abgegriffen. Die Bande hat unsere Freundin Rosi umgebracht, und, da können Sie noch so empört glotzen, Sie sind mitschuldig daran. Wer Mörder anheuert, muss mit Mord rechnen. Offenbar haben Sie« – er blickte Kahl böse an – »denen auch von der Bürgerinitiative erzählt und davon, dass Rosi deren militantestes Mitglied ist. Das haben die Mörder als Auftrag verstanden und deshalb Rosis Leiche auf die Brücke gelegt. Sie hätten noch mehr Verbrechen begangen, hätten nicht wir versucht, Rosis Mörder zu finden. Um das zu verhindern, haben diese Leute mir eine Bombe ins Taxi gelegt, und die hat eine Freundin getötet. Das wäre nicht möglich gewesen, hätte nicht dieser Herr« – wieder ein finsterer Blick auf Kahl – »die Killer mit den Informationen versorgt, die zu Rosi führten. Bevor Sie jetzt wild protestieren und lügen, mache ich Ihnen einen Vorschlag. Wir verzichten darauf, unsere Beweise gegen Sie als Auftraggeber der Polizei zu geben, wenn Sie genau tun, was ich Ihnen jetzt vorschlage. Wenn Sie mich fragen, Sie haben keine Wahl. Entweder Knast oder unser Vorschlag, der für Sie vergleichsweise risikoarm ist. Soweit klar?« Er blickte in die Runde. Hier und da leichtes Nicken, Kahl saß verstört da und guckte in die Ferne. Er zündete sich eine Zigarette an und zog kräftig.

»Nun sagen Sie schon, was Sie wollen«, knurrte der Elefantenohrentyp. »Wir alle hier bedauern, dass die Leute, die dieser … Herr engagiert hat, sich als Mörder herausgestellt haben. Dass wir dafür in Haftung genommen werden, ist mehr als ungerecht …«

»Halten Sie den Mund«, blaffte Twiggy.

Der Elefantenohrentyp schwieg und glotzte wütend an die Decke.

»Sie werden diese Leute noch einmal engagieren, und Sie werden so viel Geld als Honorar anbieten, dass die dem nicht widerstehen können. Sie werden notfalls Ihre Wohnungen beleihen, Ihre Luxusschlitten verkaufen, Ihre Mütter anpumpen, scheißegal.«

»Wir sollen einen Mordauftrag erteilen?«, fragte die Knochige entgeistert. »Und wer soll ermordet werden?«

»Ich«, sagte Dornröschen.

Alle starrten sie an.

»Sie wollen denen eine Falle stellen«, sagte der Elefantenohrtyp.

»Ist doch klar«, sagte Biermann.

Kahl zündete sich eine weitere Zigarette an.

»Sie müssen darauf bestehen, dass dieselben den Auftrag übernehmen. Die Zahl von Berufskillern, die international arbeiten, dürfte so hoch nicht sein, da schicken die wahrscheinlich ohnehin dasselbe Personal. Aber wir müssen sichergehen.«

»Sie sind wahnsinnig«, sagte der Designerjeanstyp.

»Wahnsinnig sind Sie«, sagte Matti. »Und Sie gehen in den Knast, wenn Sie nicht machen, was wir Ihnen sagen.«

»Das wäre nun Stufe zwei«, brummte Twiggy fast vergnügt vor sich hin. Es war ja auch ein Spaß, sich mit Berufskillern anzulegen.

Stufe drei des Plans war die schwierigste, und sie war lebensgefährlich.

»Ich hätte nie gedacht, dass mein nichtsnutziges Leben hunderttausend Euro wert ist, also wirklich«, sagte Dornröschen. »Das baut mich echt auf.«

Robbi stand in der Küchentür und jaulte, Matti bediente die Espressomaschine. Twiggy erhielt einen doppelten Espresso, Matti einen Cappuccino, und Dornröschen blieb beim Tee. Sie hatten die Sache wieder und wieder durchgesprochen und wussten doch, dass ihr Plan einige Schwachstellen hatte. Die drei hatten sogar Werner das Großmaul um Hilfe gebeten, und auch Gaby machte mit, obwohl sie Matti mit ein paar Flüchen empfangen hatte. Mit von der Partie war außerdem Schlüssel-Rainer. Dass Aldi-Klaus und Detlev, Mattis Kollegen, helfen würden, verstand sich von selbst. Klaus sagte noch, dass Ülcan ein Hühnchen mit Matti rupfen wolle, er habe etwas von zwanzig Euro gemurmelt und einem Berkan Göktan, der bestreite, Matti das Geld zu schulden.

Twiggy guckte auf die Uhr. Seine Finger tippten auf dem Tisch. Dornröschen rührte in ihrem Becher.

»Wenn das mal gut geht«, sagte Matti, nachdem er sich gesetzt hatte.

»Die Tour nach Ahrensbök war purer Stress«, stöhnte Twiggy. »Die arme Frau Weinert.« Ihre Trauer verringerte sich nicht mit der Zeit, sie wuchs. Und zunächst wollte sie nicht verstehen, was Twiggy ihr erklärte, er blieb im Ungefähren, weil sie niemanden unnötig einweihen wollten. Vielleicht hätte es Frau Weinert sonst ihrer Schwester erzählt, und die wäre zu den Bullen marschiert, was rechtschaffene Bürger eben gern so machen. Am Ende aber hatte Twiggy gefunden, was er gesucht hatte. Und Frau Weinert hatte ihm beim Abschied erzählt, dass Rosi ihr mehr als siebentausend Euro hinterlassen hatte, die hätten bei einem Anwalt gelegen.

Währenddessen hatte Dornröschen den Hauptkommissar Schmelzer besucht.

»Was wollen Sie denn?«, hatte der gefragt, als Dornröschen in seinem Büro aufgetaucht war.

»Dass Sie den Herrn vor die Tür bitten.«

Schmelzer blickte sie fragend an, und Dornröschen setzte sich auf den Stuhl vor seinem Schreibtisch. »Sie können mir vorher noch einen Kaffee bringen, Tee haben Sie ja bestimmt nicht«, sagte sie zu Schmelzers Kollegen, einem kleinwüchsigen Mann mit widerspenstigen roten Haaren.

Schmelzer nickte ihm zu. »Beeilen Sie sich.«

Der Rotkopf beeilte sich.

»Wir haben wieder was für Sie«, sagte Dornröschen grinsend.

Ein Grinsen wanderte auch in Schmelzers Gesicht, obwohl er sich heftig dagegen wehrte.

Kahl wartete mit einer Aktentasche an dem Eingang des Flughafens Tegel, wo der BVG-Schalter war und ein kleines Stück weiter die Bushaltestelle. Aldi-Klaus lauerte zusammen mit Detlev, der heute besonders bleich aussah, ein Stück hinter der Bushaltestelle in ihren Taxis. Mattis Wagen stand vor ihnen. Twiggy hatte ein Mikrofon in Kahls Tasche eingebaut. Matti und Dornröschen beobachteten im Terminal, wann die Maschine aus Bukarest landete. Matti hatte ein virtuelles Milchglas vor den Augen, bis auf die Anzeige sah er nur Nebel. Außerdem kämpfte er gegen ein hässliches Gefühl an, das sich nicht wegdrängen ließ und das sich ihm bald als Angst vorstellte, nachdem er es sich zunächst nicht eingestehen wollte. Wer Angst hatte, geriet leicht in Panik, und wer in Panik geriet, machte Fehler. Einen Fehler konnten sie sich nicht leisten. Wer Fehler macht, ist schneller tot.

Auf der Anzeigetafel blinkte *landed* hinter dem Flug AB8359 aus Bukarest. Keine Verspätung. Matti rief Twiggy an und hörte an der Stimme des Freundes, dass der nicht weniger nervös war. Matti und Dornröschen gingen zum Ausgang. Neben dem BVG-Schalter lehnte Twiggy an der Wand, vor sich einen riesigen Rucksack, daneben eine Monstertasche. Er trug einen übergroßen Kapuzenpullover und hatte in der einen Hand die Minikamera, die er mit der anderen so weit verdeckte, dass nur die Linse durch die Finger lugte.

Matti ging an ihm vorbei und sagte nur: »Sie kommen gleich. Müssen nur noch das Gepäck holen.« Er stellte sich zu Dornröschen, die draußen so tat, als würde sie auf den Bus warten. »Ich marschiere mal los«, sagte er und ging zu den Taxis, die ordnungswidrig hinter der Bushaltestelle parkten. Falls ein Bulle oder Flughafenfritze kommen würde, sollten sie behaupten, dass sie einem Kollegen helfen müssten, dem übel geworden sei. Aber es kam niemand außer Matti, der sich hinters Steuer setzte. Sie hatten drei Möglichkeiten. Twiggy hatte Kahl instruiert, den Typen zu sagen, er habe ein Taxi für sie reserviert. Das sollte klappen, aber wenn die Killertruppe übermisstrauisch war, würde sie sich selbst ein Taxi suchen. Die WG-Freunde hofften, dass sie in diesem Fall in den zweiten oder dritten Wagen einsteigen würden, hinter deren Lenkrädern Matti oder Aldi-Klaus saßen. Wenn das nicht klappte und die Kerle ein anderes Taxi nahmen oder einen Mietwagen besorgten, würden sie hinter ihnen herfahren.

»Das haben wir ja schon geübt«, hatte Twiggy trocken gesagt.

Drei Männer standen vor Kahl. Sie trugen dunkle Anzüge, zwei waren groß und kräftig, einer war klein und drahtig. Dornröschen wusste sofort, dass der das Kommando hatte. Sie beobachtete, wie sie etwas sagten, offenbar tauschten sie das Kodewort aus. Kahl war bleich und trat von einem Fuß auf den anderen. Ein Mann nahm die Aktentasche und verschwand mit ihr. Gewiss ging er aufs Klo, um das Geld nachzuzählen. Dornröschen fluchte leise vor sich hin, sie hätten kein Mikro einbauen dürfen. Hoffentlich fand der Typ es nicht. Der kam bald wieder und nickte seinen Kumpanen zu. Kahl sagte etwas und deutete zur Bushaltestelle. Die drei Typen guckten sich an, der kleinste von ihnen nickte schließlich. Kahl holte ein Handy aus der Tasche und rief Matti an.

Dornröschen atmete auf. Die einfachste Variante des Plans kam zum Zug, ein gutes Vorzeichen. Bestimmt würden die Typen ins

Hotel gefahren werden wollen, um sich dann ihre Waffen zu besorgen.

Als Matti das Handy hörte, begann ihm der Schweiß der Rücken hinunterzulaufen. Kahl sagte: »Kommen Sie!« Matti startete den Motor und fuhr los. Er bremste vor der Bushaltestelle und sah die Männer mit Koffern und Kahls Aktentasche kommen. Matti stieg aus und öffnete den Kofferraum. Er sah im Augenwinkel, wie Detlev und Klaus wegfuhren. Dornröschen und Twiggy stiegen ein Stück weiter vorn bei Klaus ein. Dann gab Klaus Gas und folgte Detlev.

»*Karlito*, du kennst?«, fragte der Kleine mit erstaunlich sanfter Stimme.

»Das Apartmenthaus, Linienstraße, Nähe Rosa-Luxemburg-Platz?«

»Richtig. Dahin.«

Der Kleine stieg vorne ein, die anderen setzten sich auf die Rückbank. Ein seltsames Gemisch von Rasierwasserdüften füllte das Auto.

Sie hatten mit einer Unterkunft in Mitte gerechnet, aber die Auswahl eines Apartmenthotels empfand Matti als genial. Anonymer ging es nicht. Kaum Personal. Dort konnten sie komfortabel untertauchen mitten in der Stadt.

Matti stellte das Funkgerät lauter und sagte: »Habt ihr was am Schillerpark?«

»Nein«, antwortete die Zentrale. Die Kollegin klang verwundert.

Matti schaltete den Funk aus.

»Hab ich Sie nicht schon mal gesehen?«, fragte der Mann auf dem Beifahrersitz.

»Waren Sie schon mal mein Fahrgast?«, fragte Matti zurück. Und dachte: Wenn sogar Gaby mich nicht erkannt hat, warum der?

Der Typ musterte Matti streng, schüttelte fast unmerklich den Kopf und schaute hinaus.

Matti zwang sich, ruhig zu fahren. Am Dreieck Charlottenburg vibrierte das Handy in der Hosentasche dreimal. Das Zeichen, es war alles vorbereitet. Er fuhr auf die 100er Autobahn in Richtung Beusselstraße, bald mündete sie in einer sechsspurigen Straße.

»Wie lange wir brauchen?«

»Eine Viertelstunde noch, zwanzig Minuten.«

»Guter Fahrer.« Es klang bedrohlich. Der Schweiß nässte Matti überall. Er wischte sich die Stirn mit dem Hemdsärmel ab.

Der Typ guckte ihn neugierig an. »Heiß?«

»Ich schwitze leicht. Der einzige richtige Platz für mich ist der Nordpol.«

Der Typ lachte. »Nordpol, das ist gut.« Er drehte sich zu seinen Komplizen um und sagte etwas auf Rumänisch. Die drei lachten. »Guter Fahrer.«

Jetzt begriff Matti, dass die Typen auch nervös waren. Killer auf der Anreise müssen unter Hochdruck stehen.

»Kennen Sie Berlin ein bisschen?«, fragte Matti.

»Ein bisschen.«

»Ich fahre jetzt eine Abkürzung«, sagte Matti.

»Abkürzung ist gut«, sagte der Mann.

An der Müllerstraße hätte Matti rechts abbiegen müssen. Er setzte den Blinker aber in die andere Richtung und beschleunigte bis zum Abzweig der Türkenstraße.

Der Typ guckte ihn neugierig an. »Das ist die Abkürzung?«

»Das ist sie.«

»Du weißt, wir sind drei«, sagte der Typ freundlich.

Die Türkenstraße war eine Kopfsteinpflasterallee, eingesäumt von Mietshäusern. Matti quetschte sich an einem Lieferwagen vorbei, der in der zweiten Reihe parkte. »So ein Mistkerl. Diese Typen gehören eingesperrt. Verbrecher.« Er schimpfte so laut er konnte.

Der Typ glotzte ihn an, und Matti gab Gas, raste über die Edinburgerstraße, die Schlüssel-Rainer rechts mit einem Steinzeit-Ford gesperrt hatte, in den Fußweg durch den Schillerpark, wo Klaus' Taxi quer stand. Von hinten raste Rainer heran. Matti fluchte laut und trat auf die Bremse. »Diese Arschlöcher stehen auch überall herum!« Er zog den Zündschlüssel, öffnete die Beifahrertür und rollte sich aus dem Auto. Das war nun umringt von Menschen mit Gesichtsmasken. Ein Riesenkerl hatte eine Makarov in der Hand, eine kleine, schlanke Person auch. Die anderen trugen Baseballschläger, einer hatte einen Koffer in der Hand.

»Aussteigen«, sagte der Riesenkerl. Twiggy sprach klar und selbstsicher.

Irgendwo kreischte eine Frauenstimme. Ein Radfahrer sauste heran, machte eine Vollbremsung, glotzte und kehrte um, begleitet von einem Anschnauzer: »Verschwinden Sie, das ist eine Polizeiaktion!«

Als die Killer ausgestiegen waren, mussten sie sich auf den Boden legen, mit den Gesichtern nach unten. Matti durchsuchte ihre Jacken- und Hosentaschen und entnahm die Portemonnaies. Dabei steckte er seine Hand bei jedem vorher in die eigene Jackentasche. Die Portemonnaies waren voll mit Bargeld. Er nahm es an sich, ließ alles andere in den Börsen und warf sie auf den Boden. Dann sprang er ins Taxi und raste weg, nachdem Klaus losgefahren war. Die Räuber verschwanden mit den Taxis, zurück blieben drei fein gekleidete Männer auf dem Boden, die alles reglos über sich hatten ergehen lassen. Im Rückspiegel sah Matti noch, wie der Kleine sich erhob und ihm nachstarrte.

»Die haben kein Gesicht verzogen, als sie bei mir eingestiegen sind«, sagte Detlev. Er hatte wie geplant am Park geparkt und so getan, als würde er etwas in der Karte suchen. Als die drei Killer ihn sahen, winkten sie und ließen sich ins *Karlito* fahren. Detlev hatte danach sofort Matti angerufen. Jetzt saßen sie am Küchentisch in der Okerstraße. Robbi hatte den Besucher skeptisch gemustert, sich aber mit einem Napf Thunfischfutter bestechen lassen und war schließlich mit einem Seufzer auf Twiggys Schoß gelandet.

»Okay?«, fragte Dornröschen.

Matti und Twiggy nickten.

Dornröschen wählte eine Nummer.

»Herr Schmelzer. Drei feine Herren sind ins *Karlito* gezogen, Linienstraße … Sie kennen den Schuppen … umso besser. Sie sollten die Kleidung dieser Herren gründlich untersuchen lassen. Sie müssen sich nicht bedanken. Bis zum nächsten Mal … War nur ein Scherz.«

Epilog

Einige Tage später saßen sie am Abendbrottisch, und Matti las die *Berliner Zeitung*. Dornröschen war in der gnädigen Periode ihrer schnippischen Phase und rührte im Topf, in dem Dosenravioli und Tiefkühlkräuter sich zu einer unvergleichlich aromatischen Mischung vereinten. Twiggy war aus irgendeinem unersichtlichen Grund maulig. Robbi schmatzte besonders laut.

Plötzlich wendete sich Dornröschen vom Herd ab, holte aus ihrer Hosentasche ein Plastiktütchen, daran angeheftet ein Zettel. »Was ist denn das?«, fragte sie und starrte Twiggy an.

Der errötete, wollte sich das Tütchen greifen, aber es landete auf dem Boden. Robbi fauchte und sprang vom Schoß. Wie ein Blitz schnappte er sich den Plastikbeutel und verschwand im Flur.

»Scheiße!« Twiggy sprang auf und folgte Robbi. Nach ein paar Minuten kehrte er zurück, fluchte und setzte sich wieder an den Tisch. »Der hat sich verkrochen.«

»Tigerpenispulver«, sagte Dornröschen. »Bist du irre?«

»Quatsch«, druckste Twiggy.

»Es steht auf dem Zettel, verdammt. Da werden Tiger abgeknallt, nur damit ein paar Irre einen hochkriegen.«

Mattis Blick wanderte von ihr zu ihm und zurück.

»Das ist kein Tigerpenispulver«, sagte Twiggy. »Es gibt gar nicht so viele Tiger, deren Schwänze man zu Pulver verarbeiten könnte. Das ist Backpulver und noch anderes Zeug.«

»Was?!«

»Ja, so ist das. Es gibt Typen, die glauben, dass wir das Zeug aus Indien importieren und …«

»… zahlen dafür.«

»Placeboviagra«, sagte Matti.

»Nicht dass Robbi jetzt hier mit einem Dauersteifen rumläuft«, sagte Dornröschen und begann zu lachen. Matti fiel ein, und nachdem er sich entmault hatte, donnerte auch Twiggy los.

Das Lachen hörte schlagartig auf, als Robbi in der Tür stand und jaulte. Er hatte Schaum vor dem Mund. Twiggy sprang auf und nahm den Kater.

»Tja, das Zeug wirkt wie Brausetabletten.« Dornröschen grinste. »Wahrscheinlich überlebt er es.« Sie fixierte Twiggy. »Nein, wir fahren nicht zum Tierarzt.«

Im Berlin-Teil stieß Matti, die Zigarette im Mundwinkel, auf einen kleinen Artikel in der linken Spalte. »Hört zu: ›Der Mord an der Admiralbrücke scheint aufgeklärt. Wie die Kriminalpolizei berichtet, haben sich DNS-Spuren des Opfers an der Kleidung von drei Männern gefunden, die sie in einem Hotel in Mitte verhaftet hat. Sie sei dabei einem anonymen Hinweis gefolgt. Die Männer, die aus Rumänien stammen, haben zwar bestritten, die Arbeitslose Roswitha W. ermordet zu haben, aber sie haben gestanden, den von der Polizei erschossenen Täter gekannt zu haben. Die Staatsanwaltschaft geht von einer Auftragstat aus. In Verdacht stehen Anwohner aus dem Graefekiez, die sich durch Touristen belästigt fühlten. Der CDU-Abgeordnete Heribert Schmidtlein dagegen hat der Berliner Zeitung erklärt, dass der Admiralbrückenmord zweifelsfrei auf das Konto jener linken Wirrköpfe gehe, die Berlin bereits weltweit als touristenfeindliche Stadt verunglimpft hätten. Die Tat trage die Handschrift des Anarchismus.‹«

Dornröschen lachte. »Genauso habe ich es erwartet. Da haben die Herren Killer das Muffensausen gekriegt und schieben alles auf den toten Kollegen. Und um die Schuld und die Strafe ein wenig zu verteilen, haben sie auch den Kahl reingezogen, und der hat seine lieben Auftraggeber ausgeplaudert.«

»Und wer hat die Bombe gelegt?«, fragte Twiggy. Er trank die halbe Bierflasche in einem Zug leer.

»Einer von den dreien. Vielleicht verpetzen ihn die anderen beiden, um die Sache vom Hals zu haben. Vielleicht auch nicht.«

Matti dachte an Lara. Er sah ihre schwarz gebrannte Leiche auf dem Boden liegen, erinnerte sich, wie sie aus dem Wasser auf ihn zugelaufen war, so schön, so offen. Nein, es quälte ihn, nicht zu wissen, wer ihr Mörder war. »Ich wüsste schon gern, welcher der drei Typen es war.«

»Es waren alle drei«, sagte Dornröschen sanft. »Sie haben es gemeinsam geplant und ausgeführt. Wer von denen den Zünder gebastelt, wer die Bombe installiert hat, das ist nicht so wichtig. Du wirst damit klarkommen. Denk doch mal, wir haben es geschafft, diese Leute hinter Gitter zu bringen.« Sie nippte an ihrem Teebecher und rührte weiter.

»Allein die Idee, denen beim Raubüberfall Rosis Haare und Hautschuppen in die Klamotten zu reiben, das war perfekt. Aus der Nummer kommen die nicht mehr raus.« Twiggy lachte trocken. Immerhin schien diese Einsicht seine Laune tendenziell zu verbessern.

Dornröschens Handy tönte. Sie blickte auf die Anzeige, verzog das Gesicht und sagte: »Matti, eigentlich solltest du das kochen.« Matti nahm sein Rotweinglas und stellte sich an den Herd, während Dornröschen die Küche verließ.

Sie lauschten, aber sie hörten nichts.

»Hm«, sagte Twiggy. Die Launenaufwärtstendenz war gestoppt.

Als Dornröschen nach ein paar Minuten zurückkehrte, sagte sie: »Nun, alles bereit?«

»Ja, ja«, sagte Twiggy und begann den Tisch zu decken. Robbi jaulte und sprang auf den verwaisten Stuhl, stellte fest, dass die weiche Unterlage in Gestalt von Twiggys Oberschenkeln fehlte, hüpfte auf den Boden, fauchte und verließ die Küche.

Bevor sie aßen, nahmen sie sich an den Händen und hielten die Schweigeminute zu Ehren von Meher Baba ab. Nach dem Essen deckte Matti den Tisch ab und legte *Won't Get Fooled Again* ein, und als er saß, fragte Twiggy, wer die Karten ausgeben solle. Dornröschen zog am frisch gebauten Joint aus der Ernte vom Balkon und sagte: »Der so blöd fragt«, woraufhin Twiggy die Karten verteilte. Natürlich hatte Dornröschen dann eine Sieben, wenn sie die brauchte, und eine Acht und ein As, und sie hatte nach drei Mau-Mau-Runden wieder alle in Grund und Boden gespielt, was die Unterlegenen in Verzweiflung stürzte. Aber wenn einem sowieso alles egal ist und kein Licht am Horizont blinkt, dann fürchtet man nichts mehr, nicht einmal Dornröschens Zorn.

»Sag mal, die Telefonate und Redereien … du hast einen Geliebten, stimmt's?«, fragte Matti und merkte, dass die Verzweiflung nicht stark genug war, die Angst völlig zu unterdrücken.

Dornröschen lächelte bitter. »Warum machst du so ein Geschiss daraus? Als würde ich dich dem Klassenfeind zum Fraß vorwerfen, wenn du mich fragst.« Ihr Gesicht zeigte Unverständnis. »Die Sache ist ein bisschen kompliziert.« Sie lief rosa an. »Aber ihr dürft es niemandem erzählen. Versprochen?«

Matti und Twiggy nickten.

»Also, das ist so. Ich habe als Mädchen unheimlich gerne Pferdebücher gelesen« – Twiggy und Matti guckten sich an, als wären sie auf King Kong getroffen –, »und ich habe Pferde geliebt, liebe sie immer noch. Ich habe damals voltigiert, ihr wisst, was das ist?«

Die beiden schüttelten die Köpfe.

Dornröschen winkte ab: »Wikipedia.de«, sagte sie. Sie verharrte ein wenig in ihrem Erstaunen über die Ahnungslosigkeit der WG-Freunde. »Und nun meldete sich ein Freund, Udo, ein ehemaliger Kommilitone, den ich ewig nicht gesehen hatte. Also der rief vor ein paar Wochen in der *Stadtteilzeitung* an. Ich hatte dem vor langer Zeit von meiner Liebe zu Pferden erzählt. Und er sagte, er würde mir eine Reitbeteiligung anbieten, und Schnorchi sei ein allerliebster Wallach. Und das ist er auch. Ich habe mich gleich in ihn verguckt. Da ich aber kaum Zeit hatte, ihn zu sehen, hat mich Udo immer angerufen und mir berichtet, was Schnorchi so anstellte. Wirklich allerliebst.«

Matti und Twiggy starrten sich an.

»Schnorchi?«, fragte Twiggy mit großen Augen.

»Schnorchi«, erwiderte Dornröschen. »Ein braun-weiß Geschecker, elfeinhalb Jahre, die Sanftmut in Person …«

»Kein Wunder, ein Wallach«, sagte Matti.

»Und den wolltest du reiten?«, fragte Twiggy.

»Ja, warum nicht? Aber verratet es keinem.«

Matti und Twiggy blickten sich wieder an. Twiggy schüttelte den Kopf.

»Und jetzt reitest du doch nicht?«, fragte Matti.

»Ich hab einfach keine Zeit. Entweder arbeite ich, oder ich muss auf euch aufpassen.«

Twiggy begann zu kichern. Matti fiel ein, dann prustete er. Twiggy donnerte los. Dornröschen blickte von einem zum anderen, schüttelte den Kopf und stand auf. »Mein Gott, seid ihr albern.« Robbi schlich heran und glotzte. Dornröschen betrachtete noch einmal die Szene, schüttelte wieder den Kopf und verschwand. Die Tür ihres Zimmers knallte.

Ich danke

Dr. Alexander Ruoff (Berlin) fürs kritische Gegenlesen und für wichtige Hinweise und empfehle seine Homepage (www.history-house.de), auf der er seine unschätzbaren Dienste als Detektiv der Geschichte anbietet;

Franziska Kuschel (Berlin), die weiß, wo man in Berlin abbiegen kann und wo nicht;

Claudia Buchwald (Berlin) für wichtige Anregungen und

Christian Rohr (München), der mir als Lektor eine große Hilfe ist und mit guten Ideen zum Gelingen meiner Bücher wesentlich beiträgt.

Skandalöserweise hat die *Kuchenkiste* geschlossen. Die Torte gibt es nun im Kiosk in der Görlitzer Str. 53.

Die Laotse-Zitate entstammen dem Buch: Loa Zi (Laotse), Der Urtext. Übersetzt und kommentiert von Wolfgang Kubin, Freiburg (Brsg.) 2011.